中国法治文学网络作品征文获奖书系

惊天御瓷案

中国法学会法治文化研究会 编

群众出版社

图书在版编目（CIP）数据

惊天御瓷案／中国法学会法治文化研究会编．—北京：群众出版社，2022.1

（中国法治文学网络作品征文获奖书系）

ISBN 978-7-5014-6137-0

Ⅰ.①惊…　Ⅱ.①中…　Ⅲ.①长篇小说—中国—当代　Ⅳ.①I247.5

中国版本图书馆 CIP 数据核字（2021）第 249157 号

惊天御瓷案

中国法学会法治文化研究会　编

出版发行：群众出版社

地　　址：北京市丰台区方庄芳星园三区 15 号楼

邮政编码：100078

经　　销：新华书店

印　　刷：三河市荣展印务有限公司

版　　次：2022 年 1 月第 1 版

印　　次：2022 年 1 月第 1 次

印　　张：13

开　　本：880 毫米×1230 毫米　1/32

字　　数：358 千字

书　　号：ISBN 978-7-5014-6137-0

定　　价：49.00 元

网　　址：www.qzcbs.com

电子邮箱：qzcbs@sohu.com

营销中心电话：010-83903991

读者服务部电话（门市）：010-83903257

警官读者俱乐部电话（网购、邮购）：010-83901775

文艺分社电话：010-83901330　　010-83903973

前言

为切实履行法治文学肩负的新时代使命，弘扬社会主义法治精神，推进法治中国建设，中国法学会法治文化研究会于2020年9月22日发布了举办“中国法治文学网络作品征文”活动的公告。

为确保此次活动成功，特别成立了“中国法治文学网络作品征文活动组委会”，组委会主任由中国法学会党组成员、副会长，中国法学会法治文化研究会会长张苏军同志担任；组委会办公室主任由中国法学会法治文化研究会常务副会长周占华同志担任，副主任由中国法学会法治文化研究会副会长朱克辛、易孟林、刘巍同志担任。作品征集时间为2020年10月1日至2021年3月15日。

经过长达近半年的征文，共收到作品121部（篇、首）。其中，小说33部（篇），报告文学10部（篇），散文17篇，诗歌61首。经初评委审定，提交终评委44部（篇、首）。经终评委审定，最终获奖作品为30部（篇、首）。其中，一等奖1部，二等奖3部，三等奖10部（篇），优秀奖16部（篇、首）。

此次征文评选的原则是：

1. 凡涉案作品，案件未经人民法院宣判，不宜选入。

2. 凡涉及敏感题材，须报有关主管部门审批的作品，不宜选入。

3. 一个作者，只能参评一篇作品。

“中国法治文学网络作品征文获奖书系”共5部，收录了一等奖、二等奖、三等奖作品。三等奖作品中的长篇小说和部分报告文学存目，同时附录全部获奖作品名单。

“中国法治文学网络作品征文获奖书系”编委会

2021年12月28日

惊天御瓷案

刘庆玉

目录

第一章　御窑厂遗址

序幕

深夜，瓷城市政府办公大楼。

梁文广市长来到一楼，突然听到脚下地板传来咚咚的声音，忙停下脚步仔细聆听。

保安见状，忙向梁文广走去。

梁文广用手指指脚底。

保安看了笑笑，说：梁市长，最近经常有挖掘的声音。

梁文广听了，皱皱眉，抬起头，似乎若有所思，然后步履有些沉重地向大门口走去。

1

江南瓷城，初夏时分，雷雨前的凌晨，伸手不见五指，漆黑一团的天空，乌云翻滚，神秘诡谲。一声霹雳当空炸响，震得大地摇晃，刹那间，大雨倾盆，击打在地上的雨珠，溅得灰尘或枝叶活蹦乱跳。狂风挟裹着雨柱，仿佛要把路边大树连根拔起。天地之间，一片汪洋。

市政府这座建筑物的底下，就是举世闻名的御窑厂遗址。

紧邻市政府的是巍峨高大的龙珠阁楼。闪电划过天空，就像黑布瞬间被一道利剑刺破。飞檐走壁的身影，在光亮的映照下，显得有些奇特怪异。

接连几声隆隆雷鸣，闪电下有一个受到惊吓的身影。他穿着反光环卫服，慌忙从停在路边装垃圾的平板车上拿出雨衣，手忙脚乱地穿上，然后拖着平板车，来到马路边临街店面的屋檐下避雨。

当闪电再次划过的时候，可以看出躲雨的是位六十岁左右的老人。

他额上皱纹纵横，肤色黝黑，一双饱经沧桑的眼睛，有些惊悸地望着四周。不到一刻钟，屋顶上、阴沟下的水不断地哗哗涌出，顿时，马路上形成了一条溪流。

在噼里啪啦的雨声里，老人感觉身上有些冷，他用力甩了甩手上的雨水，撩起雨衣，从内衣口袋里摸索着掏出一包皱巴巴的香烟，抽出一支，手有些哆嗦地用打火机点上，微弱的火光映照出他紧皱的眉头。

老人抬起头，深深地吸了口烟，然后慢慢吐出，心情似乎平静了许多。他眯着两眼，望着瓢泼大雨，喜忧参半地想着心事。

一般来说，大雨冲洗了路面的灰尘杂物，对搞环卫的人来说是天公作美，会省去很多事。但也正因为是天公所为，又会给人带来一些意想不到的麻烦。经雨水一冲刷，原本藏在边边角角的垃圾，诸如废纸泡沫塑料烟蒂等杂物，竟奇迹般地出现在你的眼前；经狂风一吹，断枝碎叶四处可见，一片破败狼藉。那些废物垃圾出现最多的地方，就在那些下水道口和拐弯处，于是打扫卫生者就要在那些地方勤勤恳恳多弯腰费力。

老人在等着雨停下来，好让自己尽快地打扫完责任路段。如果自己这时候回家，突然雨一歇，到处都是垃圾，被环卫负责人看到又要扣奖金，本来就不多的几个辛苦钱就更少了。

自己马上就要退休，等退了休，就可以享享清福了，可转念一想，自己当警察的儿子都快三十岁了，还是光棍一条，最大原因是没钱买新房，自己这个做老子的，真的是心里对他有愧啊。

不行，看来自己退了休还得干活，哪怕再苦再累，也要想办法攒钱买套房，最起码够个首付，好让儿子能体体面面地结婚。要不然，等我到了阴曹地府，老太婆也不会原谅我的。

噢，对了，如果儿子能找个有房的媳妇，那自己可就解脱了。可儿子是个实诚人，不会投机钻营，他就喜欢找个心地善良的人过日子。这不，咱们市里的梁市长，他的漂亮千金梁筱蕾，是个才貌双全的姑娘，听说是儿子大学时的学妹，对儿子可好了，要是儿子能跟她成亲，那就什么事都不用自己愁了……

唉！人各有命，不可强求啊。世上很多事不是你想咋样就能咋样的，更不会是十全十美的。要不然，我辛劳一生，怎么会落得中年丧妻下岗，老年扫地吃苦呢？

原本我是受人尊敬的柴窑把桩师傅，怎么会落到如此狼狈不堪的地步呢？都说善有善报，恶有恶报，我这一生没做过什么亏心事，也称得上是个好人，可命运偏偏就爱捉弄我这样的好人。

当年御窑厂的把桩师傅，地位是非常高的。瓷器能否烧成，质量的好坏，甚至做瓷人的命运，全攥在把桩师傅手里。所以把桩师傅在窑工中，薪水待遇都是最高的。不像现在，把桩师傅都改成烧窑师傅了，这本身就是对这一行当的人大不敬。你要知道，一窑瓷器烧得好坏，全靠把桩师傅的经验和敬业精神。把桩师傅卖力与否，其结果要么是一窑精美绝伦的珍品，要么就是一窑开裂破败的废品，可谓天壤之别啊……

想着想着，不知不觉雨就停了。老人意识到自己该做事了，于是他便将手中烟蒂往垃圾车上一丢，拿起扫把，低头在路面上扫了起来。

一下，两下，三下……

老人感觉被雨水泡过的垃圾变得重了许多，扫起来有些吃力。

哎，前面是什么？

靠近御窑厂遗址边的斜坡旁，怎么有一堆黑乎乎的像是泥石的东西，是不是刚才的大雨将斜坡上的泥石冲刷下来了？

哎呀，这下了可麻烦了，要清除掉这一堆泥土，真不知得到什么时候。

儿子昨天半夜才回家，本来自己是想早些收工到菜市场买一只土鸡，回家好好地给儿子弄个泥包鸡吃的。这泥包鸡是儿子小时候的最爱，他在自己烧柴窑的地方吃过几次，后来自己下岗后就一直没给他弄过。昨天回家时不知怎么了，儿子说这段时间出差忙得睡不着吃不好，如果能有个泥包鸡吃吃，那该多好啊。

唉！老人长长叹息了一声，嘴里喃喃自语。但他还是习惯性地操起垃圾车上的铁铲，挥舞着手臂狠狠地铲着泥石，往垃圾车上抛。

哎……这前面是什么东西？大爷有些惊讶地凝视着十几米远的前方地面，怎么看也不像是泥土石头。

再向前走过去几步，大爷的心脏咚咚地狂跳起来，当他弯腰细瞧时，不由得大惊失色，大喊着：死人了，死人了，不得了了，死人了……

2

一阵振动，李家明从睡梦中惊醒。

明知道手机辐射很强，可为了不错过接听电话，李家明不得不将手机放在枕边。当然不能开声音，声音一响，把老人家惊醒，那是非常不孝的。家里只有自己与老爸两个人，老妈在自己刚读小学时就因病故去了。

嗨，这时候老爷子应该上街去了。李家明不由得摇摇头。

手机仍在振动，这大早晨的又有什么事啊？想到这儿，李家明赶紧拿起手机，按下接听键。

手机里传来支队长王春华急促的声音：家明，你怎么才接电话啊，快出警！

李家明听了，心中一急，忙问：到哪里呀？

发现死人，在御窑厂边上。

御窑厂？李家明没头没脑地问了一句。

对，就是御窑厂，立即出发。王春华的语气听着刻不容缓。

是！

李家明嘴里答应着，脑子却在飞速地转动着。

这御窑厂不就是老爷子打扫卫生的责任路段吗？怎么那里发现了死人？老爷子不会出什么意外吧……

李家明一骨碌爬起来，紧张得手有些哆嗦地穿好衣服，然后抓起手机，飞步跨出旧平房，砰的一声门关上了……

3

天已大亮，远远就瞧见御窑厂高大的围墙，飞檐翘角伸出天穹，显得雄伟而壮观。

李家明越走近现场，呼吸越急促。

围观的人很多，李家明赶紧往前穿过围观的人群，只见一脸沮丧的老父亲正蹲在垃圾车旁，低头抽着闷烟。

老爷子肯定是被吓坏了，要不，他不会是那副萎靡的样子。父亲这一辈子就一个性子——胆小。

想到这儿，李家明便来到父亲身边，轻声问：爸，没事吧？

老爷子仿佛被触了电似的浑身一震，抬眼一瞧是儿子，立即又像充了电，“噢”了一声，说：没事没事，你老子什么世面没见过，还怕个死人。

话虽这般说，可李家明分明看见老爷子夹香烟的手在哆嗦。

有个姑娘的身影在前面一晃，这个身影太熟悉了，她很像自己的恋人曹丽丽。

李家明不由得立即抬头望去，对方也转头对着自己微笑。四目相遇，李家明不由得心头一震，对方不是曹丽丽。可她与曹丽丽也太像了。

对方笑了一下后，立即消失在拥挤的人群中。

这也太奇怪了吧？除了衣着打扮，还有神态稍有不同外，她与曹丽丽长得几乎一样。

这时，王春华也赶到了，队里的张晓娜也气喘吁吁地赶了过来，边走边问李家明：李队，啥情况啊？

李家明立马收回自己的思绪。

这可是案发现场，自己的职责是保护现场，实地勘查，走访调查，开展侦破，其他的事一概抛开。中国这么大，长得像的人太多了，没必要去认真计较。

李家明瞧了瞧现场周围，见看热闹的人太多，便对王春华说：王支，这现场太乱。

王春华点点头，说：是啊，我已通知派出所和其他大队，叫他们做好现场周边警戒，你就负责现场中心勘查吧。

李家明知道王支的套路。最核心的部分，他都喜欢让自己去勘查，美其名曰李家明心思缜密，不会轻易放过蛛丝马迹。

为了案件，李家明责无旁贷，便对张晓娜道：你去找我家老爷子做个笔录吧，是他发现死者并报的案。

张晓娜听了，有些惊讶地张张嘴，接着理解般的点下头，便快步往老爷子蹲着的地方走去。

4

李家明围着死者转了一圈，然后蹲下身子，仔细观察。

死者趴在御窑厂旁马路边塌陷的位置，只有头部露出地面，肩部以下的身子却陷在地下。从洞口的形态看，好像不是下水道。再来看死者，蓬头垢面，两眼圆睁，似乎有什么深仇大恨没报似的，又好像心怀愤懑，心有不甘。

李家明回头瞄了一眼，见老孙头提着勘查箱，急匆匆赶来。

老孙头说：李队，我来晚了，昨夜拉了一夜肚子。

李家明拿眼瞅瞅对方，知道老孙头十二年前得了胃癌，胃切除五分之四，他能活到现在算是奇迹。所以他肠胃消化功能不好，稍不注意就拉肚子。

李家明抬抬手，示意开始做事。

老孙头见到死者的头颅，就两眼冒光，开始进入状态。

围观的人已被疏散开，现场周围也拉起了警戒线。

老孙头拿出相机，对着现场中心前后左右地拍，然后对趴着的男尸来了个全方位大拍照，最后拿出比例尺粘在男尸头上脸部，进行细目拍照。

老孙头朝李家明眨眨眼。

与他默契的李家明知道，上步棋已走完，得走下步棋了。

他便戴上手套，与老孙头一起，一人一边抓住死者肩膀往上拉。可要命的是，尸体只是稍微往上动了点儿，整个尸身却没能被拖起。

李家明和老孙头都觉得意外。

两个人便先歇下来，蹲下仔细观察男尸下身。

因刚下过大雨，男尸下身全被污水浸泡着，压根看不出什么来。

李家明捡起路边的一根树枝，往淹在水里的尸体下身探了探，感觉像是有东西顶着。

老孙头也拿过树枝往下试探了一下，随即抬头一脸狐疑，望着李家明，说：怪事，怎么就拉不动呢？会不会是下面绑了东西？

李家明也是第一次碰到这种情况，心想不管怎样，得先将尸体弄出来，送到局里做法医鉴定要紧。

这时，王春华走了过来，问：怎么样？

李家明皱皱眉说：王支，男尸下面可能有东西。

嗯？那赶紧的，把尸体搞上来。王支喜欢用“搞”来表达做事的动作，李家明听起来很正常，但老孙头每次听到王支说“搞”的时候，心里就会暗暗发笑。

张晓娜走了过来，李家明见了，挥挥手说：晓娜，一起来帮忙。

我？张晓娜瞪大双眼盯着李家明。那神态就像看到了外星人。

李家明想了想，让张晓娜直接用手拉尸体，有点儿不妥了，便问老孙头：有没有绳子？

老孙头忙说：有有有，绳子怎能不带呢，那可是咱们办案的法器。

王支问：家明又想到了什么办法？

李家明说：咱们用绳子穿过男尸的胸部一圈，然后这样。

李家明做出用手拉的动作。

老孙头会意，立即面对着男尸弯下腰，左手将绳塞入男尸左腋窝，右手从男尸右腋窝插进，从男尸背后抓过绳索，从右腋窝拉出，再绕到男尸胸前打了个死结，然后两只手拿起绳子两端，站起身来。

李家明先拿过绳子一端，张晓娜见状，只好拿起李家明后面的一段，皱着眉，可怜巴巴地望着李家明，双眼尽量避开男尸的方向。

李家明鼓励张晓娜说：晓娜，我准备推荐你当法医呢。

张晓娜听了，立马花容失色，露出痛苦惊恐的神色，脸憋得通红，“啊”了一声，结结巴巴地说：我，我，我……

老孙头轻松地说：晓娜放心，知道你胆小，李队跟你开玩笑呢。当法医得是专业出身，哪有半路出家的。

张晓娜听了，将信将疑，说了句：是真的吗？便拿眼询问李家明。

李家明也不理张晓娜，一抬手说：动手吧。

于是他便开始拉绳子。

老孙头说：慢点拉，可别弄伤了宝宝。

张晓娜惊诧地望着老孙头，问：谁是你的宝宝呀？

李家明说：老孙头把尸体都叫作宝宝。

张晓娜听罢，立即感到胃部一阵翻动，“呕”的一声差点呕吐。

老孙头知道晓娜初次出死人现场，没见过死尸的丑陋模样，安慰说：晓娜你不知道，管尸体叫宝宝，那可是你家里人说的。

什么，我家里人？谁呀？

你爸。

我爸？怎么会呢？

是真的，你爸原来在支队的时候，说：我们破的很多案子，都是从死尸身上找到的线索，没有这些尸体，我们还真破不了案。所以，你爸就把这些尸体叫作宝宝。

张晓娜听了，嘟嘟嘴，有种哭笑不得的感觉，便硬着头皮听，其实是真不想接着谈论下去了。

当然，你爸也说了，这种叫法有些冷血，对死者不尊重，所以不能对外说道。可我倒是觉得，对我们当法医的来说，这种说法很贴切。

张晓娜心里纠结得像一团乱麻。

她真想早点离开这个地方，便闭着眼，双手紧握着绳索，咬牙说：我们开始拉吧。

李家明抬下头，那边老孙头便憋着劲，慢慢地使力，这边有张晓娜助力，拉得要轻松些。

男尸从胸部开始，慢慢露出大腿上半截。

奇怪的是，明明尸体已被拖出水面，可还是觉得沉重。张晓娜不由得仔细瞧瞧男尸的双脚踝，竟然还有，还有一双手死死抱着……

张晓娜哇的一声，丢下绳子，蹲在边上就真的呕吐了起来。

5

中午十二点半，在刑警支队法医室，老孙头如释重负般叹了口气。然后他摘下口罩和手套，来到办公桌前，拿起笔在尸验报告上认真写着。

李家明走了进来，边走边问：孙法医吃饭了吗？

老孙头“嗯”了一声，便又低头认真写着。

李家明见状，问：情况怎么样？

老孙头写完报告，签上自己大名，然后放下笔，转头望着李家明，说：真是造孽，尸体还有点儿体温，被发现时，死亡时间也就一个多小时。从呼吸器官来看，肺泡中有大量陈年泥土细碎物，细菌培养参考物与御窑厂底下泥土成分一样，证明死者是在地底下被大水淹没，窒息死亡。

李家明点了点头。

你是说，死者是在御窑厂地底下被淹死的，这就说明当时他们俩都在地下。那么，他们俩当时在干什么？

老孙头笑笑，说：我是法医，侦查破案是你们的事。有什么疑问，等会儿在讨论会上说。

李家明呵呵一笑，说：你这个法医，不是一般的法医，你还是个破案专家嘛。

老孙头笑笑，一边往水龙头处走，一边说：我算哪门子的破案专家？你是重案大队的，破案专家应该是你。我只是对被害人被害情况进行鉴定，其他的可跟我没多大关系。

你瞧瞧，你瞧瞧，这可不是你老孙头该说的话。

呵呵，你个小鬼头还想讹我不成？

谁敢啊？谁不知道你是咱们局长的师父，谁敢讹局长的师父啊？

瞧你这话说的，好像我这个师父有多大面子似的。你看我，干了一辈子，到现在还不是小法医一个。

你就知足吧，老孙头，我老爸干了一辈子，由工人老大哥变成下岗老工人，到老了，还当个环卫天使。

啧啧！你可拉倒吧，上帝都是公平的。你家老爷子，虽说下了岗，当起了环卫工人，可他早睡早起的，对身体好啊。哪像我，经常黑白颠倒，饱一餐饿一顿的，弄得一身的病，胃都切了五分之四，估摸着也活不了几年了。

哎呀老孙头，你可不要这么说。人活着不在年纪大小，而是要看活得有无意义。

老孙头笑笑，问：什么意义啊？

这意义嘛，一看质量，二看贡献。这两样，你都占了。不像我家老爷子，两样都没占。他身体不好，年轻时在瓷厂里烧窑太拼命，得了黑变病，一到天热就痒得要命，痛苦得很。

让你爸用中药调理啊，老孙头关切地说。

我老爸什么土方子都用过了，就是没效果，哪里还谈得上什么生活质量……至于对社会对国家的贡献，他一个下岗扫马路的，就更无从谈起了。

哎呀不说了，不说了，吃饭要紧。老孙头肚子饿得不行，便打断李家明的话头，起身往门外走去。

李家明见状，上前与老孙头并肩走着，笑着问：上次给你买的芋头，怎么样啊？

老孙头十几年前胃被切除，有一个偏方，据说芋头可以防治胃癌复发，于是他便开始吃上了芋头。李家明与老孙头关系密切，自然就想办法到处给他找芋头，专买那种熟得快、口感好的芋头。

好啊！我吃得快没了。

那我下次再想办法整一百斤来。

老孙头毫不客气地呵呵笑着，说：那敢情好，我先谢谢了。

噢，对了，下午两点钟准时开会，李家明说。

老孙头一扬手，转头对李家明大声说：放心吧，误不了。

6

刑警支队会议室里坐满了人。大伙儿都在聚精会神地听着老孙头的介绍。

综合以上情况，可以断定，两位死者都是因水淹而窒息死亡。我想说的就这么多。老孙头说完，便不再作声。

王春华看着大家，问：那为什么下面那个人会死死抱住上面的那个人？这两个人是什么关系？大伙儿说说看。

李家明觉得自己是重案大队副大队长，自己理所当然要打头阵。

我来说说，不对的地方，请大家批评指正。

李家明清清喉咙。

从死者的表情动作来看，他们两个人同时出现在御窑厂的地底下，有两种可能：一种可能，他们俩是熟悉的，而且还是同伙；另一种可能，就是他俩并不熟悉，而是因为想逃出地底碰巧走到一起。

后者为什么要死死抱住前者的腿？张晓娜瞪着眼问。

应该是突发大水，后者紧跟着前者往出口跑，为了逃命，所以死死抱住前面那个人的双腿，目的是想跟着他一起逃出地底。

那他们怎么没逃出来？张晓娜又问。

李家明微微一笑。

从上面那位死者死亡的位置看，他已经逃到快出地面的地方，只要他的头出了地面，就不会被水淹死。可悲的是，因为后面那个人抱死了前面那个人的双腿，使得前面那位无法从地下出来。也有可能前面那个人逃出去后，会回头将后面那个人救出。可笑的是，后面那个人逃命心切，担心前面的人不救他，想强行让前面那个人带他出去，结果，两人都死于非命。

王春华听了点了下头，问：那他俩进入地底下想干什么？这是问题的关键。

这个问题，也有两种可能：一种是想打通地道，进入御窑厂地底，再设法通到御窑厂博物馆里，伺机盗取博物馆里的古瓷。另一种是打地道进入御窑厂地底下，盗挖堆埋的元明清几代的古瓷片。

那你说的这两种情况，到底哪种可能性大些？王春华问。

就我对御窑厂和博物馆安全防范情况的了解，我认为盗挖瓷片的可能性更大。

依据呢？王春华追问道。

李家明伸出三个指头，说：有三点。

哪三点？王春华问。

第一点是御窑厂博物馆的安防保卫森严，只要进了博物馆，一定会警铃大作，咱们110报警台就会自动接收到报警，不出五分钟，恐怕他们想盗窃的东西还没到手，咱们早就把博物馆包围得水泄不通，他们就是插翅也难逃。我想，他们不会那么傻。

王春华点头：有道理。

第二点是御窑厂地底下堆积着大量的古瓷片。这些古瓷片都是价值连城的宝贝，这个事情瓷都人都知道。打通地道盗窃底下的古瓷片，相对于盗窃御窑厂博物馆里的东西要容易得多。我想稍微有点儿头脑的人，都会分得出事情的轻重难易。

不错。还有第三点呢？

这第三点也是最重要的。看这两个死者双手皮肤粗糙，手掌老茧很厚，并有不少轻微伤疤，两个人手指甲缝里都有煤炭的残留痕迹，再加上两个人的衣着打扮，很像是下井挖煤的农民工。而一个挖煤的人，他最擅长的自然是挖掘地道。他们盗挖地道里的古瓷片，就跟挖煤一样顺手。

王春华认为李家明分析得有道理，不由露出赞许的眼神。

当然，这只是我目前的推断，具体情况，要等下一步我们的调查。李家明说。

那你认为，我们下一步的调查结果会是怎样的？王春华问。

如果我没猜错的话，等地道里的水退了之后，下面肯定还有我们想看到的东西。李家明说。

什么东西？王春华问。

被盗挖的古瓷片。李家明说。

你就那么肯定？王春华问。

这不是明摆着的吗？雇用他们的人，肯定是让他们在夜深人静的时候，进入御窑厂底下挖地道，盗取古瓷片。然后也要他们在天亮前将盗挖好的瓷片运出来，这样才能做得神不知鬼不觉，才好避人耳目，逃避我们的打击。所以，这时候地底下肯定有已经盗挖好、准备带走的东西。只是，他们没想到人算不如天算，突然间暴雨来临，而地道里的水十几分钟内就涨满了。他俩为了逃命，自然就顾不得已经挖好的古瓷片了。李家明说。

王春华听完，兴奋地起身，一挥手说：大伙儿听到了没有？赶紧到现场去，看看水退得怎么样了。

李家明也站起身，说：万一不行，咱们抽水。

王春华一听，说：行，兵贵神速，咱们这就行动。

这时，会议室的门被啪地一下推开了，走进来气喘吁吁的童刚。

童刚满是歉意地说：对不起对不起，我来晚了。

王春华说：你出差刚回来，还是先休息一下再说。

那怎么行，警情就是命令，再苦再累我也要去。

李家明走到童刚的身边，瞧着这个与自己有着同样职务的同学兼战友，还是竞争大队长的对手，抿抿嘴，意味深长地笑笑，然后步履匆匆地走了。

童刚两眼怔怔地站在门口，看着同事们一窝蜂似的出去，各自匆忙地上了汽车，随着汽车呼啸着驶出，一种怅然若失的感觉，悄悄地爬上心头。

7

在御窑厂出事现场周围，拉起了一圈警戒线。出行的人们，沿着警戒线外马路另一边行走。一时间，汽车、摩托车、电动车及行人拥挤成一团，现场一片混乱。

一台抽水机从下午三点开始，就突突突地从塌陷的洞里往外抽水。

一群记者在现场拍照录像，有位电视台的美女记者手拿话筒，来到李家明面前。

李队，听说今天早晨这里发生了一起命案，请问具体是什么情况，你能给大家介绍一下吗?

美女记者面带微笑，彬彬有礼地将话筒伸到李家明面前。

李家明微微一笑，说：对不起，现在我们还在调查之中，暂时无可奉告。

美女记者脸上掠过一丝失望，随即又恢复了笑意。

据有人反映，今天早晨在这里发现了两具男尸，你能介绍一下这两具男尸的情况吗？哪怕简单说几句。

对不起，我现在不能回答你的任何问题。如果真的要采访，请跟我们政工宣传部门联系，他们会安排的。

说完李家明对着美女记者笑笑，转身朝塌陷的洞口走去。

美女记者仍不依不饶，紧跟几步向李家明追去，摄影师将镜头对着塌陷的洞口拍摄。

李家明见状，赶紧转回身，上前用手制止，说：对不起，这是办案现场，你们不能拍摄，这是基本常识。

美女记者不以为然，说：我们是法制栏目组，我们需要掌握第一手资料。

李家明这时拉着脸，说：我们侦查工作有自己的规矩，请你们理解。否则，我只好请你们离开。

李家明瞥了一眼，美女记者的身后，陆陆续续跟着十来个记者，他们跃跃欲试，都想对现场进行拍照摄影。

记者们听了李家明的话，都停住了动作，望着美女记者，看她怎么办。

不愧是老牌记者，只见她转过身对着镜头，微笑着说：各位观众，由于案情重大，现阶段侦破工作还需要保密，我们将对案件进行追踪报道，相信刑警支队重案大队的李队长一定不负重望。

这时，童刚不知从哪里冒了出来，他虎着个脸走上前去，很不客气地说：干什么干什么？谁让你们进来的？你们也不看看这是什么地方？不知道这是案发重地吗？你们要搞搞清楚，这里是重案大队在办案。走开走开，不要干扰我们办案，真是乱弹琴！

美女记者一脸不屑，对童刚说：这位同志你怎么这么说话？我们怎么乱弹琴了？我们来报道，是为了更好地配合你们工作，宣传你们的英雄事迹，让群众更好地帮助你们。你们不是常说，要走专门机关与群众路线相结合的道路吗？我们就是做这种相结合的媒体人啊。

童刚听了，被噎得说不出话，便不容多说地把手一挥：去去去，我们现在不需要你们宣传，等我们破案后再来。

这时，记者中有位长头发戴眼镜的年轻人不服，他举一下手大声说：你们是不是怕破不了案，到时下不了台啊？

随即就有几个记者附和说：是啊是啊。

童刚大声说：你们这是胡闹！

李家明见状，知道这样下去非闹出什么事不可。他想将童刚劝开，便往前走了几步。

正在双方僵持不下之时，突然听到记者们背后传来一个悦耳的女声。

记者朋友们好，我是刑侦支队政工科长梁筱蕾，大家有什么问题，由我来给你们解答。

李家明见状，松了一口气。他知道梁筱蕾是负责新闻这一块的，由她出面万事大吉，随即用手拍拍童刚，说：哥们儿，你怎么来了？

童刚把眼一横，说：我怎么不能来？我也是重案大队的副大队长啊。

李家明笑笑，说：我不是这个意思，王支不是叫你休息一下吗？你怎么跑来了？

笑话，谁不知道我童刚是拼命三郎？我同时办理三四起案件的事又不是没有过，有什么好稀奇的？

李家明又笑笑，心想：你老兄说得好听，你是为了当重案大队长而表现自己吧？

重案大队长前不久提了副支队长，所以目前职位空缺。谁都知道，当上了重案大队长，就等于当上了副支队长，因为几乎所有重案大队长都会被提拔重用。

童刚也不理李家明，他见梁筱雷一出现，立马满脸带笑地向她走去。

李家明有点儿尴尬地看着童刚走开，不由得拿眼朝梁筱蕾站着的地方望去，没想到梁筱蕾正朝自己笑。

李家明的心里，突然有种异样的感觉。

第二章　立军令状

1

已经到了晚上六点半了，李家明两腿有些酸软地蹲在塌陷洞口的边上。

他见此时抽出来的都是些污泥浆，知道水快抽干了。

抽水用的塑料管里堵满了泥浆，慢慢出现碎屑硬块样的东西，最后被堵得不得动弹。

李家明挥挥手，说：可以关机了。

旁边帮助抽水的师傅马上关闭电源，然后看着李家明。

李家明上前说：谢谢你，师傅，抽水的钱，你开张发票来找我。

师傅点下头，他要了李家明的电话，然后开始往一辆三轮车上搬抽水机。

李家明将雨衣雨鞋雨裤穿戴完毕，回头瞧瞧张晓娜，见她一脸担忧，便说：晓娜，你要是不敢下去，那我就一个人下。

张晓娜听罢，低头犹豫了一下，咬着薄嘴唇说：我能行。

李家明说：那好吧，你紧跟在我身后，要是扛不住，你就出来。

张晓娜一脸坚强地点点头。

李家明将从消防队借来的面罩戴上，将氧气瓶开关打开，回过头帮张晓娜打开氧气瓶开关，说了句：不用怕！

然后他便弯腰拱背带头慢慢往黑乎乎的地道走去。

张晓娜咬着牙，也学着李家明的样子，小心翼翼地朝地道走去。

正在这时，张晓娜感到背后有人拉着她不让下，回头一瞧，是童刚。

童刚向张晓娜挥挥手，说：你个女娃子怎么能下去？我去。

说完，童刚不由分说将氧气罩往脸上一戴，低头快速钻进洞口。

2

阴暗、潮湿、霉臭、逼仄、窒息，抑或还伴随着一点忧虑与担心。

李家明弯着身子，估算了一下，洞高大概有一米六，洞只能容一个人弓腰行走。洞壁两边被挖得犬牙交错，突出的部分有破砖碎石，更多的是碎瓷片。脚下看起来是泥浆，但也有瓷片碎石之类的，所以不得不小心行走。

李家明走着走着，感觉闷热，身上有些渗汗，拿着强光电筒的手心也沁出汗来。

李家明有点儿吃惊，之前自己以为底下大不了被偷挖出一条通道，没想到刚走了十多米，就看到有两个交叉的道口，怪不得抽水机抽了四个多小时才将水抽完。但脚下仍有不少未被抽干的小水坑。

胸前的对讲机不断发出噪声，这多少给李家明一些心理上的慰藉，让他感觉领导和战友们就在身边。

李家明走了不足二十米，发现几个脏兮兮的蛇皮袋子。

他上前用手提提，很沉。要想拿走，必须拖着才行。打开一瞧，都是些瓷片，有碗的碎片，也有盘子的碎片，还有些说不清的瓷片。

为全面了解地下被挖的情况，李家明觉得有必要沿着这些通道走一遍。

于是，他用对讲机与王支联系，没想到除了几声嘶哑的电波，根本就听不到对方的回话。

李家明心里咯噔一下：坏了，这下面土层太深，信号都被隔断了。

怎么办？是退回去，还是继续往前走？

退回去当然可以，我可以说下面有多条通道，为了尽快查清这些通道情况，需要多派几个人下来同时勘查。那样自己就可以减少劳动强度，而且还可以提高工作效率。

可现在已经是晚上七点了，大家都回家吃饭了，要调人来当然可以，但一时半会儿也到不了现场。即使他们能到达现场，可没有下来的装备，来了也枉然。

想到这里，李家明还是决定继续往前勘查，看看到底有多少条通道，它们都通向哪儿。

往前走了几米，又发现了三个蛇皮袋子，里面也都装满了瓷片。

看来到这里盗挖的人还不少呢。

之前隐隐约约听人说过，有不法商贩偷挖御窑厂底下的古瓷片，当时自己还不太相信。

由于这些古瓷都是宋元明清几代御器厂、御窑厂为皇宫烧制的，那些被淘汰的瓷器是不允许流落民间的，必须要打碎后埋入地底下。其实那些被打碎的都是非常好的瓷器，只是不允许在民间流传，所以便遭受打碎被埋的厄运。

既然这些瓷器这么珍贵，那有没有人私下收藏呢？

有，曾有一位督陶官，眼见这么精美绝伦的瓷器被打碎掩埋，心疼得不行，便私自留下一些送人，不料被皇上知晓。皇上勃然大怒，将他诛灭九族。如此一来，便不再有人敢私藏。

李家明很是为这些古瓷的命运感叹。

他一边想象着这些瓷器被打碎前的美丽风采，一边想象着当年将这些瓷器打碎时，那些督陶官和工匠们痛心的场景。那是一种怎样的情景和心态啊。就在瓷器被打碎的一刹那，许多人的心也跟着一起碎了。

从这些古瓷片的身上，李家明仿佛明白了一个道理，即历史往往是用破坏和毁损来书写的，也往往是用辛酸与无奈来着色的。这堆积如山的古瓷片，凝聚着悠久制瓷历史的辉煌，也蕴藏着数不清的人间悲剧。

李家明边走边想着，把另外几条通道也走了个遍。

时间过去近两小时，李家明觉得自己的视线有点儿模糊，想想可能是自己的手电筒电量不足吧。

也就在李家明有些疑虑的当儿，突然背后传来一声：不许动！

3

李家明听到喊声，猛地一震，随即他感觉有点儿不对。

这声音怎么听起来这么耳熟？

正在李家明疑惑不定之际，身后传来放肆的大笑声。

你个兔崽子，你想死啊？在阴间地里还吓人。李家明终于知道是谁在作怪了，不由得大骂。

童刚不以为然，说：你胆儿怎么这么小？咱们干警察的，任何时候任何地方都得乐观嘛。要不，那还不得憋屈死。

李家明说：你这个家伙，做事就是有点儿不分场合，我，你是吓唬不倒的，但换成晓娜就难说了……哎，晓娜呢？

噢，我呀，叫她别下来了，黑洞洞脏兮兮的，人家那么漂亮的小姑娘，怎么能糟蹋呢？

你这家伙说什么啊？这怎么叫糟蹋？既然干刑警，那就不能怕脏怕累。要想成为一名真正的刑警，吃这么点苦算什么？

哎呀，人家是小姑娘嘛，能照顾就照顾点。再说，这下面多少有点儿危险，这万一要是出了什么意外，我们怎么对得起师父他老人家啊。

李家明见童刚提到了师父，想想也就不好再说什么。是啊，师父也只有这么一个宝贝女儿，要不是他老人家追捕杀人犯受重伤离开了刑警队，晓娜也不会来干刑警。

童刚问：怎么样，地道都走一遍了？

李家明说：那当然，地道的情况，我都清楚地记在脑子里了。

童刚说：我也走了几条道，挖得都差不多，再看也没有什么意义。我手电筒快没电了，咱们可以上去了。

李家明说：行，不过咱们得将这几袋瓷片弄上去，也算是赃物吧。

弄那个干啥，就咱们两个人，怎么弄上去啊？还是等会儿叫几个民工来抬吧。

李家明听了，笑笑说：不愧是富家公子，说话的口气就是不一样。

你，你这话啥意思？我是富家公子怎么了，富家公子就不能有自己的想法了？

呵呵，能，你当然能，其实你家那么有钱，用不着当警察，受苦受累不说，工资也没多少，社会地位还不高。

哎呀，你怎么能说这种话？童刚说。

李家明用鼻子哼了哼。

说着话的当儿，童刚转身往回走，边走边唠叨着：这鬼地方，怎么这么臭啊。

李家明听了，肠胃都有点儿翻动。

虽说是罩着氧气罩，但还是可以闻到这坑道里的臭味。刚才自己查看的时候，有几处溏便的堆积物，看着令人恶心。但在这种低矮逼仄的走道内，想回避也没办法。

李家明突然停住了脚步，想到了自己走过的几个地道口，其中一个出口就在市政府的边上。还有一个出口，在南边一处废弃的旧厂房处。第三个出口最远，是直接通到昌江的沿江边，连接着一根下水管。那里虽然臭气熏天，但内行人一瞧就明白，那是进出最安全的通道。

李家明这时才明白，两个死者之所以要选择塌陷的洞口出去，是因为他们从原有的地道口出去路程太长，逃跑时间根本就不够，只能从洪水进入的地方逃命。看来这两个盗挖瓷片的人，应该是煤矿老工人，有逃命的经验。

走着走着，突然前面的童刚叫了一声。

李家明赶紧往前走去，问：什么情况？

半晌，童刚才说：这里有个人，还活着。

李家明一听，这是什么情况啊？怎么来的时候没发现，现在回去的时候却出现了。

李家明走上前去，挤到童刚的背后，用手电筒往前面地上一照：我的天，那个蜷缩在地道里的，不是张晓娜吗？

童刚，怎么回事？你不是说叫张晓娜别下来吗？怎么现在昏倒在这里？

你问我，我问谁去？刚才我明明叫她不要下来，她也答应了，怎么现在……

就在李家明埋怨时，蜷缩在地道里的张晓娜，却突然嗨的一声站起身，咯咯咯地笑了起来。

李家明和童刚一时发愣。

两位队长，我跟你们开玩笑的……

你这，你这个女子，你居然还笑得出来？刚才下来的时候，我看你全身都在发抖。这回轮到童刚发问了。

不经风雨，哪能见彩虹啊？成熟都是从恐惧开始的嘛，这是谁说的……

李家明心想，这里不是贫嘴的地方，便催促说：行了晓娜，这地方永远都见不到彩虹，抓紧时间出去，说不定又要来一场暴雨，那我们三个人可就都出不去了。

啊！张晓娜脑子里立即闪出早晨那两个死者狰狞恐怖的面容，不由紧张得立即拔腿往洞口跑。

不想脚下一滑，张晓娜哎哟一声，重重地摔了一跤。

4

晚上十一点，刑警支队办公楼，灯火通明。

公安局长贺天坐在会议室正中位置，王春华主持会议，支队全体人员表情严肃。

李家明特别注意到，梁筱蕾站在王支的边上，正手拿摄像机，对着参会的人员环扫，心里不免有些紧张。

会议已经开了半个小时，李家明站在投影仪旁指着投影仪上的图片，介绍案情。

梁筱蕾一直将镜头对着李家明。

贺天看着投影屏幕上的地道线路图，思忖了一下，对李家明说：从你刚才介绍的情况来看，地下通道贯穿整个御窑厂底下，还穿过市政府办公楼下面？

李家明很肯定地点点头：是的。

贺天的脸色越来越难看。

如果是这样，那在御窑厂发生的案件就不仅仅是意外死亡了，而是牵涉到盗挖文物的大案。

是的，局长，而且是惊天大案。

贺天皱皱眉。

你们能肯定，那两个民工模样的人，不是死于他杀，而是被水淹死的？

是……不过，虽然是被水淹死，但也差不多是被人谋杀的。

贺天皱眉，问：为什么这样说？

因为这两个民工显然是被人雇用来盗挖瓷片的。

贺天抬手制止对方，问：为什么不是他们本人想来盗挖的？

李家明笑笑，说：就那两个民工，如果没有人雇用他们，他们是没有胆量进入御窑厂底下盗挖古瓷片的。退一万步来说，即使他们知道御窑厂底下有古瓷片，他们冒险盗挖，可他们卖给谁呢？他们不可能有销售渠道，如果不能马上换成现金，一般情况下他们是不会去干的。

贺天笑笑，说：有道理。

既然是被人雇用来的，而且目的很明确，就是要他们来盗挖古瓷片的，我们先姑且不谈这种雇用关系是否合法，就单从雇用关系来说，雇用人与被雇用人之间，应该有权利与义务吧，而雇用人的义务之一，就是要保证被雇用人的人身安全，这是最基本的保障义务。李家明又说。

贺天说：没错。

恰恰是这种最基本的保障义务，雇用人却把它忽视了。这种忽视，在刑法上就存在故意的性质。也就是说，雇用人明知被雇用人在履行雇用行为时，存在着人身不安全的因素，却放任不管，让这种不安全发生，因而造成了被雇用人死亡的结果。这种行为，本身就是故意犯罪。

李家明见贺天慢慢点了点头。

很显然，被雇用人在御窑厂底下盗挖古瓷片，面临着多种危及生命的因素，如缺氧、地道倒塌、被蛇蝎攻击、中毒、被瓷片割伤、地下冒水等，这些因素都有可能使进入地道者毙命。当然，突发暴雨灌水使人死亡，也是雇佣方的责任，他们应该预见，或者可以预见在春夏季节里会突降暴雨，在地底下做事会被淹。所以说，不管这两位民工进入地底是怎么死的，雇佣方都有不可推卸的责任。

贺天听了，笑着点下头：那按照你的看法，下一步应该从哪里着手调查？

李家明大脑快速思索着，笑了笑说：我认为要从以下三个方面着手：

贺天抬了一下下巴，示意李家明说明。

第一，要从两位死者的身份入手，弄清楚他们两个来自哪里，为何人所雇，是受同一人指使，还是受不同的人指使。

贺天颔首。

第二，对从事古瓷片买卖业务的市场，进行一次大清查，查清有哪些店铺，最近一段时间收购过古瓷片。

李家明见贺天又轻轻点了一下头。

第三，就是对之前从事过走私古瓷备有案底的人员进行一次全面的调查，看看从中是否能找到有关收购古瓷片的线索。

贺天赞赏地说：对，没有买卖就没有盗挖。从销售渠道来倒查源头，也是一种很好的办法。

王春华见李家明的分析得到了局长的肯定，露出满意的笑容。

同志们，贺局长在百忙之中，参加我们的案情分析会，听取我们的工作汇报，说明局长对这起案件高度重视，对我们的工作更是极力支持。

大伙儿不由自主地鼓起了掌。

贺天笑着向大伙儿点点头，表示谢意。

就在这时，贺天摆在桌上的手机振动起来。一瞧手机号码，他有些紧张，赶紧拿起来接听。

您好，梁市长！

贺天说话的声音不是很大，边上的王春华听得很真切，这是市长找局长。

大伙都停下鼓掌的手，看着贺天，只见贺天的表情从紧张变得严峻。

贺天一边接电话，一边拿眼朝梁莜蕾瞄了瞄。

是的，梁市长，您是听谁说的？我现在正在参加刑警部门的案情分析会。

贺天同志，请你立即赶到我办公室，有紧急事情。

现在？这么晚了。

对，就是现在，有问题吗？

没有没有，我这就来，马上到！

贺天说完，站起身，看着忧心忡忡的王春华，说：不知是谁把有人盗挖御窑厂古瓷片的事捅出去了，搞得我们很被动啊。

说完，贺天又特地瞄了瞄边上的梁筱蕾。

梁筱蕾显然猜出贺局长的意思，忙对着贺天笑笑说：我可没透露过半句。

贺天笑笑，挥挥手说：我走了，你们继续开会。

王春华说：市长这时候找你去，肯定是谈案子的事，我们等你回来。

贺天说了句：大家辛苦了！便快步向会场外走去。

5

贺天来到市政府一号楼，下车后匆匆向电梯口走去。

正在值班的两个保安都认得他，微笑着目送贺天走进电梯。

走进梁市长办公室，见里面的气氛有些紧张，贺天心想：梁市长可能会为盗挖古瓷的事不高兴。

果不其然，还没等贺天脚跟站稳，梁市长就发起了脾气。

贺局长，市里发生了这么大的案子，你们怎么也不报告一声，你们眼里还有没有市政府啊?

贺天一愣，深感突然。

自己也是两个小时前刚从省厅开会回来。上午虽然王春华打过电话，向自己汇报了情况，但当时自己正在省厅开会，就要求他们先把情况调查一下，回头再说。下午又轮到自己在省厅汇报工作，接着是厅长讲话，自己没办法与王春华沟通。

直到吃了晚饭往家里赶的路上，自己才与王春华等人联系。当时王春华说，李家明等人正在御窑厂地底下现场调查，等一结束，有什么情况立即汇报。

自己一到局里，就听取刑警支队的案情汇报，还没结束就接到梁市长的电话了，一口气都没歇就赶到市政府。

没料到一见面，就被市长劈头盖脸一通责怪，把自己都搞蒙了。

梁市长，真对不起，我刚从省厅开会回来，情况还没了解完，就接到您的电话赶过来了。

梁市长听懂了贺天的意思，态度缓和了些，说：犯罪分子挖地道，都挖到我们市政府底下了，你们还不知道?

贺天听了一愣，问：有这样的事?

梁市长说：大楼值班的保安说天天半夜三更听到有人在地下挖东西的声音，昨天晚上我也听到了。没想到今天一早，就听说御窑厂底下淹死了人。可你们到现在也没正式向我报告。

贺天听了，心里清楚了梁市长发脾气的原因。

梁市长见贺天已经认了错，知道对方工作也很辛苦，再责怪下去显得自己不大气，便叹了口气。

好了，贺局长，多余的话我就不说了。现在我要向你传达一个非常重大的信息。

贺天听了，立马坐下来，从公文包里掏出笔记本，说：您说，我来记。

6

梁市长激动地走了一个来回，然后坐在办公桌前，双手交叉放在办公桌上，两眼望着贺天。

贺局长，你知道申遗吗？

贺天听了，点点头，问：是不是申请世界文化遗产？

梁市长表情缓和了些。

不错，我们要向联合国教科文组织遗产委员会申请加入世界遗产。世界遗产分为自然遗产、文化遗产、自然遗产与文化遗产混合体，也就是双重遗产，还有文化景观、非物质遗产共 5 类。

贺天边听边记着，对梁市长的博闻强识暗自钦佩。

我们现在做申遗工作，是一项打造地方品牌、树立对外形象、拉动特色旅游、发展区域经济的重要举措。如果申遗成功了，那对我们整个市的国民经济和社会发展，将会起到非常大的推动作用。梁市长说这话时，手一挥，显得刚劲有力。

贺天见梁市长对申遗津津乐道，知道申遗工作在他心目中的地位非常重要。

我们市已经被文化部列入了世界文化遗产申报名录之中，也就是说，我们的申遗工作已经拉开了序幕，并且取得了阶段性成果。

贺天见梁市长说得眉飞色舞，也受到了感染，身子不由得动了动。

下一步工作，就是要等联合国教科文组织派出代表，到我们市进行最后的综合考评。如果考评通过了，那我们的申遗工作就算大功告成了。

贺天瞧着梁市长那兴高采烈的样子，觉得平时严肃的市长大人，竟也有天真可爱的一面，不由得跟着笑了起来。

所以啊，贺局长，你们肩上的担子，可以说重于泰山啊。

贺天一听，心里也就想到梁市长这么晚将自己紧急叫来的原因了。

梁市长，有什么话您直说，我们公安局是市政府的一个部门，为政府分忧是我们的职责。

好！有你这句话我就放心了。我和你说实话，我们市在申遗的报告里，特别写到了，我们是如何完好地保护御窑厂遗址下那一千多年遗留下来的古瓷片的，这也是我们这次申遗工作的重头戏和撒手锏。现在突然冒出两个人死在御窑厂边上，又牵出盗挖古瓷片案。如果案件破不了，被盗的古瓷片追不回来，那么我们的申遗工作，十有八九就要泡汤！

贺天两眼发怔地望着梁市长。听得出来梁市长目前对公安部门的能力还是有些担心。

刚才市委孟书记给我打电话，他已经得知有人盗挖古瓷片之事，指示我们，当然主要是你们公安部门，一定要高度重视案件的侦破，务必组织精干力量，全力以赴，将被盗的古瓷片追回来。否则，公安机关就是严重失职，我们的申遗工作就会前功尽弃，我们就会成为千古罪人！

说到这里，梁市长停了一下，想了想，又说：一票否决你应该知道！

贺天被说得有些发愣。

你也知道，被综治部门一票否决的后果，那是非常严重的。就是要取消你们公安部门评先评优的资格，你们党委成员就不得被提拔重用。综治是市委那边管的，到时就是我想帮忙，恐怕也是有心无力。

梁市长说这话的时候，一脸的严肃认真。

贺天听罢，顿觉身上的担子沉重如山。

他仿佛看到了几千双战友们的眼睛，在殷切地看着自己，战友们都希望他能为他们在政治和生活待遇上说上话，帮上忙。

可是，大家要知道，要想我这个当局长的帮上你们的忙，要靠大家的努力和付出，做出应有的成绩才行。否则，一切终将是镜中花，水中月。

想到这里，贺天霍地一下站了起来，说：梁市长，请您放心，我们公安机关一定会认真贯彻落实市委市政府领导的指示精神，举全局之力，坚决完成侦破任务，绝不拖市里的后腿。

梁市长也站起身，满意地点点头。

好！我相信你们，一定要在今年瓷博会召开之前，在联合国教科文组织遗产委员会来我市考评之前，侦破古瓷片被盗案，追回被盗的古瓷片，为我市的申遗成功立下汗马功劳！

贺天听了，郑重地向梁市长敬了个礼，声音洪亮地说：梁市长，我向您立下军令状，案子破不了，我辞职！

此话一出，贺天顿感自己有些冲动了。

可话既已说出，他便无法反悔，只有硬着头皮继续撑着。

梁市长听了，脸上露出激动的神情，一时不知如何回答对方。

因为他知道，破案是门科学，有时还要靠机遇，不是仅靠加班加点、决心发誓就能奏效的。

贺天清楚，此话一出，等于往自己的脖子上挂了个铁葫芦，既不好看，又难受。但有时明明知道说的话对自己不利，可为了使命和担当，却又不得不说。

贺天不等梁市长回应，就拿起沙发上的公文包，说了句：我走了。

说着，他就转身快步离开。

身后传来梁市长热情的声音：贺局长，有什么需要我解决的，尽管说！

7

贺天回到局里时，已是午夜十二点半。

令他感到欣慰的是，刑警队的全体人员都在等着自己回来。

贺天急匆匆地走进刑警支队会议室，将公文包往桌上一放，环顾了一下四周，说：同志们，我对不起大家了。

大家听罢，都显得很茫然，不知贺局长说这话是什么意思。

我可以坦率地告诉大家，我在梁市长面前，是立了军令状回来的。

大伙听了，一时显得有些紧张。

也许你们会问，我立了什么军令状？我可以告诉你们，我立的军令状就是案子没破，被盗的古瓷片没追回来，我就主动请辞。

张晓娜听了，瞪着大眼，问：什么叫请辞啊？

王春华说：请辞，就是主动辞职。

啊！张晓娜张大着嘴巴。

她转头看看在座的各位，一个个神情严肃得吓人，不由得低下头不敢作声。

会场一时陷入沉默。

李家明很是为贺天担忧。

所以，我今天也要与在座的各位签订军令状。贺天说。

王春华首先表态：贺局，我是刑警支队长，如果案件破不了，我第一个辞职。

李家明和童刚听了，面面相觑，心里一下紧张起来，有些不知所措。

自加入刑警以来，破过不少大案要案，从未碰到过局长和支队长同时立下军令状，没破案就主动辞职的。

这也是邪了门了，那么多单位，那么多执法部门，没听说谁没完成任务就要辞职的。唯独咱们公安，动辄就立军令状。这种风气一开，那还让不让人活了？

李家明也来了股冲劲，不由得站起来，大声说：没破案，我也辞职！

仿佛是一石击起千层浪。像副大队长一级的领导，在支队里是级别最低的了，如果也要在案子未破的情况下辞职，那就等于所有任职的都要辞职。

一旁的童刚，没想到李家明突然说出这种话，想想自己可不能落后，要不怎么去竞选大队长啊。

于是童刚立马站起身来表着同样的态。

其他支队领导和大队长见状，也都纷纷表态，个个视死如归似的，豪迈悲壮的气氛笼罩会场。

还是老孙头沉着冷静，他笑了笑，站起身，不紧不慢地说：我说大家伙儿呀，先别忙着说辞职的事。这大伙儿都辞职了，以后的活谁干啊？再说了，这破案不是说要辞职就能破的，咱们还是要相信科学，相信自己。自信才是最重要的！

对对对，还是老孙头说得对！张晓娜天真地拍着手，一副发现新大陆的样子。

这时，梁筱蕾也插嘴道：贺局长说破不了案就辞职，那只是表明一种态度和决心，如果案件没破都要辞职，那世上就没有人能干警察了。因为即使是世界上最厉害的神探，也有破不了的案子啊。

贺天知道这位梁市长的千金，说话总是伶牙俐齿、滴水不漏的，这还真应了将门出虎子的老话。

贺天看着梁筱蕾等几个人，知道她也是想为大家留有余地，到时不会太过难堪。

他心想：姑奶奶啊，你的好意我贺天心领了，可我说出去的话就是泼出去的水，绝不可能收回的。

于是，他便口气坚决地说：君子一言，驷马难追。作为一名警察，最起码的素养就是责任与担当。当然，我也要向大家说明一点，任何军令状都是一把“双刃剑”。失败了，引咎辞职；成功了，立功受奖，提拔重用。

王春华兴奋地接过话茬儿：贺局长说得对，风萧萧兮易水寒，壮士一去兮不复还。我们只有背水一战，才能绝地反击。

童刚也热情高涨地说：咱们玩的就是心跳！

李家明轻轻一笑，也豪情万丈地说：将军百战死，壮士十年归。咱们古人为了保家卫国，连生死都能置之度外，现在我们最多也就是辞个职而已，有什么好怕的。签，我第一个签军令状。

贺天听了，一拍桌子，说：好！我要的就是你这种英雄气概！筱蕾，你赶紧打印好军令状，我们签字画押！

梁筱蕾听了，说了声：好，小马，立即去打印！

老孙头兴奋地搓着旱烟丝卷，摇着头说：火了火了，简直太火了。

张晓娜睁着大眼，问：什么叫火了？

老孙头摇头晃脑地说：火了就是火了。

8

已是凌晨三点十分，童刚推门走进王春华的办公室，气呼呼地冲着王春华说：王支，我有意见。

王春华抬头一看，是童刚。

对我有意见？王春华用手指指自己。

对，有很大的意见！童刚说。

王春华笑笑说：你有话就说，有屁就放，我还要赶着回去喝中药呢。

别别别，我说，王叔。

谁是你王叔？这里没有什么王叔，只有王支。

哎呀，好好好，王支王支，不叫王叔，我家老爷子最近老惦记你，问你什么时候得空，到家里喝酒去。我家老爷子的酒啊，可是越来越多，那个档次啊，也是越来越高了。

是吗？那太好了，什么时候我得去好好品尝品尝。哎，你刚才说，你家老爷子的酒越来越多，档次也越来越高，是怎么回事？

哎呀！你可能不知道，现在生意难做啊。不像从前，定做酒瓶都得先付订金，再给客户做。高峰时，一个月的营业额就有两千多万元。

王春华开心地笑了，说：要不，你爸怎么称得上酒瓶大王呢。

哎呀，那都是过去的事了。现如今，半年都不到两千万元，真是今非昔比哟。很多酒厂拿不出现金，只好拿酒来抵账。

王春华听罢笑着说：怪不得你说酒越来越多……哎，这档次越来越高又是怎么说？

噢，那些酒厂抵债的酒不够，就把原先储存下来不打算卖的好酒也拿出来抵账。

哦……是这样啊，看来我的口福不浅嘛。

那是那是，要不然我家老爷子怎么总是念叨你，问你什么时候得空去聚聚。

好，好，我看，就这个星期天吧。

王支，你可拉倒吧，谁不知道你外号叫王老虎，是出了名的拼命三郎，现在发生了这么大的命案，你哪有时间去喝酒。

对了，你不提醒我我还真忘了。我这个人啊，一提到酒，就把什么都忘了。

要不这样，我回家提个几十斤好酒，放到你车上，你有空随时都可以喝，好吗？

几十斤就不用了，有个三五斤就行了。

那好，就这么说定了。王支，那我的事呢？

你，你什么事啊？

我签军令状的事啊！

你这个二百五，我不让你签，那是为你好啊。你想想，你要是签了，万一案件没破，那你不就得辞职吗？

可万一案子破了呢，那我不就失去了提拔的机会？

你这个傻小子，我跟你说实话吧，侦破与古陶瓷有关的案件你根本就没有优势。这方面，李家明的优势得天独厚。

童刚有些不服气地盯着王春华。

你别小瞧我呀，我也是警院毕业的高才生，怎么就没优势了？

你是警院毕业的没错，可你不具备古陶瓷知识。李家明不但是警院生，他还到陶瓷大学进修了陶瓷考古专业，是这方面的专家。你要知道，在咱们瓷都，要想当一名优秀的刑警，没有丰富全面的陶瓷知识恐怕是行不通的。

这不一定吧？以前破了那么多案子，不一定都要懂陶瓷才能破吧？

那得看是哪一类案件。如果跟陶瓷无关，那当然用不着这方面知识。可从我当刑警开始，到现在快三十年了，所有与陶瓷有关的案件，都用得上陶瓷方面的知识。

童刚听了仍不服气。

可是，即使我现在不懂，并不代表我将来也不懂。我不懂可以学呀，谁不是从不懂到懂的。你不让我去接触，那我不就一辈子都不懂？

你知道吗？这起案子要在五个月之内侦破，你就是学，那也要来得及啊。

王支，说来说去，你就是偏心眼。

我怎么偏心眼了？

你让李家明去查案就是偏心眼。

你这小子，你就是一根筋，真是跟你说不清。这样吧，你先配合外围调查，边调查边学些陶瓷知识，等熟悉了以后，再正式参与。

童刚听了，有些不愿意，可他瞧瞧王春华坚决的表情，又不得不服软，便嗫嚅着说：那，那我先做什么外围调查？

你可以先调查有前科人员的情况，也就是之前从事过走私古瓷文物的那些人。

童刚听了，长叹口气，有些无奈地说：那好吧……

第三章　画图施策

1

李家明拖着疲惫的身子回到家时，已是凌晨五点。

自昨天早上发案后，自己忙了一天，出案发现场时叫张晓娜询问父亲的情况，后来一忙就没顾得上老爷子，以至于老爷子什么时候离开的也不知道。昨天老爷子碰到那种情况，的确受到了惊吓。老爸也需要人安慰，可我这个当儿子的，一点都没顾及他的感受。现在想想，心里有些不忍，便很想看看老爷子现在的精神状态怎么样。

刚开门进去，就见小客厅的灯亮了，老爷子准备往外走。

李家明心里清楚，通常这个时候，老爷子都已经出去打扫卫生了，也许是昨晚没休息好，现在才准备出门。

爸，你没事吧？李家明关切地问了一句。

傻小子，我不偷不抢不做亏心事，我能有什么事？

那你怎么今天起晚了？

噢，昨天是我生日，我童师弟请我喝酒。

李家明知道，老爷子嘴里说的童师弟，就是童刚的父亲童国富，市里赫赫有名的瓷酒瓶大王，亿万富豪。老爷子当年和童国富都是建国瓷厂的工友，还是同拜一个师父烧窑的。下岗后，童国富自己创业，成了全市下海创业的典型。

刚才猛一听父亲说，昨天是他的生日，而自己却把父亲的生日忘得一干二净，心里不免生出些愧意来，面部表情不由得有些僵硬。

童师弟的那个酒啊，真是要多香就有多香，我这辈子都没喝过那么香的酒。李建国的脸上，洋溢着兴奋与激动。

所以，你就多喝了点，起来晚了？李家明柔声问。

呵呵，对了，童师弟跟我说了，要你多照应着点童刚，说他不大懂事，要你多管着点。

李家明听了，想笑，心想老爷子的这个师弟，可真是心思缜密。

他儿子跟我一样都是副大队长，却说要我照应他，还通过父亲打这种亲情牌，可见他是那种把任何事情都要做到极致之人。这个童叔叔在市里早已经是功成名就之人，与市里很多领导都是打进练出的好朋友，要照顾自己的儿子，也就是他一句话的事，还用得着我一个下岗扫地工人的儿子？我就是想提拔重用他，我也没那个权力啊。由此可见，这个童叔叔的情商智商真是没得说，怪不得同样是下岗工人，他却能把生意做得那么大，而父亲却只能做个默默无闻的工人，这与老爸为人没心计、性情随和有着很大关系。

唉！一样的米，吃出千样的人。都说性格决定命运，这话还真没错。父亲一辈子老实巴交、胆小怕事，哪怕是在马路上捡到二十元钱，他都会紧张得不晓得怎么办。

都说人善被人欺，马善被人骑。就是因为父亲太善良了，所以他是第一批被下岗的技术工人。按照他的水平，本来是完全可以撑到最后厂子解散才下岗的。可他硬是最先被人挤下来了。

父亲刚下岗的时候，凭着他的手艺，有几个烧柴窑做仿古瓷的老板请他去烧窑。他这人太实在，做事时，手把手教会了几个小年轻烧窑技术，后来真的成了教会徒弟、饿死师父的现实版。

正在李家明胡思乱想的当儿，父亲一席话让他心里很不是滋味。

儿啊，你童叔叔说了，他儿子童刚马上就要当重案大队长了，他要你好好帮助童刚，说只要你帮他，将来他当支队长甚至局长都问题不大。

李家明听罢一惊，忙抬手说：等等，老爸，你是听别人说的，还是听童叔叔亲口说的？

当然是他亲口说的，谁还会跟我说这话?

童叔叔说这话时，他没醉吧?

儿子这么一问，可把老子给难住了。李建国瞪着有些混浊的眼睛，怔怔地想了半晌，还真的想不起来，说：你童叔叔有没有喝醉，我弄不清，反正他也喝了不少酒，我走的时候，他还叫司机送我，也不知道他有没有喝醉。

李家明听了，心里纠结得难受。

不管童叔叔有没有喝醉，从他嘴里说出这种话，肯定是无风不起浪，说明他已经有这种打算，甚至还采取了行动。

朝中无人莫当官。而童国富在朝中却是大有人在，童刚升官那肯定是早晚的事。可要命的是，他偏偏和自己在一个大队，还偏偏与自己竞争同一个职位。这还真是不是冤家不聚首啊。

面对父亲一副憔悴苍老的神态，李家明的心里倏地涌上一种难言的酸楚。

他觉得父亲有点儿可怜，也觉得自己对不起父亲。自己连父亲的生日都没记住，别人请他喝了一顿酒，他就视别人为知己，掏心掏肺为别人说话，没有半点儿私心杂念，你说这不是老实得可怜那是什么?

爸，我今天给你补过个生日。

父亲用异样的眼神看了儿子一会儿，最后对儿子笑笑，说：不了，你那么忙，还是忙你自己的吧。这么多年，我也没过过什么生日，还不是一样过来了?

可是爸，你这次可是六十岁生日啊！六十岁，花甲之年，那可是个大生日。

李家明的言下之意，这是人生中有重大意义的日子。

从儿子的眼神里，父亲看懂了里面的愧疚与歉意，也看出了儿子在向自己乞求原谅。

这时，李建国突然想起，儿子昨天说过想吃泥包鸡。昨天发生了那件事后，自己就把买鸡的事给忘了，现在想想，自己也有点儿对不住儿子。正好，等会儿自己打扫完卫生，就去五小隔壁的菜市场买个鸡回来，把鸡收拾好了，拿到烧窑的地方去，烤完后再拿回来，赶在晚上与儿子一起用餐，既遂了儿子想吃泥包鸡的心愿，又帮儿子实现了为我这个老子过生日的想法，一举两得，何乐而不为？

想到这儿，李建国笑着说：那好，咱爷儿俩就在家过，我今天将泥包鸡弄好。

李家明听了笑笑，说：行，我叫丽丽一起来。

李建国听儿子说要叫丽丽，心头一动，有种说不出来的滋味。

可对于儿子的选择，自己当然也是支持的，即使有点儿不愿意，那也是没办法的事，毕竟儿子到了结婚的年龄，而且丽丽是个非常善良的孩子。

2

李家明目送着有些驼背的父亲消失在门口，心里有些担忧。

父亲六十岁了，还天天这么早上街做事，万一被哪个开车的撞一下，或者在哪儿摔个跤，那可怎么办？

这时，手机接连有嘀嘀的声音响起，李家明知道那是来了短信。

李家明打开一瞧，竟有几十条短信没翻看，其中有两条是梁筱蕾发来的。

李家明不知梁筱蕾发短信给自己有什么事，便赶紧翻看。

一条是昨天下午五点发来的，内容是：师兄，祝你老爸生日快乐，如不嫌弃，我想送一束花表示祝贺。

另一条是五点半发来的，问：师兄有空吗，要不晚上我在普祥斋订个包厢，请老伯过个生日。

哎呀糟糕，昨天下午五点钟我还在现场守着抽水机，根本没时间翻看手机，也没记起父亲的生日，没想到梁筱蕾竟然记得，还要订包厢请老爸，真是难得。

但她怎么会知道我老爸的生日？

对了，她是支队政工科科长，查阅档案肯定很方便。可她怎么就记得那么清楚，是不是我在档案里填写父亲年龄的时候，写了父亲的出生年月日？不会啊，一般都是写多少岁，她是怎么知道的？这还真是个谜。

不管怎样，梁筱蕾对自己一直很敬重，嘴里总是师兄长、师兄短的，叫人看了嫉妒。

自己在警院读大四的时候，梁筱蕾才入学，算起来自己比梁筱蕾高三个年级。

最有缘分的是，李家明与梁筱蕾是一中的校友，而且都是高梁筱蕾三届。从一小到五中再到一中，梁筱蕾读一小三年级时，李家明读六年级；李家明从五中刚毕业，梁筱蕾才进去读初一；李家明从一中毕业，梁筱蕾才进去读高一；就这样一路追，最后才在警院共了一年学。

迎接新生时，梁筱蕾就是李家明接待的。

那天开学时，李家明从见到梁筱蕾的面，到办好一切入学手续，整整花了四个小时，直到下午一点半，李家明带着梁筱蕾在警院附近的一家老乡开的餐厅，吃了一回特色小菜，梁筱蕾直呼过瘾，从此梁筱蕾就离不开李家明了。

也许是自己担任了学生会副主席的原因，梁筱蕾经常跑来找自己问这问那，有什么话也跟自己说，纯粹把自己当成大哥，就冲这一点，没少遭同班的童刚嫉妒。

算起来，自己参加工作也比她早三年。本来梁筱蕾学的是计算机安全专业，可她却要求分到刑警支队。那时她老爸是常务副市长，为分配的事，她老爸也出了面，就这样从同校校友到同事，一晃五年就过去了。

分到刑警支队的梁筱蕾一来就要求办案，先跟着李家明实习了一年。后来因为支队需要一位负责宣传的女同志，正好将喜欢写写画画的她调去，负责宣传这一块。

因为她能说会道，文笔也好，一年内撰写发表了一百多篇通讯报道，还有二十多篇纪实文学，一时成了局里市里宣传的标兵。因成绩突出，她两次荣立三等功。前年支队正好要成立政工科，就由她负责，这不今年初刚被任命为政工科长。

梁筱蕾的提拔重用，其实是她个人努力工作的结果，可有人就认为这些都是她父亲的功劳。说年纪轻轻的，就被提拔为副科级干部，肯定是她当市长的父亲打过招呼。

每当听到有人这样议论自己时，梁筱蕾就觉得很委屈。自己从来就没为提拔的事找过父亲，虽然分配的时候是找过父亲，请他打个招呼，但那是因为自己喜欢刑侦工作。当然心中还有个小九九，那就是喜欢和李家明在一起。可这个小九九是不能跟任何人说的。

就因为分配警种时，父亲打了个招呼，就有人认定，提拔自己父亲也出了面，这真是天大的冤枉。

了解公安内部情况的人都清楚，在公安机关，刑警不算是好警种。特别是女同胞，没有几个愿意干刑警的。即使是分到刑警的女同志，基本上都是干技术后勤文秘等一类的工作，真正深入一线办案抓人的凤毛麟角。

后来梁筱蕾才知道，当时分配就是不找人打招呼，分到刑警也不难。只是自己急于求成，不知怎么就跟父亲提了这个要求，后来想想自己真是不应该。

唉！说实话，女的干刑警真的不多。危险自不必说，太苦太累，生活没规律，对身体也是一种考验。在这个人人追求白富美的年代，哪个有点爱美之心的女性会选择干刑警？别人都想着法子找轻松一些的警种干，如档案管理、外事接待、装财管理等，适合女性干的工种多了去了，何必干令人谈虎色变的刑警？

那些人都是在背后议论的，所以即使自己想解释，也不知找谁说去。你总不能随便逮着一个人，就说我被提拔没找我父亲出面吧？愁死人啦！

终于有一天，梁筱蕾向师兄李家明倒自己的苦水，并问李家明相信不相信自己的话。

李家明淡淡一笑，说：肯定相信啦，我不相信你的话，还相信谁的？

就这样，梁筱蕾高兴得手舞足蹈，竟情不自禁地走上前抱着师兄亲了一下，臊得李家明手足无措，满脸通红。

除了曹丽丽这样亲过自己，还没有哪一个女孩子对自己这样。

让人感到沮丧的是，自己昨晚回到支队时已经是晚上十点多了。开会时，梁筱蕾怎么没跟自己提这些事呢？是不是她觉得我不愿理她，所以她也不便提这事？也许她觉得我太忙了，不便提那事。

最起码她可以给自己一个提示，问问我有没有收到短信什么的，或者打个电话给我也行。但昨晚开了两次会，她都像没事人一样，即使开会时不便说，但贺局长离开的一个多小时里，她也可以给我打电话或发短信说明啊。

哎呀，事情已经过去了，现在想多了也没用，我还是赶紧跟她联系一下吧，向她解释解释，不然这误会可就深了。

想到这里，李家明就拿出手机，要拨号码。

可又一想，梁筱蕾跟自己一样，也是刚回家，这个时候也很疲惫，需要休息，说不定她已经进入香甜的梦乡了。还是等她休息一会儿，再跟她联系吧。

3

迷迷糊糊躺了三个多小时，李家明醒来，看看父亲还没回来，估计是去菜市场买土鸡了。

李家明的心里生出些许愧意。昨天父亲生日，自己不但没记住，还像小孩似的闹着要吃父亲弄的泥包鸡，现在想想自己真是不懂事。

对了，几个小时前在支队开会时，对下一步工作自己也谈了三条思路，王支也表示同意。可现在还有一个问题，当时我根本就没考虑到，我们一般办案，都是要先立案再调查，可我们对这起盗挖古瓷片的事件还没立案，就要投入大量人力物力去侦查，如果省厅案件质量检查起来，又要说我们是不破不立。

想到这儿，李家明便匆忙洗漱完出了家门，在路边店买了八个珠山汤包，边吃边走。来到刑警支队，直接到王支办公室。

王支，我们对盗挖古瓷片这件事，到底立不立案？

王春华听了，笑笑说：那还用问，肯定是要立案的。

如果要立案，那根据又是什么？

根据？这不是死了两个人吗？

可我们不能把淹死两个民工，作为立案的根据吧？

王春华听了一愣，显然是没深想过这个问题，问：怎么，不可以吗？

目前我们只能说明那两个人是被淹死的，虽然我们怀疑他俩是盗挖古瓷片的，但没有直接证据证明他们就是盗挖古瓷片的人。

王春华拿眼仔细盯着李家明，脑子快速转动着，不由得点了下头。

可已经死了人，我们有理由怀疑这两名死者是盗挖古瓷片的，还不够立案吗？

但这两个人从目前看是死于意外，并不是他杀，也没有任何人的口供和旁证，能立案吗？

王支皱皱眉。

你说的这些情况，还真是个问题。可现在这事在全市已经闹得沸沸扬扬，连市委书记市长都知道了，还勒令我们尽快破案，不立案恐怕是不行的。

那是当然。如果要立案，我们必须尽快确定他们盗挖的这些古瓷片的价值，还要查清被盗了多少。

不错。那你打算怎么搞？

我先到陶瓷博物馆走一趟，先确定这些被盗瓷片的价值再说。

好，那你要抓紧。

4

早上九点，李家明与张晓娜走进陶瓷博物馆的馆长室。

头发花白的古馆长正手拿着放大镜，聚精会神地研究一件青花瓷。

古老师，您好！

李家明热情地称呼对方。

哟，家明来了，难得难得，什么风把你吹来了？我们已经有一段时间没见面了。

古馆长见是自己在陶瓷大学带的在职研究生，便笑呵呵地放下手中的放大镜。

是啊，古老师，我这不是无事不登三宝殿嘛。

呵呵，是不是又弄到了什么宝贝，让我来一饱眼福了？

古老师，我这次还真的带了些宝贝呢。

是吗？快拿给我看看！

古馆长高兴得竟像小孩一样站起身子，脸笑得跟桃花似的。

哎，哎。李家明应答着，笑嘻嘻地放下手里提着的大袋子，将袋里的东西一样一样轻轻地拿出来摆在地上。

古馆长见了，欣喜地拿起地上的碎瓷片，左看右瞧，一副兴奋不已的样子。

这么多东西，你这是从哪儿弄来的？

嗯，您猜猜看。

我猜……你不会又是缴来的吧？

李家明笑着竖起大拇指。

这些东西，可不是随随便便就能找到的。

是啊，凭我的眼力，这些是明代缠枝莲青花盘、明成化鸡缸杯和乾隆时期的龙凤呈祥大龙缸碎瓷片，还有一些其他瓷碗的碎片。

嗯，没错，你还是蛮有眼力的嘛，不愧是古陶瓷专业的研究生。

哎呀老师，我是什么研究生啊？我那是业余的，谈不上专业。

对了，你既然已经看出了这些是什么瓷器，你还来找我？

我不是说了嘛，我是业余的，以防万一，我必须来请教老师。

呵呵，不错，满招损，谦受益，家明的君子之风仍在啊。

老师过奖了。我离开学校好几年了，要学习的新知识实在太多，我都已经快脱节了。

古馆长笑眯眯地点了点头。

嗯，不错，居安思危，与时俱进，这才是一个干事业者必备的素质。

谢谢老师的鼓励。这不，我向您请教来了。

好！有何事需要我效劳？

不敢不敢，我是想请教一下，这些瓷片现在到底值多少钱？

古馆长听罢，略一思索。

这个啊，从整体上说，都是无价之宝。当然，任何东西都有一个参考值，哪怕是最珍贵的文物，它也有一个市场拍卖价。

李家明不断点着头。

古馆长拿过一块瓷片，举在眼前，说：就拿这块瓷片来说吧，如果是完整的，起码都是上千万元。即使是碎片，它也价值不菲啊。

大概值多少钱呢？李家明问。

噢，保守一点说，这块瓷片也得值二十万元吧。古馆长说。

李家明听了，点点头。

还有这块，它的价格就更高。

古馆长又拿过另一块较大的瓷片：我的估价，起码在百万元以上。

李家明惊讶地张了张嘴，显然没想到会值这么多钱。

对了，你们缴获了多少古瓷片？

这个，我一时也说不清。

怎么会呢？

是这样的，古老师，我们收缴到的，是在现场发现的，还有多少被盗的瓷片，我们还不清楚。

怎么回事？你们不是收缴了吗？

古老师，我们在一个盗挖现场发现了两蛇皮袋的碎瓷片，至于之前被盗了多少，我们还不清楚。

古馆长一听，瞪大了眼睛，忙问：是不是在御窑厂遗址盗挖的？

李家明听了一惊，问：您怎么知道？

这还用问吗？同时出现这么多年代，这么多种类的瓷片，除了御窑厂遗址，其他地方是不可能有的。

李家明听了笑笑，说：老师不愧是老师，水平就是不一般。

古馆长听了直摇头，说：现在的人啊，真是不可思议。这些东西埋在地下最长的都一千多年了，历史上那么多次动荡，也出现过多次民不聊生，都没有人想到去盗挖祖宗留下来的东西，反倒是现在经济发达了，大家有吃有喝的，竟有人敢冒天下之大不韪，疯狂盗挖古文物。

是啊是啊，老师说得太对了。我们现在许多事情，都是颠覆古人的道德底线的。古人有句话：饱暖思淫欲，饥寒起盗心。可现在却是饱暖起盗心。

古馆长很赞同李家明的说法，说：出现这种情况，这跟我们的教育，特别是道德教育、价值追求、人生理想等，都存在着相当大的关系。这些问题，真的很值得我们深思，值得我们去改变！这种改变，也要靠你们公安执法部门不断努力哟！

李家明见古馆长激动的神情，知道他十分痛恨世风日下，人心不古。

我们公安部门可以通过打击，去制止人们犯罪；可要真正提升人们的思想道德品质，从根本上杜绝犯罪，光靠我们执法部门是远远不够的。

古馆长听了，叹了口气，心里一阵感喟。随即他默默地低下头，蹲下身子，用爱怜的眼光，看着一地的碎瓷片，摸摸这片，又摸摸那片，一副爱不释手的神情。

李家明心里着急，他要赶紧把这里的事弄好，再赶回去向王支汇报。这查案刚开始，可以说是千头万绪，要做的事实在太多了。何况这起案件从局长到支队长，还有自己都是签了军令状的。

古老师，我到您这儿，还有一件重要的事情，需要您帮忙。

你说，只要是我能办得到的。古馆长说。

是这样，我们准备对这起盗窃古瓷片的案子立案侦查，需要一个立案依据，想请您对这些瓷片出一个整体的鉴定报告，注明这些古瓷片的价值。

你不是说，盗挖了几蛇皮袋吗？那总共被盗了多少古瓷片，你们有数吗？

李家明听了摇摇头。

你就带了这些来，其他的我不知道有多少东西，有哪些东西，我没法给出一个整体报告啊。

噢，这件事我也想到了，那些古瓷片一时还没清理出来，全部清理登记还需要几天。您现在只是给我们做一个初步报告。只要够立案标准就行，我们要办立案手续。至于其他被盗的古瓷片，我们分批清理评估，到时少不了又要麻烦您。

行，没问题。你什么时候要？

现在就要！

古馆长听了一愣，旋即明白似的点点头，用手撑着腰，边站起来边说：好，好！我这就写！

哎，这位小姑娘也是警察？古馆长拿眼瞧瞧站在边上一言不发的张晓娜。

噢，古老师，这是我们队里新来的同事，张晓娜。晓娜，这是我在陶瓷大学读研究生时的导师，古教授。

古教授好！张晓娜很有礼貌地对着古馆长鞠了一躬。

古馆长边走向桌子边说：好好。

然后他回头瞅瞅张晓娜，从抽屉里拿出鉴定报告书，坐在办公桌前的凳子上，拿出水笔准备写，说：这位张姑娘怎么看着有点儿面熟啊？

李家明听了笑笑，说：古老师，张晓娜是我们支队张政委的女儿。

古馆长听了，抬了下头，又点点头说：怪不得，好像在哪儿见过似的。小张啊，我跟你爸爸，那是老朋友了。

是吗？那以后可要请古馆长您多多指教，您是李队的老师，那也就是我的老师，以后要多向您请教才行。张晓娜认真地说。

你瞧瞧你瞧瞧，这张政委的女儿就是不一般嘛，伶牙俐齿，嘴比蜜甜，比她老子强多了……古馆长笑着说。

5

在刑警支队王春华办公室，王春华一边听李家明的汇报，一边点着头。

家明，古馆长问的那个问题，我想我们是得认真对待。

他说的哪个问题啊？

就是他问你，我们知不知道总共被盗了多少古瓷片的事。

这件事我想过了。要不是因为时间紧迫，我们急着要办立案手续，我们是应该查清到底被盗了多少古瓷片的。

王春华很赞赏李家明的观点。

如果我们能估算出总共被盗了多少古瓷片，那对我们今后的破案有很大作用。

是啊，王支，我有个想法，不知行不行？

你说说看。

关于到底被盗多少古瓷片的事，我想分三步走。

你说说看。

我是这样想的。第一步，咱们对这次缴获的几蛇皮袋古瓷片进行清点，将每一片登记造册，看看到底有多少，既为我们侦破此案提供立案依据，也为以后计算总数提供基本推算数据。

王春华点头称好。

第二步，我们可以先估算一下盗挖的体积，再估算一下每立方米有多少瓷片，以此推算出约有多少古瓷片。当然，碎瓷片有大有小，不可能估算得很准确，能算个大概就可以了。

王春华听了笑笑，说：你的想法很好，可我们怎么估算出每立方米含有多少瓷片？

李家明说：这事我还真有个想法。

哦……

就是采用取样推算法。

怎么个取样推算？

这时，李家明从口袋里拿出一张示意图，摊在桌面上。

他用手指着图，对王春华说：王支，你看，这是张整个御窑厂遗址下被盗挖地道的示意图。我初步测算了一下，遗址底下总共有三条地道。

王春华仔细看看图，点点头说：你接着说。

我对这三条地道初步估算了一下，加起来总长度为六百二十米。这些地道高约一米六，宽约一米。这样，我就可以算出被挖出的地道体积是多少立方米。我再对地道中那些被挖出的每立方米土中所含瓷片的数量进行取样，也就是说，算出每立方米有多少瓷片。这样，就可以推算出所有被盗古瓷片的数量。

王春华听完，兴奋地一拍桌子，说：对呀，我怎么就没想到呢？

李家明轻轻一笑说：我也是刚从陶瓷博物馆回来的路上才想到的。

好，这就是你说的第二步，那么第三步呢？

这第三步也是最难的一步，就是要彻底侦破案子，把所有被盗的古瓷片追回来，进行全部清算。到那时，我们才能得到被盗瓷片的准确数据。

王春华听完后，开心地大笑起来，说：好，好，你家明不愧是侦破能手！后生可畏啊，这次案件能不能破获，就看你的了！

李家明不好意思地笑笑，谦虚地说：王支可千万别这么说，我李家明再怎么有本领，也不能离开你的领导和同志们的帮助啊，即使能取得一点成绩，那也是你领导指挥有方，大家共同努力的结果。

王春华听了，简直心花怒放，他将头凑近李家明的脸，轻声说：家明，这次案件的侦破，既关系到我们市里能不能申报上世界遗产，也关系到贺局长的高升啊。当然，也关系到你我的前途。

李家明意味深长地笑笑，说：王支，好像不是会做事就能得到提拔重用吧？

王支听罢，脸色一沉，正色道：你这话也没全错，如果会做事的人都得到提拔重用，那我早当厅长了。可话又说回来，在咱们公安机关，咱们刑警的提拔还是比较公平公正的。咱们只要破了大案要案，立功受奖不用说，被提拔重用那都是迟早的事。你没看到咱们公安系统，提拔最快的，应该属咱们干刑警的兄弟最多。

李家明站起身，一副无所谓的神态，说：王支，说实话，我干警察，纯粹是一种情结。要是想当官，那我真的不会在公安。只要有咱们干刑警一半的拼命精神，在其他单位被提拔重用都不在话下。

王春华听了，有些感动地看着李家明，露出欣喜的神色。

这时，王春华突然想起昨天发案时，报案人竟是李家明的父亲，便问：你爸爸现在还好吗？

李家明一激灵，想起晚上要为父亲过生日的事，忙说：我爸还好，还好。

还好就好。有很多报案人，见到了死尸，十有八九都要心慌一阵子。有胆小的，甚至还得了心理疾病，有的还需要住院接受治疗。

听王春华这样一说，李家明想起父亲有些佝偻的背影，心里立马涌现出一种心酸。

6

晚上七点，李家明家客厅四方桌上，摆了五六个菜。

李家明一踏进门口就闻到了一股香味。走到桌子旁，一眼瞅见桌中央摆放的那盘泥包鸡，口中立马充溢了涎水。

爸，你还真弄了泥包鸡啊？

李建国见儿子手中提着蛋糕盒，呵呵地笑着，用手搓搓系着的粗布围裙，说：你买蛋糕做什么？浪费钱，真不会过日子。

李家明知道老爸一直很节俭，平时能省就省，为了攒钱买新房让自己结婚，一辈子都没过过生日，更不用说买蛋糕了。

李家明将蛋糕放在桌子上，笑着说：爸，你辛苦一辈子，连蛋糕是什么味道都没尝过，我们家再没钱，可你六十岁生日，我不能连个蛋糕都舍不得买呀。

李建国侧身朝李家明身后瞧去，皱皱眉问：你不是说要丽丽一起来吗？她人呢？

李家明一脸歉意。噢，丽丽说昨天她们公司老板的厂房被暴风雨弄塌了，损失了一大批画好的瓷器。这些瓷器都是丽丽画的青花，后天就要交货，公司老板让丽丽连夜赶画，弄不好，今天可能要画个通宵。

啊！那怎么行啊？我们可不能因为钱，把身体弄坏了。

唉！这不光是钱的问题，你也知道，丽丽是个非常重感情的人，老板平时对她不错，所以，她为了帮老板挽回重大损失，不得不加班呀！

丽丽真是个懂事的孩子。

是啊，丽丽一定要我替她解释，说对不住你。这个蛋糕还是丽丽买的。

噢，是吗？李建国听了，心里有一丝感动，夹杂着一些愧意。感动的是丽丽对他这个老头子这么好，还想着给他买蛋糕。有愧意是因为他老头子心里头还有一点看不上她，嫌她出身低、家里穷。唉！是不是我这个老头子太嫌贫爱富了？可我，我也不知道，我怎么会有这些念头。

正在父子俩谈论丽丽的事情时，突然有人敲门。

李家明开门一瞧，有些惊讶地张了张嘴，说：你怎么来了？

7

梁筱蕾笑嘻嘻地走了进来，一手提着一个塑料袋，边往里走边说：祝伯父生日快乐。

李建国见是梁筱蕾，知道她对自己儿子很好，也知道对方是市长的女儿，心里不免有些拘谨。他搓着手说：小梁啊，你来就来呗，还提这么多东西干什么？太破费了。

伯父，没拿什么东西，这是我的一点小心意。

李建国听了，赶紧上前接过梁筱蕾手中的袋子。

梁筱蕾也买了一个比丽丽买得还要大的蛋糕，另外还有两瓶茅台酒、一条中华烟。

小梁啊，你买这么贵重的东西，我怎么当得起？这些东西，我是万万不能收的。李建国说这话的时候，手激动得有点哆嗦。

哎呀，伯父，你真的太见外了，我最近工作太忙，有一段时间没来看您老人家了，真是不好意思。

李家明笑笑，问：你怎么知道我今天晚上给我爸过生日？

我当然知道了。谁不知道你是个孝子，昨天因为工作忙，没办法给伯父过生日，今天你肯定会补上的。

好你个筱蕾，你还成了我肚子里的蛔虫了？

我要是能成为你肚子里的蛔虫就好了。

好了，咱不多说了，来的都是客，快坐下吃饭。李家明笑着说。

梁筱蕾瞧瞧李建国，见他一副好客的样子，就说：恭敬不如从命，那我就不客气了。

说完，梁筱蕾就在凳子上坐下，看着桌上的那盘鸡。

哎呀，家明哥，这就是你之前常说的泥包鸡吧？太香了，太香了，真是名不虚传啊。

李建国见状，赶紧从厨柜里拿出碗筷，放在梁筱蕾面前；又用筷子将泥包鸡扒开，夹起一只鸡腿，就往梁筱蕾的碗里放，边放边说：

小梁你别客气，尝个鸡腿，尝个鸡腿。

梁筱蕾受宠若惊地站起身，双手护着碗，不让李建国夹菜，嘴里说：使不得，使不得啊，伯父，这可是家明哥的最爱。

李建国硬要将鸡腿往梁筱蕾的碗里压，直到把鸡腿放进碗里才作罢。

家明从小吃我做的泥包鸡，吃得多了，你还是头一次吃，你多吃些，多吃些。

说着，李建国又要夹另一只鸡腿给梁筱蕾。

梁筱蕾说什么也不肯。

李家明见状，说：筱蕾，咱还没点蜡烛呢。

梁筱蕾一听，说：是啊，咱们先点蜡烛。

说完，梁筱蕾就站起身来，将自己带来的大蛋糕解开罩子，摆到桌上。

李家明也将丽丽买来的蛋糕拿出来。

梁筱蕾忙用手制止，说：我知道这个蛋糕是丽丽姐买的，还是等她来了再开拆吧。

李家明看着梁筱蕾，心想：这个女人的心就是细，细得有时你不知道会到什么程度。你梁筱蕾怎么知道这是丽丽买的？难道就不能是我买的吗？

梁筱蕾也不管李家明是怎么想的，径自打开蛋糕盒，将带来的六支不同颜色的蜡烛插在蛋糕上，用打火机点上，然后唱了起来：祝你生日快乐，祝你生日快乐，祝你生日快乐，祝你生日快乐……

李家明和着梁筱蕾一起唱着歌，弄得李建国僵笑着，一身的不自在，他也跟着哼起来。

生日歌唱完了，梁筱蕾对李建国说：伯父，你许个愿吧，许了愿就能实现。

李建国听了，有点儿不好意思地说：我许，我许个家明早日结婚生子的愿。

李家明听罢，一脸愕然。

梁筱蕾听了，扑哧一声笑了，说：伯父，是要给您自己许愿，不是为家明哥许。

哎哎，我的愿，就是家明的愿啊。

李家明见父亲一副窘态，便说：爸，你从这个月开始，就有退休工资了，以后你就不用那么辛苦去扫地了。

那可不行，我还得继续做事。我这两千多元退休的工资是不能动的，我要全部存起来给你娶媳妇用。

李建国说完，看看梁筱蕾。

梁筱蕾低头笑笑，有些不自在。

李家明见父亲又瞅着梁筱蕾，心想：老爸怎么在梁筱蕾面前说这种话，这会让人家觉得难堪。

梁筱蕾是个聪明人，她起身拿起塑料小刀，将蛋糕切成八瓣，将一大块蛋糕用小叉子叉上，下面用塑料刀托着，送到李建国的碗里，说：伯父您吃蛋糕。

李建国满脸笑意，他用不惯刀叉，用筷子夹起蛋糕，往嘴里一塞，咬了一大口，随即慢慢咀嚼着，嗯了一声，说：真好吃。

梁筱蕾听了，立马兴奋道：伯父，这是咱们市里最好的蛋糕，我特意预定的。

好，好！谢谢小梁！李建国很高兴地边嚼边说，脸上洋溢着幸福。

正吃着蛋糕的李建国，突然停住了嘴，想了想，说：家明，昨天那两个死人的事，你们查清了吗？

李家明说：还没有，我们正在调查，一下子还弄不清楚。

噢，那他们，是不是来偷御窑厂下的瓷片的？

你也这样认为？

这有什么稀奇的，我去年就听“和尚”说起过。

“和尚”？哪个“和尚”？

“和尚”是我以前的徒弟，现在也做瓷器生意了。

他具体做哪些生意？

他什么瓷器生意都做，好像也收一些古董，有时也做仿古瓷生意。

“和尚”都跟你说了些什么？

“和尚”说，现在有人专门打御窑厂遗址古瓷片的主意，有人专门请人盗挖，说是一天上千元。

他还说了些什么？

他说，请人挖出来的古瓷片，十万元一蛇皮袋。

李家明听了，兴奋地一拍手，说：有了，那我得马上找到那个“和尚”，向他打听一下情况。

行啊。

“和尚”叫什么名字？

“和尚”叫曾运开，原来跟着我学烧窑。后来下岗了，他就自己捣鼓着做瓷器生意，摆过地摊，前几年还出国搞过展览，挣了些钱。

那我找他了解情况，他会不会说？

噢，“和尚”对我蛮好，应该没问题。对了，他的店就在瓷器街十八号附一号。平时他都在店里。你别看他那个店小，可他生意做得挺大的。

你有他的联系电话吗？

原来有一个，最近本子不知丢到哪里去了。

李家明听完，心里有些着急，立即站起身，倒了两杯酒，给梁筱蕾倒了杯开水，然后双手端杯，恭敬地对父亲说：老爸，我祝你寿比南山！福如东海！

梁筱蕾也接嘴说：祝伯父松柏常青！福寿延年！

说完，李家明将杯中酒一干而净。

等梁筱蕾和父亲把酒水一喝完，他就放下杯子，说：爸，我有事先走了。

李建国一听有些发愣，随即他缓过神来，指着桌上的泥包鸡，说：你这鸡还没吃呢。

梁筱蕾也盯着李家明，问：怎么这么急？有什么事啊？

李家明略带歉意地笑笑，说：事不宜迟，我得赶紧找到那个“和尚”，向他了解情况。

说完，李家明起身就要往门外走，走了几步又转过头，对梁筱蕾说：对不起筱蕾，我要先走了，就麻烦你陪我老爸一下。

梁筱蕾听了，露出高兴的神情，说：你去吧，我来陪伯父。

李家明双手向梁筱蕾一拱，然后快步向门外走去……

8

当李家明见到曾运开时，感觉这“和尚”的名号真是名副其实。

对方年近五十岁，偏胖的身段，光溜溜的头，身穿麻布对襟褂，一双浓眉向外翘，手捻一串佛珠，神态安详地坐在红木茶桌前喝着茶。乍一看，活脱脱像个出家的和尚。看来他这个绰号是有来头的。

当李家明走进“泥禅斋”时，一眼就望见三面博古架上摆满了佛像观音、瓷瓶古画，给人一种古色古香的感觉。

再往前走几步就能听见古筝的声音，优雅空旷，婉转清幽。乐声越来越清新悦耳，仿佛来到了一个仙居神化的境界。

“和尚”见来了人，感觉有些面熟，便忙欠身站了起来，抬手说了句：请坐，请坐。

李家明也不客气，他自报山门。

“和尚”一听，忙“噢”了一声，欠身再次邀李家明坐下，立即从茶几旁拿出一盒天祥茶庄的精品红茶，放入祭红茶盅洗一遍，再烧水待泡。

李家明知道天祥茶庄的红茶是何等了得，1915 年巴拿马万国博览会金奖获得者，在瓷城算是首屈一指，在全国也不多见。可见对方是把自己当成贵宾来款待。

“和尚”问：家明，你爸身体好吗？

李家明浅浅一笑，说：托你的福，我老爸身体好着呢，除之前得的那个黑变病外，其他的还好。

“和尚”笑笑，说：你爸这人佛心太轻，凡心过重，正处在一条亦宽亦窄的奈何道上。

李家明一听，好像对方说的是佛家禅语似的，便笑笑问：你的意思，是不是说我爸正处在一种欲脱不能，欲舍不去的境界？

“和尚”忙笑着点点头：不错，因为他现在有心事未了。

李家明见对方说出这话，似乎对父亲很了解，便又笑着问：你怎么知道我爸有心事未了？

“和尚”笑笑，问：你爸现在是不是退休了？

李家明笑着点头，说：昨天刚到退休年龄。

“和尚”又是笑笑，说：不容易啊，终于盼到了退休。你爸是不是还想继续做事？

李家明一听又点头，问：你怎么知道？

“和尚”说：你爸就是家里的一头牛。

这，有什么说法吗？

当然有啊。

“和尚”用手指蘸了点茶几上的水，写上一个“牢”字，然后问：这“牢”字上面是什么？

家字头啊。

对，那下面呢？

牛啊。

对，这“牢”字的构成，是象形与指事。就是指家中的牛，最直接的意思，就是在家中像牛一样勤勤恳恳做事的人。为了这个家，就像坐牢一样，难以挣脱。

李家明听了，觉得有点儿意思。

那这个“牢”字，还有什么说法吗？

当然有啊。牢字，在古代指祭祀或宴请享乐时所用的牲畜，其中牛羊猪都有的叫作太牢，只有羊和猪的叫少牢。

这个意思，我们上中学的时候好像学过。

另外，牢还指养畜生的圈，把要养的畜生都围在里面，不让它们走脱，所以就有了牢固、经久、固定等意思。

看起来你对国学和汉字，都蛮有研究嘛。

呵呵，研究谈不上，爱好却是真。人在江湖飘，不得不带刀。

什么意思？

现在是讲文化的时代，在这个时代，如果你没有一点文化底蕴，不管你做什么事情，干哪个行当，都难以在社会上立足啊，更谈不上发展。

李家明听了，觉得有理。没想到“和尚”还是个有文化的生意人，不由得笑了笑。

特别是我这个跟古陶瓷有关的生意，就更要有一些文化知识，一是提高自己的可信度，二是提升自己经营商品的含金量。这在商场上，那也是必需的。

李家明眯着眼笑着，不断点头，说：怪不得我爸说，你这个店不大，生意做得挺大的。

哎呀，大根本谈不上，只是混口饭吃。

“和尚”笑眯眯地双手合十，谦逊地表示谢意。

这时，茶桌上烧着的水开了，一阵白雾冒了出来。“和尚”忙提起水壶，将开水注入茶盅洗茶泡茶，再拿出过滤盅心，将茶倒入祭红茶杯，淡黄的茶水显得晶莹光亮，看着别有一番韵味。

请喝茶……

“和尚”抬手示意。

李家明点下头，表示会意，端起茶盅喝了一口，觉得茶水醇厚润甜，清新幽香，余味悠长，不禁说了句：真是好茶啊。

“和尚”惬意地点点头，说：当年神农氏采百草，遇到中毒时，都用茶叶来解毒。茶叶可称得上百药之王啊，也不知解救了多少人的性命，真可谓功德无量！所以，我现在是见茶叶如见佛祖，啜之心虔，茗之必敬。

李家明听了对方的高谈阔论，便有意将话题引到自己此行的目的上来。

这百草的毒好解，可人世间的毒却难消啊！

“和尚”听了一怔，拿眼在李家明的脸上转，若有所思地问：此话怎讲？

李家明正正坐姿，说：佛教讲究的是慈悲为怀，以善为本，以达到普度众生的目的。可现在竟有人丧心病狂地盗挖咱们祖宗留下的宝物，你说，这世间孽障，是不是很难消啊？

“和尚”听了，微微一笑，说：这个我倒是知道一些。我知道你的来意了，虽说我不是公门中人，但我也有一颗佛家之心，惩恶扬善也是我的本分。说吧，要我做什么？

李家明笑笑，说：爽快！我想请问一下，那些盗挖御窑厂遗址古瓷片的，都是些什么人？

“和尚”轻笑一下，说：据我了解，市里有人雇用民工来盗挖的。

这些民工是做什么的？

噢，听说是附近煤矿挖煤的。

附近哪些煤矿？

这个我就不太清楚了。你也知道，各行都有各行的规矩，这些也可以说是商业机密。干我们这行的，都不好过多去问。

李家明明白似的点点头。

你以前和我老爸共过事，所以，我希望你能帮我打听打听这方面的情况。

“和尚”一听，忙说：这个没问题，你可能不知道吧，我给你爸当学徒时，有次出事故窑炉倒塌，要不是你爸，我这条小命早就没了。

李家明听了感到惊讶，说：是吗？还有这事？我怎么从来没听我爸说过？

“和尚”微微一笑，说：你还真不了解你爸。他这个人特沉稳，看起来憨厚纯朴，实则是大智若愚，物象天外。

李家明听了，扑哧一声笑了，说：那真要感谢你对我爸的夸奖。

“和尚”也不多说，他一抬手，示意稍等的意思，然后站起身，转到后面储藏间，出来时手里拿着几盒东西，径直走到李家明边上，将盒子放下，说：这些东西，都是我各地朋友送的，有长白山人参、天山雪莲，还有冬虫夏草、玛珈和石斛，它们都是健身强体、保健养生的，送给你爸，请他老人家多保重身体。对了，你爸过去烧窑时，工作过于卖力，身体透支，他身上的那个黑变病，其实是免疫力低下造成的，你要多劝他注意休息。

李家明听了，觉得这个“和尚”不愧是个信佛之人，知恩图报。

哎呀，你真是太客气，那我就替我老爸谢谢你了！

“和尚”抬手摆摆，说：不必客气。你爸这个人是我最敬重的。你放心，我会尽力打听盗挖古瓷片的情况，一有消息就通知你。

李家明忙说：好好，你记一下我的手机号码，有什么事，及时打我电话。

好的，好的。“和尚”说。

9

晚十点，在刑警支队，王春华着急地走进办公室，一屁股坐在办公桌前的椅子上。

王春华刚接到贺天的电话，询问他案子进展情况。

王春华说：已经有了初步的方案。

贺天说：刚才梁市长又打电话过问案子，压力大啊！

王春华听了，心里不是滋味。自己从警几十年，破过的大案要案无数，可没有一次像今天这样，是立了军令状的。

这个军令状，说得直接点，那是一名警察的职责使命；说得间接点，这是关系到咱当警察的一张脸面。案子破了，使命完成，脸上有光，皆大欢喜。案子未破，任务失败，颜面蒙羞，自动辞职。这白纸黑字非同儿戏。如果真的失败，那不啻一声惊雷，震动瓷城，波及全省，甚至全国公安系统都会有余震。到那时，自己将永远被钉在耻辱柱上。

王春华长叹一口气，自己今年四十九岁，正是关键的年纪，如果五十岁前不能提拔，那这辈子的政治前途就算完了。如果能提拔，到了副局长的位置，搞个正处级的待遇，那就不在话下了。

有句话叫作一荣俱荣，一损俱损。这句话从来没有现在这么正确有力过。这局长着急，我支队长上火，同样签了军令状的李家明，你现在干啥呢？

想到这里，王春华不禁拿起桌上的电话，先拨李家明办公室的电话，看看人在不在。

电话铃声响了五下才有人接听，可接电话的不是李家明，而是气喘吁吁的张晓娜。

你好，刑警支队重案大队。

王春华一听，小妮子不错，刚参加工作不久，工作就这么认真，回答用语规范，语气态度蛮好。最重要的是，这么晚了还在坚守岗位。都说夜班是把刀，血色要割削。许多原本红通通的脸，被夜班抽得血色全无。

想到这儿，他便开口说：是小张吧，你叫李大接电话。

电话那头停了一下，张晓娜说：王支啊，李大他没在办公室，您打他手机吧。

王春华听了，有点儿不高兴，嗔怪着说：你都值夜班，你们大队长跑哪儿去了？

王支，李大家里好像有点儿事，他说吃过晚饭就回来，我还等着他清理这些瓷片呢。

好的，小张，你忙吧，我打他手机。

王春华拨打李家明的手机，要问问这都晚上十点了，怎么还没到办公室。这可是你自己制订的工作方案，先把被追缴的古瓷片清理出来，作为立案的证据，然后追查盗挖古瓷片的幕后黑手。

门外传来敲门声，王春华有些烦躁地说了句：请进。

门被推开了。

王春华抬头一瞧，进来的竟是一脸兴奋的李家明。

李家明叫了一声：王支，有戏了。

王春华见李家明这样，就知道这小子又有什么好消息要告诉自己。

10

果然，李家明与“和尚”见面的情况，让王春华喜上眉梢。

王春华竟情不自禁地站起身来，上前使劲拍拍对方的肩膀。

家明你搞得不错，没想到你小子这么快就摸到了线索，我还以为你跑到哪儿玩去了呢……说，你打算怎么查，我让童刚配合你。

李家明抬头一笑，面露忧色，说：王支，这起案件非常重大，我们要想又快又好地搞到有价值的情报，经费这块可能少不了。

王春华想了想，说：这个没问题，只要能找到线索破案，那是值得的。

可据我所知，咱们支队的经费早已经用完了。

那还是老规矩，咱们就先自己垫着呗。

李家明听了，露出苦笑，说：王支啊，算起来，我已经垫了快五个月的工资了。

这么多啊？

上次到云南、广西追查枪案，行动组的钱都是我这个组长垫的。我不垫，难道叫其他人垫不成？

王春华知道李家明工资不高，能垫那么多钱的确不容易，便一时未出声。

照这样下去，非逼得我去摆地摊卖瓷器不可。

那可不行，怎么说，咱们也不能做生意，那是踩红线。何况，何况你还是个大队长，你不想干了？

那我卖血总可以吧？卖血总不违反规定吧？

净胡扯，卖血能卖几个钱？说出去丢咱警察的脸。

可……这也不行那也不行，那怎么办？我总不能老从家里拿钱来办案吧。再说，关键是我家里没什么钱啊，我可比不了童刚。

王春华用手摸摸下巴，思忖着说：我看这样吧，我立即打个报告给贺局长，请他出面找市里领导，批一些经费。要不然，这活咱是没法搞。咱们支队今年以来的加班津贴都没影儿，大伙都有些情绪，这样下去，怎么搞？

李家明笑笑，知道王春华总喜欢把做或干工作，都说成“搞”。

李家明见自己的目的已经达到，剩下的事，应该由王支自己去“搞”了。于是他对王春华笑笑，说：王支，该说的我已经说了，我还得到办公室整理古瓷片呢。

王春华听罢，也苦笑一下，说：行行行，经费的事我去找局长，你那边要抓紧，我们的时间不多啊。

李家明撇撇嘴，抖抖肩，调侃说：看样子，我连结婚的时间都没了，我还是继续过童子军的生活算了。

你小子，我们现在可是一根绳上的蚂蚱，不管你是嫩胳膊还是老寒腿，完不成任务，一锅煮。当然，你要是真结婚的话，没人可以阻止你。

李家明听了，直摇头，说：人为刀俎，我为鱼肉。没办法，我只有抓紧搞，日夜搞，拼命搞了！

你这小子，还鹦鹉学舌了你，看我不揍扁你。

王春华起身抬手要揍李家明。

李家明赶忙用手护着屁股，说：你可不能搞家长制那一套，我这屁股可是要留着下蛋的，不能揍啊。

说着，他一溜烟跑得比兔子还快。

第四章　多管齐下

1

已是凌晨四点，在李家明的办公室，四周寂静得有点儿可怕，能清晰地听得到墙上挂钟指针嘀嗒的声音。

张晓娜困得实在睁不开眼了，突然一阵疼痛瞬间从手指头传来。

张晓娜哎呀一声，使劲睁大眼睛瞧，我的妈呀，右手中指上的鲜血冒出，洇红了正在清洗瓷片的脸盆。原本污浊的脏水里，立马有一条殷红的血丝，看着有些瘆人。

正在专心拍照记录的李家明闻声瞧去，只见张晓娜呲牙咧嘴地痛得哈着气，忙放下笔走上前去，抓起张晓娜的手，赶紧拿出抽纸揩揩。

随即他又拿起桌上的茶杯，用杯里的茶叶水清洗创口，再回到办公桌前打开抽屉，从里面拿出一张创可贴，边贴边埋怨说：都快弄完了，怎么这么不小心？

张晓娜哭丧着脸说：李队，我实在太困了，眼睛都睁不开了。

李家明也疲惫地笑笑，说：实在困了，你就说一声，休息一下。

可事没弄完，我怎么好意思休息呢？

李家明听了，用爱怜的眼光看着张晓娜。

嘴上虽然责怪对方，可心里对她还是蛮赞赏的。一个娇柔的姑娘，这个点本该是躺在家里舒适的床上做着美梦，可她却承受着常人难以承受的煎熬，跟我这个大男人一起熬夜加班，困得连眼睛都睁不开，才会被锋利的瓷片割破手指，谁看了都会心疼。

当警察难，当女警察更难，当一个女刑警难上加难。

还有啊，要想当一个优秀的女刑警怎么说呢？那就是，比登天还难！

李家明晃晃头。

他也觉得自己困得够呛，疲惫的直接后果就是昏昏沉沉、头晕目眩。

刚才拍照记录的时候，他时不时出现精神恍惚的状况，有几次连字都写错了。

自己都是这样，何况一个刚参加工作的小姑娘呢？

李家明想想自己是不是有点儿过分，怎么能要求一个女孩跟自己一样加班熬夜呢？

要是吴爱军在就好了，他参加省厅组织的培训，应该快回来了吧？

想到这里，李家明说：晓娜，你回去休息吧，这里的事我来弄，反正没几分钟就能弄完了。

张晓娜脸上露出一丝尴尬的表情，嘴里嗫嚅着说：都怪我没用。

李家明安慰说：晓娜，你已经很棒了，你先回去休息，明天一早，你还得去医院打一针破伤风。

张晓娜听了，神情松弛下来，有气无力地说：李队，我好困，我想睡觉，我，我就在沙发上睡一会儿。

说完，张晓娜的头已耷拉着抬不起来了。

李家明见状，知道她确实困得不行，走到路上怕出什么意外，不如就让她在办公室的沙发上睡一下。

那好吧，晓娜，你就先在沙发上躺一下，等会儿我完事了再叫你。

张晓娜两眼蒙眬地点下头，踉跄着走到沙发处躺下，不到十秒钟就发出了轻轻的鼾声。

李家明无奈地摇摇头。

瞧着摆满一地的古瓷片，他撸了撸袖子，从盛满水的洗脸盆里抓起破瓷片，轻轻地在水中来回漂洗着；拿出水面瞧瞧，见有粘着泥土的地方，另一只手用报纸擦泥巴，擦干净后，再将古瓷片摊放在地面的报纸上。

就这样，李家明又从洗脸盆里捞洗出九十多片古瓷片，全部放在地面的报纸上，然后揩干手，在每块瓷片边上放上编号，拿起照相机拍照，再填写登记表。

接下来，李家明将每块编好号码的古瓷片用报纸包好，按照顺序码放在纸箱内，再用封条将纸箱口封好，这才算大功告成。

等这一切弄完，已是早晨六点半了。

李家明见完了事，不由得打起了哈欠，便用手拍拍自己的脸，好让自己清醒点。可瞌睡虫还是顽强地侵袭着他，令他困得难受极了。

李家明轻轻地走到办公室的门口，看了一眼睡得正香的张晓娜，突然间想起了曹丽丽。

她为了帮老板赶货也拼着命在加班。我们每个人都在为一种使命或责任忙碌着，每个人都有自己的无奈与苦衷。不知她加完班了没有？是不是回家休息了？想想自己是怎么对人家的，心里就有些愧疚。按理说她加班，自己应该去陪陪她，等她加完班，再送她回去休息，可现在自己什么都做不了。

李家明瞧着张晓娜甜蜜的睡姿，想把她叫醒送她回家，又怕吵着她，想想还是让她在办公室休息算了。

他便轻轻上前，将一件衣服盖在她身上，然后轻轻关上门。

然后他来到停车场，开着昌河北斗星小客车，向家里驶去。

他现在就想倒在床上，好好地睡一觉。

2

这是什么地方？怎么这么黑呢？

朦胧中远远看见一束光，这束光越来越近，越来越强烈，待来到被强光照射的地方，竟是一具惨白的头颅。头颅上的双眼，竟被瓷片插中，两只眼窝里流出鲜红恐怖的血水……

家明，家明，家明！

李家明迷迷糊糊中听到有人在叫自己，那应该是父亲的声音。

不对啊，父亲这会儿应该正在马路上打扫卫生呢，怎么可能回家？

李家明的眼睛还未睁开，就闻到一股熟悉的香味。

这种香味，应该是油条包麻子的香味。对了，应该还有珠山包子的味道……

李家明用鼻子使劲吸吸，眼睛才慢慢睁开。

一瞧，父亲正站在卧室门口望着自己。

爸，你怎么这么早回来了？

李建国呵呵一笑，说：傻小子，都九点多了，还早啊？

啊，什么？李家明像是被针扎了一下，从床上蹦了下来，火急火燎地说：这是怎么回事啊？我居然睡过头了！

李建国眼瞅着儿子往卫生间跑，听到他急匆匆刷牙、洗脸、上厕所的声音，知道儿子急着要上班。

他便有些担忧地说：家明啊，听说你立了什么生死状？

李家明听了一笑，说：什么生死状啊，是军令状！

那，那还不是一样吗？这好好的怎么突然立个生死……啊，那个军令状呢？

哎呀老爸，这事你就不要操心了，你应该相信你儿子。

还有，你昨晚从哪儿拿来的那么多礼品，我问了别人这些礼品都贵得吓人。

李家明听了，明白父亲是说“和尚”送的东西，便说：那些礼品，是“和尚”送给你的说是要报答你的救命之恩。

嗨，这个小曾，这么客气干啥？前不久我在路上碰到他，他硬是请我在伊龙吃了餐好的，花了好几千元，我都心疼死了，早晓得那么贵，打死我也不会去。

爸，这个“和尚”，看起来挺不错的。

那当然，我的徒弟，还有差的？做人差的，那就不配做我的徒弟。李建国有些得意地挥动两下右胳膊，那是扫地惯用的动作。

李家明边说话边坐在小方桌旁，左手抓起油条包麻子，右手端起用塑料杯装好的豆浆，狼吞虎咽地吃着。

慢些吃，别噎着。

哎，爸，昨晚我走后，小梁坐了多久才走的？

小梁啊，真是个好孩子。她还帮我洗刷完碗筷，将厨房打扫得干干净净后才走的。她还要帮我洗衣服被单，我不肯。

嗯，她就是这么个人。爸，她走时没说什么吧？

说什么？对了，我让她把带来的烟酒拿走，她开始死活都不肯。

后来呢？李家明停住了咀嚼。

后来，我说：你不把东西拿走，以后就不要到我家来了。

你，真的这么说？

那我还能怎么说？

你这样说，人家会受不了的。

李家明想象着当时梁筱蕾手提烟酒，郁闷离开的样子，很是不忍心。

啊，那怎么办？我当时也是慌乱了。她拿那么贵重的烟酒来，我怎么敢收呢？人家还是市长的千金！

李家明听了也觉得无奈，不禁低头用手抓起瓷盘里的包子，几口一个，没几分钟，桌上一大盘东西便被他一扫而光。

慢点吃，吃快了不消化。

李家明仿佛没听见似的，站起身对李建国说了句：爸，我走了。

他从口袋里掏出一张纸，一边揩着手上的油，一边小跑着出了门。

3

上午九点半，贺天坐在自己的办公桌前，与坐在对面沙发上的王春华交谈着。

春华啊，我觉得你刚才说的这几条措施，我们可以同时进行。

这个办法我也想过，可是我又担心人手不够。

不够？你那不是还有童刚他们吗？

这个我也考虑过，不过童刚对这类案件侦查没经验。再说，他也没签这个军令状。

贺天用手指着王春华，说：春华啊春华，现在是非常时期，时间对我们来说，是时不我待，分秒必争。再说，童刚对陶瓷案件这块不熟，你可以叫他参与他能胜任的工作嘛。童刚他那个老子啊，前几天碰到我，说要我给他儿子多压压担子，让他多锻炼锻炼。

王春华思忖一会儿，心想：童刚的那个父亲，恐怕还说了要多多关照他儿子的话吧，在这里你肯定不便说。

王春华想到这儿，便说：那好吧，那我就叫他去查那几个民工的情况。

这就对了嘛。我们在任何时候，做任何工作，都要做到物尽其用，人尽其才。何况咱们警力这么紧张。即使是对某类案件业务不熟，可你不让他参加，他不就永远都熟悉不了了？万事都有第一次嘛。

王春华听了笑笑，说：贺局说得没错，除人员外，我还有一件事要向你报告。

什么事？说吧，只要有利于破案，只要我能做到的，都不是问题。

好！贺局，这可都是你说的啊。我的这个要求，就是要尽快补发半年多的加班津贴……还有啊，我们支队的出差费用要抓紧下发，要不，同志们工作起来根本就没有积极性。

你这话说的，好像大伙都没发工资似的。

不瞒你说，局长，我们支队出差费用差了一大截。别人不说，就说这个李家明吧，他个人垫的出差费，就有将近两万元。

这么多啊，不会吧?

那还能有假? 这话是昨天他亲口跟我说的。我也看了一下账单，一点不假。

贺天听罢，不由得激动地站起身，背着双手走了几个来回。

看来，这个问题不解决，势必影响大家的斗志。怪不得前不久刑警队有人写了请调报告，说要调到市委接待处去。

自古以来，都是兵马未动，粮草先行。我们一线的刑警，几乎每天都处在与犯罪行为面对面的搏斗中，随时都面临着牺牲的危险。我们有的同志牺牲后，留给家里人的除了无尽的悲伤，就是一大沓票据欠条。这些和平年代的英雄，真是流血流汗又流泪，说起来真的叫人心寒哪!

贺天转过身，态度坚决地说：好! 你写个报告，就以专案组的名义，我亲自找梁市长，先解决这起案件的办案经费再说。

王春华一听，赶紧从上衣口袋里掏出一份材料，说：报告我都带来了。

贺天接过报告浏览了一遍，想想，说：至于之前办公经费不足的情况，不是你们刑侦一个部门存在，几乎所有办案单位都有这种情况。我叫装财处全面调查一下，形成一个综合性报告，报市政府统一解决。你看，这样可以吧?

王春华苦笑一下，说：只有这样了，希望能尽快解决。

哎，这个李家明，怎么还没到啊?

噢，家明昨天加班到天亮，他一醒来就会到支队来的。

那好吧，你就和他商量一下，马上召开市区各分局刑警队长和派出所长会议，我先到市政府去参加一个会，结束了我就赶回来。

好的，贺局，这次会议意义重大，这是自咱们专案组成立以来，第一次大规模会议，关系到案件能否顺利侦破。我想，我们先开着会，等你回来作最后指示。

好！

4

在市局党委会议室内，满满地坐着五十多人，正在召开动员部署会。

会上，王春华先把召开这次会议的来龙去脉给大伙儿讲了，又讲了这次会议的重要性和必要性。虽然是老生常谈，几乎千篇一律，但该撞的钟还得撞，该念的经还得念。

接下来，由李家明向大伙儿具体布置任务。

同志们，我们下一步工作，重点有三个方面。第一个方面，要查清我市所有从事古陶瓷经营活动的店铺情况，包括店铺的具体地点、门牌号码、店主和法人、经营规模、联系电话、从业人员数量等基本情况。特别要调查了解一下，这些店铺最近有没有收购古瓷片。

这时有人说：这些店铺的数量太多了，不好查。

说话的人明显存在畏难情绪。

王春华听了，说：正是因为数量多，所以要开这个会议，发动大家开展摸排。如果数量少，就用不着麻烦大家了。

在座的不少人点点头，表示认同。

李家明继续布置。

第二个方面，范围就小得多了，就是要重点调查有盗挖、走私和贩卖古瓷前科的人员。

这时有人说：这些数字，你们刑警支队应该都有啊。

立即有人附和：是啊是啊。

李家明不慌不忙地说：关于这些人员，我们支队是有数字，但这些数字不是很全面。还有一些从事以上活动的人员，他们是被外地公安机关抓获后判刑的，也在外地服刑；这些人员刑满释放后的材料，一般都会寄给户政部门，也有的直接寄到当地派出所。这部分人的资料，我们支队就掌握不了，所以需要大家排查。

在座的科所队长听了，大都点头表示理解和赞成。

第三个方面，就是密切注意暂住人员的排查。重点是出租房屋、宾馆旅社，还有一些工地工棚，查清这些外来暂住人员中，有没有从事古瓷片收购的。

李家明一说完，大伙议论纷纷。

有人举手说：这些人员也有很多，有没有一个确切的范围？

李家明说：目前还没有明确的范围。

有人说：这样查，动静是不是太大了？要是打草惊蛇了怎么办？

王春华朗声说：这点大家不用担心，我们就是要采取打草惊蛇的办法，引蛇出洞，然后伺机擒拿。要是毒蛇潜伏着不动，我们就没有办法发现其行踪。见不到毒蛇，我们怎么擒获啊？我们总不能用拳头打空气，那不是越打越泄气吗？

现场有人开心地笑了。

王春华强调道：不过，刚才这位同志的话提醒了我，我们在工作的时候一定要保密，绝不能泄露工作机密，一定要做到内紧外松。

这时，又有人举手问：我们排查的情况，怎么汇总上报啊？

一般情况下，各科所队的情况，统一到各分局的刑侦部门，再由刑侦部门汇总上报市局刑侦支队。李家明及时解释。

王春华插嘴说：为了不贻误战机，遇到重大和紧急情况，你们也可以直接打我的电话，也可以给李大打电话。请记住，给我们打电话的同时，一定要报告分局刑侦部门和分管领导。

这时，有人说：我们摸排是没问题，问题是我们得有个统一的表格或格式吧，要不然大伙报来的材料五花八门，我们没办法统计汇总啊。

王春华一抬手，说：这个问题我们已经想到了。李大，你将表格发给大家吧。

李家明说了声好，便朝坐在一边的张晓娜挥挥手。

张晓娜立即从桌子上拿起一沓表格，发给在座的每一位。

那些拿到表格的人，立即仔细观看表格。

有人问：这表多长时间报一次？

李家明说：每天下午五点之前，报到市局刑侦支队重案大队。对了，各分局确定一名信息员，专门负责上报表格和情况汇报。各科所队也一样，都要确定一名信息报送员，这样工作才不会脱节。

在座的听了，七嘴八舌地议论起来。

有人开始打电话回去布置工作。

王春华突然面朝大门站了起来。

大伙回头一瞧，只见贺天急匆匆走了进来。

在他的身后还有一个人。大伙一见，都露出惊喜的表情。

有人大声说：梁市长来了！

5

梁文广有些激动地看着大家，慷慨激昂地发表讲话。

同志们！有人说，咱们瓷城发生了惊天御瓷案。这话啊，我看也对。因为从古到今，自打咱们祖宗设立御窑厂以来，发生这种大案还真是第一次。有位记者写了一篇文章，标题就叫惊天御瓷案。还有一位记者，写得也叫人惊心动魄，标题叫作：市政府底下的盗瓷声。

梁文广说到这儿，停顿了一下。见大伙聚精会神地听着，他便继续自己的话题。

光看标题，就会给人有三种错觉。第一种错觉，好像咱们瓷城到处都是盗挖古瓷的人，连市政府底下都是，其他地方就更不在话下。是不是？第二种错觉呢，是很容易让人误认为咱们政府放任不管，要不然怎么会有那么猖獗的盗贼，竟敢在市政府底下盗挖？对不对？第三种错觉，对咱们的政府来讲更是致命的，它会让人产生政府与盗贼同流合污的错觉，是不是？这位记者在文章里还隐隐约约地暗示，是否有政府人员与盗贼沆瀣一气？否则，盗贼又怎敢大白天在市政府底下猖狂作案呢？

大伙都用紧张的神情看着梁文广。

大家知道什么叫沆瀣一气吗？我想在座的各位大都知道它的意思，但不一定知道它的来历。

在座的都不敢吱声。

沆瀣一气的成语，源于唐朝。那时候，朝廷很推崇科举制度，只要你榜上有名便能升官发财，飞黄腾达。唐僖宗时，主考官崔沆录取了一个叫崔瀣的人。有个人认为，主考官是看到一个跟自己同姓，而且名字又相近的人，就录取了他；所以，这个人就将他们两个人的名字连在一起，就是沆瀣，用以比喻他们两个是一伙的。后来就用沆瀣一气，取笑他们臭味相投，狼狈为奸。

梁文广说到这儿，看到大伙的神情似乎轻松了一些。

有的同志会认为，我这样说，是不是有点儿牵强附会？是不是有点儿小题大做？不是的，同志们！我今天早晨上网查了一下，有人就拿我们这起案子大做文章，说我们政府不作为，没能力，不排除政府内部有人参与盗挖古瓷片的可能。同志们看看，这就叫作山雨欲来风满楼啊。不管他是出于什么目的，不管是出于好意还是坏心，实际上给我们政府造成的影响都是非常恶劣的！

梁文广非常气愤地一挥手，双眼威严地扫了一眼在座的各位。

我说了这么多，意思是什么？同志们，我的意思是这些错觉跟咱们在座的每个人都有关！咱们在座的各位都有责任！

梁文广此话一出，在座的都感到十分意外，不禁面面相觑。

有的同志心里可能会问，这些错觉怎么会跟我们扯上关系呢？我们又有什么责任呢？我可以负责地告诉大家，这些错觉，跟你们太有关系，太有责任了！

梁文广说到这里，环顾了一下四周，只见大家一个个表情僵硬，很不自在。

警察是什么？警察是专政的机器，是打击犯罪保护人民的。公安部门又是什么呢？

大伙慑于市长的威严，都不敢轻易回答。

公安是政府的一个部门。

贺天转脸一看，说话的是李家明。

对！公安部门就是政府的一个组成部门，是代表政府执行法律的带有武装性质的国家行政力量。也就是说，在对付违法犯罪的层面上，公安机关就是代表政府的。社会治安的好坏，犯罪活动能不能被制止，能不能将犯罪嫌疑人抓捕归案并绳之以法，公民和国家的财产能不能得到有效保护，这些都是公安部门的责任与义务！

梁文广说完，端起桌上的茶水喝了一口。

所以说，发生了这么大的案件，出了这么多事情，都跟我们公安部门有关，跟我们在座的各位有关。这就是我特地和贺局长赶来，参加这个会议的原因。

贺天这时补充说：梁市长听说我们在开破案宣传动员会，立即叫停市长办公会议，说我们的会比市长办公会还重要，所以就立即赶过来，专门给我们作指示。

不知是谁带头鼓起掌来，一时间会议室里掌声热烈。

梁文广抬抬手，示意不要鼓掌。

同志们，我不是反对大家鼓掌，我是觉得现在鼓掌为时过早。我希望等哪一天案件破了，我们一起举杯庆功的时候，大家再来鼓掌，而且掌声完全可以来得更加猛烈一些！

大伙有的拍手称快，有的开心地笑着，都为梁市长的风趣幽默所感染。

所以啊，在这里，破案的意义我就不多说了。我只想在这里拜托同志们，务必要把侦破盗挖御窑厂遗址古瓷案，作为当前压倒一切的政治任务。希望大家牢记使命，全力以赴，同心协力，奋勇拼搏，以不到长城非好汉的雄心壮志，以不获全胜绝不收兵的英雄气概，打好这个攻坚战，以优异的成绩，向百万瓷城人民交上一分满意的答卷。为千年瓷都辉煌的历史，为我市申遗成功，写上浓墨重彩的一笔。历史也将永远记录下你们的卓越战绩！

掌声自然又响起来了。大伙儿不约而同地站起身来。

6

贺天、王春华等人簇拥着梁文广，来到刑警支队政工科办公室前停下，转过头来瞧瞧。

梁筱蕾见状，立即走上前来到梁文广面前，叫了声：爸。

梁文广问：这就是你工作的办公室吧？

梁筱蕾微笑着点点头。

你不是常说我没来过你工作的地方吗？我今天就特地来看看。

梁文广说完就走进办公室，来到一张干净的办公桌前。

这就是筱蕾的办公桌吧？

梁筱蕾一听，欣喜地点点头说：爸爸真厉害，一眼就能看出来。

梁文广轻轻一笑，说：我看不出女儿的办公桌，那怎么行啊？

站在门口的李家明心里也觉得奇怪，这个办公室里有三张桌子，都没写谁的名字，梁筱蕾的父亲凭什么就能一眼看出哪张是自己女儿的办公桌？真是神了。

梁文广说完，来到办公桌前，用手轻轻摸摸桌面，然后围着办公桌转了一圈，说：我女儿最爱干净了，办公桌也应该是一尘不染的哟。

李家明终于点点头，心想：不错，自打认识梁筱蕾，她就是一个非常爱干净的女孩子。她穿的衣服总是清洁整齐的。而且梁筱蕾总喜欢在自己的衣服上洒上一点香水，每当她从身边走过，总有一股香气随身飘过，令人神怡。

梁文广又来到办公桌前椅子旁，慢慢地坐下，然后神态安然地双手交叉着放在办公桌上，笑对着大家。

这时，童刚不知从哪儿钻了出来，拿着照相机不停地朝梁文广拍着，一副虔诚恭敬的神态。

梁文广笑眯眯地看了看办公室四周墙上，满意地点点头，然后又用手摸摸椅子扶手，站了起来，慢慢地走出办公室。

梁文广接着转到支队其他办公室里看了一圈，然后才来到贺天办公室坐下。

办公室钱主任走到贺天办公室门口，神秘地朝贺天笑笑。

贺天会意，向梁文广说：梁市长，我们局党委一班人，听说您来了，都很想见见您，想请您给大家作些指示，讲讲话。

梁文广听了，用手点点贺天，说：你这个贺局长，真是物尽其用，人尽其才，一口气也不让我歇。

说完，梁文广笑眯眯地朝隔壁的会议室走去。

这时，王春华紧走几步来到贺天身后，用手扯扯贺天衣角。

贺天站住脚，回过头来。

王春华将嘴巴凑近贺天耳朵旁，轻声说：局长，别忘了那个要求拨专案经费的报告。

贺天抿嘴诡秘一笑，说：放心，忘不了。

7

翌日晚上六点，李家明匆匆跑到警官食堂吃饭，吃了些中午食堂剩下的辣椒炒肉和糖醋带鱼，就跑到办公室看今天各分局报来的调查摸底汇报材料。

约七点半，李家明手机响了，一看是“和尚”打来的，“和尚”说上次李家明走后，他慢慢地想起了一些情况，想当面与李家明谈谈，李家明听了很高兴。

就在刚才，李家明重点看了一下，“和尚”所在的瓷器街派出所，将临街商铺列为重点，而“和尚”的店面不在正街面上，且面积又小，店是登记上去了，但没被列入重点范围。也难怪，在一般人眼里，店铺占有面积越大，场面越阔气，肯定老板就越大，从事古瓷片买卖的可能性也就越大。

临走前李家明打了电话给王春华，说自己要和一位知情人见面，向他了解一些情况，但要向他出示一些我们在御窑厂遗址收缴古瓷片的照片，问行不行。

王春华想了想，回答说：可以，但一定要保密，尽量不要把照片原件留给对方，给他看一下就行。

李家明说：好的，我知道了，不到万不得已，这些照片不会给他。

来到“和尚”店里，正好八点。

李家明来到茶几旁坐下，也不客气，端起茶杯就喝，茶水有点儿烫。

李家明从衣服口袋里拿出一沓照片，递给“和尚”，“和尚”赶紧戴上老花镜，拿起强光手电筒照着相片，仔细观看。

良久，“和尚”点点头，放下手电筒，说：没错，是这些东西。

李家明问：你能肯定？

“和尚”使劲点下头，说：错不了，这东西我一过眼，就走不脱。

“和尚”说完，站起身转到木架屏风后，不一会儿拿出一个小锦盒，小心地打开，从中拿出几张照片递给李家明，说：你看看。

李家明接过照片一看，有些意外，怎么这些照片上的东西，跟自己在御窑厂遗址收缴来的瓷片照片有很多相似之处？这么说，这些照片上的东西，很可能也是从御窑厂遗址底下挖出来的？

“和尚”笑笑，说：是不是从那里挖出来的，我还不敢肯定。

那这些照片，你是从哪儿得到的？李家明问。

其实这些照片几个月前我就有了，当时人家只是问我有没有这些东西，如果有，就跟他们联系。当时我也没多想，道上的人问有没有货，那是再正常不过的事，我是刚才看了你带来的照片，才想起来的。“和尚”说。

李家明一听，兴奋地笑了，好像在黑暗中看到了一丝光亮。

有几张是“泥坯佬”给我的，还有几张，好像是“勇哥”给我的。“和尚”说。

他们都是些什么人？李家明问。

噢，“泥坯佬”是“刀疤”的马仔，那个“勇哥”，好像是“神头”的手下。“和尚”说。

这几个人，给我的印象都不太深。李家明说。

噢，“刀疤”和“神头”出山的时候，你还在读书，他们坐牢出来的时候，你还没到刑警队呢。“和尚”回答说。

李家明点点头说：怪不得，我到刑警队后发生的这类案件，我应该都有印象。

“神头”和“刀疤”十几年前在我们市里就非常出名，他们两个都是因为诈骗罪坐的牢。“和尚”说。

诈骗罪？他们诈骗什么？李家明问。

那还用说，咱们是瓷城嘛，搞诈骗的肯定都跟瓷器有关。“和尚”说。

李家明点头笑笑，说：是啊，我听说过之前有人拿着仿古瓷骗人说是古董。

对呀！他们就是那种人。年纪大点的老刑警，应该都知道他俩的事。“和尚”说。

那你知道“刀疤”和“神头”的真实姓名吗？李家明问。

“和尚”低头想想，说：“刀疤”好像叫余发水，“神头”叫丁森林。

李家明听了，赶紧拿出笔，在小笔记本上记下来。然后诚恳地对“和尚”说：非常感谢你提供的这些情况，我们市里正在申遗，而且是自然遗产和文化遗产双重申遗，这在全世界范围内都是不多见的。如果申遗成功了，那我们瓷城的旅游和经济发展，将会迎来又一个腾飞。只有侦破这起案件，追回那些被盗的古瓷片，我们的申遗才能成功。要不然，申遗失败，那将会是我们中国人的耻辱，更是我们瓷城人的耻辱，我们就会成为千古罪人！

“和尚”看着李家明慷慨激昂的样子，心中也好像被一把火点燃，两眼不由得闪现着灼热的光芒。他不断捻动着手中那串沉香佛珠，面带微笑，一边听，一边不断点着头。

家明，你放心，我是个信佛的人，做善事是我的本分。佛家神秀曾经有诗说得好：身是菩提树，心如明镜台，时时勤拂拭，莫使惹尘埃。我想佛理与法律也是有相通之处的。佛理与法律都是惩恶扬善，造福万民的，如何能发挥作用，要靠我们努力奋斗才成。我提供线索铲除罪孽，对我自己也是积蓄福报，对社会来说也是为民除害。

李家明听了，觉得这个“和尚”并非徒有虚名，便举起茶杯，真诚地说：按辈分我应该叫你一声师兄，我以茶代酒敬你一杯。说完李家明双手托杯向对方示意，然后一口来个底朝天。

“和尚”欣然接受，也双手捧杯，眯笑着一饮而尽。

8

李家明开着那辆破旧的北斗星车，排气管突突地冒着黑烟，朝支队疾驰而去。

路上李家明接到王春华电话，要他立即赶到办公室，说童刚也会来，正好开个碰头会。

当李家明推门走进王支办公室时，见童刚已在座。李家明知道童刚正调查那两个淹死的民工情况，正想知道那两个民工到底怎么回事，便抬手向童刚打了个招呼，在童刚边上的木沙发上坐下。

王春华笑着对李家明说：童刚今天跑了附近六个煤矿，搞到一些情况。所以，我请你们两个一起来碰碰头。

童刚用手摸摸梳得油光锃亮的头发，又用手拍拍名牌西装，然后清了清喉咙，说：我和队里的金大海，马不停蹄地走遍了附近六个煤矿，走访了二十多人，行程四百多公里，终于查清两名死者的真实身份。并且已经联系上了死者的家人，他们可能后天就会来认领尸体。

李家明一听，说：行啊，这么快就查清了死者身份。他们是怎么到市里来的？是谁叫他们来的？

童刚翻开自己的工作笔记本，说：根据我们的初步调查，两名死者，一个叫查牛崽，四十三岁，系浮平县大公山镇西头村人，查牛崽十年前就到鸣东煤矿下井挖煤，约一个月前，被一个年轻人叫走，直到大前天凌晨被大水淹死。据和他一起挖煤的人说，查牛崽曾说过，他可能要到市里做事，说是有人出了高价。具体是什么人请他去，具体干什么，他都没有说。

李家明边听边在笔记本上记着。他抬起头来，问道：那另外一个人的情况呢？

另一个人叫茅大哈，四十一岁，是浮平县落风坡乡茅坑坞村的村民，他于三年前来到五一煤矿挖煤。据他煤矿的老板介绍，茅大哈说家里老娘生病要回家照看，向老板请假，临走时还向老板借了两千元，说是预支的工资，离开后就再没回去过。

李家明问：那他家里是不是老娘生病了？

童刚说：我们到了他家里，他的确有位生病的老娘，老人得的是中风，现在由茅大哈嫁到同村的妹妹照顾。茅大哈把钱交给他的妹妹后就走了，离开家后，茅大哈还给家里寄过十次钱，每天一次，每次九百元，都是寄给他妹妹的。

那他是从哪个银行寄的钱？李家明问。

茅大哈那里只有邮政储蓄银行，所以，他每天都是从市里邮政储蓄银行寄的。

李家明点点头合上笔记本，抬抬手说：等等，让我来假设一下，这个茅大哈被人请到市里来盗挖古瓷片，每天给他九百元，他为了安全起见，也为了家里用钱，就每天往家里寄钱。

王春华点点头，说：应该是这么回事。童刚，既然这个茅大哈往家里寄钱，而且是从邮政储蓄银行寄出去的，那你就查查是从市里哪家邮政储蓄银行寄出的，看看还有没有其他情况。

好的。童刚回答说。

李家明问：童刚，那个查牛崽有没有往家里寄过钱？

寄过，不过，他每天只往家里寄八百元，都是寄给他老婆的。童刚回答。

李家明笑着点点头，说：从我们搜查两名死者身上的遗物来看，他们两个人身上都只有四五十元零花钱，从他们往家寄钱的数量来看，一个是八百元，另一个是九百元，说明雇用他俩的老板，给的工钱不一样。他们两个人，可能是被两个不同的人雇用的。

王春华点点头，说：你分析得有理。雇人盗挖御窑厂遗址古瓷片的可能是两伙人，当然也有可能是同一伙人，给民工的工资不一样，或者给的工资一样，但他们寄回家的钱不一样。为了保密，这两个民工相互也不认识。

李家明点点头，说：对了，王支，我刚好从知情人那里了解到几个月前，有两伙人开始收购古瓷片。

具体是什么情况？王春华问。

我拿那些古瓷片照片，给知情人看，没想到他也拿出类似的照片给我看，说是几个月前，就有人拿了那些照片给他，让他帮忙收购古瓷片。李家明说。

这个情况太重要了。具体是些什么人找的你那个知情人？王春华说。

噢，说是分别叫“刀疤”和“神头”的手下，一个叫“泥坯佬”，另一个叫“勇哥”。李家明说。

王春华听了，一拍桌子，开心地说：太好了，那两个家伙可是我的老相识了，当年就是我办的他们两个人的诈骗案。

是吗？真是太巧了，没想到这么多年，你们又要碰面了。李家明说。

王春华开心地笑了，随即他又双眉紧蹙，疑虑重重地说：可是据我所知，这两个人出狱后一直老老实实做生意，再也没有犯过事，哪怕是一般的违法犯罪都没有。

李家明面对王春华，笑问：难道王支这么多年，也没放松对他们的监视？

王春华一笑，说：那是自然，我对这两个人太熟悉了。

李家明听了，侧脸瞧瞧童刚，又转过头问王春华说：那要不要对他们俩进行调查呢？

王春华眨眨眼，说：那还用说，不过，跟老相识过招，咱们一定要讲究策略。

童刚听了，不以为然，说：跟这些老油条打交道，快刀斩乱麻，筷子戳粑！

王春华又眨着眼笑，说：有些熟透了的粑，可不好夹呀。

童刚听了，有点儿丈二和尚摸不着头脑，瞅瞅这个，望望那个，满脸的疑惑。

李家明似乎听出了王春华的话外音，见童刚那副憨样，抿着嘴笑。

童刚这时接了个电话，脸色立即变得凝重。他转过头对王支说：不好意思，我家老爷子打电话来，说是有点儿急事，我要去看一下。

王春华说：这么晚了，你老爸会有什么事？

哎呀，老爷子说有人找他的麻烦，什么麻烦他没说。

王春华心想这个老童做人稳重低调，做事也总是与人为善，会有谁找他麻烦呢？可不管怎么说，童刚是我们支队的人，童刚的老子也就是我们的警属。何况他与自己还是关系蛮好的老朋友，如果真有什么事，我们能帮的肯定会帮。

这样，你先去看看什么情况再说，如果有人无事生非寻衅滋事，你就打电话。

童刚听了，有些感动地点点头，说：那我先回去看看。

王春华挥挥手，说：去吧去吧。

第五章　奇招迭出

1

李家明从王春华办公室出来，回到自己办公室，见张晓娜还在统计整理各分局上报来的材料。

李家明坐在办公桌前，思忖了一会儿，然后从公文包里拿出笔记本，写下一步调查计划。

这时，只听张晓娜长叹了口气。

李家明转头一瞧，见张晓娜放下笔，站起身，双手交叉着向上向前用力挺伸，然后左右旋转着做身体运动。

哎呀，累死了，看得我头皮发麻。

李家明笑笑说：晓娜辛苦了，怎么样，有没有什么重要线索?

各分局上报的材料还没发现有价值的。

李家明听了，点点头，说：你再仔细梳理一下，看看有没有什么新发现。

好吧，那我再梳理一遍……对了，李大，刚才金大海来办公室说，他和童大明天准备调查那两位死者汇款的银行。他们调查哪家银行有什么意义吗?

李家明嗯了一声，觉得张晓娜这个问题问得好，便停下手头准备写的计划，转头笑对着张晓娜。

晓娜，调查那两位死者是从哪家银行汇的款，可以帮助咱们确定下一步的侦查方向和范围。

真的吗？张晓娜问。

那当然。我们根据他们邮寄钱款的地点，就可以大体推断出他们居住在哪儿。李家明说。

凭什么？张晓娜问。

李家明轻轻一笑，说：因为汇款人一般都是就近办事，不会舍近求远的。一方面是图方便，另一方面也是出于安全考虑。人总是喜欢在自己熟悉的环境里活动，不太熟悉的地方，一般都不太喜欢去。何况是去办理有风险的业务，汇款是有一定风险的，银行的自助区域都是犯罪高发范围。

张晓娜听了，仔细想想，点点头，心想是这么回事。

我知道了，你是说一般情况下，他们是不会跑到自己不太熟悉的地方汇款的。张晓娜说。

李家明赞赏地点头笑笑，说：不错，不愧是老刑警的女儿。

哪里哪里，名师出高徒嘛。张晓娜调皮地说。

你这个徒弟未免也太聪明了吧，我这刚说了上段，你就知道下段了。我真怕教会了徒弟，饿死了师父啊。李家明也开玩笑地说。

这个你放心，我一定不会让你死，即便你老了，走不动路了，我也把你当菩萨供着。张晓娜笑着说。

哎呀，好你个晓娜，竟敢拿你师父开涮。

哪里呀，我这是向师父表忠心，让师父教得尽心，我学得开心嘛。张晓娜又说。

李家明抬手点点对方，笑得挺开心的样子。

2

童刚的悍马车开进陶瓷高新开发区的大门，往前行驶两公里后左拐，就可以看到他老爸太白瓷业有限公司两百多亩的厂区。

童刚驾车来到公司大门口，见办公楼前聚集着一伙人，少说也有五六十人，正在吵闹着。

保安见是童刚的车，赶紧打开电动门让车开进来。

这时不知是谁喊了一声，说：没钱还能买这么好的车，这都是咱们的血汗钱呀。

这一喊不要紧，人群立即向着大门口奔来。

保安见状，赶紧将大门关上。

童刚将车子开进厂区里面停好，便赶紧下车往大门这边走来，想看看到底是什么情况。

一个膀大腰圆三十多岁的光头男挥舞着铁棍，带着二十几个拿棍子的年轻人凶神恶煞般喊叫着，要往大门里挤。保安不让，出来阻拦，光头大声喊道：起开，你个臭保安，找死啊！

保安听了，自然不肯让开，光头恶狠狠地说：你再不让开，就别怪我不客气了！

保安有点儿胆怯，拿着警棍的手有点儿抖，不停地看着童刚。

童刚虽说在刑警部门干了六七年，与各种凶残的歹徒进行过殊死搏斗，但面对这些手持铁棍不明真相的群众，童刚还是有些手足无措。职业的敏感和处理问题的习惯，让他意识到首先要报警。

于是童刚马上掏出手机，打通110报警服务台，语气有些急促地说：110吗？我这里是陶瓷科技园太白瓷业有限公司，这里有大批手拿铁棍的人在闹事，很可能会出人命，请赶快出警，赶快出警！

童刚报警的话刚说完，光头就冲到了他的面前。

童刚一抬手，说：你们有什么事可以好好说，但不能行凶，你们不知道打人的代价吗？打赢了坐牢，打输了住院。难道这么简单的道理你们都不懂？

光头听罢先是愣了一下，这时，不知是谁说了一句：这个是老童的儿子。

光头立即怒气冲冲地说：你是老童的儿子，当然为他说话。可我们卖地的钱是祖宗留下来的血汗钱，是我们的活命钱！

童刚一听，知道他们这是老调重弹。三年前就有被征地的农民来闹事，他也问过自己的老子童国富，老子说，每亩八万元的钱早已给了镇里的征地拆迁办，当时征地拆迁办将部分钱挪用到其他项目上去了，答应有钱一定补发。

于是童刚立即向前大声说：这件事我知道，钱早已经交给征地拆迁办了，你们应该找他们去要。

我们已经找了他们几年了，他们今天推明天明天推后天。再说，当年一亩才八万元现在已经二十万元了，你们买地的钱根本就不够，现在你们要再补上十二万元。

童刚听了，真是哭笑不得，便反问：三年前你买房子的价格四千元，现在涨到了六千元，你是不是还要向开发商再补交二千元！

光头听了两眼一瞪，说：不跟你废这么多话，你老子要是不补交钱，我们就封厂，你那高档的车我们要拿去拍卖。

童刚听了气得够呛，反驳说：你这人讲理不讲理？

光头梗着脖子，两眼一翻说：不跟你说那么多，我们先把车子开走。说完光头就要往厂区里面冲。

童刚见状，忙将身体拦在厂门口处，说：你们这样硬闯进来是犯法的，是要负法律责任的。

光头听了，一抖浑身的肥肉。你还跟老子谈起法律来了，老子只认一条法律，那就是法不责众。我们大家认定的事，那就是法律。

童刚听了直摇头，心想，自己见过不讲理的，但还真没见过这么不讲理的。便问：你是什么人？

光头一听愣了一下，随即抬起头傲慢地说：你不要管老子是什么人。

童刚不让，说：你要是不说你是什么人，我是不会让你进来的。

光头一昂头，说：老子想进去的地方，还没有进不去的。

童刚轻蔑一笑，说：你这话说大了吧？

光头得意地一晃头，说：你不信，老子就冲给你看看。

童刚说：你有本事就冲进来试试。

这时边上有人轻声提醒光头，说：这人是公安局的，你要小心。

光头听了，轻蔑一笑，说：公安局的怎么了？警察了不起啊？不瞒大伙儿说，这公安局的人天天养尊处优，动起手来都是草包，老子今天倒要看看他有多大的本事不让我进。

那些手握铁棍的闹事者听了都有点儿迟疑，看看光头又瞧瞧童刚。

毕竟童刚是血气方刚的年轻人，听对方口出狂言，不由得怒气冲天，用手一指光头，大声说：你有本事就冲进来试试看，我不叫你走着进来躺着出去，我就不姓童。童刚说这话的气势，倒是有几分咄咄逼人，吓得后面的人有些胆怯不敢向前。

光头一听，也不由得怒从心头起，恶向胆边生。他咣的一声将铁棍往地上一丢，摩拳擦掌，恶狠狠地说：老子自打出道以来，还没遇到过对手。老子今天要是不把你打趴在地，就不姓雷。

看这架势，光头是非动手打一架不可，要不然他自己都下不了台。

童刚自然担心对方人多势众，如果他们一拥而上，自己就算有三头六臂，也不是人家的对手。

最要命的是，自己是名警察，即使自己武功盖世以一当百，可以搏杀得对方片甲不留，但自己也不能动那杀机啊。因为除了擒贼缉凶，履行使命，自己可不能对群众动手，更不要说将他们打死致残。何况拳脚轻重难控，一旦动起手来，受伤在所难免。

要是自己被打伤打死，别人会说警察因家庭经济纠纷参与斗殴，你姓童的被打伤打死活该。

如果自己打伤对方，受处分是少不了的。如果失手将对方打死，不要说脱下警服，那坐牢判刑都是很正常的。

童刚非常清楚自己这时的处境，也就是说只要自己与对方动起手来，不管输赢，自己都是输家。

唯一的办法，就是自己站在大门口，被对方打倒在地。但如果那样，就真的太窝囊了。

没想到光头转身对着身后的人群说：你们退后，让我一个人料理他，省得他说我们这么多人欺负他小年轻。

人群一阵哄笑。

童刚听罢，心里暗暗叫好。如果对方一人要与自己决斗，那对自己是个机会。但是这种机会，必须建立在对自己来说没有后顾之忧的前提下。而且，这种决斗要对解决问题有帮助。

想到这里，童刚向光头拱拱手，说：瞧你的样子，是要与我决斗？

光头得意地一扭脖子，说：怎么，你小子怕了？

怕？我童刚从来就不知道“怕”字是怎么写的。

哼，看样子你还很有把握赢我？

那当然，没有金刚钻，不揽瓷器活。

那要是你输了呢？

我脱下警服，任你发落。

好！我不但要你脱警服，我还要你老子补上差价。

要是你败了呢？

要是我败了，立马走人，再也不找你老子的麻烦。

你不但不能无故找我老子的麻烦，而且从此以后不能无故找任何人的麻烦。

可以！

你说话算数？

老子说话从不反悔！

好！一言为定！

自小喜爱练武的童刚自然清楚，出招之前先静观对方套路，才能伺机应变，见招拆招。

光头仗着人高马大，一招猛虎扑食，想将童刚擒住。

童刚一见对方招数，不是那种凶残伤人的狠式，倒是擒拿束缚的动作，知道对方外表虽凶狠，但存怜悯之心，便也不想伤害对方，只发出了一声嗨，一招剪手大劈，光头就呼的一下，被震飞到一丈外，趴在地上张着嘴巴，一副惊魂未定的模样。

随着光头的落地声，众多手拿铁棍的年轻人一个个目瞪口呆。昏暗的灯光下，童刚仿佛看到了一群木鸡，令人感到十分滑稽。

半晌，光头似乎刚缓过神来，他慢慢地站起身来，一边用手摸着头，一边喃喃自语：真是活见鬼了，真是活见鬼了。

童刚见状，微微一笑，也不言语，气定神闲地站在大门口，仿佛刚才什么事也没发生似的。

光头用手拍拍裤腿上的灰尘，心有不甘，想想刚才是不是自己没站稳脚跟，被对方使了绊子。不对啊，刚才明明是自己先下手为强，想用一招猛虎扑食给他个下马威，怎么对方纹丝不动，自己却被震飞了呢？

不行，这太丢脸了，就这么败下阵来，那我光头岂不是要被人耻笑？

想到这里，光头阴沉着脸，回头瞅瞅刚才对他寄予厚望的兄弟们，倏忽间见兄弟们瞅自己的眼神，是一副悲悯可怜相，自尊心瞬间受到极大的伤害。

光头皱皱眉，硬着头皮往童刚站着的地方走去，来到童刚面前，口气明显软了一些，说：你刚才使了什么魔法，让老子摔了一跤？

童刚说：怎么，你还想再摔一跤？

光头说：刚才不算。说完两眼还露出不服。

那好，你再来一次。童刚带着轻蔑的口气道。

好……光头话音未落就迅猛地飞起一腿，心想，刚才我用拳被你防范化解，现在我用脚踢你，你总防不了吧？

光头的心念未定，这身体又一次被掀得飞了起来，并重重地摔到了地上。

这回，光头算是彻底服气了。

只见光头有些摇晃着站了起来，步履蹒跚地来到童刚面前，两眼紧盯着童刚，好像不认得对方似的。

在场的人都看得出来，这一跤摔得不轻，把个人高马大、虎背熊腰的光头摔得够呛。现在见光头仍不服输还要找对方麻烦，心想他不被对方打死也得打残，都不由得为光头捏着一把冷汗，生怕光头动手又被童刚一招震飞，那可就太惨了。

光头瞪着两只圆眼，问：你，你，这是什么招？

童刚微微一笑，说：心意六合拳……

3

说时迟，那时快，扑通一声，众人惊呆了，只见光头双膝一下跪在童刚脚前，双手拱拳说：师父，弟子谢罪了！

说完，光头咣咣咣向童刚连磕三个响头，又大声说：师父，你收下我这个徒弟吧，我这辈子最想学的就是这种拳啊！

没想到光头的话音一落，那二十多个手拿铁棍的年轻人，纷纷将手中的铁棍一丢，快步跑到光头身后，齐刷刷地跪成一片，纷纷边叩头边大喊着师父……

心里高度紧张的童刚，这一刻终于松了口气。

见眼前一片跪着的人头，童刚心想，这样让他们跪着也不是办法，得让他们起来，通过光头来解散聚集的人群。自己的老爸肯定早已心急如焚。

童刚很大度地走到光头面前，用手拉拉光头，说：你下跪就没必要了，再说，我当警察的，不可能收徒弟。

光头听了把脖子一梗，说：师父，你就收了我吧，你收我一个人就行了，这些人都是我的徒弟，你收了我就等于收了一大帮徒孙，以后只要你老人家发话，我们什么都听你的。

童刚这时想到这些人来到这里的目的，是想讹诈自己老爸的钱财。不管他们是谁雇来的，不管光头是不是本地的农民，都得让他们明白做人的道理，最起码懂得遵纪守法。于是便因势利导地说：学功夫首先要学会做人，要遵纪守法，明白事理，心正才能身子正，身子正才有可能功夫正。

光头回答说：是是是，师父说得是，徒弟记住了。

你是不是听懂了我的话？

听懂了，听懂了。

听懂了那你该做什么？

我该做什么？我能做什么？光头显然有些迷糊了。

童刚抬起下巴往光头身后指指，又朝公司大门前的人群看看，嘴里哼了一声。

光头回头瞧瞧站在公司大门前观望的人群，立即明白了童刚的意思，便站起身，对身后跪成一排的人喊着，都起来起来，去，把那些人都劝回去，就说我师父家的事，以后不许他们再来胡闹了，再胡闹我打断他的狗腿。说完，光头转头笑嘻嘻地对着童刚，讨好着说：师父，我这样做行不行啊？

童刚轻轻一笑，说：行不行得看那些人走得快不快。说完童刚双眼盯着光头看。

光头听了一拍脑袋，随即转身对他的那些徒弟吼叫着：还不快叫他们回去。

那些年轻人听了，立即转过身朝那一群人走去，边走边说：回去回去，散了散了。

这时有位年长点的男子上前找到光头，问：这事就这么算了？

光头眼一瞪，说：不算了还想怎么着？以后找征地拆迁办去。

年长男子有点儿不甘心地望着他带来的人群，有些无奈地朝人群挥了挥手。众人见了，露出失望的神情，悻悻地离开了。

正在这时，一辆警车呼啸着驶来。

一个健硕的白衣老人眼见这一切，点点头转身走了……

4

闪烁着警灯的警车嘎的一声停下，跳下来四名全副武装的民警。

童刚一看，是陶瓷科技园分局的民警。

领头的小计一眼就认出了童刚，忙跑上前来敬个礼，说：童大好，这是怎么回事啊？

童刚看着已经散去的人群，又瞧着一旁有些发愣的光头，笑笑说：没什么，刚才打电话报警，是怕出什么意外，现在问题已经解决了。

小计噢了一声，转头瞅瞅厂区和公司的大门前，见一群年轻人神情有些不安地站着，又瞧见一地的铁棍，紧张地问：童大不要紧吧？

童刚又笑笑说：没事了，辛苦你们了。

童大，你也知道，如果是报假警，那是要负责任的。

童刚笑笑说：这个我知道，刚才是我报的警，我发现这里聚集了这么多人，怕出什么意外，所以就报了警。

小计听了，点着头说：是这样啊。

光头听了，也上前掺和着说：我们这是想拜师学艺。

拜师学艺？拜谁为师啊？小计觉得有些意外。

光头自豪地说：当然是拜童师父为师了！

小计一听，说：做梦吧你，童大是心意六合拳的嫡传子弟，他从来都不收徒弟。

是真的吗师父？

童刚背着手笑笑，一副不置可否的神态。

光头哭丧着脸，对着小计问：敢问这位警官，那谁还有这种功夫？

小计笑笑说：那还用说，肯定是童大的师兄李家明啊。

光头又是一副天真的模样，问：李家明是谁呀？

小计看看童刚，见童刚有些不悦，便瞧瞧光头，然后对童刚说：童大我们先走了？

童刚抬抬手说：好吧，辛苦了，改天我请你们坐坐，我家老爷子的事你们就多费点心。

小计听了，笑嘻嘻地说：童大客气了，这是我们应该做的。

说完，小计向童刚敬了个礼，然后带着几个人转身走了。

光头用羡慕的眼光盯着童刚，说：师父好威风啊，连警察都要向你敬礼。

童刚微微一笑，说：这是礼貌，跟威风无关。

光头说：警察能给你敬礼，这就是威风。师父，看在刚才我表现的分上，你就破例收下我这个徒弟吧。只收我一个，他们都是你的徒孙。

童刚说：我真不收徒弟，要是你真的想学功夫，我可以指点你，但前提必须是你要走正道。

光头一听欣喜若狂，忙说：一定一定，我走的就是正道。

童刚盯着光头，说：你刚才带着这么多人来闹事，这是正道？

我们这是见义勇为拔刀相助啊。

童刚轻蔑一笑，说：看来你要先洗洗脑，洗好脑后我才能教你功夫。

光头用手摸着头顶，一副似懂非懂的神情。

5

李家明回到家里，思忖着怎样才能尽快找到盗挖古瓷片的幕后指使人，辗转反侧，一夜没睡好。

快天亮时，李家明才想到一个办法，但这个办法行不行，自己心里也没数。可既然想好了，就得争取试一下。

一大早，李家明就来到了王春华办公室，将自己的想法告诉对方。

王春华听了李家明的建议，端着茶杯思忖了半晌，然后说：家明，你的这个建议好是好，可我们却要冒不小的风险。

李家明听了一愣，说：没这么严重吧，舍不得孩子，套不住狼。

王春华听了，觉得李家明说得有道理。心想我们做事，有时多一事不如少一事。做多了，出纰漏的概率就大。一个不做事的人，他是永远不会犯错误的。但作为一名警察，特别是一名刑警，破案就是天职，警情就是命令，容不得你不想做。相反，你必须去做的同时，还要做好，否则就是失职，那你就是个不称职不合格的刑警。

想到这里，王春华的眼里流露出一丝欣赏，对李家明说：这样，这事我请示一下贺局长，如果行，我们就照办。

李家明听了，笑着点点头。

6

王春华步履匆匆地来到贺天办公室。

贺天正坐在桌前认真看着一份材料，抬头见王春华进来，立即面露笑意，说：你来得正好，深圳海关传来了一份情况通报，你看看。

王春华接过贺天递过来的材料，迅速浏览了一遍，然后看着贺天，说：这是个新情况啊。

贺天双手撑着桌面站了起来，说：是啊，从深圳海关缴获的这批东西来看，有相当一部分是我们瓷城的东西。

王春华说：是，从发过来的图片看，与我们从御窑厂遗址底下缴获的古瓷片非常相似。

王春华说着，用手指着材料中的图片给贺天看。特别是这个碗底，大清康熙年制，跟我们缴获来的那个几乎一模一样。

贺天拿过材料，仔细观看了一会儿，接着又翻到下一页，不由得眼睛一亮。

哎，这里还有完整的瓷盘和花瓶。贺天看了图片后，对王春华说道。

王春华又拿过材料，凑近了仔细观察。噢，这些瓷盘和花瓶，也是从御窑厂遗址出来的。

你肯定？

王春华挺胸一笑，说：李家明将御窑厂遗址下的碎瓷片搞了个电脑合成，对那些破碎的瓷片进行了复原，里面就有这种瓷盘和花瓶。

是吗？这小子会动脑筋啊。

是啊，所以当初我提议培养他，没错吧？

贺天听了笑笑，说：当初的情况你也清楚，打招呼的人太多，我们既要照顾到领导和上级的面子，又要提拔有真才实学吃苦肯干的人。

王春华听了，轻轻一笑，说：我知道你的难处。谁不知道，每次提拔，都是八仙过海各显神通，找关系的太多了，有的人竟然找到省里去了。

贺天呵呵一笑，幽默地说：这都是瓷器惹的祸。

王春华听了摇摇头，说：是啊，咱们这个瓷都，这瓷器的魅力简直无处不在，无孔不入啊。

唉！贺天也不由得长长叹了口气。成也萧何，败也萧何。瓷器为瓷都赢得了无上的荣光，也给我们带来过不少的麻烦。

王春华点点头。不错，这些麻烦主要要由我们公安部门来承担，为了解决这些麻烦，我们可是呕心沥血，倾心付出啊。

贺天听罢，心里勾起无限感慨，不由得想起清明节前牺牲的赵伯初副局长，他干刑侦三十多年，出生入死，起早贪黑，因劳累过度，突发心肌梗塞去世了。由于一时没合适的人选分管刑侦，所以就由自己暂时兼管刑侦这块，可把自己忙得够呛。

贺局，看深圳海关的通报，说明我们市里的文物已经被人盗挖往外走私了。而且很可能被盗出境的不止这一个海关，可能其他的海关也会有这种情况发生。

贺天点点头说：你说得没错，我看这样吧，你立即叫人写一个情况通报，我们发给省厅总队，最好是报到刑侦局，以公安部的名义，将情况通报全国范围内所有海关和边检站，请他们密切注意，发现情况，立即跟我们联系。

好，我这就去办。对了，李家明向我提了个建议，说为了引蛇出洞，用我们缴获来的御窑厂遗址下的古瓷片，去引起盗挖购买者的注意，以便从中找到线索。

贺天一听笑笑，说：这是个好主意啊。

可是……

可是什么？

可是这样做的风险还是比较大的。如果我们拿出去的古瓷片破损丢失，或者被犯罪嫌疑人偷运出境，那我们一样也是在犯罪啊！王春华说。

这的确是个问题。你看这样行不行？为了避免不必要的麻烦，我们想办法去找一些高仿品来。贺天说。

你的意思，是用高仿品代替真品，以假乱真，最终达到引蛇出洞的目的？王春华说。

对！贺天惬意地笑着。这样也解决了你所担心的风险。

是啊，这还真是个好主意。可问题的关键是，我们到哪里能找到那么像的仿古瓷片？据我了解，一般对完整的一件瓷器做旧仿古还行，可要做成破碎的仿古瓷片，难度很大啊。王春华有些担忧地说。

贺天默默地点着头，然后笑笑，说：刚才不是提到李家明吗？他不是陶瓷大学考古方面的研究生吗？

王春华点点头，说：对，我让他想办法，这个点子是他先想出来的，就让他去解决。

对了，这次签军令状，大伙儿的反应怎样？

这个啊，说什么的都有。有的说是在作秀。

作秀？怎么能说是作秀呢？我们是公开透明向社会承诺的，又不是私底下寻开心的玩笑话。到时候案件破不了，那我们都得无条件请辞啊。

唉！贺局啊，咱们这样做，是不是真的有些过了？

过了？什么意思？

我们警察破案，有点儿像医生给人看病，不是所有的病，医生都能看得好的。同样道理，并不是所有的案件，咱们警察都能破的。

可咱们跟医生不一样，医生救治病人，病人一般都会配合医生积极治疗，没治好病，有病人自身免疫力问题。可咱们警察破案，不存在犯罪嫌疑人配合你破案的情况，相反，犯罪嫌疑人会想方设法逃避我们的侦查。贺天深有感触地说。

对呀，正因如此，所以咱们警察破案比医生治病救人更难啊！王春华说。

不错！所以咱们干警察的，就更要严于律己，就要比医生的要求更高。医生通过治疗，挽救人的生命和健康，以维护人的生命健康权，这是维护人的基本权利。而我们警察侦破案件，是为了给受害者一个交代，还社会一个公道，以维护法律和社会的公平正义，让更多的人懂得遵纪守法的好处，从而提升人类生活和社会活动的品质，这是更高层次的维权活动。贺天似乎越说越起劲。

王春华手拿材料，看着贺天侃侃而谈，知道他理论水平很高，他总能透过一般的现象看到问题的本质，一说起来就没完没了，便对贺天说：咱不多说，时间不等人。

对！一万年太久，只争朝夕。贺天调侃地笑笑。

王春华抖抖自己手中的材料，说：我要赶紧找李家明，让他想办法搞到那些仿真碎瓷片。

贺天好像突然想起了什么似的，说：对了，刚才梁市长的秘书打电话来，说咱们专案经费的事有眉目了，叫我赶紧找一下财政局长，我亲自到财政局跑一趟，找找金局长。

王春华说：赶紧去，我们还指望着你给大伙儿解决后顾之忧呢。

贺天听了，苦笑一下，然后急匆匆往外走去。

7

李家明打通了曹丽丽的电话，得知她还在瓷厂里加班，便驾车往曹丽丽工作的瓷厂驶去。

李家明与曹丽丽早已商量好了举办婚礼的事。可由于种种原因，一直拖到现在还没遂愿。这其中除了双方工作忙以外，没有结婚的新房也是一个主要原因。

上次父亲六十岁生日，曹丽丽就因为加班，没有参加那天晚上的家庭生日宴会。虽然李建国并不是个喜欢张扬之人，可他从心里对丽丽没能来参加生日家宴，还是有点儿看法的，只是碍于儿子的面子没有明说，但敏感的李家明还是觉察出来了。

这从几次自己回家与父亲见面，父亲对梁筱蕾的评价中，就可以看出，父亲是很喜欢梁筱蕾的。

父亲一见自己的面就像和尚念经似的，嘴里说着那个小梁真不错，小梁是位好姑娘，小梁人真好，她地位这么高，还能这么贤惠，真是个难得的好姑娘。

总之，对梁筱蕾除了说好，父亲似乎找不到其他更贴切的语言。这个几乎辛苦了大辈子的老实人，做梦都想儿子能娶上一个条件好的姑娘，那样，不但可以减轻他自己的负担，同时也可以减轻儿子的压力。

听多了父亲的唠叨，李家明心里也有点儿抱怨，心想，丽丽啊丽丽，你为什么总是那么忙呢？你怎么就不能多抽点时间，到家里来帮忙打扫打扫卫生，陪老人家做点家务呢？哪怕是陪老人家说说话，都能得到老人更多的肯定和认同。

李家明想，我一个干刑警的，本身就一天到晚不着家，根本顾不上照顾家里。可现在曹丽丽却比自己还忙，天天加班加点，将来这个家可怎么办？现在父亲手脚灵便生活还可以自理，一旦到了年老体弱不能动时又怎么办？将来万一成家有了孩子怎么办？

这一系列的怎么办，仿佛像一颗颗飞来的子弹，射入李家明的心脏，让他感觉窒息。

哎呀，不好，前面突然有个穿白衣服的老人骑电动车横穿过来，吓得李家明一个紧急刹车，一不小心头撞到前面的挡风玻璃上，前额顿时凸起了一块。

骑车老人似乎也受到惊吓，也一个急刹车，人从电动车上摔了下来。没想到老人家就地一个驴打滚，翻身站了起来。

李家明从车窗伸出头来，见老人家倒地，担心被摔坏，便立即打开车门跳下来看个究竟。

李家明来到老人身边，见老人一脸轻松地拍拍身上的灰尘，边拍边说：没事没事。

李家明一瞧，这不是烧窑的龙大爷吗？忙上前问：龙大爷你没伤着吧？

龙大爷神态自若地回头一看，是自己徒弟李建国的儿子家明，便说：家明啊，怎么是你？

大爷，你怎么会在这儿？李家明问。

我急着要去给风火瓷厂烧窑。对了，就是你老婆丽丽工作的瓷厂。

扑哧一声，李家明笑了出来。他对老婆这个称呼还不太适应。便笑着说：大爷，你没事就好，你这么大年纪了，骑车一定要小心慢行，千万不要骑快了。

没事没事，别看我八十八岁了，可我的腿脚不比二十多岁的年轻人差。

那是那是，我听说你老人家年轻时也练过功夫，有一次碰到土匪抢瓷器，你一人撂倒过二十多人。

龙大爷捻着银须朗声大笑起来，说：那都是陈芝麻烂谷子的事了，不提也罢。不过，你们是越传越神了，我当时只打赢过十个人而已。说完龙大爷笑得更开心了。

李家明这时闻到了一股酒味，便转过头看着龙大爷，惊讶地问：大爷你喝酒了？

噢，喝了一点，就喝了两杯。

两杯是多少啊？

半斤吧。

啊，大爷，你喝了半斤酒啊？

怎么，我喝这么点酒有什么大惊小怪的，想当年我一天三餐酒，每餐一斤。照样烧窑出好瓷。

李家明听了伸伸舌头，说：大爷你可真是酒神。

什么酒神，酒喝多了让人讨厌。

不会吧？你老人家人这么好，怎么会有人讨厌你呢？

你没听说树老皮难看，人老狗都嫌嘛。

哪里哪里，姜还是老的辣，像您这样的老把桩，那可是咱瓷城的宝贝。

哎哟，你这话可说到点子上喽。别的不敢说，就咱们瓷城来说，这把桩的地位，我还是最高的！

那是那是。龙大爷，咱别光顾着说话，还是到厂里去吧。

好，好，我老倌给你带路。

大爷，这条路我熟悉。

没事，有我带路走得更顺快。

那好，龙大爷，咱们出发吧。

龙大爷兴奋地骑上电动车，一按电钮开关，大声喊叫着，电动车嗖的一下就往前跑去。

李家明摇摇头，一边往汽车走去，一边说：真是个老顽童哟。

8

风火瓷厂是建在东郊一片山坳里的仿古瓷厂。远远望去，一根烟囱笔直高耸，烟囱向外冒着袅袅轻烟，仿佛向人们诉说着一种遥远的记忆。

风火瓷厂是为纪念风火仙师童宾而建。传说童宾为瓷城本地人，为了烧出皇帝要的大龙缸，为了救窑工们的身家性命，他毅然跳进熊熊烈火之中，最终大龙缸得以烧成，窑工们的性命也得以保全。

为纪念童宾，后人尊称他为风火仙师，专门为他建庙塑像，给他上香祭祀，说这样就能保佑窑工们一帆风顺，保佑瓷都瓷业。

龙大爷一路按着小喇叭，骑车来到风火瓷厂大门口，见栏杆落着，龙大爷便对保安吼叫：是公安局的李大队长来了，快开门。

一中年保安朝外探了一下头，就徐徐升起栏杆，李家明见了，便一踩油门开了进去。

李家明停好车，随龙大爷来到彩绘车间门口。龙大爷说了句烧窑去了，便与李家明告了别。李家明走进彩绘车间，远远看到曹丽丽正低头认真在瓷坯上画着。

李家明走到曹丽丽身后，也没惊动对方。曹丽丽正在泥坯上画青花，一根根线条，在她的笔下徐徐展现，粗细均匀，深浅得当，慢慢地整个画面就出来了。这是青花混水的功夫，除要拉好线条外，下笔轻重釉料浓淡，要靠长期摸索积累才能得心应手，最后达到一气呵成、巧夺天工的境界。许多外来艺术家来瓷城学画瓷器，遇到第一只拦路虎就是青花混水，没个几年真功夫，是很难达到理想效果的。

李家明看着曹丽丽慢慢画出的画面，判定这是鬼谷子下山的图案。

对这个图案，李家明太熟悉了。鬼谷子下山是元青花的图案，讲述的是孙膑的师父鬼谷子在齐国使节苏代的再三请求下，答应下山搭救被燕国陷阵的齐国名将孙膑和独孤陈的故事。这件元青花瓷罐器于2005年7月12日在伦敦佳士德举行的“中国陶瓷、工艺精品及外销工艺品”拍卖会上，以1400万英镑拍出，加佣金后为1568.8万英镑，折合人民币约2.3亿元，创下了当时中国艺术品在世界上的最高拍卖纪录。

由于创下了世界第一，使得收藏界的人们趋之若鹜，疯狂追捧，在客观上使得高仿品炙手可热，竞相收藏，一件好的仿品也可以卖到几万元甚至几十万元。

有需求就有市场，收藏界的旋风自然就会刮至瓷城，落在瓷厂，特别是专攻仿古瓷的风火瓷厂。

老板童艺君自称风火仙师童宾后人，以继承先祖冶瓷请命为己任，殚精竭虑，筚路蓝缕，立志要将中国陶瓷文化发扬光大，让祖上的英名盛行于世，千秋万代，永放光芒。

曹丽丽将鬼谷子座车前的一虎一豹画完，整个主画面算是画好了。接着，她从颈部画水波纹，算是第一部分。接下来画第二部分，即肩部，用的是缠枝牡丹。刚才画的是第三部分即腹部，也是整个画面的主要部分。最后她才画第四部分也就是最下面的部位，画面是变形莲瓣纹内绘琛宝，俗称“八大码”。

直到这时，丽丽才轻轻放下笔，端起桌上的茶水喝了一口。

李家明没想到曹丽丽的手法这么娴熟，她仅用二十来分钟，就将这些饰纹画得栩栩如生，与原件并无二致。当然，这还只是在瓷坯上画的，还得经过烧才能成品。不过，单就这些饰纹来说，如果让一个生手来画，哪怕画上一两个月，哪怕只画一种饰纹，恐怕也很难画得出这种效果。

也就在这一刻，李家明才真正明白，曹丽丽之所以会经常加班加点，是因为她现在无疑是这个厂里仿古画师中的绝顶高手，这个厂的老板要是离开她，恐怕真的很难继续干下去。

丽丽姐你歇会儿吧。随着一个清脆的女声从外面传来，曹丽丽这才回头一瞧，看见李家明正含情脉脉地看着自己，不由得心花怒放脸色绯红，激动地站起身来。

这时走进来一位二十多岁的姑娘，她一看李家明和曹丽丽，惊讶地张了张嘴，然后慌里慌张地说：对不起我不知道，说着她便转身离开了。

曹丽丽柔声地问：家明哥，你什么时候来的呀？我一点都不知道。

李家明笑笑，说：来了有一会儿了，一直在看你绘画。

曹丽丽突然想起什么似的高兴地说：家明哥，我给你看样东西。

说完曹丽丽就转身低头找出一个文件袋，动作麻利地从中拿出一份材料，递给李家明。

李家明接过一看，是一份购房合同。

李家明惊喜地问：你准备买房子？

曹丽丽嫣然一笑，说：不是我买房，是我们买房，我带回来就是要你和我一起，在这上面签字。

一阵暖流瞬间流过全身。曹丽丽没日没夜加班加点做事，就是为了多挣钱购买一套商品房，能早日跟自己结婚。

李家明为自己曾经的一句话而愧疚，几年前自己说没房子就不结婚。结果自己并没有为房子作过多大贡献，自己倒是希望延长时间通过积攒工资来买房，没想到自己的一句话，让丽丽付出超负荷的劳动代价。前几天自己父亲生日，丽丽买了蛋糕没参加生日家宴，父亲有点儿不高兴，当时自己还真有些责怪丽丽，现在想来，自己真是以小人之心，度君子之腹了。

李家明抬起头，他感到有些内疚，也为丽丽的纯真善良而感动，不知不觉两眼竟有些湿润起来。

李家明默默地望着丽丽因劳累过度而显得清瘦俏丽的脸庞，一种疼爱怜惜之情顿时涌上心头。他情不自禁地上前一步，紧紧地将曹丽丽拥在胸前，生怕她会离开，生怕她突然之间会从自己眼前消失。

9

在风火瓷厂厂长童艺君的办公室，除精明的童艺君外，还坐着龙大爷、曹丽丽和李家明。

李家明说明来意之后，童艺君想了想，说：行是行，只是不知咱们配方师能不能弄出来。

龙大爷呵呵一笑，说：自古以来，就没有咱们瓷城人弄不出来的配方，这世上最难的配方，不就是咱们瓷城人发明的吗？

童艺君听了，抬头笑笑，说：话是没错，我只是担心一时半会儿的，配方师弄不成，到时候耽误事。

李家明说：我知道难度很大，可在瓷城能将古瓷仿制得以假乱真的，非咱们风火瓷厂莫属啊。

童艺君满意地笑笑，说：要说咱们风火瓷厂，那肯定是瓷城老大，全国第一，世界无双。据说咱们厂仿制出来的古瓷，都被人弄到拍卖行里当真品拍卖了。

李家明瞪眼一笑，问：那你们不会出什么问题吧？

童艺君眉头一皱，反问道：会有什么问题呢？

会不会陷入诈骗门？

什么？什么诈骗门？我还炸破门呢。我童艺君最讲究的就是艺德。我们厂出品的所有产品，都是以仿制瓷的价格出手的，至于他们置换身份以假乱真欺骗藏家，那是他们的事，与我们风火厂没半毛钱关系。

龙大爷听了，用手捻着白胡须说：这话一点没错，要不艺君就不可能得到政府授予的德艺双馨的仿古大师称号。

童艺君听了很受用，说：还是老把桩了解我。

我不了解你谁了解你啊？你艺君就是我胡子上的一根须，我是怎么捻着就怎么熟。我是看着你老子光屁股长大的人。你呢，就更不用说了，你还没影的时候，我就能闻出你尿汗的味道了。说完，龙大爷自顾自地哈哈大笑起来。

一直默不作声的曹丽丽对童艺君说：表哥，我们说得多不如干得多。你赶紧把搞配方的崔师傅叫来，我们商量一下具体怎么弄。

龙大爷也接着说：对，快把小崔叫来，咱们先研究个配方，烧的问题我负责，画由小曹负责，我估摸着没什么大问题。

李家明高兴地从公文包里拿出一沓照片，递给童艺君，说这些是瓷片的照片。还有就是复原的瓷器效果图。

童艺君拿过照片看看，说：应该没什么问题。

李家明又从包里拿出了几块碎瓷片，说这些是部分原件，给你们做参考，你们可以对它们进行成分结构分析，但不能弄碎。

童艺君说：有这些就更没问题了。

李家明笑笑，说：仿制这些瓷器，我想肯定是没有问题的。但还有两个问题，我不得不说。

什么问题？童艺君问。

一是时间问题。对我们来说，肯定是越快越好，我巴不得明后天就能拿到。

童艺君听完笑笑，抬抬手示意李家明继续。

二是费用问题。我知道要烧出以假乱真的瓷片不是那么容易的，即使烧出来了，也要花费不少的代价。具体多少钱，等你们烧好后再一起算。所以，这些前期的费用，要请你先垫付了。

童艺君轻轻一笑，说：我们都是一家人，钱不钱的以后再说。

李家明听了，高兴地合掌作揖，说：费用我们正在申报，肯定没问题。

童艺君很自信地说：你放心吧，我们就是不吃不喝不睡，也要把东西做出来。

李家明激动地站起身，说：那就先谢谢表哥喽。

童艺君很大度地用力握握李家明的手，又拍拍李家明的肩膀，意思是尽管放心。可他嘴里说的，却是另外的事。

等你举办婚礼时，陪我多喝几杯就行。

这事对火，对火啊！龙大爷一听喝酒血都热了，不禁也来了劲。

李家明侧头看看曹丽丽，曹丽丽很甜蜜地笑着，没有丝毫害羞的神态，便对着童艺君和龙大爷打了一个响指，大声说：没问题！

第六章　儿女情长

1

下午临下班时，童刚下意识地走到政工科办公室门口，朝里面看看，见梁筱蕾正在电脑前低着头写东西，便在门外敲敲门。

梁筱蕾抬头一看，是童刚，便笑笑说：童大有何吩咐啊？

童刚见梁筱蕾和自己说话，便来到梁筱蕾面前，笑着说：我拿几样东西给你看看。说完，童刚便将手上拿的一沓照片递给梁筱蕾。

梁筱蕾拿过照片一看，是父亲前两天到局里做动员报告时拍的，还有几张是父亲坐在她办公桌前的照片。

梁筱蕾心想，我梁筱蕾不是嫌贫爱富，眼睛向上之人。我希望别人尊重我，但不喜欢特意趋炎附势之人，那种人只会看中别人的利用价值。

童刚是这种人吗？似乎不是。他家有钱，父亲是一方的瓷业大亨，他用不着通过什么人来达到发财目的。那么，他应该是个追求荣誉的人。

一般来说，一个追求荣誉的人，有时会比一个追求物质的人更疯狂，更不择手段。

想到这儿，梁筱蕾瞄瞄童刚，说：谢谢你童大。

童刚听了，心里有种说不出的滋味。筱蕾，你怎么叫我童大，却叫李家明师兄呢？难道我不是你师兄吗？

梁筱蕾听了一愣，对呀，童刚和李家明两个都是自己在警院的师兄，而且他们两个是同班同学，我为什么管李家明叫师兄，而管童刚叫童大？自己都有点儿说不清楚。在自己的印象里，似乎李家明平易亲近很多，而感觉童刚的官瘾更重一些。不知是出于对童刚的尊重，还是因为与他个人关系疏远一些，总之自己无意中就叫他童大了。

你当然是我的师兄。对了，童大，你可能不知道，我爸这个人公私分明，他不希望把私人物品随便拿给别人看。

童刚知道，这是梁筱蕾在提醒自己，她父亲在这间办公室的照片不要对外宣传，那样影响会不好。当然，梁筱蕾也清楚，童刚拍这些照片，主要还是想讨她喜欢，想与她走近些。

童刚与李家明是好朋友，两个人同学这么多年，互相之间应该很了解。他知道我对李家明好，当然李家明已经有女朋友了，听说他本来早就要结婚，一直拖到现在。唉，很多事真的说不清楚，特别是感情的事。

筱蕾啊，你今天好像过生日吧，我想请你热闹一下，怎么样？

梁筱蕾一听，惊喜地问：你怎么记得住我生日？

童刚说：你忘了，在警院的时候，你二十岁那年过生日，是我们大伙儿与你一起过的哟。那次的蛋糕，还是我帮你点的呢。

我想起来了，那天蛋糕是家明师兄买的。对了，李师兄呢，把李师兄一起叫上，我请客。

筱蕾，你还别说，你真该请客了，听说你一年的稿费都比你工资高多了。

哎呀，那可是辛苦钱。

那是那是。谁都知道写东西不容易，咱们公安系统的年轻人，没有几个愿意写东西的。

是啊，所以咱们现在做得很多，可别人不知道。不要说社会上的人不了解，就是咱们公安系统内部的很多人也不了解。

所以，你这个大笔杆子就特别吃香，谁都对你的写作能力竖大拇指。

梁筱蕾有点儿不好意思，说：那都是大家对我的鼓励。

你真是谦虚。

对了，现在就给李师兄打电话。晚上到珠山八味去搓一顿。

童刚说：家明现在忙得很，他不一定有时间。

梁筱蕾听了抬头一笑，问：那你呢？你不也是参与案件调查了吗？怎么你就有空？

童刚被梁筱蕾这么一问，有些不好意思起来，忙解释说：我刚调查回来，一想到今天是你生日，所以就赶过来了。

梁筱蕾甜甜一笑，说：真的吗？

童刚说：那还能假，咱是什么人？人民警察，忠诚奉献。

听说你的功夫了得啊，一个人把几十个人都震住了。

童刚一听觉得奇怪了，问：你怎么知道？

梁筱蕾轻轻一笑，说：瓷城就这么大，有点儿事谁不知道。

童刚盯着梁筱蕾眼睛，嘴里说：不对不对，不可能那么巧，连这么点隐秘的小事都让你知道了，肯定有人向你告密。

梁筱蕾扑哧一声笑了出来，说：告什么密。我今天下午去了陶瓷科技园分局，听他们说的。

童刚一听，心想肯定是他们分局出现场的小计事后说出去的，传到陶瓷科技园分局的其他兄弟那里去了。

小事一桩，没什么。

梁筱蕾却说：当时我听了，真替你捏一把汗，担心万一你失手，将人打伤了怎么办？万一对方打伤你又怎么办？你那不是出警办案，而是为了家里人与人发生冲突，只要出了事，你是没理的，轻则纪律处分，重则坐牢。

童刚的脸色变得难看起来。他仔细想想梁筱蕾的话，觉得这个比自己小几岁的姑娘，竟然是这么成熟和老练。她说这话时就像当年张政委批评人一样，头头是道，条条在理，说得你心服口服，无话可说。

真不愧是干政工的，水平就是不一般。

童大，你这是在夸我呢？还是在损我呀？

岂敢岂敢。

梁筱蕾边与童刚开着玩笑，边拨通了李家明的手机。

喂，师兄啊，你在哪儿呢？噢，在那儿呀。没什么要紧事，想约大家晚上坐坐……好，好的，那咱们六点在珠山八味见。拜拜……

看着梁筱蕾与李家明打电话的亲热劲，童刚心里不是个滋味。人家李家明已经有女朋友了，而且很快就要结婚，你对人家这么热情有意思吗？难不成你还想夺人所爱横插一杠？

童大你在想什么？梁筱蕾问了一句。

噢，没什么，我在想珠山八味的美味啊。

馋鬼！梁筱蕾很惬意地取笑对方。

2

梁筱蕾过完生日的第三天早晨，李家明听到了童艺君激动的声音，他在电话里说：碎瓷片仿成功了！

李家明立即赶到风火瓷厂，来到童艺君办公室。

童艺君两眼红红的，办公室里堆放着三大纸箱碎瓷片。

这些都是试烧的瓷片，这一箱最接近，你看看。

李家明立即蹲下身子，拿起瓷片来到窗口边上，就着太阳光线看。童艺君递过一个放大镜，李家明伸手接过，拿着放大镜看，半晌才点点头，说：不错不错，简直可以以假乱真。

童艺君说：多亏了丽丽和龙大爷他们几个人，一刻不停地绘画烧制。

李家明点了下头，问：他们人呢？

童艺君说：他们几个没睡什么觉，我让他们回去休息了。

李家明听了，想打曹丽丽电话又怕打扰她休息，只好作罢。

李家明说：没想到这么快就仿制出来了，真是名不虚传啊。

你不知道，我把厂里所有的业务都停下来了，全力以赴仿你的瓷片。

李家明听了一怔，心想你全部停产就为了仿制这些瓷片，那代价太大了。

李家明将东西搬上车，临走时问道：大概需要多少钱？

童艺君笑笑，说：钱不钱的无所谓，能帮你破案就可以了。

李家明认真地说：那不行，我说了该给的钱一定会给的，你估算一下，大概要花多少钱。

童艺君说：如果要算吧，我把所有的业务都停下来，单就这一项，我就损失六七万元，再加上他们几位专家的制作费、加班费、补助费等，起码也有上万元。

这么多呀？李家明显然没想到，仿制这么几块古瓷片，花费就这么大，早知道还不如到哪里购买几块古瓷片。

童艺君见李家明面露难色，知道对方没想到要花这么多钱，便笑笑说：你没想到吧？要花这么多。

李家明坦诚地笑笑，说：真的没想到。

童艺君安慰般笑笑，说：你放心，我只要你一万元。

李家明一听只要一万元，心立马放了下来，说：一万元我跟领导说说，应该没问题。

你记住这些古瓷片不要丢失了，用完之后多余的全部还给我。

没问题没问题，多余的我一定全部还给你。

童艺君听了，高兴地拍拍李家明的肩。什么都不说了，喝喜酒别忘了叫我。

不会忘不会忘。李家明忙不迭地说。

3

“和尚”手里拿着古瓷片，仔细看了半天，一脸的困惑。

你怎么一下弄了这么多瓷片？

李家明轻轻一笑，说：我有自己的渠道，现在还不便说。

“和尚”放下瓷片，将泡好的茶倒入李家明眼前的茶杯。

有了这些瓷片，我想很快就可以找到线索。“和尚”说。

好！那就拜托啦……你打算怎么弄？李家明问。

我嘛，打电话给他们，就说我已经弄到了瓷片。“和尚”说。

李家明点点头，提醒说：尽量不要穿帮。

你是说，怕那几伙人同时碰面？“和尚”问。

对。李家明说。

即使他们碰面也不要紧。“和尚”说。

李家明看着“和尚”。那你怎么解释？

我可以说都是朋友，都不能得罪。“和尚”说。

李家明笑笑，说：我看这样吧，你与他们约会见面时，尽量错开时间，在不同地点，这样他们碰面的概率就会很小。

好的，我知道了。那依你的看法，我先约哪个见面？“和尚”说。

先约“勇哥”吧，再约“泥坯佬”。李家明说。

好，我这就给“勇哥”打电话。“和尚”说。

行，尽量安排在晚上。李家明说。

好的！“和尚”说。

4

初夏的晚上，暖风轻柔地吹在昌河岸边，也吹拂在妩媚的街景灯影下，让人有一种飘逸轻悠的感觉。

靠河岸的虚谷艺坊一间古色古香的包厢里，坐着一位四十多岁的中年男子，正焦急地看着腕上的手表。

“和尚”手拎一黑色皮包，不紧不慢地走进包厢。

中年男子一见，神情激动地站立起来，笑着说：“和尚”你总算来了。

“和尚”轻轻一笑，说：“勇哥”，那么急干吗？你不知道干咱们这行的，也跟烧瓷一样，急是急不来的，得讲究火候。

我的祖宗，你不知道，我们老板一听你手上有东西，急得连一秒钟都等不及。

“和尚”不紧不慢地坐在茶几前，端起茶喝了一口，放下杯，笑了笑问：为什么这么急啊？

你不知道，我老板想做一笔大买卖，可人家不相信，说非要等我们拿了这些瓷片去，人家才相信。

噢，原来是这样，怪不得急成这样。不瞒你说，我是从北京坐飞机赶回来的，这不，我一下飞机一口气没歇就赶来了。

你看看，现在已经是九点五十五分了，马上就快十点了，我从七点起一直等到现在，你说我等得急不急？

“勇哥”说这话时，从桌上纸巾盒里抽出一张纸，揩着额头。

“和尚”轻轻一笑，说自古成大事者，都要做到泰山崩于前而面不改色。像你这样，怎么能做大生意？

曾兄，你真是站着说话不腰疼……哎呀，我已没时间了，不愿和你多说，东西带来了没有？

“和尚”将黑包轻轻放在茶桌上，包里发出轻轻的瓷片碰擦声。

“勇哥”赶紧拿过黑包，嗖的一下将袋子打开，一见袋里各种各样的碎瓷片，立马露出欣喜的表情。

“勇哥”伸手拿出一块瓷片，用特制小手电筒对着瓷片左看右瞧了一番，然后如释重负般叹了口气，说：东西还可以，你总共带了多少块？

四十块。

多少钱？

“和尚”伸出一个手指头。

一桶水？

“和尚”摇摇头。

十桶水？

“和尚”又摇摇头，说：开什么玩笑。

“勇哥”眨眨眼，问：一百万元？

这是底数，如果低于这个数，我就拿走。

“勇哥”一时面露难色，他从桌上抽出几张纸，说我上一下洗手间就来。

“和尚”笑笑，说：那你快点，如果你们不要，有人等着要，我可不想浪费时间。

很快的很快的。“勇哥”的眼里，闪过一丝躲避的眼神，随即他向卫生间方向走去。

“和尚”见“勇哥”走了，知道他做不了主，肯定躲到厕所里请示他的老板去了。

“和尚”一个人坐着顿时觉得很无聊，便端起茶杯喝了口茶，然后放下茶杯，四周看看，见室内装修的风格跟自己店里差不多，只是这里位置靠河，又是瓷城老码头，市里正在把这里打造成新的旅游景点，所以来的人较多。

一阵古琴声传来，是《云水禅音》的曲子，听起来空灵妙远，令人神怡。

5

也就一支烟的工夫，“勇哥”满脸笑意地走了进来，很客气地说：“和尚”，咱们也算是老朋友了吧？

“和尚”听了笑笑，说：算是吧。

你看啊，我这几年呢，运气也不太好，跟着老板也没挣着钱，你看，能不能……

“勇哥”，你到底什么意思啊？你这生意到底做还是不做？

做做做，肯定做！我的意思，现在生意难做，按照咱们场上的规矩，是有酒大家喝，有钱大家赚。

“和尚”一听，知道对方在想折子钱，也就是想要回扣。于是问：你老板到底答应了没有？

“勇哥”眨眨眼，说：答应了，不过，我希望你老兄，能，那个那个一点……

“和尚”微微一笑，说：你的意思我懂。你说，想要多少？

“勇哥”一听，觉得有戏，立马满脸堆笑，说：我也不敢多要，要不是我家老娘得病住院，我也不会开这个口。

“和尚”点点头，说：好吧，我给你二十桶水，二十万元。

真的啊？“勇哥”惊喜地瞪着两眼。

“和尚”和善地点点头。

“勇哥”立即双手作揖，满是感激地说：大恩不言谢，以后有用得着我姓苟的地方，开口就是。

“和尚”大度地抬抬手，说：“勇哥”你言重了，古话说得好啊，钱财如粪土，仁义值千金。四海之内皆兄弟，是兄弟就该有福同享。

“勇哥”一竖大拇指，说：曾哥大气，曾哥是做大事的人，兄弟我佩服，将来曾哥不嫌弃的话，我就跟着曾哥混。

“和尚”微笑着抱拳，说：“勇哥”抬举我，跟着我混不敢当，以后有生意上的机会，多多合作就是。

“勇哥”连说：好好好，这次机会就非常难得啊，我们老板也是通过好大的关系，才与买瓷片的老板接上头的，以后的生意有的是，希望曾哥多帮忙。

那是自然，将来有机会，也介绍我认识认识买瓷片的老板。水往低处流，人往高处走嘛，我想这个世界上没有人会跟钱过不去。

“勇哥”听了会意地笑着说：那是那是。

“和尚”这时将脸一沉，语气却和缓地说：“勇哥”咱们面也见了，东西也看了，这价格也定了，你看，下一步是不是该按规矩来……

噢，好的好的。我立即回去，当面向老板汇报请示，如果顺利，明天晚上八点，还是在这个地方，咱们一手交钱，一手交货，你看怎么样？

好！就这么定了，明天不见不散。

不见不散。

6

当“勇哥”走出虚谷艺坊，来到街上，打了一辆绿色面的离去的时候，有一辆昌河小面包悄然跟了上去。

车子沿着滨江大道，上了瓷城大桥，然后朝河西的西湖宾馆驶去。

“勇哥”下了面的，急匆匆地往西湖宾馆大厅走去。

停在宾馆某处树底下的昌河小面包上，李家明手拿红外望远镜，默默地看着镜头里的“勇哥”朝大厅边上的茶座走去。

7

已是深夜一点，李家明跟踪完“勇哥”后，又与“和尚”见面详谈，回到刑警支队，径直来到王春华办公室。

王春华一见李家明进来，就急切地问情况怎么样。

李家明咂咂嘴巴，说：半天都没喝水，渴死了。

王春华赶紧倒了杯矿泉水递给李家明，李家明一口气喝完，拿着空杯子走到矿泉水饮用机上又倒了一杯喝完，然后用手一抹嘴巴，说：情况还好。

什么叫还好？

通过“和尚”的联系，已经找了一家购买瓷片的人。

哦，什么人？

外号叫“勇哥”的。

王春华点点头。

“勇哥”本名荀世勇，苟且偷安的苟，世界的世，勇敢的勇。他今年四十三岁，汉族，高中文化，家住瓷城市龙珠区泥水弄十三号附二号，系寰球陶瓷有限公司经理。据我初步了解，这个“勇哥”好像因打架斗殴被我们抓过。

王春华听罢点点头，说：没错，他因为喝多了，替朋友出头，失手打伤人，被判了三年。

李家明听了一笑，说：王支的记忆力真好。

噢，这个人很讲江湖义气，在瓷城也算是小有名气。对了，他当年是为了一个叫“神头”的人打架，失手伤人。

这个“勇哥”现在就跟“神头”在一起。

王春华点点头，说：“神头”开了家陶瓷公司，叫什么寰球陶瓷有限公司，你刚才不是说，“勇哥”是寰球陶瓷有限公司的经理吗？“神头”应该是寰球陶瓷有限公司的老板，搞来搞去，他们还是搞到一起去了。

李家明听了笑笑，说：王支对这个“神头”的情况也熟吧？

那还用说，这个“神头”姓丁，大名丁森林，今年应该有五十多岁，他的文化程度也就是高中，好像是住在龙珠区青花小苑的别墅区，具体号码，去问一下就清楚。

听说丁森林也坐过牢，不知那是什么时候的事？

噢，这个丁森林在 1999 年 7 月，因为诈骗罪被判有期徒刑三年，也就是我以前跟你说的，他用仿古瓷诈骗人家说是古董，结果被人发现后告了。当时是我负责办的案子。刑满释放后他就一直搞这个陶瓷生意，开始是东一下西一下到处跑，后来听说还出国搞过展销，前几年就成立了这个什么寰球陶瓷有限公司，牌子搞得吓死人，实际上跟皮包公司差不多。

是啊，我查了一下，他这个公司就在国际陶瓷城里香港街西三街七十二号，也就是一个门面，从一楼到三楼总共才一百平方米。

呵呵，你的工作做得还挺细。对了，你说的这个“和尚”是什么情况？

“和尚”是我老爸的徒弟，下岗后自己做瓷器生意，开始帮人家烧窑，后来也做仿古瓷，再后来卖过一段时间大师的作品，偶尔也到鬼市和地摊去淘点宝，有时也到乡下收点古瓷什么的。

王春华说：我最担心他的为人。

噢，“和尚”为人还是挺不错的。

王春华瞅瞅对方。一般情况都是仁者不富，富者不仁，做生意的没有几个是厚道的。

李家明听了皱皱眉，王支的这番话，自己之前肯定也认同，但自从见了“和尚”的面，特别是通过近段时间的接触，自己对他有了更深的了解，“和尚”真的与一般的生意人不一样。

王支，这个“和尚”不光是外表神态像和尚，其实他的为人处世也很像和尚。

王春华笑笑，说：你是不是说他这个人心地善良，为人和气？

对！“和尚”信佛，好像是个居士。平时他会读读佛经，听听佛教音乐，观音菩萨生日过节什么的都会到庙里去。

他到庙里干什么？

拜拜佛，念念经，做做义工，也捐点善款。

王春华听了，慢慢地点点头，说：听你这么说，这个人本质上还可以。

是啊，最起码他不会做缺德的事。

唉！现在有些人啊，真是变了。除了钱，好像没有了信仰，都是奔着钱去。如果继续这样下去，那怎么得了啊？

王支说得对！咱们御窑厂千余年，从来都没有人想到去盗挖，倒是现在物质这么丰富，反而有人想着去盗挖。这真是颠覆历史，抹黑历史啊！

王春华说：是啊，特别是咱们市里正处在双申遗的关键时期，竟然出现这样的事，真是丢尽咱们瓷都八辈子祖宗的脸啊！

李家明说：千余年，少说也有四十八辈祖宗了。

王春华长叹一声，说：发案已经这么多天了，咱们还没有取得实质性进展，压力大啊！

李家明看着王支布满血丝的眼睛，仿佛看到了他心中的焦虑、急躁、苦闷和担忧。

8

李家明仿佛已经习惯于这种迷迷糊糊的感觉了，每次熬夜后的睡眠，除了短暂的沉睡，有的只是若即若离的意念。

又是那种熟悉的振动，李家明闭着眼伸手摸过手机，拿到眼前一看，是王支的号码，立即一个激灵，按下接听键。

家明，快，出现场，又死人了。

啊……在哪儿?

靠近西湖宾馆昌江河岸的地方。

好，我马上到。

李家明一骨碌坐了起来，再看手表，才六点，嘴里嘟囔：还让不让人睡啊！便赶紧穿着短衫往门外走，边走边给张晓娜打电话，要她立即赶往现场。

张晓娜嘴上答应着，很不情愿的样子。

李家明知道晓娜晚上除加班外，还喜欢看侦探小说，除福尔摩斯外，她最喜欢熬夜看英国侦探女王阿茄莎·克里斯蒂的侦探小说了。她喜欢看小说时边嗑瓜子边喝茶，瓜子是葵花子，茶是上好浮芝茶，俨然像个小仙家。

9

河水在晨光的映照下泛起粼粼波光，水面袅袅升起氤氲，像一袭轻烟，将河面笼罩得如梦如幻，幽雅恬静。

李家明将车子停在河岸马路旁，下了车往河岸走，走了十来米，找到通往河下的小路。

远远地看到一个人影从台阶处走上来，李家明加快步伐往前走去，想问一下河下什么情况。

那个人影快步走上河岸，回头往李家明的方向望了一眼，随后立即往右前方河岸跑去。

李家明的脑子里一念闪过，这是个姑娘，好像之前见过。对了，看样子她是在晨练，刚才她是不是从河床下面跑上来的？是不是刚要往下跑就转身离开？为什么朝自己相反的方向跑？

同志，等一等！李家明紧跑几步往前追去，想问一问那个人到底是什么情况，可转眼间那个人影就不见了。李家明的脚步不由得放慢，想想刚才王支打的电话，便立即拿出手机问王支，刚才是什么人报的警。

王支说是接到指挥中心的处警指令，李家明又打电话问指挥中心，指挥中心说约二十分钟前是位男子报的警。

李家明听了，一时有点儿茫然，便赶紧往河堤下走。

从台阶往下走，透过薄薄的一层烟雾，可以看到一个人影趴在河床的水边，几绺稀疏的芦苇随着河水流动而摇晃着，显得阴森恐怖。

李家明心脏扑通扑通地跳着，这大清早的，四周静悄悄的没一个人，真是奇了怪了。

李家明第一时间想到了法医老孙头，这时候他应该是主角。

想到这儿，李家明掏出手机，拨通了老孙头的电话。

手机铃声传来，声音由远及近，由小及大。李家明回头往台阶处一瞧，老孙头在张晓娜的搀扶下，提着勘查箱，急匆匆地往下走，边走边说：来了来了。

10

早上九点，刑警支队法医室里，老孙头已经忙活了一个多小时，终于可以歇口气了。

李家明和张晓娜都有点儿等不及了，两个人跑到法医室里想看个究竟。张晓娜刚走到门口，就被法医室里的福尔马林气味熏了回去，忙捂着胸口蹲在门口干呕起来。

老孙头边洗手边回头，对李家明说：你们急什么啊，我马上就到会议室，你帮我准备点烟茶就行了。

李家明忙笑笑说：老孙头，就你耐得住性子，我都急得要上火了。

老孙头仍然不紧不慢地压着洗手液，说：李大啊，好事不在忙中急嘛。

哎，老孙头，你先不要多说，你就说他是怎么死的就行了。

老孙头在自来水龙头下冲洗着双手，边冲洗边吹起了口哨，李家明一听，老孙头吹的是电视剧《便衣警察》的主题曲：金色盾牌热血铸就，危难之处显身手，显身手……

李家明急得不行，但他知道老孙头每次解剖完尸体后最想干的事就是抽支烟，因为老孙头说过，解剖尸体时味道太重，可又不能边抽烟边做事，只能等解剖完抽，一来解乏，二来去味，这香烟香烟，抽起来就是香，香烟一吸，什么臭味怪味都没了！唉，那味道真是没法说。

对于老孙头来说，抽烟是一种最好的慰劳。平时开会，王春华不允许大伙儿在会议室抽烟，老孙头烟瘾一犯，只好一个人跑到外面去抽。

李家明见老孙头忙了这么久，现在又到了很想抽烟的时候了，便赶紧从自己身上摸出一包皱巴巴的香烟。

李家明自己不抽烟，但他经常在外面走访调查，碰到抽烟的人很多，很多场合很多时间，你不给支烟还真不行。有的人并不是多么稀罕你的烟，而是觉得你这个人尊重人，会处关系。所谓烟酒不分家，一支烟递过去，这感情的桥梁也就搭上了，人心之间的距离瞬间就缩短了，话匣子自然就打开了。

李家明点上一支，先吸了几口让烟丝燃起不至于熄灭，然后往老孙头的嘴里塞，边塞边说：老孙头，我们等着你的结论，部署下一步工作呢。

老孙头使劲吸了几口，嘴里咝咝地发出很有滋味的响声，也许是抽得过猛，竟呛得咳嗽起来。他赶紧拿毛巾揩揩手，用手夹着烟，仰着脖子喘一口气。

老孙头回过头来，瞧见李家明正一脸期待地望着自己，便笑笑说：李大，这个人不是被河水淹死的。

李家明听了一惊，忙问：那他是怎么死的？

老孙头笑笑，抽口烟，说：他是死后进到河里的。

你是说，他是死后被人丢进河里的？

老孙头忙说：我可没这样说，他是被人丢进河里的，还是被水冲到河里的，这要你们调查后才能下结论。

李家明听了点点头，觉得老孙头的话不无道理。于是问：那依你的分析，他的死因是什么？

他肯定是被水淹死的，这点确信无疑。

李家明听了挠挠头，说：我怎么越听越糊涂了。

怎么糊涂啊？

你一会儿说不是被河水淹死的，一会儿又说是被水淹死的，到底是什么意思啊？

老孙头不紧不慢地又吸了口烟，笑笑说：我这两句话都没错。

你的意思，是这个人是被水淹死的，但不是被河里的水淹死的？

这就对了嘛。老孙头笑笑，又抬头吸烟。

那他是被什么水淹死的？

老孙头吐了口烟，昂起头想了想，说：介于自来水和雨水之间，但这种水存放的时间较长，起码有半年以上。

怎么说呢？

因为在死者的胸腔里，发现了自来水的氯液成分，也有天降雨水的成分。最奇怪的是，还发现了瓷土泥的成分。

李家明听了，很钦佩老孙头的专业水平。

李家明说：有没有这种可能，这个人是在一个有瓷土泥的水里淹死的？

这个没疑问。老孙头很自信的样子。

那死者是他杀还是意外死亡？

老孙头听了，又是笑笑，说：这个我现在很难回答。

为什么？

你要说是他杀嘛，他身上没有很明显的被人捆绑打抓的致命伤。

李家明点下头。

你要说不是他杀嘛，他的肩膀两边，还有他的后脑勺喉咙底下又有一点抓压的痕迹。

这个怎么说呢？

抓压的痕迹，不足以强制死者做不愿做的事情，也就是说，这些伤痕不足以让死者失去反抗能力。

李家明点点头，说：还有一个问题，你刚才说死者的咽喉部位有抓压痕迹，但从一般的情形来分析，如果凶手要将死者摁进水里淹死，他应该是抓压死者的后脑勺，使死者的头浸在水里，将其淹死才对。

老孙头露出满意的笑。说：对啊，这也是一直困扰我的问题。如果是从背后抓住死者肩膀，将其往水里压，肯定要在死者的后脑勺处用力，这点可以理解。可杀人者就没有必要抓压死者的咽喉，也就是说，要想致死者死亡，就不太可能同时抓压咽喉和后脑勺。所以，这就前后出现了明显的矛盾。

这真是个问题啊，如果我们不能确认是他杀，那我们就不能立为杀人案。

还有，死者的双手都有很受力的擦伤痕迹，这也是个谜。

李家明听了，皱着眉头，问：那死者的胃里，有没有发现什么问题？

有，他的胃里检出酒精的成分，而且含量还蛮高的。

死者会不会是醉酒？

这个很难说，如果这个人酒量大，那么从检出的酒精量来说，他不一定会醉。如果是滴酒不沾，或者酒量很小的人，那就有可能会醉。

那你有没有检测死者的分解酶？

当然做了，他的分解酶属于中级水平。

李家明听罢开心地笑了，说：这样就好理解了，我基本可以推断，这个人是被人谋杀的。

哦，何以见得？

死者因为酒喝得差不多了，但他还没有完全到醉酒的地步，也就是说他当时还是有意识的，杀人者先是将他肩膀抓住，又抓压死者后脑勺往水缸里摁，被害人极力反抗，他双手抓住缸沿用力想起身，这就是他的双手会有擦伤的原因。当他翻转身要推开谋害他的人时，又被人强力卡住咽喉摁进水里，以致被水呛死。

老孙头听完，仔细想想，赞赏着点点头，说：李大，我看刑警支队长的位置，迟早都是你的。

哎呀，老孙头，你可千万别这么说。这话要是让别人听见了，那我可就惨了。

老孙头开心地笑笑，说：我不管别人怎么看，反正我老孙头就是这么认为的。我老孙头别的本事没有，可我看人的本事那可是与生俱来的。凡被我看中的人，不管是好是坏，最后统统被我说中。

李家明听了一笑。

老孙头见对方不以为意，说：你别不信，当年我看贺天，就知道他将来是块当官的料。怎么样，我没说错吧？

李家明有些俏皮地笑笑，说：贺天是当局长的料，那你看我能当个什么？

哎呀！眉毛都没长，哪来的胡子？饭要一口一口地吃，路要一步一步地走。当官也一样，都是一级一级往上升，那些坐直升机越级提拔的，能有几个？

李家明诚恳地说：谢谢你老孙头，我还是先把这些案子破了，再谈什么升官提拔的事。如果这几个案子破不了，我会死得很难看的。

老孙头吸完最后一口烟，将烟蒂狠狠往身旁的垃圾筒一丢，说：走吧，王支他们该等急了。

李家明说：那可不，他打电话催我好几次了。

那怎么没听你说呢？

我怕吵着咱俩说话，把手机调静音了。

11

上午十点，在市公安局办公大楼六层，贺天步履匆匆地从电梯口出来，径直往自己的办公室走去，见王春华、李家明和童刚等人已经站在门口等候。

贺天一边走一边说：我刚从财政局回来，硬逼着他们那个金局长，开完了办公会签了字，我们五十万元专案经费总算落实了。

王春华和李家明等人听了，一个个笑逐颜开。

贺局真是辛苦了，这下咱们总算可以加加油了。王春华笑嘻嘻地说。

贺天一屁股坐进自己办公桌前的椅子上，说：是啊，梁市长说了，这些钱先用着，如果不够再拨，总之一句话，一切服从服务于我们破案的需要。所以啊，同志们，咱们身上的压力就更大了。

王春华忙说：是啊是啊，如果案子破不了，钱也花了，那我们都无脸见江东父老。

对，那我们就连这身衣服都对不起啊。贺天加重语气道。

李家明听了，脸上露出凝重的表情，说：是啊，贺局，今天早晨发现的死者是被他人谋杀的。通过我们对尸体检验和初步调查，这个人也是位挖煤的民工。看来，他的死亡跟御窑厂遗址古瓷片被盗很可能有关系。

贺天一听，说：那案子性质岂不是更严重了？

是啊，前几天淹死的那两个人，可以说是意外死亡。可这个死者明显是被人谋杀的。王春华强调说。

贺天蹙着眉，追问：那谁是凶手？

李家明眨眨眼，略带歉意地说：目前还没有找到，但我们确定了侦查方向。

说来听听。贺天说。

从尸检的情况来分析，死者应该是喝了一点酒后，被人摁在有瓷土泥浆水的缸里窒息而死。

你的意思，是将有泥浆水缸的地点，作为我们侦查的重点？

对啊！

可是，我们瓷城有瓷土泥浆水缸的地方太多了，没有一万处也有八千处，你们怎么去确定？

我们对这个问题也研究了一下，觉得可以缩小范围。

说来听听。

有泥浆水缸，这是个必备条件，同时还得具备另外两个条件。

贺天微笑着点点头，问：哪两个条件？

动机与露天作坊。

嗯，请说详细点。

首先是杀人动机。

贺天点点头。

其次是凶手应具备独立的制瓷作坊，有用来清洗制瓷泥土的大水缸，水缸足以容纳一个成年人的身体。从泥浆和水质的成分及存放时间推断，这个大水缸起码已经存在半年以上；从有雨水的成分来分析，这个水缸应该还是露天摆放的。

贺天一拍桌子，说：好！

如果我们现在能找到这只大水缸，相信在水缸边沿，还可以找到被害人双手磨损的皮肤组织。

贺天认为李家明的分析很有道理。问道：那下一步你认为应该怎么做？

我觉得要双管齐下。

怎么说？

一是继续加大我们之前确定的三种对象的调查，尤其是涉嫌雇用人员、盗挖贩卖古瓷片人员的调查，进一步经营好情报信息网。

贺头点下头，问道：那另一管呢？

二是立即召开紧急会议，要求各派出所开展秘密排查，查找有露天大水缸的私人作坊，重点是河西较隐蔽的作坊，作坊存在时间在半年以上，不排除年久弃用的作坊。

贺天颔首表示赞同。

我们将以上调查的情况，进行综合比对，将同时具备以上两方面情况的，作为我们侦查的重中之重。

贺天郑重地点点头，说：好，咱们抓紧时间落实。从现在开始，没特殊情况，取消节假日休息。

第七章　巧埋眼线

1

从贺天办公室出来，李家明跟在王春华后面走进六楼电梯间，两个人面对面站着。

李家明的手机响了一下，忙拿出来接听，没想到刚“喂”了一声，就没信号了。

李家明拿着手机瞧瞧，一脸疑惑。嘴里嘟囔着说：这是什么信号啊？

王春华听了，笑笑说：现在用手机的太多了，有时候信号会被挤掉。

李家明想想说：不会吧，我只听说信号不好会断，没听说会被挤掉的。

嗨，你这个家明，你没听说过不代表不存在，现在没有什么做不到的，只有你想不到的。

王支，你这话说的，挺让人费心思的。对了，我一直有个疑问。

王春华听了笑笑，说：什么疑问？

那个发现被害人的举报电话，到底是什么人打的？

不是和你说了吗？是个男的。

什么样的男人？

你问这个干什么？

我就纳闷了，为什么这个报案人不敢露面？是不是怕我们知道他的身份？

说话的当儿，电梯停在一楼，王春华和李家明边走出电梯边交谈。

报警人不想让我们知道他是谁，这在以前也碰到过。这有三种可能。王春华说。

李家明听了笑笑，一副洗耳恭听的样子。

一是胆小怕事，不想让我们警察去打扰他。

李家明点了点头。

二是怕人知道是他报的案，会招来麻烦，怪他多事，所以报警人认为多一事不如少一事。

李家明表示认同地笑笑。

三是与被害人或凶手是熟人，如果露面被凶手知道会惹来杀身之祸。但他又出于良心或其他目的，不报警感到不安，所以报了案不肯露面，目的是保护自己。

李家明听了，心想这个王支真不愧是个老刑警，想问题就是细致周到。

李家明跟着王春华来到刑警支队办公室走廊，突然他好像想起了什么。

王支，你这话提醒了我，如果报案人的情况属于第三种，那我们找到了报案人，不就对我们侦查破案很有帮助吗？

王春华停了下脚步，说：那还用说？

那我们就想办法找到这个报案人。

王春华笑着点下头，说：可以。

好，那我立即办个手续，去核查一下。

行！

2

也就半天工夫，李家明就回到了刑警支队，径直来到王春华办公室。

王春华招手说：来来，家明一块坐下，咱们几个把情况交流一下。原来童刚也在。

李家明转身在木沙发上坐下。

王春华说：刚才童刚调查的情况也很重要。童刚，你把刚才说的，再跟家明说一遍。

童刚说：好的，家明啊，我上次不是查了那两个淹死的民工吗？这次我查了他们汇款的地址，发现他们一个在城东的邮储银行，另一个在城西的邮储银行。

李家明听了笑笑，说：这就更能证明，他们两个人分别受雇于两伙人。

童刚苦笑一下，蹙眉说：可我查了这么多，把他们汇款的邮储银行及其沿线所有的监控都查了一遍，也走访了这些地区可能会接触死者的人员，就是没找出雇用他们的幕后人。

李家明安慰般笑笑，说：如果查到了，那案子不就破了？

王春华说：对啊，能把情况调查清楚，排除了某种可能性，那也是成绩嘛。

是啊，王支说得对。就拿我来说吧，我今天到移动公司调查了一下，那个打报警电话的人也很怪。

什么情况？王春华问。

我查了那个报警手机号，移动公司专业技术人员说，那是个虚拟号码。

什么意思？童刚问。

虚拟手机号，就是移动公司有那个人打的手机号码，但这个号码还没启用。

什么？

打电话的人利用虚拟技术，将这个根本就没启用的手机号盗用了。

啊？那这个报警人不是违法了吗？

李家明听了笑笑，说：这还真是个问题。盗用号码肯定是违法的，可从目前他们调查的情况看，他这个号码并没有用在其他方面，而他打报警电话也不要钱，也就是说，他盗用的这个手机号码并没产生任何话费，所以，他们也就没向我们报案。

童刚听了皱皱眉，说：这就怪了，报案人为什么要运用虚拟技术盗用一个号码报警呢？

李家明笑笑，说：报警人不想让人知道他的真实身份。

王春华点点头，说：没错，看来这个报警人很神秘，我们要想办法找到他。

可移动公司的技术权威说了，他们没办法继续查下去，除非那个报警人持续不断地盗用这个号码，他们可以跟踪到他在盗用号码时所处的位置，但确定不了此人的真实身份等具体情况。

王春华点了点头，说：我们假设一下，这个报警人与被害人熟悉，或者是与凶手熟悉，为了自身安全，不想暴露真实姓名。

李家明笑笑，说：这跟王支分析的报案人第三种情况很吻合。

童刚听了，有点丈二和尚摸不着头脑。李家明便把王春华分析报案人隐匿身份，一般有三种原因说了一遍。童刚听了，非常赞同。

王春华说：既然目前调查无实质性进展，我们应该调整一下工作思路。

李家明毕竟对案件熟悉些，便先开口说：我想加大对线人的培养使用力度，争取从购买流通环节寻找突破口。

王春华说：好，家明可以多与那个“和尚”接触，利用他跟社会上的三教九流都熟的优势，加强与收购古瓷片人员的联系，看看从中能否找到线索。

李家明点点头，说：“和尚”上次说跟“泥坯佬”联系，不知道联系的情况怎么样了，我要赶紧找他。

王春华说：好。这个“泥坯佬”现在是什么情况？

“泥坯佬”真实姓名叫费火根，今年四十岁，曾经就读过职业技术学院，家住西城区求财弄十七号，在皇宇陶瓷有限公司任总经理。“泥坯佬”是“刀疤”的手下，而皇宇陶瓷有限公司实际控股人是

“刀疤”。李家明说。

“刀疤”我知道，他曾因诈骗罪被判刑四年，出狱后一直做仿古瓷生意，自己生产加工包装一条龙。王春华说。

李家明笑着点点头。

不过，“泥坯佬”他们为什么急着要购买古瓷片呢？王春华问道。

李家明仔细想想，说：但凡做仿古瓷的，手上都要弄一些古瓷资料，一般都是图书照片什么的。至于实物，基本上没有。为了提高他们仿制品的质量，他们就会想方设法找来实物，作为做仿古瓷的参照物。

有市场才有盗挖，才有假冒。王春华很肯定地说。

是啊，王支说得对。我们现在追查凶手，侦破案件，这些都是一种手段，最后的目的，还是要找到被盗的古瓷片，摧毁幕后指使操纵的黑手，斩断市场与源头之间的联系链条。

家明这话说得透。我看这样，你先把需要的开支做个计划，那五十万元已经到了专用账户上。童刚也把账理一理，花了多少钱先报一部分。

家明苦笑了一下，问：那我先前垫付的将近两万元怎么办？

王春华略带歉意地笑着说：这个还要等一等。你也知道，咱们的费用一直是僧多粥少，咱们一定要把好钢用在刀刃上，希望你们理解。

童刚听了，耸耸肩，笑着说：理解，太理解了。我的这些开支，暂时就不要在这里报了，谁不知道咱刑警队是个清水衙门，我干这行可不是为了钱。

李家明听了，调侃着说：你最不缺的就是钱，如果你也谈钱，那就太俗了。

童刚听了一翻眼，说：你瞧瞧你瞧瞧，又来损我了不是？这话你都说了十几年了，好像我童刚从来就不食人间烟火似的。

李家明听了，一语双关地说：那倒不是，咱童刚当这个警察，不为求财只为求名。

瞧你这话说的，你当警察不也是一样吗？你就是想求财那你也求不到啊。

王春华见两个人说话夹枪带棒的，估计两个人为竞争重案大队长的位置，又在暗地里较劲呢，所以就话里有话。便插嘴说：好了好了，你们两位不要多想了。贺局长说得好，要有为才有位，你们两位嘛，都是咱刑警支队里的硬汉，要能力有能力，要水平有水平，我想啊，只要这起案子破了，什么都好说。

李家明和童刚听了，都笑了笑。

李家明手机响了，他一瞧，立即又笑了。

3

晚夜的陶溪川是彩色梦幻的世界，是灯光璀璨的天堂。

在一根巨大耸立的烟囱底下，川流不息的人们兴致勃勃地游走浏览着，在欣赏五彩缤纷的灯光秀的同时，也在欣赏着琳琅满目亮丽惊艳的各色陶瓷。

在靠近一处欧式风格的咖啡屋内，传来了《青花瓷》的歌曲。

李家明走进写着惠风字样的包厢内，“和尚”笑嘻嘻地从坐着的浅灰色沙发上站起来，朝着李家明抬抬手，示意对方坐下。

李家明也不客气，在“和尚”座位对面坐下，然后抬头望着对方。

我那个地方，现在派出所三天两头往那里跑，我怕你去了，会引起别人的怀疑。

李家明听了点点头，心想这个“和尚”还真是细心，与这样的人打交道，安全系数高多了。对我来说，如果保密工作没做好，不仅案件破不了，人身安全也没有保障。对“和尚”来说，也是生死攸关。所以，做得越小心越好。

李家明问：你今天这么着急找我，有什么消息吗？

“和尚”呵呵一笑，说：应该说是好消息吧。

哦？李家明瞅着对方。

今天早上九点，我刚一进店，就闯进来一个人，你猜是谁？

谁？

“泥坯佬”。

“泥坯佬”？

对呀。

他找你干什么？

他着急上火地说要托我帮助他买些古瓷片。

李家明一听，心提了起来，忙问：你跟他怎么说？

我说我这儿正好有啊。

那他呢？

他呀，我把你给我的那些古瓷片都给了他，他一见，简直如获至宝。

他对那些古瓷片没说什么？

说了，他说我有多少他要多少，他愿意出大价钱。

哦？那他能出多少钱一片？

比“勇哥”出的价钱高出一倍。

啊？

怎么？有什么不对吗？

我有点儿搞不懂。

什么搞不懂？你这么聪明的人。

他们为什么要出那么高的价钱？

“和尚”听了，低头想想，说：是啊，一开始我也纳闷，就市场上的行情，这个古瓷片也涨不了这么快啊，这里面肯定有问题。

李家明一笑，说：很可能是有人出高价收购，所以古瓷片就随行就市一路暴涨。

“和尚”笑着说：对头，那个“泥坯佬”说有人高价收购，很自然就水涨船高，上家买瓷片的人出的价格高，跟我谈的价格自然就高。

李家明点点头，说：理是这么个理，可有谁会出这么高的价格，收购这些古瓷片？

这个我问了，他说这是商业机密，不肯多说。

李家明点点头，说：可以理解。眼下的关键，是要想办法找到那个出高价购买古瓷片的人。

“和尚”听了，很洒脱地一抬手，说：别急，咱们先喝茶，喝完茶我再慢慢跟你说。

李家明知道“和尚”性子慢，说话做事都是慢条斯理的。便依着对方的意思，端起茶杯喝了几口，然后放下杯子，微笑着瞅着对方。

“和尚”不紧不慢地说：这个“泥坯佬”急着想买古瓷片，就跟我说，他要回去准备一下，我呢，也就留了个心眼。

李家明拿眼望着对方，问道：你留了个什么心眼啊？

“和尚”笑笑，说：我也学学你们的招数，给他来了个跟踪追击。

啊？李家明显然没想到“和尚”会这样做。便开口说：你光着个头走出去很显眼。

“和尚”摆摆手，说：你放心，干我这一行的，是典型的害人之心不可有，防人之心不可无。

李家明听了笑笑，说：看样子你胸有成竹啊。

“和尚”说：我平时出门都喜欢戴个帽子，套个假发什么的。

李家明听了点点头，说：明白了，你一定是化装出门跟踪的。

“和尚”说：对。然后笑嘻嘻地说，我出门打了辆的士，就一直跟着他，你猜，我发现什么了？

李家明想想，说：他在路上被车撞了？

“和尚”摇摇头。

被人打了？

“和尚”又摇头。

那你跟丢了？

“和尚”笑着又摇着头。

李家明说：那是什么情况，该不会你被他发现了吧？

“和尚”又摇头笑笑，说：我跟踪他到了一个地方。

什么地方？

一个我都没有想到的地方。

李家明笑着问：那是什么地方？连你都没想到。

呵呵，其实这个地方，有个人就去过。

谁去过？

“勇哥”。

什么！“勇哥”？

对！“和尚”很肯定地回答。

李家明一拍脑瓜，说：我明白了。

“和尚”表情幽幽地望着李家明笑。

对，他一定是去了那个宾馆。

“和尚”很满意地笑笑，说：是啊，他不但去了那个宾馆，而且他出来后，就又往我的店里跑。

啊？李家明很担心地叫了一声。他担心“和尚”不在店里，会让对方产生怀疑。

“和尚”轻轻一笑，说：“泥坯佬”再返回我店里时，我的店门是关着的。他等了大概十分钟的样子，我才赶到店里开门。

李家明问：对方没怀疑你吧？

有点儿怀疑，他问我到哪里去了，怎么一转身人就不见了？还等这么长时间才来。

那你怎么说？

我说肚子不舒服，去药店买药了。

那他相信了？

由不得他不信，我从口袋里掏出氟哌酸片给他看，他就没什么话说了。

那，他再次折回来，钱带来了吗？

没有。

那他又来干什么？

他叫我先把东西留着，等他把现金准备好了再找我。

李家明听了，担心“和尚”把手里的瓷片换成了现金，万一被道上的人盯上，保不齐会出事。

想到这里，李家明觉得有必要马上向王春华如实汇报，请示一下是否可行，否则将来出了问题，我个人可担不起。要是吃了官司，那就更划不来了。自己辛辛苦苦想方设法干事，到头来弄不好会落个凄惨的下场。

4

一大早，贺天便来到王春华办公室，见王春华办公室的门还是关着的，便上前用手敲敲。边敲边叫：春华，春华。

门一下打开，立即露出王春华睡眼惺忪的脸。

贺天说：怎么，又睡在了办公室？

王春华笑笑，说：太晚了回家怕打扰家人，不如睡办公室自在。

贺天听了表情有点儿僵硬，有些无奈地说：是啊，我们亏欠家里人太多了，如果我们没做出一点成绩，那就更对不住家里人。

是。贺局这么早来，有什么指示？

贺天笑笑，说：你昨夜说家明调查的情况，涉及那两个有前科的，我想，咱们是不是应该加大一些力度？

你的意思是说，加大对“神头”和“刀疤”的调查力度？

对，从目前的情况看，他们两个都有购买古瓷片的活动，而且都往西湖宾馆跑，这里面肯定有内在的联系。要么是他们联手从事贩卖活动，要么是他们各自都与某人有购买古瓷片的活动。

王春华听了想想，说：也有可能，他们与住在西湖宾馆里的不同的人有联系。

贺天笑笑，说：所以啊，咱们不能光在外围打转，而是要想方设法靠近，最好是打进他们的核心，这样才能掌握第一手最可靠的情报。

王春华听了直点头，说：是的，贺局，我昨晚几乎没睡，就是在考虑这个问题，从各分局刑警和派出所调查摸排的情况来看，好像都没有什么有价值的线索，唯独家明那里，有进一步深挖的价值。

贺天点点头，说：我的意见，是让家明先把“神头”和“刀疤”的情况调查清楚，再对西湖宾馆里有关人员活动情况进行布控。

好的。我这就去跟他说。对了，家明也可能在办公室里休息。

贺天听了，脸色一下凝重起来，他也不说话，便朝李家明的办公室走去。王春华见状，赶紧跟上。

贺天用手在李家明的办公室门上连敲几下，里面没动静。

王春华解释说：年轻人睡得沉，不像我们年纪大的，总是似睡非睡。

说着王春华便上前用力在门上拍几下，里面立即传出来了来了的声音。

贺天听了，与王春华相视一笑。

5

上午九点差五分，李家明和张晓娜走进瓷城监狱管教科，向管教科长杨立德说明了来意。

杨科长听了，立即说：你讲的这两个人，我对他们很熟悉。

李家明一听有戏，于是问道：你怎么对他们熟悉呢?

杨科长说：当年他们两个人都在一监区劳改，我当时是一监区的副监区长，正好是分管他们两个人的管教。

李家明听了很高兴，说：太好了，请你介绍一下，他们两个人在监狱的情况。

杨科长很客气地说：不急，既来之，则安之，工作再忙，这茶还是要喝一口的。

杨科长说完便起身拿茶杯倒了两杯茶，递给李家明和张晓娜。

李家明与张晓娜赶紧道谢。

杨科长坐下来，说：这两个人，你们市局五十多岁的刑警应该都知道吧。

李家明说：是啊，我们王支曾经办过他们两个人的案件，但到监狱后的表现，他就不清楚了。

杨科长听了笑笑，说：没错，我记得当年，他们两个人都是因为诈骗了同一个人，由同一个案件牵扯进来的，一个被判了三年，另一个被判了四年。

那是怎么回事？判三四年的人怎么会在你们这里劳改呢？

是啊，因为关押三四年囚犯的监狱人满为患，经请示省司法厅劳改局，为了有利于改造，按照属地和就近的原则，就把他们那一批人，大概有二十个，转送到我们这里劳改。

李家明听了笑笑，说：怪不得，我还以为他们两个神通广大找了人呢。

哪里，咱们监狱是国家机器，一切都要按照法律和规定来办事，哪是找人就可以解决的？

对对，杨科长说得对。这司法警官也是咱们警察序列，也授警衔。对了，杨科长应该是一督了吧？

是啊，去年刚授的。

噢，那好啊，在咱们警察队伍里，能授一督才算保了本。有很多人到退休了才弄了个副科待遇，有的退休时才转正科，可工资待遇什么的又上不去，真是叫人无言。

这种情况我们监狱也一样，都有不合理的地方。

唉！不说了不说了，咱们说正事。不管给不给咱们待遇，工作还是得好好干，要不，就对不住咱们警察这两个字。

杨科长听了笑笑，说：警察其实就是一种荣誉，跟社会上的那些所谓精英比起来，有时候显得很寒酸，从发工资到月底，工资要精打细算，生怕到时不够用。要论经济条件，跟有些被我们管教的人员比起来，那简直是一个天上一个地下，没法比。

李家明笑着说：杨科长看问题就是准。

杨科长说：李大客气了，其实“刀疤”余发水和“神头”丁森林，两个人在市里的时候就很熟，刚收到我们监区时，两个人相处得还好，可是没过两个月，问题就出来了。

李家明吹吹茶杯里浮在上面的茶叶，喝了口茶，抬头望着对方。

杨科长接着说：先是同监室的人身上有伤，问他们是怎么受的伤，都不肯说。后来受伤的次数越来越多，监狱领导要我去调查，我问他们是不是打架了，他们都说是不小心摔伤的。

再后来，我看见丁森林和余水发的身上也有伤，觉得他们两个人的伤很奇怪，我问他们是怎么受的伤，回答也是摔伤。我不信，就请法医去验伤，法医验完伤后说，什么摔伤，骗鬼啊，很明显是殴打伤。我把他们两个人分别找来问话，并且明确告诉他们两个，如果不如实说明情况，我就叫法医出验伤报告立案调查。要是查出他们在监狱里打架斗殴，我就请法院对他们加刑。

李家明点点头，心想这监狱里的名堂也蛮多的。

这两个家伙一听害怕了，便一五一十地将两个人为争当老大，各自笼络了两帮人，在里面明争暗斗的事说了。还一个个请求我手下留情，不要上报。

李家明听了，饶有兴趣地问：后来呢？

杨科笑笑，说：不瞒你说，现在我们监狱也是实行人性化监管，既然他们都已认识到自己的错误，能化解就尽量化解。

李家明笑着点头，说：你们的工作也挺不容易的。

杨科说：是啊，都差不多。

那他们两个在监狱的时候是不是还有同伙？

杨科想想，说：也不完全算是同伙，可以说是狱友。

李家明听了想笑，社会上的人有点儿交情的相互可称为朋友，可在监狱里也称狱友，新鲜。

你能跟我们说说，他们两个人在监狱劳改期间，人员交往的详细情况吗？

当然可以。杨科长爽快地说。

6

在刑警支队健身训练场，刑警们正在进行体能和技能训练。

王春华身着作训服，正与童刚进行对打搏击训练。

可以看出，王春华和童刚使用的套路，都是在公安实战中非常实用的擒拿捕俘拳，编练这套拳的最初目的，就是能尽快抓捕违法犯罪嫌疑人，制服凶残的暴徒。两个人虽然使用同一套拳术，但从招式劲道中，仍可以看出心意六合拳的影子。

王春华看着浑身肌肉血气方刚的童刚，说：看你的招数，好像练过心意六合拳。

童刚听了一愣，心想你是不是听人家说过。前不久光头到我家老爷子厂闹事，我就是用这心意六合拳的招数，一式剪手大劈，就把那个光头震出一丈多远，这事梁筱蕾都知道了，想你支队长也应该有所耳闻吧。是不是你揣着明白装糊涂，想故意试探我，看看我的真功夫？想到这里，童刚笑笑说：以前练过一阵。

王春华说那我们就切磋一下怎么样？

童刚一抱拳，说：那我就恭敬不如从命。

王春华笑笑，说：你就把你认为最厉害的招数使出来让我看看。

童刚嘴巴上说不敢，可心里却觉得在支队长面前显露一下也未尝不可。平时在支队，见到支队长就有一点敬畏感，毕竟他是领导，又是年长自己二十岁的兄长，所以见到王支还是有点儿拘束。只有到了练武场，才能暂时抛开一点尊长的隔阂。学武之人，讲究场合和对象，该露便露，该隐必隐，所谓同道相亲，同艺相惜，遇到志同道合的，便以命相投，结义终身。

童刚以虎式起架，一看就是凶狠的招数，没想到王春华虽年近半百，但却步履稳健，以龙身闪游躲过童刚的正面攻击。童刚显然没想到王春华的身法如此敏捷轻巧，便又以熊式出拳，迅猛刚劲，又被王春华轻松化解。童刚不服，心想我童刚虽说学艺不精，但遇到过的对手不多，我就不信你这个年近半百的人能胜过我，就凭体力我也可以耗过你。

童刚毕竟是年轻气盛，见几个回合下来自己没占到任何便宜，反倒是所有招数均被王春华轻松化解，觉得自己很丢面子。

这时边上练习的人们见支队长与童刚比武，都围拢过来看热闹，使得一直以为自己功夫不错的童刚不由得有些心浮气躁。

本来童刚只是使用一般的招数就想与王支分个高低，没想到自己使出的招数根本就没用，心想我如果不使出绝招，胜不了你王支事小，丢了面子事大。于是乎转瞬之间，童刚心气大发，豪气冲天，见王支的拳影过来，使出浑身气力，一式剪手大劈，想将王支震出丈外。

说时迟那时快，只听呼的一声，人就被震飞出足足有一丈开外。

倒地的人发出啊的一声，不知是惊讶还是痛苦。

众人一瞧，倒地的竟是童刚，都露出惊诧的眼神。

童刚一下子被震蒙了，明明是自己使出了绝招欲置对方倒地，怎么现在倒地的反而是自己？

童刚有些沮丧地从地上爬了起来，边爬边用手拍拍自己脑瓜，满是疑惑与不解。随即对王支充满了钦佩，姜还是老的辣啊。

大家围着王春华，喜不自禁地热烈鼓起掌来。

童刚满脸羞红，诚心诚意地向前几步，双手抱拳向王春华，说：领教了。

王春华却说：你的拳已经练得不错了。

童刚诚恳地请教，问：王支你这招叫什么拳法？

王春华说：你知道你刚才使用的那招是什么吗？

童刚说：当然知道，我用的是剪手大劈。

对，这个剪手大劈，是杨氏心意六合拳的绝招之一，不管你用什么拳法从哪个方向打来，都可以将人震飞。

童刚笑着说：对呀，可是，我刚才用的也是这一招，用在别人身上就起作用，怎么到了你身上就适得其反？

王春华笑笑说：对，很多练心意六合拳的人，只知其一，不知其二。

童刚听了，露出羞愧的神情，说：是啊，我一直以为只要使用这招，就没有不被震飞的，今天总算长了见识。

王春华轻轻一笑，说：天外有天，人外有人。中华武术博大精深，没有人能穷尽其学。何况武术不仅是理论上的学问，更重要的是实践。

王支说得好。童刚深有感触地说。

边上的梁筱蕾说：王支，你给大伙普及一下心意六合拳的知识吧。

王春华见大伙兴趣正浓，便说：那好吧，我就班门弄斧说说我所知道的。

这心意六合拳啊，相传是由明末清初武术家姬际可所创，据传当年他因为武艺精湛，留在河南嵩山少林寺当教练，有一天见两只鸡相斗，心有所悟而独创。洛阳人马学礼得到姬际可的真传，将这套拳法发扬光大，几百年来形成了河南心意六合拳一大支流。后来，以周口三杰之一的杨殿卿最为著名，他自幼师从袁凤仪老师，全面继承了河南派心意拳的特点，一生只习练心意六合拳，人称“飞天狮子杨殿卿”，成为杨氏心意六合拳的创始人。

梁筱蕾问：王支，什么叫心意六合拳。

噢，这心意六合拳中的六合，分为“外三合”与“内三合”。“外三合”是指“肩与胯合，肘与膝合，手与足合”，通俗来说，就是身体各部分在运拳的时候都要互相科学配合，形成外部合力。

梁筱蕾等人就在现场做出肩胯肘膝相结合的动作。

王春华笑笑，继续说：这个“内三合”，是指“心与意合，意与气合，气与力合”。也就是通常说的打拳的人的心情与拳招、力度等要合一，才能发挥出威力。心意拳的演练路线是以直进直退为主，步法着重稳健坚实。就像这样。

王春华边说边示范表演。

梁筱蕾等人模仿王春华的动作练习。

心意拳具有十大外在的形，分别是模仿龙、虎、马、猴、鸡、鹞、燕、蛇、熊、鹰的搏击、捕食、闪躲等动作，具有明显的攻守意识，每一形皆有其独特的含义。

王春华边说边演示十大动物的动作形态。

围观的人们嬉戏着学着王春华摆出的各种动作，现场看起来有些滑稽。

梁筱蕾问：王支，刚才你跟童刚过招的时候，最后一招被震飞的，叫什么来着？

王春华笑笑，说：最后的那一招叫剪手大劈，是杨氏心意六合拳中非常厉害的一式绝招。

你说这么厉害，童大和你使同样的招数，为什么你没事，而童大反而被震飞出去了？

王春华听了，瞅瞅一脸尴尬的童刚，笑笑说：只有练过这种功夫的人，才能真正理解其中的奥妙。

梁筱蕾笑着问：王支，你刚才说这种心意六合拳是在河南创建流行的，怎么会传到咱们瓷城呢？

噢，有句话叫作酒香不怕巷子深，好的东西传播发展总是很快的。由于心意六合拳内外功兼修，非常符合中国人的哲学思想和练功思维，因而很受国人的喜爱，所以传播也非常广泛迅速。不仅传到国内绝大部分省市及港澳台地区，而且远播美国、加拿大、澳大利亚、新西兰、日本、韩国等国家。

正在大家围听王春华的讲解时，李家明和张晓娜走了进来。

大伙见李家明来了，都喊着让他也练一下。

大伙知道李家明得过全省大学生搏击冠军，他用的拳法就是心意六合拳。刚才童刚与王春华的那场表演赛，明显是童刚失利，大伙儿都想看一场更精彩的比赛。

李家明不知道刚才王支与童刚比武，他瞧着王春华浑身是汗，知道王春华已经累了，便笑笑说：我有重要的案情汇报，练武的事以后再说吧。

王春华听了，很高兴地笑笑，一挥手说：好，咱们走。

梁筱蕾见到李家明，高兴地笑着走过来，边走边叫师兄。

李家明见一身短装打扮的梁筱蕾，显得既漂亮又精神，他笑着抬手向对方打招呼。又想到父亲生日时她送的烟酒被父亲拒绝，总觉得自己对她有点儿亏欠似的。

7

王春华边擦汗边听李家明汇报，听完“刀疤”与“神头”在瓷城监狱劳改的情况，脸上露出了凝重的神情。

如果是这样，那么就有必要对他们两个人出狱后的情况进行一次全面细致的调查。

李家明听罢，觉得光靠外围的调查，不可能快速掌握对方内部活动情况。便说：王支，你看能不能上一点技术手段？

王春华听了，摇摇头，说：就目前我们掌握的证据，还不能对他们立案侦查。

他们两个人的手下都频繁活动，四处收购古瓷片，光凭这些就可以立案吧？李家明说。

立是可以立，但我总觉得有点儿勉强。王春华说。

那你认为，我们要掌握了怎样的证据，才能立案呢？李家明问。

最起码要掌握他们已经购买了真正的古瓷片。目前他们购买的，都是我们为了查案方便仿造出来的，如果真正从法律角度上来讲，这些材料是上不了桌面的。所以说，仅凭这些立案，是不太符合规定的。王春华说。

如果我们可以查实，盗挖御窑厂底下盗挖古瓷片的两个民工，是由他们请来的呢？李家明问。

那当然可以了。可目前没证据证明是他们几伙人请来的。所以，我们还不能对他们采取法律措施。王春华说。

李家明心里有些着急，如果这些办法都行不通，那下一步只有继续查证，等找到新的证据才可以立案。

对了，家明，你不是说那个民工，是在一处有瓷土泥浆水缸里淹死的吗？如果你能找到那个地方，并且可以证明与那几伙人有关，那我们就可以对他们立案了。王春华说。

李家明说：没错，我也有这种想法，当然还有一个办法，如果能查实御窑厂底下淹死的两个民工是被他们几伙人请来的，那也可以立案。

对！我们下一步的重点，就是要尽快找到这些证据。王春华说。

那好吧，我就负责调查那个淹死人的瓷土泥浆水缸吧。李家明说。

好，除此之外，你还可以调查他们是否还购买过真正的古瓷片，或者是否盗挖过古瓷片。王春华说。

李家明听了，苦笑着说：王支哟！饭要一口一口地吃。

王春华听了一愣，他没想到对工作从来不讨价还价的李家明，也会产生畏难情绪，便张张嘴，想说句什么，可一时又不知该说什么。

从家明脸上，可以看出他已经十分疲劳。有句话怎么说来着，所谓强弩之末，势不能穿鲁缟。人的精力也一样，到了极限，恐怕对一件非常细小的事都无能为力，何况现在这起案件千头万绪。目前我们就好像走进一座被网罩住的地宫，哪里都有出口，可从任何一个地方都出不去。现在缺乏的，就是冲破这张网的力量，或者称之为可以破网的智慧。

8

天刚蒙蒙亮，禅云寺的钟声清脆地传了过来，这在靠近闹市区的地方显得悠然而神秘，给人带来一丝清静。

在禅云寺后院塔林，浓密高大的树林中，有两个人一边扫落叶一边聊天。

今天是星期六，你怎么一大早就到这里了？这是李家明的声音。

噢，我们居士过来做义工，今天正好轮到我，所以一大早就来了。哎，你那么急着找我，有什么事？这是“和尚”不紧不慢的声音。

是有急事。我们急于找到一口大的水缸。

水缸，什么水缸？

有瓷土泥浆水的大缸。

水缸你们也可以找啊。

我们自己当然要找，但我们不能打草惊蛇，否则就会前功尽弃。

我明白了。对了，你说的这只大水缸有什么特征？

这口大水缸应该是露天摆放着的，缸里有瓷土泥浆水，水最起码有半年以上。

“和尚”停下扫帚，看看对方。你的意思，他们可能在水缸里杀人？

李家明点了一下头。不过，我们只是推测，真相要等我们调查完了以后才能确定。

好的，我知道了。可是，咱们瓷城有大水缸的多得是，我从哪里下手？

我的意思是找你道上的熟人，重点是“勇哥”和“泥坯佬”。

好，我知道了。说完，“和尚”又低头扫地上的落叶。

李家明见状，也跟着扫地。

一对喜鹊叽叽喳喳地从头顶飞过，隐没在树林之中。

第八章　放线钓鱼

1

李家明接到张晓娜的电话，知道她肯定有什么急事，不然她说话不会那么激动的。

推开办公室的门，张晓娜正手拿着一沓材料在看。

晓娜，什么事？

晓娜见李家明来了，脸上立即露出轻松的神情。说：李大你看，这是西城分局报来的材料，他们那里发现买卖古瓷片的线索。

李家明“噢”了一声，伸手拿过材料看了看，说：我跟西城分局管刑侦的赵副局长联系。说完他就打通了分局管刑侦的副局长赵振海的电话。

李家明问赵副局长在哪里，赵副局长说此刻他在西苑派出所。

赵振海说：西苑派出所的社区民警老白，在排查中发现有两家店有人收购古瓷片。

李家明问：他们有没有收购到，收了多少？

赵振海说：那两家门前都挂了牌子，上面写着大量收购古瓷片，有没有收到我就不清楚了。

那你们没对他们采取措施吧？

没有，我们怕打草惊蛇。

李家明听了，想想也对，便说：我们马上到所里。

赵振海说：好的，那我等你。

2

约四十分钟后，李家明带着张晓娜来到西城分局西苑派出所。

一进派出所大门，就看见赵振海副局长和社区民警老白，已经在申公年所长办公室里等待他们了。

见李家明进来，赵振海便对老白说：你先给市局的李大介绍一下情况。

头发花白，穿着夏装短袖警服的老白，戴上老花镜，神情镇定地翻开膝上的笔记本，边看边说：两个店面，一个叫泥味轩，老板叫孙国浩，四十四岁，另一个叫瓦工坊，老板叫盛世民，五十一岁。他们两家都在门口白纸黑字写着，大量收购古瓷片。

说完，老白瞧瞧赵振海，又看看李家明。

李家明听了笑笑，说：他们门口写着，可不一定就做了，咱们得想办法找他们问问情况，看看到底他们有没有收到古瓷片。

老白听了，笑笑说：这好办，我找他们问问不就得了。

李家明想了想，说：如果他们说你问这些事干什么，你怎么说？

我就说道上有朋友也是干这行的，也想收购点古瓷片，再顺便问问他们价格是多少。

嗯，这个办法好，既可问到真实情况，又不会暴露我们的意图，高，实在是高！张晓娜一边对老白竖着大拇指一边说。

老白不卑不亢地笑笑，说：我以前也干过几年刑侦。

张晓娜一听，说：怪不得啊，原来是老前辈！

老白淡然地笑笑，说：老前辈谈不上，多干了几年而已，这都是咱们的老饭事了。

张晓娜听了，看着李家明，显然她没听懂老白说的老饭事是啥意思。

白师傅是说，这都是咱们干警察的拿手好戏，看家本事。如果连这一点都不会，那还干什么警察啊？李家明向张晓娜解释道。

张晓娜天真地笑了，露出一对小虎牙，说：不会吧，白师傅也就说了这么几个字，哪里有就这么多的意思？

李家明笑笑，说：咱们干警察的也有许多行话，如咱们的出警、处警、号子、几进宫、眼线、卧底等，都可以说是独一无二的。

张晓娜笑笑，说：这些我都听说过，可刚才的话真的没听过。

你现在听了，不也就听过了？凡事都有第一次，对吧？当然，有一些行话，你可能一辈子都听不到。

那是为什么？

因为行话来自最底层的生活，也是最实用的，不是每个警察都能创作出行话的，只有极少数具有创造力的人，才能创作出真正有生命力的行话。

张晓娜听了笑笑，说：我算是开了眼界。

李家明说：来日方长，开眼界的时候多着呢。

3

也就一个钟头，老白就回到了申公年所长的办公室。

赵振海副局长有事先离开了，李家明和张晓娜还在等着。

老白一进办公室，就先到饮水机上倒了杯矿泉水咕嘟咕嘟喝了，然后用手一抹嘴巴就打开了话匣子。

我分别找到泥味轩的孙国浩和瓦工坊的盛世民，他们两个人都说目前还没有收购到古瓷片。

李家明听了有点儿失望，但还是心有不甘，便问：那他们两个人为什么要在店门外挂这种牌子？

老白听了“噢”了一声，说：他们都说门口挂着牌子很正常。

李家明眨眨眼，说：恐怕不正常吧？如果说正常，那为什么其他的店不挂这种牌子呢？

对，我也问过他们两个，他们都被我问得没办法，最后都说是有人要他们出面收购古瓷片的。

李家明听了，说：是不是“勇哥”和“泥坯佬”他们？

老白一听，惊讶地睁大眼，反问：你怎么知道？

李家明轻松一笑，说：我只是猜测。

老白一边用手摸摸脸颊，一边说：真是神了，你怎么一下子就猜对了？

李家明见不说明点原因，恐怕老白不会放过自己，便说：我们也听到过一些反映，那两个人也托了其他同道人收购古瓷片。

老白点点头，说：那还差不多，不愧是重案大队的，消息就是灵通。

李家明心想，现在可以肯定，那个“勇哥”和“泥坯佬”急于四处搜集古瓷片，看来他们很可能会有大的动作。得赶紧对他们及所在公司进行调查，看看能否从中找到突破口。可光凭现在调查到的这些情况，就要对他们进行立案，理由证据都不充足，得想办法找到其他的证据才行。

唉！证据证据，这真是让人头痛的冤家啊。

4

天气越来越热，瓷城市的拆迁修补也越来越热火。

被列入双创双修城市的瓷城市到处都在拆迁，修补路桥、山坡，种植草树，修建街头街心公园，实行街道房屋美化亮化。

“和尚”走过一条架着钢架搭着棚子的长廊，拐进一个古色古香装饰的店面，乘上电梯，一直上到顶层三十二楼。

“和尚”走进一排藤萝茂盛鲜花盛开的防朽木棚，便听到一阵鸟儿的啁啾声。

见“和尚”进来，“勇哥”立马站起身，满脸堆笑着请对方坐下。

“和尚”也不客气，边坐边说：没想到还有这么一个优雅的地方，真是别有洞天啊。

“勇哥”笑笑说：这是我的一个兄弟开的茶楼，从不对外，只有朋友相传。所以，一般人都不知道。

“和尚”也笑笑，说：那这种茶楼，生意肯定不错喽?

那是自然，来的人以生意场上的最多，也有一些官场上的朋友。总之，都是些有头有脸的人。

那，我来到这种地方，可算是提了身价了。

哪里哪里，你老哥来了，那是给茶楼增光添彩。

“和尚”说：咱们兄弟，就不客气了，还是长话短说的好。

好，老哥有什么吩咐，尽管说。

那好。我有个朋友托我买几只大缸。

大缸？什么大缸？是瓷的还是陶的?

他没说。应该陶的瓷的都行吧。

要瓷的可以到附近郊区吕蒙村那边去买。

“和尚”摇摇头，说：不行，他说要找那种老一点的缸，放在露天长了青苔的，那种最好。

“勇哥”听了皱皱眉，问：他要那种缸干吗?

说是为了仿古做旧，能卖个好价钱。

“勇哥”用手挠挠头，说：你这个朋友，还做偏门生意。

“和尚”笑笑，说：世上的生意，只要有市场，就会有人做。蛇有蛇路，鳖有鳖路，各人都有各人的门道。

那是那是。那你这位朋友，对缸有什么要求？比如大小规格，新旧程度，还有造型画面方面的。

“和尚”摇摇头，说：这些都没有明确的要求，反正缸越老越好，最起码要一米五高，直径一米以上吧。至于造型，我想应该还是圆的吧。画面就无所谓了，什么样的都可以。

“勇哥”笑笑，说：这样的缸，找是可以找得到的，但恐怕要花不少的时间。

这个你放心，只要找到，价钱好说，我朋友说了，只要他看中的，一个缸五桶水。

“和尚”说着，伸出了五个手指头。

“勇哥”听了，眼睛都瞪大了，问：五桶水？

没错，五桶水。“和尚”非常肯定。

做古玩生意的都清楚，这五桶水就是五万元，一桶水代表一万元。

怎么有人肯花这么大的价钱买个旧缸？

具体原因我也不清楚。人家肯定是有赚头，要不然不会出这么高的价。

“勇哥”点点头，问：什么时候要？

越快越好，人家急着要。

好，这事我一定帮忙。找到以后，是你朋友自己来提货，还是要我们帮忙送货上门？

噢，是这样，你找到货后，就拍个照片发给我，我再转发给我朋友，如果他看中了，再问他验不验货，要验货就等他来，要咱们帮忙验货咱们再去。反正一句话，好处少不了你，我知道你现在等钱用。

是啊是啊，还是你老哥做人地道，哪像我们那个老板，把钱看得比命重，要他的钱就等于要他的命。

“和尚”听了直笑，说：你可不能背后这样说你老板。

“勇哥”知道自己失言，忙掩饰说：没事没事，我们都是几十年的兄弟，说话轻一点重一点没关系。

那是那是，兄弟之间说话轻重无所谓。对了，你老娘的身体现在怎么样了？

好多了好多了。上次用了一些进口药，病情总算是控制住了，只是这接下来的治疗，需要多少钱还不知道，真是要了我的命啊。

“和尚”也不多说，从包里掏出一沓鲜红的人民币。往“勇哥”眼前一推，说：我最敬重有孝心的人，这是三万元，你先用着，有什么事咱们再慢慢想办法，我相信办法总比困难多，活人不会被尿憋死。

“勇哥”神情有些激动地拿过茶几上的钱，说：谢谢老兄。唉，都怪我，原来有钱的时候，不把钱当钱，跑到澳门那里赌，几千万元都打了水漂。现在到了要用钱的时候又没有钱了，真是，这世上没有后悔药啊，唉！

望着对方长吁短叹后悔不迭的样子，“和尚”起身说：我还有事先走一步，有什么情况，电话联系。

说完“和尚”就转身走了。

“勇哥”双手一抱拳，对着“和尚”的后背说：谢谢老哥，你等我的消息好了。

5

李家明从王春华的办公室走出来，抬头望望窗外，暮色降临，天幕低垂，已到了吃晚饭的时间。

李家明想想自己这段时间太忙，已经有一段时间没见到曹丽丽了。

有时候李家明会想，自己是不是太自私了？为了破案，竟将自己设定成一个工作狂的角色，完全忽视了曹丽丽的重要性。不知从什么时候开始，自己就把家庭放在了工作的后面，而且是那样理所当然。这种心态，如果对一个老警察来说，是再自然不过的。可对一个从警不到十年还未成家的人来说，是不是太不近人情了？

李家明用手摸摸肚子，来到了大街的马路边，眼瞅着整条街的灯红酒绿，却一时不知到哪儿吃才好。

李家明把手伸进口袋里，摸摸那沓刚领出来的一万元人民币，心想给了这一万元，就少亏他童艺君了。

不知怎么的，李家明的脑子里闪现出风火瓷厂的老板童艺君，还有他那双闪烁不定的眼睛，总觉得这个自称曹丽丽表哥的人，好像有种说不出的感觉。凭着一种警察的嗅觉，觉得童艺君对曹丽丽有着一种特别的关爱，似乎超出表兄妹之间应有的情感。

李家明自嘲般笑笑，他晃晃头觉得自己真的有些好笑，自己是不是在以小人之心度君子之腹呢？

自从与曹丽丽确定恋爱关系后，这前前后后有差不多七年时间了，但除到过曹丽丽家和她外婆家外，其他的亲戚家一个都没去过。所以对她这个表哥童艺君，也只是偶尔听丽丽妈唠叨过几次。当然更多的是从曹丽丽的嘴里听到，说她这个表哥对她很好，给的工资全市最高，所以她才能有钱买房子，才能实现结婚的目标。

李家明拿出手机，打通了曹丽丽的电话，曹丽丽说还在加班，李家明说：那好，我这就过来。

曹丽丽停顿了一下，说：都这么晚了还过来，有事吗？

李家明说：有，上次你们帮忙烧的古瓷片，我把钱拿来了。

钱？什么钱？

你表哥帮忙烧古瓷片的钱啊。

我表哥不是说算帮忙的，不要钱吗？

他那是客气话。为了烧那些古瓷片，推掉了六七万元的生意，直接的成本也要一万元，这不，我把成本钱拿来了。

曹丽丽想了想，说：那好吧。

你加班还要多久？

半个小时吧。

那好，我等下接你回家。

我骑了电动车。

那我们一起吃晚饭吧。

我妈已经弄好了，要不，一起到我家吃吧。我妈也很想见见你。

李家明听了，想想这么长时间也没去看看丈母娘，是应该去看看了。

6

在瓷城老城区靠沿河边上，有一排里弄，据初步统计，总数有一百零八条。这些里弄仿佛是一只只小手，越过一条马路，向河床伸展着，犹如孩子们舍不得母亲的乳汁似的，让人生发出无限的幽思与遐想。

在曹家弄里，一条由约两米宽的青石板铺就的小道，两旁青灰色砖头砌成的房屋，在向人们诉说着历史的沧桑，记载着岁月留下的痕迹。

吱呀一声，曹丽丽推开一扇旧木板门，从里面射出显得有些暗淡的灯光，露出一条狭窄的小走廊，走廊两边堆放着各种杂物器件，进去后人要避开绕行。

曹丽丽磕磕碰碰好不容易将电动车推进里屋，在一张小四方桌子边上支好撑架。曹丽丽的妈妈听到声音，从橱柜里拿出两个盖碗，端放在桌子上。

曹丽丽叫了声妈，说：家明来了。

丽丽妈听了一愣，随即说：饭菜不够怎么办？

李家明放下手里的水果袋，说：阿姨别麻烦了，我等会儿到街上随便吃盘粉就可以了。

丽丽妈说：那怎么行？街上的东西不卫生，还贵得很。我下碗面条吧，快得很。

说完丽丽妈就赶紧走到厨房，开火烧水下面条。

这边曹丽丽将两只盖碗打开，李家明一看是一碗炒鸡蛋和一碗炒辣椒，知道丽丽家里生活简朴，心里顿时涌上一阵酸楚与愧疚。

曹丽丽端着饭碗不肯吃，要等妈把面条弄好了，与家明一起吃，李家明说：丽丽辛苦了，你先吃吧。

曹丽丽说：不，哪有老公不吃，老婆自己先吃的道理。

李家明听了，心里有种说不出的感动，也有一种想抱抱对方的冲动。三八节那天，自己和丽丽领了结婚证，只是因为没有婚房，所以一直拖着没举行婚礼。

李家明情不自禁地用双手紧紧抱着丽丽，两个人的嘴唇很自然地就贴在了一起，吻着吻着，呼吸也随即急促起来。

正在两人缠绵悱恻之际，丽丽妈端着一碗面条走了出来，见状轻轻咳嗽一声，羞得李家明与曹丽丽赶紧分开，不好意思地坐回桌边凳子上。

丽丽妈将盛满面条加荷包蛋的碗放在李家明面前，然后轻轻坐下来，对着李家明笑笑，说：家明啊，今年你们无论如何都要把这个婚事给办了啊。

李家明听了，郑重地点点头，说：阿姨您放心，我们一定会办的。

丽丽妈听了，有点儿不高兴，说：你这孩子，你叫我什么呀？你们结婚证都领了，怎么还叫我阿姨？

李家明一听，觉得有些不好意思，便赶紧认错，改口说：妈，您放心，我们一定会办的。

哎，这就对了！以前咱家里条件差没房子结婚，现在房子有了，再不结婚就说不过去了。

李家明听懂了对方的意思，主要是指自己和丽丽虽然领了结婚证，在法律上是合法夫妻，可没举行婚礼，很多人都不知道。即使两个人可以同居在一起，却也不是件很光彩的事。在绝大部分人眼里，只有举办了婚礼，两个人才算是正儿八经的夫妻。

李家明有些愧疚地低下头，边吃面条边说：妈，这主要怪我，上班太忙，也没能力挣钱买房，真是辛苦丽丽和您了。

曹丽丽听了，边吃饭边说：妈把养老的钱全拿出来了。

李家明心里的愧意就更浓了，他想想岳母退休后就靠养老的钱，这人老了生病什么的少不了，说不定什么时候就得花钱。自己却没能为买房作出任何贡献，是不是太不爷们儿了？

想到这儿，李家明不由得伸手摸出警官证，从警官证的夹层里拿出工资卡，递到曹丽丽手中，说这是我的全部工资。

曹丽丽手里拿着工资卡，一瞧是建设银行的，便问卡里有多少钱。

李家明说：我也不是很清楚，我所有的钱都在里面。对了，我还垫了将近两万元出差费，到现在还没给报销。

曹丽丽妈听了，露出惊讶的神情，问：怎么，你们公家做事，还兴自己垫钱啊？说出去也不怕人笑掉大牙。

李家明听了，露出尴尬的表情，说：妈，我们刑警队缺人缺钱，做事也挺难的。

曹丽丽见妈妈步步紧逼李家明似的，便说：妈，你就不要多说家明了，他上班压力本来就大。

压力大，大什么呀？

他们单位还……

曹丽丽想说他们单位还签了军令状，一想不对，这样一说，让妈妈知道了家明单位上的事，会让她更加担惊受怕的。妈妈这人心直口快，让她知道实情，说不定她会闹到家明的单位上去。于是话到嘴边又咽了下去。

李家明见状，想要转移话题，便说：丽丽我最近忙，房子装修的事你就多费心。

丽丽妈一听，脾气又来了，说：家明你一个大男人，房屋装修你也不管？丽丽一个女孩子，她能行吗？

丽丽听了，立马说：没事妈，我有个同学是开装修公司的，找他帮忙就是一句话的事。再说现在装修很方便，拉东西搬家具什么的都是送货上门。

李家明轻轻一笑，说：没事妈，我只要有空，就会过去看看装修的，需要人手帮忙，我也会找人去的，您就放心好了。

曹丽丽为了安慰自己母亲，也说：妈，你放心好了，我保证三个月内把房子装修好。

李家明掰着手指头在算，然后点点头，说：如果三个月能装修完，那时间就来得及。

你算什么呀？曹丽丽问。

我在算，如果三个月装修完，我们就可以赶在瓷博会开幕式时举行婚礼。到时，咱们市里的申遗工作也可能成功了。

申遗，什么申遗啊？丽丽妈瞪着眼，问李家明。

李家明笑笑，他想向对方解释，可又怕一时解释不清，便笑笑说：申遗是市里的一项大工程，如果能成功，那咱们整个市以后的日子，可就好过多了。

啊，这么厉害啊？丽丽妈露出期盼激动的神情。

7

晚上七点，在刑警支队会议室，正在召开案情汇报会。

会议的气氛有点儿特别，参加会议的有省厅刑警总队重案处的胡处长一行人。

贺天首先发表了热情洋溢的讲话。

尊敬的胡处长，首先，我代表咱们瓷城市局党委，代表全体民警，对胡处长一行亲临我局指导工作，表示热烈的欢迎。

大伙儿情不自禁地鼓起掌。

下面，由专案组常务副组长王春华同志，向各位领导汇报一下案件情况。

王春华不断地咳嗽着，一时喘得气息难继。

贺天见状，便挥挥手对李家明说：家明你先说说。

李家明见王支的老毛病又犯了，一时恐怕也好不了，这汇报的重任，理所当然就落在自己身上。见贺局长点将，自己更是义不容辞。只是事先自己没做充分准备，万一遗漏什么，那就麻烦了。

李家明环顾一下四周，见大伙都用期待的眼神望着自己，特别是贺天还对着自己笑笑，心里不由得紧张起来。

各位领导、同志们，自从发生御窑厂遗址被盗挖，两位民工被淹死以来，市委市政府高度重视，特别是梁文广市长，亲自参加了我们组织的破案攻坚动员会。省厅领导也高度重视，多次指派刑警总队领导前来我市指导侦破工作。

李家明回头一瞧，童刚表情很不自在地看着自己。

在市局领导的高度重视下，在广大民警的艰苦努力下，我们基本查清了两位被淹死民工的情况。目前，我们正在追查雇请那两名民工的幕后指使人。

说到这里，李家明停了下来，他不知道这种汇报，是不是对领导的口味。

有没有找到线索？问话的是胡处长。

噢，有点儿眉目了。

都有哪些？胡处长直爽干脆。

可以说有三个方面。

胡处长抬抬头示意对方说明。

第一，已经查明被水淹死的那两个人是附近煤矿里的民工，他们都是被人雇请到市里专门盗挖古瓷片的，并且已经查实这两个民工于被淹死前十来天，每天从市里某邮政储蓄银行汇款回家的情况。现在正沿着这条线索，追查雇请人员的踪迹。

胡处长双臂互抱仔细听着。

第二，我们通过收购被盗古瓷片这条线，采取了排查摸底等一系列措施，摸排出了一些线索，从目前掌握的情况看，都与一个叫“勇哥”和一个叫“泥坯佬”的人有关。是否有价值，有待进一步查证后才能确定。

胡处长微微一笑。

第三，也是我们认为最有价值的线索，我们对在昌江河里发现的一位死者的尸检，可以确定该人也是一位煤矿民工，他的死因，可以确定是喝了酒后，被人强行摁在一口有瓷土泥浆水的大缸里淹死的。

你的意思，只要找到这只大缸，再顺藤摸瓜，就可以揪出幕后杀人凶手？胡处长插嘴问道。

是的，胡处长说得对。

接下来，李家明就花了差不多一个小时，将发案及侦查的情况，作了一个较为全面的汇报。

胡处长听完汇报，思忖了一会儿，说：按你刚才讲的这种情况，下一步工作，就是要集中力量，加大力度，快速查清雇用那几个民工的情况，特别是要查出用瓷土泥水缸淹死民工的凶手。只有多头并进，多管齐下，才能尽快查出盗挖古瓷片的幕后黑手。

好！谢谢胡处长给我们作的重要指示！贺天说完带头鼓掌。

大伙儿也不由得跟着鼓掌。

胡处长有点儿不好意思地笑笑，说：我这哪是什么指示，贺局长抬举了。

正在咳嗽的王春华，见管警官食堂的伊科长在门口朝自己招了招手，知道饭已经准备好了。便说：胡处长辛苦了，现在时候不早了，咱们先吃饭。

胡处长说：这会未开完，好多情况我还没弄清楚，怎么就去吃饭？

贺天见了，知道这个胡处长是个拼命三郎，一干起工作来就不知道时间，便劝道：人是铁饭是钢，一餐不吃饿得慌。就是再有事咱们也得先吃饭，吃了饭再说。

胡处长听贺天这样说，见已是晚上七点了，自己不吃事小，弄得大家都跟着自己挨饿那就不好了，到时又会有人说我姓胡的作秀，所以不好再坚持己见。

那，我就恭敬不如从命了。

胡处长豪爽地一挥手，对着贺天说：走，吃饭去。

8

胡处长笑呵呵地跟着贺天，出了会议室门，往左后方的局里警官食堂走去。

李家明是重案大队副大队长，又是此案的主办人员，来的又是自己直接的顶头上司，所以他自己就要去陪客。便随着贺天、胡处长他们一起，跟在王春华后面。

胡处长与贺天一前一后，两个人聊起了天。

贺局长，听说你们这里的泥包鸡可是瓷城一绝，我来了好多次都没吃上，真是有点儿遗憾啊。

李家明听了，心想现在会做泥包鸡的人很少了。除了老一辈的窑工，还有少数几家对窑工菜有研究的菜馆，其他人对什么是真正的泥包鸡知之甚少。

高手在民间，一切缘于劳动。泥包鸡是窑工们用泥土包着鸡放在窑里烤熟的。为了提高口感，不断改进原料配方，因而成为一道口味独特、人吃人爱的美味佳肴。不要说现在，就是在从前，真正吃过正宗泥包鸡的人也不多。

贺天听了胡处长的话，一时发愣，随即说：胡处长真是个美食家。按理说这个泥包鸡也不是什么贵重的东西，一只鸡也就是一两百元的事，咱们局再穷，这点钱还是花得起的。现在的问题是，一时半会儿的也不知到哪里去找会做这道菜的师傅。胡兄，实不相瞒，也不怕你笑话，我到瓷城也有四年多了，这泥包鸡我还从来没吃过呢。

胡处长一听，豪爽地一挥手，说：我也就是随便一说，贺局长哪能当真？我也知道吃过这道菜的人很少，只是好奇。

噢，胡处长不要客气，咱们是多年的老朋友了，你说的这个泥包鸡，我也早有耳闻，也很想吃一回。我看这样吧，我请朋友帮忙打听打听，看能不能找到会做泥包鸡的，要是找到了，我一定请他做一次，咱们好好地搓一顿。

好！我就等着这一天！胡处长高兴地抬手撸袖，仿佛这泥包鸡已经摆在桌上了，等着他们来大块朵颐。

李家明听了贺天与胡处长的对话，心里想，等时机成熟后，自己请父亲出来露一手。不过父亲这人性格内向，不喜欢抛头露面，而且也很倔强，他心里若是有事的时候，千万不能跟他提做泥包鸡，因为他一直认为，有人叫他做泥包鸡，就是把他当成之前的老窑工，也就是现在基本都下了岗的无用工人。这对他来说似乎是一种耻辱。要让他做这个泥包鸡，得等他心情好的时候，要不然他不但不应允，还会跟你翻脸。

所以，最好是等自己将这个案子破了，等父亲有时间有好心情的时候，自己会向贺天推荐，说自己的父亲，是一位做泥包鸡的高手，他能做出一流的泥包鸡。

9

已是晚上十二点了，李家明急匆匆走进“和尚”的那个店铺，回身将门关上。

看到“和尚”笑嘻嘻的样子，李家明心里就知道有好事了。

“和尚”一见李家明的面，就直接从口袋里掏出一个U盘递给李家明。

这是那个“勇哥”给我的U盘，他说他找遍了所有能找到的大缸，都拍了照，你仔细瞧瞧。

李家明接过U盘，说：真是太谢谢你了。哎，你这有电脑吗？

有个平板，就在后面搁着，平时没什么用，都快闲出锈来了。

李家明也不客气，转到后面找出平板电脑，将U盘插进去，打开U盘上的菜单，点出一张张图片，都是各种各样的缸。

李家明专挑那些粗大的水缸，特别是那些显得有些旧的水缸，反复认真地观看，生怕会漏掉一张似的。

瞧了有半个小时，李家明回头问“和尚”：曾师兄，这些照片你没看吧？

我没看。我想你肯定急着想看到这些东西，所以我也没来得及看，就打电话给你了。

好啊。我把所有的图片看了一遍，绝大部分都没什么价值。只有这几张，才有点儿价值。

李家明将平板电脑拿到“和尚”面前，用手指着电脑上的图片。

“和尚”瞧瞧电脑上的图片，一脸疑惑，说：我看不出什么名堂啊？

这几张，要缸口缸身都大的，能容纳得了一个大人的缸。

干吗要容得下一个大人呢？

这个……李家明一副欲言又止的样子。这个以后我会向你解释清楚的。就是这几个大缸，你还得想办法让那个“勇哥”给你标明具体的地点。

"和尚"听了，脸上慢慢露出难色。

还得想办法搞清楚，这几只大缸是不是露天的。

"和尚"默不作声地低下头，端起茶杯一口一口地喝着茶。

李家明见对方这么为难，便不好再说什么。

家明啊，有句话我不知当讲不当讲。

有什么话你直说。

我觉得吧，这个"勇哥"虽然表面上对我很客气，但我总觉得他有什么心事瞒着我似的。我当初让他找缸，就觉得他有点儿不太愿意，只是看在我给他好处的分上，他不好驳我。可现在要问他这些缸的具体地点，我怕万一这些缸跟他有关，就会打草惊蛇啊。

李家明听了，觉得"和尚"说的话有道理，便说：这样好了，你就跟他说你自己想先去看一下货，看好了再跟买家说。

"和尚"点点头，说：这样我当然可以做到，可如果对方起疑心，要直接找买家通话怎么办？

李家明听了，不由得佩服对方的思维缜密。李家明说：这样吧，我给你个手机号码，就说是买家的电话号码，不到万不得已，你不要打这个电话。

"和尚"笑笑，说：不怕一万，就怕万一，万一他提出要见买缸的主儿，那我怎么回答？

这个嘛，你就以其人之道，还治其人之身。你也可以说这是商业秘密，大家都要遵守，否则不就乱了套了？

"和尚"点一下头，说：那也只能这样。你给我的这个号码，我怎么说啊？

你就说老板姓李，这是我的备用号码，实在不行，我来冒充这个老板。所以，咱们得先商量一下，省得到时候我们两个人说得驴唇不对马嘴，让对方察觉。

那成，那我们就赶紧商量一下，说不定那个"勇哥"半夜三更的就打我电话。

好，那咱们就抓紧时间。

“和尚”打着哈欠，说：我可比不得你们夜猫子，我每天晚上九点就睡觉，最晚十一点就要上床休息。

李家明听了，忙笑着说：不好意思，听说你们信佛的人都是早睡早起，耽误你休息了。

“和尚”听了，突然反应过来，忙说：对了，我得赶紧把手机关了，这个时候我已经休息了。说完他便拿起手机，按了关机键，然后转头打着哈欠对着李家明笑笑。

10

五月底的一天黄昏，天空照射出金黄的光亮，把景物映衬得一片淡黄，让人觉得有些燥热。

“勇哥”带着“和尚”已经转了九个地方了，这是最后一处。

明眼人一眼就能瞧出，这是一处老坯房，两旁布满蛛网的土瓦木板房，有一层厚厚的灰土，长着半人高的青蒿。

“勇哥”有点儿迟疑地看看“和尚”，说：曾兄你看看，这个应该符合你的要求吧？

“和尚”一瞅，有两只长满青苔的陶瓷大缸，露天杵在坯房中间，缸高一米五以上，缸的四周爬满青萝，缸里的水差不多离缸口有半尺。走近大缸，就能闻到一股霉臭的味道。缸的水面漂浮着败叶，几只小水虫浮游在水面。最令人注目的，是水缸面上结着蜘蛛网。

“和尚”看完了一只，扭头见另一边还有，便快步走过去，另一只大缸摆放的时间可能更长，半人高的芦草几乎要把大缸覆盖。

“和尚”边用手机拍着缸，边问这是什么地方，怎么还有这种东西摆在这里。

“勇哥”说：这是我一个朋友多年前弄的仿古作坊，当年很红火的，最近几年生意不太好做，所以就歇了业。

看到“和尚”脸上露出惬意的笑容，“勇哥”问：这两只缸，应该还可以吧?

“和尚”说：你上次给我的U盘里怎么没有这两只缸呢?

噢，我当时一忙，可能把这里给忘了。

“和尚”听了，直起身，两眼看着对方，问：你不会又有忘记的地方吧?

“勇哥”听了摇摇头，说：没，没有的事，我熟悉的有缸的地方，我都拍了。你说那几个是重点的大缸，我都带你看了。

“和尚”笑笑说：麻烦是麻烦些，如果真成功了，我朋友给你的好处费也不少啊。

哎呀，帮朋友做事，也不在乎什么好处费的，朋友比金钱更重要。

“和尚”听了，对“勇哥”笑笑，说：没错，朋友是最大的财富。有了朋友，哪怕你身无分文，也很快就能翻身。

对对对，我有你这么好的朋友，也不愁将来没钱花啊。

“勇哥”过奖了，朋友是互相的，你把我当朋友，我才会把你当朋友，如果双方之中有一方不把对方当朋友，那这个朋友最终肯定是做不成的。

没错没错，曾哥说的话非常在理，我以后要多向你学习才对。

客气了，应该互相学习，互相学习!

第九章　巧用航模

1

童刚，情况怎么样？

王春华一见童刚进门，便急切地问道。

噢，王支啊，有新进展了。

快说。

那个叫贾学武的民工，也就是后来发现被瓷土泥浆水淹死的那个。

王春华点下头说：我知道。

他是在出事前一个月，被人从溪西煤矿请走的。

王春华一听，有戏。这溪西煤矿也在产煤区，之前查案去过。便问：谁能证明？

他的本家老表，说是看见这个贾学武被一个四十多岁，留着二分头的瘦高个叫走的。

他认识那个瘦高个吗？

不认识。

那他要是再见到那个人，能认出来吗？

童刚听了，皱皱眉，说：我问过他，他说记不准，没把握。

王春华听了，有点儿泄气，心中升起的希望之火又慢慢熄灭了。不管怎样，你还是搞个画像请他看看，说不定他还真能认出来。王春华说。

童刚高兴地笑着，说：这个咱内行，怕只怕……

怕什么？

怕那个贾学武的老表记不清楚那个人的长相，那样，你就是画出来也没用。

王春华笑着点点头，说：不错，这才像重案大队的人。

童刚见王支表扬自己，有点儿不适应，因为王支一向要求严格，不太表扬人。之所以现在有所改变，是王支感觉自己压力太大，他需要大伙好好做事。

王支，这两天，我怎么没看到家明？

噢，家明的任务很重，我让他调查去了。

王支，这次咱们支队调整，情况到底怎么样？能不能透点儿口风？

王春华听了轻轻一笑，说：贺局长不是说得很明白吗？只有先谋好事，才能谋好位。贺局只器重会做事的人。

童刚笑着，说：这说跟没说一个样，谁都知道贺局是个铁面无私的人。

你知道就行了，那你就把精力放在做事上好了，不要一天到晚瞎打听。

那我，要不要找人打打招呼？

打什么招呼啊？

因为你和我爸是好兄弟，所以我特意来征求你的意见，也想请你给出出主意。

王春华伸出一只手，先是手心向着童刚，接着又手背向着童刚。

童刚见了，问：王支这是什么意思？

王支说：你这么聪明的人，还用得着我来解释吗？

童刚笑笑，说：你的意思是，手心手背都是肉？

王春华轻轻一笑，反问一句：你说呢？

2

晚上九点四十五分，在“和尚”的店里。李家明认真翻看了一遍“和尚”发来的照片，最后把目光盯在了那两只大缸的照片上。

这两只大缸在哪儿?

噢，在河西农民新村小康村边上。

你对大缸的边沿，仔细看了没有?

看了，我这不都拍了照吗?

唉，你拍这些照片时光线太暗，又有点儿逆光，大缸的边沿根本就看不清楚。

那怎么办?

这样吧，你带我去，我再到现场去看一下。

什么时候去?

就现在。

现在?

对啊，怎么了?

现在都几点了?

几点啊，不就是晚上十点吗?

“和尚”有些无奈地笑笑，又摇摇头，喃喃地说：怪不得有人说你们刑警队是神经队。

什么意思?

这做事没日没夜，也没个准时的。

李家明笑笑，说：你是说我们人不人鬼不鬼的，经常神出鬼没，像个神经病?

你说呢?“和尚”开心地笑着。

走吧。李家明起身朝外走去。

“和尚”有些迟疑。如果“勇哥”发现我和你在一起，会不会有麻烦?

李家明转头看着“和尚”，说：你不要担心，万一被他发现，你就说我是老板派来验货的。

如果他知道你的真实身份呢？

那你也可以说我们干警察的没钱，有时也想捞点外快。

“和尚”听了，有些难堪，说：你既然都这么说了，那我还有什么不能说的呢。

李家明听出了对方的意思，就是你当警察的都敢这样说自己，用玷污自己的话为自己开脱，也就是说用知法犯法来掩饰自己的不法行径，那么作为社会上的一般人，还有什么不能做的呢？

“和尚”说：这个好，你可以以一个警察的身份，参与盗挖古瓷片，而且你手中有真货，可信度更高。那些走私分子要是听说你当警察的也打古瓷片的主意，他们更愿意跟你合作。

李家明听了，知道对方说的是实在话，便说：咱们闲话还是少说，去看那两只大缸要紧。

3

深夜两点，李家明办公室。

李家明沮丧地将手中的放大镜一丢，有些无奈地双手抱头，闭着眼睛，沉默了好一会儿，然后他慢慢抬起头，拿起桌上的电话，拨通了王春华的电话。

王支，那两只大缸，不是我们要找的。

电话里的王春华“噢”了一声，说我们这样查的速度太慢，你想想看，是不是还有其他更好的办法，能找到淹死人的那只大缸。

我们能用的办法好像都用上了。什么重点与一般相结合，公开与秘密相结合，还有上下相结合等方法，全市所有有作坊有水缸的地方，基本上都查出来了，也都排除了嫌疑。

既然我们没找到那只大缸，那就说明我们的调查还存在死角，我们还有待改进或者加强的地方。

王春华的话提醒了李家明。

李家明的脑海里，突然闪现出露天作坊屋顶、大水缸、森林、飞鸟的影像。

对了，我们何不利用现在先进的科技手段，来查找那只大缸呢？

那么，这个先进的科技手段是什么呢？

对了，航拍，用航拍。

是不是有点儿天方夜谭？

李家明用手拍拍自己的后脑勺，这还真是一个好办法。

可是问题又来了，要想弄来航拍设备，肯定要经过王支的同意和支持。如果王支问我为什么要航拍，航拍哪些地区呢，自己怎么回答？

对了，为什么要航拍？可以解释是因为那只大缸是露天的，通过航拍很有可能找到这只大缸。

接下来，是要对哪些地方进行航拍。可以航拍的地方很多，几乎整个瓷城的市区和郊区都可以去拍，而且根据航拍的要求，这种航拍不能离地面太高，一般来说不能高于五十米。如果所有的地区都航拍的话，那没有十天半个月肯定是拍不完的。但因查案时间上不允许，所以要以最快的速度在最短的时间内，找到那个神秘的大缸。

李家明心里暗笑，这可真像是写小说，这部小说的核心就是这只大缸，那么这部小说的名字，就叫作神秘的大缸。对，神秘的大缸，一个很好的名字，将来案子破了，完全可以写成这部小说。

目前最要紧的，就是怎样才能找到航拍的捷径。

我们最先是将范围圈定在河西，可我们已对整个河西地区进行了地毯式排查，并没有发现我们要找的大缸，是不是又要重新在全市范围撒网排查呢？

李家明抬头低头，低头抬头不知多少遍，嘴里念叨着大缸、露天、作坊。对！肯定是一处陶瓷作坊。不过，陶瓷作坊实在是太多了，这个达不到缩小范围的目的。那么，还有没有其他更好的选择呢？

为什么那个民工的尸体会出现在那里？老孙头那份详细的验尸报告上说，男尸身上有许多被撞击的伤痕，而且这些伤痕是死亡之后才形成的。也就是说，那具男尸很可能是被淹死后，在水里漂浮冲撞的过程中造成满身伤痕。这就是说，尸体是被人放在下水道或有溪流之类的地方，被水冲到昌江岸边才被发现的。

李家明用水笔在纸上写着，缩小范围的两个条件，一是有陶瓷作坊，二是必须有一条水源与昌江河相连通，尸体从水源漂浮后被冲到昌江河里。

对，李家明将笔一丢，应该是这样。这后面的一点，怎么开始的时候就没想到呢？

实践出真知，这话一点不假。如果没有想到采用航拍的方法去寻找那只大水缸，就想不到怎样缩小范围，就想不到尸体是从有水源的地方漂流到案发现场的。

如果满足了这两个条件，范围就会缩小很多。

想到这里，李家明兴奋地一拍桌子，马上拿起手机，拨通王春华的电话。

手机响到第八下，李家明才听到王春华有些迷糊的声音，说：什么事啊家明，我刚闭上眼。

王支，我想到一个办法了。

王春华一听立马来了精神，大声地问：你说什么办法？

我想用航拍找出那只大缸。

噢，你是说那个淹死人的大缸？

对。

那你怎么找啊？

要找到大缸，应该符合两个条件。

哪两个条件？王春华清醒了许多。

李家明随即将刚才想到的两个条件说给对方听。

王春华思忖着这个办法的可行性，过了一会儿，说：行，你联系航模中心吧，请他们帮忙航拍。

是，不过，如果他们要咱们的费用，怎么办?

看看多少，听说现在这个东西不贵。

王支，我刚才已经上网查了，一个周期三天的报价，是一万五千元。

嗯，稍微贵了点儿。

那，你认为多少钱合适?

当然是越便宜越好了，我的心理价位是在五千元之内。

那好吧，天一亮我就去找他们谈。对了，王支，我想先到直升机研究所去一趟，看看能不能借到航拍机。

也好，现在太晚了，你小子也要早点休息。

好的，谢谢王支!

谢什么谢，要谢我要谢你才对。你们年轻人啊，有干劲。唉，好好干吧。好了，休息吧。

4

一大早，李家明开车载着张晓娜，来到东郊的中航直升机研究所，直奔保卫部。

李家明从车上下来，抬头望着盘旋在天空中的直升机，满脸含笑转头望望张晓娜，然后兴奋地朝挂着保卫部牌子的办公室走去。

门半开着，李家明用手敲敲办公室的门，正在低头看文件的侯部长抬起头来。

侯部长一见李家明，忙大声喊着：哎呀，什么风把你李大队长吹来了?

李家明与侯部长是多年的朋友，便笑笑说：无事不登三宝殿。

侯部长说：不会吧?你李大办的都是重案大案，我们研究所最近风平浪静，可没发什么案啊。

李家明忙摆摆手，说：我来不是查案的，我是想借你们单位的东西一用。

借东西，什么东西?

航拍机。

航拍机?

对啊。

你借那东西干啥?

当然有用啊。不瞒你说，我想借航拍机找一只大水缸。

找大水缸?

对。

找那玩意儿干啥?

查案用。

真新鲜，第一次听说找大水缸可以破案。

没错，找大水缸就是为了破案。不过，在案子没破之前，你可一定要替我保密，不能向任何人透露，包括你们所里的领导在内。

这个，你放一万个心，我姓侯的干保卫这么多年，连这点素质都没有那还行?

李家明听了，笑着抱抱拳，说：那先谢谢了。

侯部长说：我们走吧。

好。

李大，你现在办案，档次可挺高嘛。

什么意思?

查案都带着美女，看样子现在公安也改革了。

什么带美女，她是咱们支队老政委的女儿，叫张晓娜，现在可是咱们的侦查员。

哟嗬，真是将门出虎女啊。这么漂亮的女刑警那可是少见。

晓娜，这是侯部长，跟你老爸也是老朋友。

侯部长好。张晓娜很有礼貌地向侯部长打招呼。

好，好！你老爸现在还好吗?

好得很呢。

侯部长皱下眉，说上次到市局开会，不知听谁说，你爸身体不好，住院了。

是的，今年清明节前两天，我老爸的老毛病犯了，就住了几天院。

是不是赵伯初副局长身体出事，影响了你爸？

没有的事，我爸是位老刑警，他连那点心理素质都没有，还当什么政委？

李家明见侯部长跟张晓娜说个不停，便故意将话题岔开。侯部长，咱们找哪个部门啊？

噢，咱们肯定要找航模中心。

侯部长边说着话，边带着李家明和张晓娜走到一栋气派的大楼前，他用磁卡打开了一道门，走了进去，然后大声喊了几声小严，一位穿着保卫服的年轻人应声出来，一见是侯部长，赶紧敬个礼。

侯部长介绍说：这位是市局刑警支队的李大，还有小张，他们要找燕主任。

小严“噢”了一声，连忙说：这边请，便将李家明等人带到一间挂着主任牌子的门前。

侯部长先进门，戴着眼镜、人到中年的燕主任一见是侯部长，不知有什么事，忙起身与侯部长握手，侯部长转身向燕主任介绍，说这是市公安局刑警支队的，想到我们这里借用一下航拍机。

燕主任一听，问：你们要借无人侦察机？

李家明说：对对对，燕主任真是专家。

燕主任也不客气，微笑着说：我带你们去一个地方看看。

说完燕主任带着李家明等人，乘电梯往地下去，电梯显示负A字样时停了下来。

燕主任带着大伙儿走出电梯，来到一扇巨大的电控门前，用遥控器将电动门打开。

电动门徐徐升起，等到全部打开后，李家明和张晓娜看得目瞪口呆。

张晓娜大喊了一声，我的天哪！随即把两只手合在一起，又激动地分开来，不知该怎么样才好！

5

只见一个超过十个足球场大的场地，摆满了数以千计的飞机航模，那场面令人震撼。

这么多啊！李家明由衷赞叹。

燕主任很自豪地说：这是目前我们收集到的全世界所有飞机的航模。

李家明问：你们怎么能收集到这么多啊？

燕主任“噢”了一声，说：有一部分是按照实物仿制的，还有一部分是根据收集到的图片仿造的，其余的是根据收集到的文字资料进行重塑仿制的。

真了不起！李家明又赞叹了一句。

燕主任听了笑笑，带着李家明等人朝右边的一排飞机航模走去。

你们需要的是无人侦察航拍机，这些都是。

张晓娜看到一排排漂亮的飞机模型，情不自禁地伸出手想摸一下。

燕主任见了赶紧说：不能用手摸。

张晓娜听了，赶紧缩回手，弯腰瞧着航模，一副恋恋不舍又不敢触摸的样子。

太漂亮了！张晓娜惊喜万分。

燕主任见有人夸奖，兴致勃勃地介绍说：这些无人机是目前世界上最先进的飞机。一部分用于国防，还有很大一部分民用。

李家明瞧瞧这些机模，好像有种似曾相识的感觉。

还有这些无人机是我们所里自主研制的无人侦察机，配套了目前世界上最先进的技术设备，具有超清晰、超低空、超隐形、超灵动、超低音等先进功能，目前还在试验阶段，一旦试验成功，那将是全世界最先进的无人侦察机。

真是太棒了！李家明再次赞叹。不过，你刚才说的超低空，大概可以低到多少米?

可以低到离地面两米的高度。

那不就可以拍到非常清晰的图片了?

那是当然。

如果遇到地面上的障碍怎么办?

它配备了最先进的电子红外系统，会自动调整高度和避让障碍物，总之一句话，如入无人之地。

太好了！李家明再次赞扬。

侯部长这时不失时机地说：这款机子，是咱们燕主任亲自研制的，如果试验成功了，获国家科技进步奖是没有问题的。

李家明听了，连忙说：真的没想到，燕主任是真正的国家栋梁。

燕主任听了，很高兴地说：过奖过奖，作为航空人，我们都希望能以报效国家为己任。就像你们警察，希望有案必破，服务人民一样。

李家明听了，连说：佩服佩服。接着突然想起什么似的。

燕主任，这飞机的研发，应该是研发中心做的事情吧，怎么你的航模中心也搞研发?

噢，是这样的。我以前是研发中心的主任，去年因为轮岗才调到航模中心来的。部里和所里都认为我是这方面的专家，特许我在航模中心也可以搞研发。所以，我就又干上了。

侯部长这时又不失时机地说：燕主任是国家级科技人才，享受国务院津贴。

李家明听了很是钦佩，说：是人才走到哪里都有气场，是金子放在哪里都会发光。

燕主任听了兴致更高，说：未来国家之间的竞争是高科技的竞争，更是航空航天技术的竞争。谁掌握了最先进的航空航天技术，谁就掌握了未来发展的空间和先机，谁就能立于不败之地。

燕主任说得太好了。不过燕主任，我们想借用你刚刚说的这款无人侦察机，用来侦查破案，不知行不行?

燕主任听了脸色一沉，立即瞧瞧侯部长，然后回头对李家明说：警官同志，说实话，我这架无人侦察机虽然处在试验阶段，但也属于国家级尖端科技，任何时候都是处于高度保密范围的。今天如果不是侯部长带你们来，我也不会向你们介绍这些情况。

李家明听了，觉得燕主任话中有话，便说：我们现在侦破的这起案子，关系到市里申遗能否成功，关系到咱们瓷都的未来与发展。所以，我们急需借用航拍机。

燕主任听了，又转头瞧瞧侯部长，语气委婉地说：这个可能性不太大。你也知道，我们是国家特级保密单位，研究所里的东西，不要说是高端产品，就是我们内部使用的一部电话机，都是不能外借的。

李家明听了，心里一下子泄了气。

这么说，我们是没有希望借用了？

燕主任很抱歉地说：真的不好意思，我想是没办法借的。即使是我同意了，侯部长同意了，其他部门的领导也不会同意的。所以，要请你们见谅。

张晓娜听了，脸色立即就变青了。但她仍不甘心，撒娇般地说：燕主任，你就行行好吧，就借我们用一用吧，我们是公安部门，不会给您添麻烦的。而且，我们借用航模机的事一定会保密的。

燕主任听了，一脸为难地看看侯部长，又转头瞧瞧李家明。真是对不起，我们有自己的规定，这东西是万万不能外借的。

张晓娜听了，眼泪都快出来了。她上前用手抓住燕主任的衣袖，摇晃着说：燕主任，您帮我们破案，那也是为国家安全国防建设作贡献，您怎么就不能通融通融借我们用一用呢？

燕主任被张晓娜一说，脸涨得通红，急得不知怎么办才好。

李家明见状，对张晓娜说：晓娜，燕主任有自己的难处，我们就不要勉强了。

侯部长的表情，也是紧一阵松一阵的。

燕主任叹了口气，低头想了想，抬头问李家明：你们非要借那东西？

李家明点点头。

燕主任说：这样吧，我来给你们想一个办法。

李家明一听，知道有戏，忙问：燕主任有什么办法？

燕主任微微一笑，说：公家的不行，私人的倒是可以的。

侯部长一听，连说：对啊对啊，到私人那里想想办法。

李家明笑着说：那真要麻烦燕主任了，我们对这一行不熟，还要仰仗你帮忙找一找。

燕主任想了想，说：找其他人，我一时还真没时间，而且市里的人头也不太熟。

那怎么办？李家明十分焦虑地望着燕主任。

你们就那么急吗？燕主任问。

十万火急哟！张晓娜急得想哭。

燕主任想了想，说：如果是这样，那我只好将我的私人航模机借给你们用了。

真的？张晓娜惊喜交加。

那当然。而且，我的这架私人航拍机，还有寻找目标定位功能。

李家明听了，不禁喜上眉梢，忙问：什么叫寻找目标定位功能？

就是说，你想寻找什么东西，只要在设置功能上设定类似物品，它就具有自动归类搜寻功能，就会自动将你想要寻找的东西进行分类定位拍摄。

真的？这回轮到李家明惊讶了。

绝对假不了！燕主任很自信地说。

这时，侯部长用责怪的口吻，说：燕主任，你有私人航拍机早说啊，弄了半天，让咱们警察兄弟急得要命，真是的。

燕主任听了，笑着说：实不相瞒啊，侯部长，我的这架航拍机，是准备参加珠海世界航空模机展的，而且现在还处在调试阶段，所以根本就没打算将它拿出来用。我是看你的兄弟着急成这样了，才决定拿出来让他们试试的，行不行还说不准呢。

噢，是这样啊，那真要谢谢你的慷慨相助。侯部长说。

燕主任有些无奈地说：为了配合咱们公安部门查案，我宁可不参加航模展，也要让它发挥作用。

李家明听了，立即双手抱拳，诚恳地说：非常感谢燕主任。

张晓娜听了，高兴地跳了起来，嘴里喊着“耶”！

6

早上八点，阳光温暖地照在城西郊外的龙岗山上，也照在一帮子兴奋的年轻人脸上。

李家明站在一块凸起的山岩上，从一只大盒子里拿出航拍机，边上的张晓娜兴奋地抢过航拍机，叫喊着：我来我来。

边上的梁筱蕾拿出专用相机，对着张晓娜和李家明拍个不停。

李家明用手晃晃想阻挡梁筱蕾的拍照，边挡边说：筱蕾，你拍什么啊？

梁筱蕾笑眯眯地说：我这是战地采访，将来案子破了，这些可是非常珍贵的第一手资料啊！

嗨，咱们干刑警的，天天都是第一手资料，哪里弄得完？如果干这些事都拍照，那一百个你梁筱蕾也应付不过来。

梁筱蕾不以为然，说：这起案件可不一般，贺局长和王支说了，这是咱们市里几十年来最大的一起案件。

张晓娜听了不解，说：不会吧，这起案件目前也就是死了三个人，而且有两个还是被水淹死的，可以说是意外灾害，怎么会把这起案件提到这样的高度？

贺局说死的人虽然不是最多的，但这起案件的意义却十分重大，它触动了咱们所有瓷城人的神经，关系到咱们瓷城的荣誉和未来。所以，这起案件的侦查，只许成功，不能失败。破案过程中的每个关键细节，每个人物的每件事迹，都是值得我们大书特书的。我们政工部门，一定要做好战地宣传报道工作，宁做千次储备，不放走一次机会。这也是我们刑侦宣传工作的基本要求。

李家明听了，摆摆手说：算了，我也不与你争了。晓娜，那你就抓紧时间干吧，一定要尽快把那只大水缸找出来。

张晓娜说了声好的，便在遥控器上进行设置。

晓娜，怎么设置你还记得吗？

记着呢，师父！

说完张晓娜将遥控器对着航拍机，按下起飞的按钮，航拍机嗖的一下起飞，唰的一声钻入山谷。

李家明惊骇地大叫着：晓娜小心，快快控制住，别让它掉下去。

张晓娜惊叫了声，随即一阵手忙脚乱，终于看到航拍机从山腰处升上来。李家明见了，一颗悬着的心总算是落了地。

晓娜你可要把稳了，千万不要让机子出问题。

张晓娜笑笑说：师父，你就放心吧，我刚才按错了键，现在没事了。

说完，张晓娜站起身子，抬头远眺，航拍机按照预定的方向和线路，平稳地向前飞去。

对了晓娜，你是不是设置了大缸的模型？

设置了，师父放心吧，只要一找到我们预设的大缸模式，机子就会自动发回信号，你就等着好消息吧。

李家明听了，很高兴地笑着点点头，随手从地上塑料袋里拿出几瓶矿泉水，先递一瓶给梁筱蕾，再拿出一瓶将瓶盖拧开递给张晓娜，张晓娜抬抬手说：师父别烦我，我正忙呢。

李家明笑笑，将拧开瓶盖的矿泉水自己喝了。

7

找到了找到了！

李家明和张晓娜笑嘻嘻地走进王春华的办公室。

王春华听了，一拍桌子，兴奋地站了起来，大声叫着好！

李家明将手里拿着的照片递给王春华，王春华接过图片一瞧，转头问：具体地点在哪儿？

李家明呵呵一笑，说：就在上次“和尚”给我们提供水缸不远的位置。

是吗？那为什么“和尚”没有找到那个地方呢？

有两种可能。

说说看。

一种可能是带“和尚”去找水缸的那个“勇哥”，的确不知道这个地方。

王春华点一下头。

另一种可能是“勇哥”知道这个地方，但故意不带“和尚”去。

王春华紧蹙眉头，说：如果是第二种可能，那么，又说明了什么问题？

说明“勇哥”很可能知道那个被淹死民工的情况，说不定他还是参与者之一。

王春华听了，点下头，说：很有可能。下面的重点，就是要做好那只大缸的现场勘查，找到有关证据链。

李家明听了，笑笑说：好，我马上带老孙头去，谜底很快揭晓。

王春华笑眯眯地看着李家明，说：如果我们推断属实，那找到了这只大水缸，我们就可以名正言顺地立案侦查了，就为这些案件的侦破，打开了一扇大门。

李家明使劲打了个响指，然后转身兴冲冲地走了。

8

中午十二点，太阳明晃晃地照在地上，使地面的温度升到三十六度。一阵燥热的风吹过来，也吹向一处破旧的作坊。

李家明正带领几个人在旧作坊里忙碌着。

老孙头先从水缸中取了水样，再从勘查箱里拿出镊子，夹上药棉，小心翼翼地在陶瓷大缸边沿提取遗留物。

张晓娜认真对着老孙头提取的遗留物拍摄。

老孙头仔细地拿着药棉，擦拭着大缸边沿已成黑褐色的遗留物，小心地放入保鲜袋内。然后又移动到大缸的另一边，依样画葫芦。

张晓娜一会儿歪着身子一会儿蹲着，从不同角度拍摄着，汗水从她的脸上流下，滴在大水缸里，撞得水面荡起了波纹。

李家明鞋底穿着绿色塑料套，手上戴着医用手套，正仔细在作坊木架旁的地上寻找着，突然发现了一个烟头。

晓娜快来，这里有个烟头。

张晓娜听了，赶紧走过来，对着地上的烟头放上尺寸表进行拍照。

李家明将烟头夹起，放入保洁袋内。

那边老孙头又喊着：晓娜快来，我这发现了头发。

张晓娜又兴奋地往老孙头那边走去，边走边笑着说：我张晓娜什么时候也成了香饽饽了？爽啊！

老孙头鼻子哼哼几下，慢条斯理地说：咱刑警支队的女娃，历来都是香饽饽啊。

张晓娜听了，一边说是吗一边瞪着两只大眼瞟一下老孙头，只见老孙头手拿着强光手电筒，正聚精会神地往大水缸里照。

张晓娜走到老孙头身边，探头往大水缸里望，看见有些混浊的水缸底，隐隐约约有头发状的东西。

老孙头，真奇怪！张晓娜好像有什么发现似的对老孙头说。

老孙头头也不回，问：怎么了，有什么可奇怪的？

这个头发要掉下来，一般都是浮在水面上的，怎么这个人的头发，会沉到缸底？

老孙头听了，不由得转过头瞧一眼张晓娜，嘴里仍不紧不慢地说：行啊，小丫头，很会动脑筋啊。

李家明听了，笑着问：怎么了老孙头？

老孙头说：都说漂亮的女孩是花瓶，我看呀，晓娜就可以颠覆这种观念。

李家明说：那当然，能干刑警的女娃子，都是女中豪杰，巾帼英雄。

张晓娜听了，脸微微泛红，兴奋地咬咬嘴唇，含沙射影地说：可有人就是不喜欢女刑警。

老孙头听了，狠狠地说：谁，谁敢瞧不起咱女刑警？我老孙头找他算账。

张晓娜听了，含笑转头瞧瞧李家明，李家明被她这一眼瞧得有些不自在。

晓娜，你说谁呢？谁敢瞧不起我徒弟张晓娜？告诉我，我一定将他大卸八块。李家明口气坚决地说。

张晓娜见了，意识到自己说话可能太过了，便掩饰地说：我刚才说什么了？我什么都没说。

李家明心想张晓娜可能是随口一说，便一笑了之。

老孙头瞧瞧张晓娜，喃喃自语：年轻人说话总喜欢随意，小丫头嘴上没毛把不了门。

张晓娜听了，不高兴地嘟起嘴，说：老孙头，你还没回答我的问题呢！

老孙头“哦”了一声，回过神来想想刚才张晓娜问自己的话。

对了晓娜，你刚才问为什么头发会沉入水缸底，这个问题问得好啊，这可不是一般人能问的。

张晓娜笑笑，说：老孙头，你就甭卖关子了。

老孙头呵呵一笑，说：我这个半条命的老倌，卖什么关子啊？我的意思是说，会问这种问题的人，一定是非常聪明的人。

张晓娜天真地笑着问：老孙头我聪明吗？

那当然，不聪明就不会问这个问题。

可我不知道头发为什么会沉到缸底，我还聪明吗？

老孙头听了，用手点点张晓娜，说：你个小丫头片子，跟我老倌玩脑筋急转弯。我可以告诉你，这个人的头发之所以会沉到水底，跟他的饮食有关。

张晓娜听了，抬起头两眼向上翻翻白，说：嗯，你的意思是说，他吃的东西里面，含有使他的头发沉入缸底的物质。

聪明，真是太聪明了！老孙头由衷地赞赏。

张晓娜不以为然地笑笑，说：可我还是不知道他吃的东西里面含什么啊。

那你再想想，再想想你就想出来了。

张晓娜低头仔细想想，还是摇摇头。

老孙头问：我们平时吃菜时，什么东西放得最多?

张晓娜一听，恍然大悟般一抬手，说：油和盐。你是说，他吃的盐太多，所以头发比一般的人重，所以会沉入缸底。

老孙头笑着用手指点点张晓娜，对李家明说：你看看，你看看，这不叫聪明叫什么啊?

李家明也不谦虚地说：老孙头，她要是不聪明，怎么能做我的徒弟？说完李家明开心地笑了。

老孙头扭转头对张晓娜说：快来晓娜，先把这里拍下来再说。

张晓娜听了，赶紧拿起相机，笑着说：好的，这就拍。

9

下午六点，已经到了下班时间。

在瓷城市公安局停车场，贺天的坐骑一停下，已经等候多时的王春华立即上前将车门打开，只见贺天笑着从车里走了下来。

春华，死者被害的地点真的找到了?

找到了。

有什么证据?

证据可多了。

都有哪些?

贺天和王春华边交谈边往刑警支队办公楼走去。

被害人留在大缸边沿磨破手指的细胞组织，还有掉在水缸里的头发，经过 DNA 检验，都是那个民工贾学武的。

能确定是谁干的吗?

基本上可以确定。

谁?

“勇哥”。

有什么证据?

在现场发现“勇哥”吸过的烟头。

还有呢?

还有两个人的鞋印，其中一个是“勇哥”的。

怎么这么快就能确定烟头脚印是那个“勇哥”的?

噢，之前我们办理“勇哥”的案件时，就采集了“勇哥”的 DNA 和足迹样本。

贺天听了，很高兴地点点头，说：那还有其他证据吗?

其他的就没了。

贺天听罢，停住脚，说：光靠这些，你还不能确定就是“勇哥”干的。

是啊，我们只是根据这些证据，推断很可能是他干的。

以上这些，只能证明“勇哥”是知情人，要想证明“勇哥”是杀人凶手，必须还要有过硬的证据。

是。我们还查明，那个旧式陶瓷作坊是多年前“勇哥”用过的，作坊的真正主人是“神头”。

说话的当儿，贺天与王春华已经走到刑警支队会议室。李家明赶紧把会议室门推开，让他们两个人走进去。

贺天“嗯”了一声，然后边走边说：要是这样，那这个“勇哥”的嫌疑的确很大。

贺天和王春华走到会议室正中间的椅子旁，童刚这时跑过去，将插在桌底下的椅子拽出来摆好，让贺天和王春华坐下。

所以，就我们以上调查到的这些情况，我们初步研究决定，准备对这个“勇哥”进行立案布控。王春华说完，拿眼征询贺天的意见。

贺天点点头，说：可以，咱们商量一下，具体怎么弄。

王春华听了，立即向李家明和童刚招招手，示意大家坐下。来来来，我们商量一下下步工作怎么搞。

李家明和童刚欣喜地坐到贺天和王春华对面的椅子上，眼里露出兴奋的光芒。

正在这时，王春华的手机响了起来，王春华一接听，脸色立即变了。

贺天见了，问：什么事？

王春华皱皱眉，说：又发生了一起女性失踪案。

贺天“啊”了一声，李家明等人都将目光聚在了贺天身上。

第十章　谜案频发

1

贺天对王春华说：你就先把情况介绍一下吧。

王春华说：好，同志们，刚才我接到报警电话，说又有一位年轻的女子失踪。

李家明听了，觉得很突然。不禁问道：怎么说又有一位年轻女子失踪？难道之前有人失踪吗？我怎么不知道？

王春华坦然一笑，说：这正是我要跟你们说的。

李家明和童刚都集中精神，想听听王支队长说什么。

就在御窑厂遗址底下发生两个人淹死事件的第二天，我们龙珠分局刑警队就接到一起报案，有一位二十三岁的漂亮女性失踪。

李家明和童刚听了，面面相觑。

我知道你们的意思，你们觉得很突然，是吧？没告诉你们有两个原因。其一是失踪了一个人不属于重大案件，可由分局自己处理；其二是当时我们刚接手盗挖御窑厂遗址古瓷片的大案。

李家明和童刚听了，都点点头表示理解。

就在第一起失踪案发生后的一个星期，城西分局刑警队接到报案，又有一名二十四岁的漂亮女性失踪。

李家明和童刚听罢，都露出意外的神色。

也是出于同样的原因，我并没有告诉你们两位，省得你们分心，影响对盗挖御窑厂遗址古瓷片的调查。

李家明和童刚两个人同时点了点头。

可是，刚才我接到电话，说是在平昌区又发生了一起女性失踪案。

王春华说罢停了下来，瞅瞅李家明和童刚。

李家明脱口而出：那就是重大案件，属于我们管辖。

贺天笑着点头，说：对！

王春华说：这些情况贺局长一直很清楚，贺局的意思，如果是两起，那就由分局去管，如果发了三起以上，那我们就要立案侦查了。

贺天点点头表示应允。

而且，不知是哪个无聊的网民，竟然在网上发布骇人听闻的消息，说我们瓷城出现了一伙采花大盗，专门挑选年轻漂亮的女性，先是绑架，再强奸杀害，最后焚尸灭迹，一时间闹得沸沸扬扬。现在有的女孩子晚上都不敢出门，人人自危，真是岂有此理！王春华有些气愤地说道。

是啊，前两天我也接到梁市长电话，问我是不是有这回事，我说目前还没有证据证明有这么一伙人存在。梁市长说不管有没有，这种负面影响一定要想办法消除，否则同样影响我市的申遗工作。

李家明皱皱眉头，心想这不是要命吗？这边的案子刚有些头绪，那边又发生了大案，这真是让我们分身乏术。

李家明不由得说：那怎么办？

贺天态度坚决地说：盗挖御窑厂遗址古瓷片的案子要办，这几起失踪案同样要抓紧时间办。

王春华思忖了一会儿，说：贺局长，我看这样吧，盗挖御窑厂遗址古瓷片的案件，由李家明同志主办，三个失踪女性的案件，由童刚同志主办。你看怎么样？

贺天点了下头，说：可以，这两起案件都是大案，都很重要。所以，你们两位，一定要尽心尽责，全力以赴，一定要在瓷博会召开前，在申遗工作考评前破获案件，你们有没有信心？

李家明和童刚同时站起身来，几乎异口同声地回答：有。

贺天抬起头，口气严厉地说：大声点。

李家明一挺身，大声说：有！

童刚也一挺胸，大声喊：保证完成任务！

贺天听了，嗯了一声，满意地点点头。

2

夜晚，连续几天的小到中雨，使得瓷城的空气变得清新许多，也使街道两旁的夜景变得更加梦幻迷人。

李家明趴在北斗星车的方向盘上睡了差不多一个小时，猛地抬起头来，问张晓娜是否有情况。

张晓娜手拿着红外望远镜转头笑笑，说：没动静。

李家明心里嘀咕着：这个“勇哥”，躲在那个寰球陶瓷有限公司这么久干吗？

正在李家明犯疑之际，张晓娜嘴里连说：出来了出来了。李家明赶紧将视线转向右前方，见“勇哥”手里提着一个黑色皮包，急匆匆走向一辆大门外的黑色小轿车，然后驶离。

李家明赶紧用对讲机向王春华报告，王春华说：知道了，你们保持距离，不要被对方发现。

李家明说了声明白，便发动车子悄悄跟了上去。跟了六条街道，过了一座大桥，拐了三道弯，最后车子进了西湖宾馆的林荫道。

为了便于观察，李家明抄近道将车子停在最高处，坐在车上，可以看见来往车辆的情况。

李家明用红外望远镜注视着前方，远远地可以看见“勇哥”开的那辆黑色小轿车停在五号楼外。

五号楼是贵宾楼，与独栋别墅相连而成，费用比一般客房高出五倍以上。住五号楼的，都是非富即贵之辈。

李家明心想：“勇哥”要见的不知是什么样的人，但肯定不是正道上的。他们之所以住高档客房，除炫耀财大气粗有实力外，就是为了见面方便。

“勇哥”进了五号楼，在里面足足待了一个小时，出来的时候，又多了个人跟他一起上车。李家明透过望远镜，觉得这个人有点儿面熟。瞬间想起来了，这个人就是“勇哥”的老板，外号叫“神头”的丁森林。

李家明的心跳明显有点儿加快，这个“神头”是提前到五号楼与人见面的，可见他是打前站的。也许是他与住在五号楼的人见面，谈了某桩生意，甚至连价钱都说好了，叫“勇哥”来送货。

想到这儿，李家明便用对讲机向王春华报告。王春华想了想，说：这伙人很可能已经跟上家接上了头，你先跟着他们，看他们到哪里，然后回头查一下住在五号楼的人是谁。

李家明回答：明白。便跟张晓娜说，我们再跟着那辆车，看看他到哪里。

就在李家明说话的当儿，“勇哥”的车子就开动了。李家明赶紧发动车子，快速加挡起步，将车子往来时的近道开去，停在离出口还有二十多米的路边。

张晓娜问：李大停在这儿干吗?

李家明说：我们等他们的车子过去，张晓娜笑着点点头。你的意思，是别让他认为我们是从宾馆一直跟踪他的，让他产生怀疑。

李家明撇嘴一笑，说：聪明，不愧是我李家明的徒弟。

张晓娜抿抿嘴，抬头一笑。

正在这时，一辆小车的灯光唰的一下从拐弯处照射过来，雪白的氙气灯光夸张地横扫过来，直往左前方刺去。

灯光过后十几秒钟，李家明将车子开出路口，直到前面那辆车子拐了弯上正街大路了，才加速往前追了上去。前行一百多米，红灯亮了，前面那辆小车正好被拦下。

就这样，李家明远远地跟着那辆车，一直到“勇哥”将“神头”送回家，“神头”住瓷城市龙珠区青花小苑二十八号别墅。“勇哥”再开车回到自己住的龙珠区泥水弄十三号附二号。

李家明用对讲机向王春华汇报。

王支，“勇哥”送“神头”出来后，就回到自己的家了。

王春华说：好，你立即返回宾馆，查清住在五号楼的人到底是谁。

李家明回答：收到。

一旁的张晓娜听了，立马说：现在都快一点了，还去宾馆呀？

李家明侧转头说：咱们干刑警的，哪有什么时间早晚，对咱们来说，任何时候都是工作时间。

张晓娜听了抿抿嘴，嗲声嗲气地说：我明白了，师父！

3

李家明和张晓娜来到西湖宾馆总台，向年轻漂亮的女服务员出示警官证。对方愣了一下，随即郑重地拿过警官证，仔细看了又看，满脸疑惑。

张晓娜说：有什么可看的？他是我们刑警支队重案大队的大队长。

服务员又瞧了一眼警官证，说：是副大队长。

张晓娜露出不屑的神情，语气加重地说：大队长和副大队长有区别吗？

女服务员媚笑着说：应该有吧，大队长肯定比副大队长大吧？

张晓娜摇摇头笑笑，随即也拿出自己的警官证递给对方，女服务员接过警官证也仔细看着。

张晓娜问：你看清楚了？

女服务员说：看清楚了。

女服务员说：张晓娜，是个科员。

张晓娜微微一笑，问：科员与副大队长有区别吗？

女服务员说：应该有吧，这个科员归副大队长管。

张晓娜追问一句：那还有呢？

女服务员转着一双大眼，嗫嚅着说：没，没了。

张晓娜这时教训起对方，说：在我们警察内部，当然是有上下级之分，但我们出来调查，对任何人来说，都是一样的。

服务员似懂非懂地嗯嗯了两声，随即将警官证还给李家明和张晓娜。

李家明轻轻一笑，说：你是新来的吧？

女服务员瞪着大眼问：你怎么知道？我今天是第一天上班。

李家明笑笑，说：甭问我怎么知道的，我们要看一下住宿登记。

女服务员一脸为难，支吾着说：我得问一下经理。

李家明抬一下头示意她请示。

女服务员随即拿起桌上的电话，打通了经理电话，说：经理这里有两位市公安局的人说要查看一下住宿登记，行不行啊？电话里不知说了什么，只见女服务员“噢”了一声，便放下电话，立马脸露笑容，问：你们想查什么呢？

张晓娜说：我们要查一下住在五号楼别墅内的登记人是谁。

服务员说：好的，说完就在电脑上噼里啪啦打了一通，然后将电脑显示屏向张晓娜站着的方向一移，说：你们看吧。

李家明立即向显示屏上看去，见登记人一栏里，赫然写着丁森林。

李家明皱皱眉，随即脸色一沉，转头问：你们经理在哪儿？

女服务员有些紧张，说：我们经理在办公室，有事吗？

请你们经理来一下，我们找他有事。

女服务员顿了顿，随即又拿起电话，打给经理。

4

当三十多岁的女经理听了李家明的话后，漂亮白皙的脸上立马冒出凉意。

不会吧？还有这事？女经理显然知道这事的严重性。

你觉得我们半夜三更会在这里跟你开玩笑？李家明不客气地逼问

一句。

女经理的眼里闪出一丝哀怨般的愁苦，说：那怎么办？

李家明直截了当地说：按照规定，要对你们直接负责人和宾馆进行处罚。

女经理听了，原本就白皙的脸色变得煞白，但她随即就镇定下来，微笑着说：李大队长，你也有兄弟姐妹，他们也有年轻的时候，也会有做错事的时候吧？

李家明听了，皱皱眉在思忖着怎么回应。

前台是第一天上班的女孩子，什么都不懂。再说，在这里登记了的人先住进去，后来其他人再进去住，这也不完全是我们前台登记人员的错啊。

李家明听了，觉得这位经理说得也在理，便反问：那是谁的责任呢？

女经理怔了一下，然后说：也说不清是谁的责任，但是我们宾馆肯定有责任。像这种开了房的人自己不住，中间换成其他人住房的情况经常发生。我们也是防不胜防，我们总不能大半夜挨个儿房敲门核对吧？

李家明听了，觉得是这么回事。当然他也清楚，对宾馆的处罚是治安部门的事，刑侦部门无权处罚。当务之急，是要想办法查清住在五号楼别墅里的到底是谁，便对女经理说：处罚的事我们以后再说，现在最要紧的，是要查清什么人住在那里。

女经理突然间好像想到了什么法子似的，说：也许房间里根本就没人住，我可以叫服务员去开门查房。

李家明听了摇摇头，说：这样不妥，万一里面住了人，不但打草惊蛇，而且你们也没办法交代。

女经理听了，面露难色，问：那怎么办？

李家明说：我有办法。

什么办法？

到你们的监控室去。

女经理一听，马上露出喜色。说：对，我怎么就没想到，在监控室里，完全可以查看到进出房间的人员。

张晓娜这时也兴奋起来，对女经理说：那还等什么？快走啊。

女经理“噢”了一声，略带歉意地笑笑，然后抬手示意，说：这边请。

5

在支队长办公室，李家明与张晓娜还未进门，就听见王春华不断咳嗽的声音。

李家明知道王支的支气管炎又犯了，每当值夜班，人一劳累，王支的老毛病就会犯，最严重时，还会咳出血丝来。

王春华一见进来的两个人，立即欣喜地站起身，边咳嗽边起身倒了两杯矿泉水，递给李家明和张晓娜，嘴里说着：辛苦了辛苦了。

李家明有些歉意，说：王支，不好意思耽误你休息了。

王春华一挥手，说：这是说哪里话，不好意思的是我，让你们年轻人跑来跑去这么晚都没休息。

李家明听了也不再客气，拿出 U 盘递给王春华，说：王支，这是监控录像，你看看。

王春华接过 U 盘，动作麻利地将 U 盘插进桌上的笔记本电脑，点开录像，里面出现了一个白种外国人影像。

王春华一愣，问：怎么是个外国人，这个人是谁？

李家明摇摇头，说：不知道，这就是我们下一步工作的重点。

王春华用手拍拍自己咳得有些憋气的胸脯，说：难道御窑厂遗址被盗古瓷片与这个外国人有关？

李家明点下头，说：很有可能。

那，你的那个叫“和尚”的线人，他有没有向你提供这个外国人的情况？王支问。

李家明摇摇头，说：没有。

王春华听了，低头沉思一会儿，然后抬头说：家明，你要立即与那个“和尚”见面，向他布置工作。

李家明两眼望着对方，脑子里在思索着与“和尚”见面后跟他说些什么。

家明，你认为那个“和尚”，你给他布置工作，他能给你提供些什么情况？

噢，这个嘛。我想，要想让他提供有关这个外国人的情况，恐怕很难。

为什么？

因为目前“和尚”仅与“勇哥”和“泥坯佬”接触，“勇哥”和“泥坯佬”的背后老板“神头”与“刀疤”，并没打算与“和尚”见面，那就是不打算让“和尚”知道那两个人背后是他们。试想，连“神头”与“刀疤”都不让他见，肯定不会让他见那个外国人。面都见不着，何谈提供情报？

王春华点点头，说：既然这样，那这个“和尚”的价值，就不会很高。

李家明笑笑，说：也不一定，我认为“和尚”的价值，关键是要看他能接触到哪一层次的人员，从目前的情形来看，他只能接触到“勇哥”和“泥坯佬”，但如果我们要求他想办法越过“勇哥”和“泥坯佬”，接触“刀疤”和“神头”，或者接触更高层次的人员，那他就有可能给我们提供更深层次的情报。

王春华听罢，起身背着双手，慢慢地走到窗口，两眼望着远处，思忖了好一会儿，才慢慢转过身来，走回到椅子坐下，郑重地说：这样做很危险，我不同意。

为什么？

你想想，他们既然敢对那个民工贾学武下杀手，那也就不排除他们对“和尚”下杀手的可能。

李家明听了，觉得王支说得有道理。

你再想想，如果“和尚”为了帮我们获取情报而牺牲，那我们不但不能顺利破案，而且很可能会打草惊蛇，使得真正的凶手溜之大吉。那样的话，我们很可能就追不回那些被盗的古瓷片。我们市里的申遗工作就有可能毁于一旦。要是那样，我们辞职丢脸不说，我们真的会成为瓷城的千古罪人。

李家明听了，深深地点了点头，说：王支，你说得太对了，我们是人民警察，保护人民的生命财产安全是我们的天职。我们不能为了自己的利益，或者为了侦破案件，就冒险牺牲他人的生命，哪怕损害他人的财产利益都是不允许的。

李家明的一番话，让王春华的心里久久不能平静。在这个十分功利，很多人都为自己利益削尖脑袋钻营的年代，还有像李家明这样时时想到他人的利益，处处替别人着想的年轻人，实在是难能可贵。我王春华，也为自己有这样的好部下感到自豪和骄傲。即便是这起案件没破，即便是我自己和李家明都被迫辞职，那我也以有这样的同事为荣。

这时的李家明，突然好像想到了什么似的，他郑重其事地说：王支，我有个想法，不知行不行？

说来听听。

我，我想打入他们内部。

此话一出，李家明自己都觉得心里有些异样，有些气虚。自己参加工作以来，侦破的案件不少，也曾乔装打扮蹲点守候擒贼缉凶，但从来没有深入过犯罪团伙内部。说实话，能否成功，自己心里的确没底。可目前到了这种地步，要是再不想办法，恐怕案子就没办法查下去了。即使采用其他办法，恐怕一时半会儿也难以奏效。所以，只有自己深入虎穴，才有可能于瓷博会召开前侦破此案。这也可以说是没有办法的办法。

你有几成把握？王春华关切地问。

李家明仔细想想，语调缓慢地说：五成。

不行，没有绝对的把握，我们不能去冒险。五成把握就等于没有把握，等于赌博，我绝不同意！

可是，不冒险我们还有更好的办法吗？李家明直截了当地问。

我相信我们肯定有办法，我们等等时机。

王支，我知道你这是在安慰我。

这不仅仅是安慰，而是关系到安全与使命的问题。

这怎么说呢？

很简单，没有安全，就很难完成使命。

可有时为了使命，我们必须要放弃安全，否则，我们就不叫人民警察了。

王春华听罢，默默地摇摇头，说：你还是先找“和尚”，问问情况，看看还有没有其他的办法。也许，就柳暗花明又一村了。

好，那我的建议就作为一种预备方案，一旦条件成熟，再来实施。

必须要慎之又慎，还得报告贺局同意，否则，你绝不能轻举妄动。

李家明听了，双眼盯着对方足有十几秒，然后无奈地说：好吧。

6

早上八点，李家明在睡梦中被手机振动声吵醒了。

一看号码是曹丽丽的，心里马上就有股愧疚之意。最近一忙，差不多一个星期都没与曹丽丽见面了，电话都没打一个，真是有点儿对不住她。

一大早就打电话来，肯定有什么事，要不然她是不会打扰我的。

听了曹丽丽的电话，李家明的心中着实有点儿为难。

其实曹丽丽也没什么大事，只是说房屋装修的图纸她请同学帮忙，已经设计出来了，想给李家明看看行不行，行的话就按照这个设计好的图纸施工。

按理说，房屋装修也是件不大不小的事，有的人也许一辈子只有一次，所以还是要认真对待。

目前案件进展不是很顺利，虽然“勇哥”的嫌疑很大，可以对他立案侦查，可如果对“勇哥”采取了强制措施，很可能会打草惊蛇，所以暂时还不能动他，得想其他办法，搜集更深层次的情报。

李家明凌晨四点钟才回到家，心里记挂着与王春华所说的事，急着要找“和尚”了解情况。

李家明问曹丽丽在哪儿。

曹丽丽说：在爱巢装饰公司我同学这里。

李家明“噢”了一声，说：我现在真的没时间，装修的事你定下来就可以。

曹丽丽说：今天是星期天也没时间啊？又不用花多少时间，你先看看效果图，有个半小时就差不多了。

李家明想想，略带歉意地说：丽丽，我现在真有急事，你本来就是个画家，对设计是内行，你看好了准行。

那边曹丽丽听了，沉默了一会儿，最后有些无奈地说：那好吧，那我用手机拍一下，对了，我叫同学用微信把设计的效果图发给我，我再转给你，你在手机里看总可以吧？

李家明一听是个好办法，便很爽快说：那行，我先挂了。

说完，李家明想起睡觉前给“和尚”发的微信，说有急事找他，请他见到后立即回复，并约好在哪里见面。

李家明知道“和尚”是位学佛之人，喜欢早睡早起。一般正常情况下，他晚上九点就上床休息，早上五点起床。如果没有特殊情况，这时“和尚”应该打坐练功回家吃早饭了，他也应该看到我的微信，及时回复了。

李家明赶紧翻看微信，“和尚”回复：你这么晚睡觉，要注意身体，我在公司等你。

李家明看一下回微信的时间，是五点二十分回的，现在已经是八点了，想必对方已经在公司里等了。

想到这里，李家明一骨碌起来，急匆匆洗漱了一番，然后风风火火地出了门。

7

李家明一脚踏进“泥禅斋”，就闻到一股檀香味。

“和尚”正虔诚地双手捧着一支檀香，恭恭敬敬地在关老爷塑像前鞠躬，然后慢慢地上前，将檀香插入黑釉香炉内。

李家明叫了一声，“和尚”笑眯眯回头，见了来人，忙把手一抬示意请坐。

李家明在茶桌旁坐下，“和尚”也来到正位上坐定，将茶桌上的茶壶口打开，正对抽水机口，一摁开关，嗞嗞地抽起水来。

“和尚”转头瞧瞧李家明面容憔悴，眉头轻锁，知道他肯定是内心焦虑，不由得一笑，问：怎么，最近工作很烦吧？

李家明点点头，说：是啊，目前好像走进了死胡同，进退两难啊。

“和尚”轻轻一笑，嘴里即念叨：焰里寒冰结，杨花九月飞。泥牛吼水面，木马逐风嘶。

李家明听了，忙说：对对对，我现在的感觉就是这样。

“和尚”笑笑说：我最近在微信里看到一篇文章，题目叫没有哪一行不吃苦的，不知你看了没有？

看了，的确是这么回事。

所以，我还是想用一首禅诗，来劝劝你老弟。

李家明笑笑，说：老兄是不是想说处处逢归路，头头达故乡。本来成现事，何必待思量。

“和尚”一听，两眼惊讶地盯着对方，说：没想到，你老弟对禅诗还有研究。

李家明轻轻一笑，说：研究谈不上，只是喜欢看。

“和尚”说：咱们言归正传，你找我有什么事？

我想打入“勇哥”和“泥坯佬”的内部。李家明说。

“和尚”听了有些意外，沉吟片刻，然后转头说：这样做风险太大。

为什么？

因为他们两个人的老板都是有劣迹的，他们内部的情况到底怎样我也不了解。

李家明笑笑，说：这些我知道，与这些有劣迹的人打交道，风险肯定是少不了的，关键还得看这种风险值不值得冒，能不能避免。

“和尚”点点头，说：我知道你们当警察的为了完成任务，打入犯罪团伙内部是常有的事，但不这样做行不行啊？

李家明笑笑，说：那肯定不行喽。

“和尚”盯着对方，问：你想让我怎么帮你？

就是想通过你打入他们内部。

这是一步险棋呀，用得好，可以事半功倍。用得不好，那就非常危险。

这个我知道。

那，具体让我怎么帮？

我有个初步的设想，不知道行不行。

你说来听听。

是这样的……

李家明将自己的想法，一五一十地向对方说明。

“和尚”听完，觉得有一定的难度，便低头思忖半天，抬头见对方主意已定，似乎毫不动摇，便慢慢地点了下头。

8

在刑警支队童刚办公室内，童刚听完了中年妇女的叙述后，心底瞬间涌起了一种莫名的沉重。

你是说，你女儿是上了出租车后，就失去了联系？

是的。中年妇女红肿的眼睛里又渗出了泪水。

你怎么知道你女儿是上了出租车后才失踪的？

唉，我女儿上出租车前给我打了电话，说准备打的回家。

那是什么时候的事？

晚上八点一刻。

你怎么会记得那么清楚？

警察同志，我女儿每次在外面吃饭都会打电话给我。特别是晚上，她跟同学朋友聚会，我都很担心她，生怕她在外面会遇到不好的事。你看，这老天不长眼，我越怕出事就偏出事。

阿姨，你先别着急，请你把你女儿上车前，到失踪这段时间的详细情况跟我说一遍。

好……唉呀，这事也怪我，本来家里有车，我是准备去接她的，那天刚好我身体不太舒服，有点儿感冒发烧，浑身软绵绵的没一点力气，我就叫她打个的回家。平时我都交代她，上车前把出租车的车牌号码发给我，不知道这次怎么了，她上车后也没发微信给我，等我再打她电话时，她手机就关了机。

那，会不会她正好手机没电呢？

即使没电，她打的到家里，最多也就是半个小时，不可能几天都没回家呀，她肯定是被人绑架了，要不，就是被人害了。

说着说着，中年妇女哇的一声哭了起来，一副伤心欲绝的样子。

童刚见了，只好安慰对方，说：阿姨，你别太急，也许情况并没有你想象得那么糟。

情况还不糟啊？这都失踪快三天了。我听说前几天也有女孩子失踪，听说市里有一伙江洋大盗，专门找漂亮女孩子下手。看来，我女儿这次是凶多吉少啊。你们可一定要帮我找回我女儿呀。

童刚说：阿姨，你想想看，你女儿那天是跟什么人一起吃的晚饭？

是高中同学。

在哪儿吃的饭？

好像是东郊的绿荫大道附近。

具体什么地点你知道吗？比如是宾馆，还是饭店，或者是夜宵店?

这个我真不知道。我女儿性格开朗，人长得漂亮，学习又好，是他们的班长，不管是男同学还是女同学都很喜欢她，平时叫她吃饭的人多得很。我也想，她二十四岁了，大学毕业都两年了，也该谈对象了，就让她出去。没想到，没想到啊。

中年妇女说着又哇的一声哭了起来。

童刚又劝慰说：阿姨你别哭，我们一定会全力以赴调查，请你告诉我们你女儿的手机号码，平时她跟哪些人来往最多，有没有谈对象，会不会有什么仇人?

中年妇女边哭边点头，断断续续地向童刚叙述了有关她女儿的情况。随着中年妇女的不断叙说，童刚的心里越来越焦虑，但他又不能当着报案人的面显露出来。

第十一章　竞选卧底

1

张晓娜正在办公室里整理各地上报材料，就听远处传来咯噔咯噔的脚步声。

美女，在忙呐？

张晓娜一听声音，就知道是梁筱蕾，忙抬头望着对方，笑笑说：筱蕾姐好，我在整理下面报来的材料。

梁筱蕾走进办公室，打量了一下，问，你师父人呢？

张晓娜“噢”了一声，说：他去调查了。

那，你怎么没跟着去啊？

师父说他去跟人接头，不用去那么多人，还要保密。

梁筱蕾笑着点点头，说：那你们以后有什么行动，一定要告诉我，我跟你们一起行动。

张晓娜听了使劲点点头，说：一定的，筱蕾姐，我听说，你跟我师父的交情，可不一般啊。

染筱蕾听了一愣，有些不自然地反问：怎么个不一般呢？

我听说，你们两个，才是真正的青梅竹马。

梁筱蕾听罢立马红了脸颊，竟有些结结巴巴地说：什么意思啊？你，你听谁说的？

听好多人说啊。

你师父，他也这样说？

张晓娜听了，抬起头睁大眼睛想想，然后使劲“嗯”了一声。

真的？梁筱蕾笑着追问。

那还有假？我师父亲口对我说的。

不会吧？你师父怎么会跟你说这样的话？

张晓娜一听急了。他，他，真的这样对我说的，骗你不是人。

梁筱蕾笑笑。真的？

我从来不说假话。

梁筱蕾听罢，陷入了沉思，一时不知跟张晓娜说些什么好。

哎筱蕾姐，我一直想不通。

你有什么想不通的？

按理说，你条件这么好，我师父，他怎么就……

就什么呢？

他怎么就会，看上她呢？

你说谁啊？

还能有谁，那个画瓷女工，曹丽丽呗。

梁筱蕾一听对方说话语气，似乎对人家曹丽丽不屑一顾似的。

怎么，你对你未来的师母，好像不太尊敬啊？

张晓娜听了，一脸的僵硬，嗫嚅着说：我有什么不尊敬的？我，我只是为你，打抱不平啊。

梁筱蕾听了，微微笑着，说：有什么好打抱不平的？

张晓娜抬头瞧瞧门外，看看四周没人，便低下头凑近对方，压低声音说：我觉得我的师母，应该是你筱蕾姐。

梁筱蕾一听，哎呀一声，说：你个死晓娜，你怎么说这话？

张晓娜又瞪着一双明亮的大眼，盯着对方，真诚地说：真的，筱蕾姐，我觉得只有你，才配得上我师父，才有资格做我的师母。

梁筱蕾听罢，忙说：晓娜你真不要说这样的话。

我说这话怎么了？我说错了吗？

梁筱蕾说：肯定错了。

我错哪儿了？

哪儿都错了。

筱蕾姐，我就是不明白，你条件这么好，论长相市里找不出哪个比你漂亮，论才华女的没几个比你厉害，论地位、学历、家庭更是没得说。我就不明白我师父这个人到底是怎么想的。

梁筱蕾听了，叹了口气，用手指指张晓娜，说：晓娜晓娜，你根本就不了解你师父，也不了解你未来的师母。

什么啊？

你知道你师父为什么要和曹丽丽结婚吗？

张晓娜摇摇头，说：不知道。

你师父读大学，包括后来读在职研究生，都是曹丽丽画瓷器挣的钱，供你师父读书的。

张晓哪一脸惊讶，说：原来是这样啊。

你师父是个知恩图报，很重感情的人。所以你以后千万别再说这样的话了。

为什么不能说？

你说这样的话，要是让你师父听到，他会很伤心的。

这有什么好伤心的？要是他伤心，那就说明我说的话是对的。

梁筱蕾又用手指点点对方，说：晓娜你跟你师父的时间太短，你要是了解了你师父的为人，你就不会这样说了。

张晓娜听了，瞪着漂亮的大眼，有点儿白痴地说：人家都说女人是个谜，没想到男人也会成为谜。

梁筱蕾笑了，说：晓娜是位很有思想的人啊，什么时候把你调到我那里去，专门负责材料这块。

张晓娜一听，忙摆着手说：别啊姐，我的亲姐姐，你知道我最怕写材料了，我一拿起笔，就会打瞌睡。

梁筱蕾抿嘴笑笑，说：晓娜看不起姐做的事啊？

张晓娜一听慌了，忙解释说：哪能呢姐，我是天生不会写文章。

那你，大学是怎么考上的？

我，我什么都好，就是作文差，要是我作文写得好，我肯定上北大清华。

晓娜，说归说笑归笑，听说你师父马上就要结婚了，你可千万别乱嚼舌头。

不会的，你放心，我是从内心里替姐姐你感到不平。

梁筱蕾又抬手点点对方，说：又来了又来了，你可千万不能再说这样的话了。不然，让你师父听到了，以为是我跟你说的呢。

哪能呢？哎，筱蕾姐，你跟我说句心里话，你喜不喜欢我师父？

梁筱蕾被张晓娜这么一问，不由得语塞，瞪着两眼一时说不出话。

你不说话，那就说明你真喜欢喽。

你真不要乱讲！

张晓娜见状，眨眨眼摇摇头，一副不以为然的神态。筱蕾姐，我要是你，我一定当着师父的面，跟他说。

说什么？

喜欢啊。

你这个死丫头。说完梁筱蕾走上前去，伸手就要掐对方。

张晓娜见状，吓得一吐舌头，哎呀一声忙起身，抬腿扭身躲闪开来。

2

在警官食堂吃过中饭，李家明感到头晕晕乎乎的，好像有点儿感冒，便回家休息了一个小时。

两点一刻，李家明来到王春华的办公室，将自己与“和尚”见面的经过，详细地向对方做了汇报。

王春华听了，仔细想想，说：你一旦打入对方内部，除了注意不要露出破绽，还要取得他们的信任，如果身份暴露了怎么办？

李家明听了，一时没想好怎么回答，便低着头思忖。

卧底侦查的最低要求，就是安全。我们在考虑的时候，一定要细之又细，慎之又慎，要做最坏的打算，才能得到最好的结果。

李家明笑笑，说：王支，我想好了，世界上没有一点风险的事，不是咱们警察干的。咱们的工作，本身就带有一定风险性。要不怎么说我们警察是天天有牺牲、时时在流血呢。

话是这么说，但我们做事，一定要认真对待。要不然，我们就会有无谓的牺牲。

是啊，有的牺牲是可以避免的，但有的牺牲却是难免的。

王春华有些感动的目光，罩在对方的脸上。可是，你是我的部下，我得对我的同事负责，我不能为了完成任务，就盲目地让你去冒险。别人可以这样，但我坚决不会同意。

这个，我刚才已经想好了，我可以做两手打算。

哦……

我打入对方内部，无非有三种情况。

说来听听。

第一种是非常成功的，表现在对方对我扮演的身份完全信任，对我参与他们活动的动机和目的也很放心，他们视我为他们当中的一员，有什么活动，积极考虑让我参与，从而让我发挥他们认为我应该发挥的作用。

王春华点下头，说不错。

第二种就是他们对我半信半疑。一方面相信我所扮演的身份，但不是绝对放心，只让我有限制地参与他们的活动，但一些他们认为重大的、内幕性的、高层次或者说是深层次的活动，不让我参加。一句话，就是限制性的合伙人或同伴关系。

发生这种情况的可能性是最大的。王春华笑笑说。

第三种就是他们一开始就对我不信任，并且想方设法调查我的底细，从完全信任，到半信半疑，到最后发现我的真实身份。

王春华看着李家明的嘴唇不停地翕动着，心情随着对方说话的结束而紧张，不无担忧地问：那样的话，你怎么办？

其实很好办，凉拌！

你开什么玩笑？

我没开玩笑，我说的是真心话。

从王春华的眼里，可以看出他没理解自己的想法，但作为一线的领导，他在担心部下完不成任务的同时，更担心人员的生命安全。

你的意思是说，破罐子破摔?

对头，不愧是我们的老大。李家明半开玩笑地说道，还向他竖起了大拇指。

那样一来，我们警察的名声，可就被玷污了。

李家明叹了口气，说：是啊，要说一个身穿警服的刑警，背地里与走私分子勾结，买卖古瓷片，是绝对不能容忍的。可是，为了完成侦破任务，为了给那些死去的人们伸张正义，我似乎没有更好的选择啊。

王春华没再说什么话，他站起身走向前去，用手轻轻拍拍对方的肩膀，然后用力一捏，很是给力。

行，我上次已经向贺局汇报过了，他只说了八个字。

什么?

万无一失，确保安全!

李家明听了，心中泛起一种温暖的涟漪，久久不能平静。

几度风雨几度春秋，风霜雪雨搏激流……

李家明一听自己手机的音乐铃声响了起来，立即意识到自己太麻痹大意了。如果真的乔装打扮深入卧底，那自己的手机铃声，千万不能跟警察沾边，要不然，任何方面的一点点疏忽，都可能暴露自己的真实身份。到那时，自己丢了性命完不成任务事小，误了市里的大事，那自己就是千古罪人一个。

想到这里，李家明觉得要彻底思考一下，有哪些方面需要注意。特别是一些细节，要反复揣摩推敲，不能让对方找到自己哪怕一丝一毫的破绽。

对了，手机还在响个不停，看看是谁打来的。一瞧，是“和尚”。

3

李家明赶紧接听，里面传来“和尚”有点儿激动的声音。

我发现了一个新情况，可能，可能对你有帮助。

李家明一听，用手握紧手机，生怕会漏掉一个字。你慢点说，是什么情况。

在李家明的印象中，“和尚”做事说话总是不紧不慢的，像这种语气急促的状况，还是头一回。

刚才“勇哥”又找我了，我给了他一片古瓷片，然后我就跟在他后面，远远地看见他走进了一家新开的公司。

什么公司？

一家叫国际陶艺联盟的公司。

在什么位置。

在瓷溪川东二栋写字楼。

那可不是一般人能开的公司。李家明知道那是目前市里最火的商业区，也是租金最贵的地方。

是啊，要在那里开公司，没有实力是不行的。你猜猜，我还看到什么了？

李家明觉得今天这个“和尚”有点儿可爱，他竟要求自己猜猜看。

嗯，你是不是又看到了熟人？

对啊，你真行。你能猜出我又看到哪个熟人了吗？

李家明听罢，觉得“和尚”肯定遇到了让他觉得奇怪的熟人。那么，对方急于要向我说明的这个熟人，应该也是我熟悉或知道的，并且是我很想接触的，要不然，他也不会大惊小怪向我提起该人。

是不是“泥坯佬”？

哎呀，你真神了，怎么接连两个都被你猜中了？

李家明调侃般笑笑，说：要不我怎么当刑警呢？

“和尚”呵呵几声，说：不简单。那么，你知道开这家公司的，是什么人吗?

李家明说我又不是神仙，不可能什么都猜得着。

“和尚”还是不依不饶，说：这个人你可能不认识，但你应该知道，你再猜猜看。

你今天怎么了?你真把我当猜谜学生了?

你可不是猜谜学生，你是先生才对。刚才连猜两回都让你猜中了，你就再猜猜看吧。

李家明从对方的口气里，听出了下一步要自己猜的这个人，说不定自己真的能猜中。刚才对方已经说了，我不一定认识，但我一定知道这个人。那这个人会是谁呢?

以我对“和尚”的了解，他知道我接触或熟悉的人员，本身就不多，除了跟他谈论过的跟古瓷片有关的人员，其他的几乎没涉及。

对，应该就是跟古瓷片有关的人员。

对了，刚才说在瓷溪川见到了“勇哥”和“泥坯佬”，那他们两个人都接触的，肯定是与盗挖买卖古瓷片有关的人员。他们两个人接触的人员，应该是我知道的，而且“和尚”也清楚此人，要不然他不会兴致勃勃地跟我谈这个话题。

那么，这个人，是谁呢?李家明的脑海里迅速翻腾，那些自己熟悉的人员的容貌嗖嗖地跃过。倏忽间，一个有些模糊的面孔瞬间定格。对了，应该就是这个人。

你说开公司的，是不是“老大”?

对方听了，一时沉默未出声，随即“和尚”惊呼：我的天呐，你真是太神了，你怎么连这个都猜得出。

李家明从鼻孔里哼哼几声，说：这不都是你告诉我的吗?还用得着猜吗?

“和尚”听了，很开心地笑了，说：我早就说过，你不是一般的人。有你这样的人当警察，我看没什么案子是破不了的。

哎呀，老兄，你可千万不要这么说。我是在你提示我的情况下猜出来的。没有你的前提，也就没有我的结论。

低调、谦虚，不愧是青年才俊、行业高手！

李家明这时突然想到了什么，便说：老兄，你怎么知道是“老大”开的公司？

噢，这个嘛，你也知道，我除了信佛念经学禅理外，还有一个很大的爱好，就是看侦探文学和影视剧。

你是说，你学着我们的那一套，调查了对方？

太神了，又被你猜中了。

李家明的心里，这时就像被风刮起的秋叶，一会儿腾空，一会儿落地。

既然“和尚”喜欢侦探文学，而且还将学到的侦探手段付诸实践，其结果有两种。一是没被对方察觉；二是惊动对方，要是那样的话，可就麻烦了。

哎呀老兄，我想斗胆地问一句，你没有惊动对方吧？

“和尚”听了淡然一笑，说你也太小瞧我了。不管怎么说，我爱好侦探文学已经几十年了，隐蔽好自己是完成使命的前提，这点我还是懂得的。

是吗？怎么以前从没听你说过？

不会吧，你爸没跟你提过？我有几次都找人想调到公安局。结果，阴差阳错地没去成。

我是第一次听说。哎，你刚才不是说，你发现了新情况，可能对我有帮助，不知你指的帮助是什么？

呵呵，这还不明白？现在我们已经了解到“勇哥”和“泥坯佬”都跟“老大”接上了头，而且“老大”的后台老板“天龙”也在公司，那你不就可以利用这种关系，设法打入他们内部，再顺藤摸瓜，拔出萝卜带出泥。那样，不就，不就万事大吉了？

曾老兄，你连“天龙”都知道。我，我真想狠狠地揍你一顿！

“和尚”一听，顿时语塞。你……你什么意思？

什么意思，高兴呗！李家明不禁开怀大笑起来。

那笑声，通过电波，传给对方，变成了强烈的刺耳声。

那边的“和尚”手握手机，嬉笑着。不管怎么样，他为自己提供的这个情报，感到由衷的高兴。虽然刚才为了调查，怕被人识破自己而紧张害怕，但现在，的确有种花开芬芳惹蝶飞的轻松喜悦。

4

当李家明匆匆走进王春华的办公室时，见对方正坐在椅子前紧蹙眉头，手拿一份材料在沉思默想。

王支。李家明轻叫一下。

王春华“唔”了一声，抬起头来，见是李家明，忙招手说：来来来，我要向你通报一些情况。

李家明心里有些忐忑不安，不知又有什么情况发生。

是这样，家明，刚才省厅转来国际刑警组织中国中心局的情况通报，国际最大的文物走私集团，他们受某个国家的指使，将目标瞄准咱们瓷都，重点是御窑厂底下出土的古瓷片，还有我们市里的几个重要的博物馆里的藏品。目的是想盗卖咱们祖宗留下来的国宝，损毁咱们国家安全保卫能力，诋毁中国警察形象，破坏咱们瓷城成功申遗，企图在国际上阻止“一带一路”倡议的实施。

王春华说着，将手里的情况通报递给李家明，李家明有点儿紧张地接过通报，从头至尾快速浏览了一遍。

李家明的心跳增速，呼吸不由得加重，他觉得此事的性质可比之前严重多了。

李家明看完通报，将材料轻轻地放在王春华的桌上，两眼盯着对方，满是沉重。

现在情况不一样啊！王春华抬手示意李家明坐下。

李家明转身在沙发上坐下，心里堵得慌。自己刚刚有点儿信心，准备深入虎穴，没想到事情突然变得如此严重，这是做梦都不曾想到的，怎么偏偏让自己给摊上了。

王春华似乎看出了李家明内心的激动，也感觉到李家明内心的担忧，毕竟正在办理的这个案件，牵涉到国际犯罪集团，已经上升到国家与国际战略的高度。这样一来，案件的重要程度自动升档，办案的要求自然提高，办案的难度不言而喻。

王支，贺局长有什么指示？

噢，今天一早贺局就把我叫去了，他认为既然案件档次提升了，咱们的侦破方案也要跟着提档。

李家明听了，心里有股热乎劲儿往上蹿。

贺局现在已经赶到市政府，向梁市长汇报工作去了。他走的时候就发了指示，要将此案提升为我市目前第一案件，全局人力、物力和财力要围绕该案布局。

李家明觉得自己身上的担子，一下子重了很多。那咱们下一步怎么搞？

王春华笑笑，说：该怎么搞还怎么搞呗。

你是说，我还是要乔装打扮，继续卧底？

王春华端起杯子低头喝了口茶，然后抬头望着李家明，说：对！不但要去，而且一定要成功！

李家明听出王支说话的口气，已经不是先前带着犹豫与担心，而是要在确保安全的前提下，去开展工作。现在的情况，哪怕是冒险牺牲，那也得去。这也难怪，现在的情形，真是急转直下，案件不再仅仅是盗窃文物案那么简单，而是涉及国际政治问题了。

养兵千日，用兵一时。国家有难，匹夫有责。这些大道理谁都懂，更何况自己现在干的职业就是警察。

警察是什么，是和平年代的平民英雄，是为了人民安宁随时准备献出生命的特殊人群。为了国家的利益，难道不值得我们献身吗？

王支，你放心，不管困难有多大，处境有多危险，我都会义无反顾地去执行任务。

王春华听了，长长叹了口气，一时百感交集。家明啊！你还年轻，连婚都没结，而且你是家里的独苗，我决定由我代你去。

李家明一听，惊讶地盯着对方。王支，那怎么行啊？你这么大年纪了，身体又不好，关键是你情况不熟，前期也没跟那些人有过接触，到了那里两眼一抹黑。再说“神头”“刀疤”这些人对你都熟悉，你要是去，那，那不是去送……

送死是吧？我已经是死过几次的人了，再死一次也无所谓。

王支，你这样说，那是咒骂人。正是因为你已经死过几次了，所以现在怎么着也不能让你去，就是轮也该轮到我了。我单身，无牵无挂。

王春华还想说服李家明，李家明抬手制止对方，说：王支，你别再说了，你如果还要争着去，那我立马辞职不干，我走人总行吧？

王春华一愣，显然没想到李家明会来这一手，便两眼怔怔地望着对方，满是焦虑与担心。

家明，我真没有瞧不起你的意思。我知道临阵换将，凶多吉少。而且我知道这次卧底的风险很大。但我不忍心让你去冒这个险。我是打算让你作为预备角色配合我行动。

李家明气得在原地打转。你，你还是个支队长，你不知道仓促上阵，不死也伤的道理吗？亏你还是老刑警，你要是那样去卧底，那不但是对你自己不负责任，也是对所有人不负责任，更是对单位和市里不负责任！要是那样，你就不配当这个支队长。

王春华被李家明呛得张口结舌，一时说不出话来。但他毕竟是领导，见多识广，忙抬抬手说：我不与你争。这样好了，省厅刑侦处胡处长马上带卧底专家，到我们这里指导工作，咱们两个人谁有资格当卧底，由专家组考查评定，由他们来定，这样总可以了吧？

李家明一听高兴坏了，说：那好，咱们就让专家组评定好了。

5

李家明来到自己办公室，连打几个喷嚏，惊得张晓娜赶紧抬头张望。

师父，你感冒了？

李家明摇摇头，说：没事，可能昨晚吹多了电风扇。

那，那怎么办？要不要去医院？张晓娜有些担心，也有些紧张。在她眼里，师父的身体一直非常棒，不是钢铁战士，那也是拖不垮打不烂的底子，没想到今天也会感冒打喷嚏。

李家明撇嘴笑笑，说：我没那么娇贵，把我放在冰水里也能冒烟。

张晓娜盯着李家明仔细瞧着，仿佛要把李家明从里到外瞧个透。不对，师父，我看你病得不轻。

李家明又撇嘴一笑，说：你这个小丫头，你怎么能看出我有病？而且，还不轻？

张晓娜嘟嘟嘴，说：师父真是小瞧人，我判断你生病而且不轻的理由，有三点。

哦，李家明饶有兴趣地看着对方。

第一，平时师父的脸色红润，印堂发亮，而现在你脸色煞白，并且印堂带黑，晦涩难看。

李家明轻轻一笑。

第二，平时师父走路铿锵有力，落地有风，可现在走起路来摇摆轻晃，软弱乏力，明显是体力不支，身体欠佳。

嗯，不错。李家明欣赏地说。

第三，就是你连打喷嚏，鼻子阻塞，声音沙哑，并且两个眼眶浮肿泛青，只有肾亏气血严重不足的人，才会出现这种状况。另外，你两眼神色飘忽，手脚微微抖动，应该是肾亏气血严重不足的表现，所以你肯定是病得不轻，说不定你现在还发着烧呢。

没想到啊，你小小年纪，还有这等本事，竟会看相算卦。

张晓娜一点都不谦虚，骄傲地一扭头，大声说：那当然，我外公可是祖传中医，全国有名的专家，我从小就听着我外公背什么《伤寒论》《金匮要略》。跟你说的，只是我所学的皮毛。

李家明用手撸撸鼻子，发出嘶嘶的响声，接着摇摇手，说：算了，晓娜，算你厉害，我这次啊，还真被你说中了，我现在是头晕目眩的，走路都有点儿晃了。

张晓娜先是哎了一声，接着很关切地说：师父，那你赶紧的。

赶紧什么啊？

去医院看病抓药。真有病不看不行。

没那么严重，我这几天主要是没休息好，心情焦急。

那，师父抓紧时间休息休息。

李家明听罢，心里有些感动，自己一天到晚忙碌不堪，真正关心自己身体的几乎没有。即使是自己的父亲，虽然天天共居一屋，但因为自己早出晚归，与父亲见面的时间很少。再说曹丽丽虽然与自己定了终身，但目前没有生活在一起，而且是各忙各的，无暇顾及对方。至于单位领导，更多的是关心自己在执法过程中的人身安全。而同事之间，与自己朝夕相处之人本身就没几个，倒是自己的女徒弟，算是对自己的身体状况关心得最细致入微的了。

李家明口渴得难受，便咬着牙走到办公桌前，端起桌上的水杯咕噜咕噜喝了一通，然后啪地一下放下水杯，人一下子瘫软在椅子上。

师父！你怎么了？张晓娜大惊失色，慌里慌张地喊叫着。

6

李家明在蒙眬中隐约闻到一股药味，眼皮沉重得难以睁开，头脑一片眩晕。

动了，手动了！

李家明听得出是张晓娜的声音。

这时李家明的左手腕隐隐地有痛感。凭感觉，自己应该是躺在医院的病床上，正打着点滴。

家明，家明。

李家明慢慢睁开眼，瞧见胡处长满是关切焦急的眼神。

李家明这时记得王春华跟自己说过，胡处长带着省厅卧底专家来部署工作，正在路上。王支还打算让胡处带来的卧底专家，对自己和王支的卧底水平与资格，进行评定，最后决定让谁去，没想到自己就晕倒了，在医院里见面。李家明这时觉得自己病得真不是时候。

胡处长，真不好意思，我，我真是不争气，让你到医院来看我。

哎，你那么客气干吗？咱们是战友加兄弟。听王支说，你最近没日没夜地干，身体是累垮的，那你就好好休息一段时间，尽快把身体养好。

唉……现在时间这么紧迫，我怎么能躺下。

身体是本钱，不会休息就不会工作。你是聪明人，这个道理应该懂。胡处长尽量安慰李家明。

李家明想到谁去卧底的事，便问：胡处，王支跟你说了吗？

胡处问：说什么啊？胡处斜睨了边上正接电话的王春华一眼。

李家明说：谁最适合当卧底的事啊。

胡处“噢”了一声，说：说了说了，从综合条件来看，那肯定是你去比王支更合适。可你现在的身体，一时又不适合去。

李家明一听急了，连忙说：我身体过几天就好了，倒是王支的气管炎非常严重，他都几次咳出血了。

是吗？那他就更不适合去了。胡处瞧瞧王春华。

是啊，胡处，现在没有谁比我更合适的了。

胡处听了，不由得郑重地点点头。

王春华接完电话过来，对李家明说：你总算醒了，刚才贺局长找我有点儿急事，你好好养病我先走一步。胡处，我们等会儿见。说完王春华急匆匆地走了。

站在边上的梁筱蕾赶紧端来一杯开水，边递给李家明边说：这是西洋参片，医师说你气虚，可以补补。快喝了吧。

这时张晓娜忙摇着手说：不行不行，这感冒引起的发烧，西洋参千万喝不得。师父都烧到 39 度了，要先将烧退了，再来调理，否则，会适得其反啊。

梁筱蕾听了，端着杯子迟疑着，看着李家明。

李家明有气无力地笑笑，说：听晓娜的，她家是祖传中医。

边上的老孙头笑笑，说：筱蕾辛苦了，按常理这人发烧是不能大补的。

李家明见有这么多人来医院看望自己，很是感动，想想现在正是破案的关键时刻，自己却病倒了，还害得大伙都放下工作，跑来医院看自己，感觉自己病得真不是时候。

正在这时，门被推开，跌跌撞撞跑进来个披头散发的女子，她来到病床前，一见病床上的李家明，忙说：家明怎么了，怎么会这样啊？

李家明见丽丽来了，笑笑说：没什么，我有点儿感冒发烧。

还说没什么，都快40度了，再烧高些人都会烧成脑膜炎了。

你，怎么来了？

我怎么来了？你已经两天没回家了，我打你手机没人接，我就打给你爸爸，才知道你住了院。

大伙见丽丽来了，知道她与李家明是小两口，只有胡处长不明就里，瞪着两眼瞧着曹丽丽。

老孙头低头对着胡处长耳语几句，胡处长点点头恍然大悟的样子，然后跟着老孙头走出病房。

梁筱蕾见状，也跟着离开病房。

张晓娜见了曹丽丽，笑着对李家明说：师父，你好好休息，我先走了。

说完张晓娜逃也似的溜出房间。

曹丽丽望着张晓娜的背影，心里不是个滋味。便对李家明说：他们怎么见了我，话也没一句就跑了，是不是我不应该来？

李家明听了，宽慰她说：哪里的话，你是我家属，你来看我那是应该的。

那，他们怎么见了我，跟见了什么似的，一个个都跑了？

李家明淡然一笑，说：他们都很忙，在这里已经轮流照顾我两天了，正好见你来了，他们就回去工作了。

曹丽丽听了，也没说话，不由得黯然神伤，默默地流下了眼泪。

李家明见了，忙说：丽丽你不要担心，我很快就会好起来的。

曹丽丽望着李家明，不由得扑上前，双手抱着李家明，紧紧地将自己的脸贴在对方的脸上。

7

市公安大楼六楼，在贺天办公室里，坐着贺天、王春华和胡处长。

贺天面朝王春华，问：就现在这种情况，还能继续吗?

王春华说：现在换人不合适。

为什么?

很简单，这起案件一开始李家明就参加了，没有任何人比他对案情更熟悉、掌握情况更全面。

这时双手抱肘的胡处长说：既然这样，那还是让李家明继续完成这个任务吧。咱们现在，先捋捋各方面情况，综合后再来研究下步工作的具体措施。

贺天听了点下头，说：好，梁市长听了我汇报，高度重视，认为这既是对我市公安保卫工作的挑战，也是提高我们安保工作水平、展现瓷城警察风采的机遇，是可遇不可求的。

胡处长说：是啊，省厅罗厅长也非常重视，指示我们侦破此案，在战略上要藐视敌人，在战术上要重视敌人，要将刑事案件政治化。

贺天听了点点头，说：这句话很有内涵。

胡处长说：是啊，罗厅长的意思，是要将刑事案件当成政治案件来办，实行长期打算，内线侦查，抓住战机，适时破案。

王春华听罢，觉得这话既陌生又熟悉。干了几十年的警察，感受最多的是，我们的一切工作，似乎都要围着形势的发展而发展。每个阶段的工作重心，都是不相同的。我们的工作思路，都要服从服务于现实斗争的需要。形势的变化，使得我们的工作，也要作出相应变化，策略和方法都要作相应的调整。

不过，办了一辈子案件，像背景这么复杂、重视程度这么高、牵涉面这么广的案子，还是头一个。

胡处长看看贺天和王春华，见两个人在思忖着，便继续阐述。

从国际刑警组织国家中心局掌握的情报来看，这个国际走私犯罪集团，针对瓷城的目的，从表面上看是盗窃买卖古瓷，实际上他们受某国政治势力的影响，是带有政治色彩的刑事犯罪集团。所以，办理这起案件，我们要采取刑事侦查的手法，办理政治案件的策略，处置外交事件的思路，才能够完成好任务。

贺天郑重地点点头，说：没错，这正是考验我们的时候。

胡处长接着说：本来，罗厅长要亲自来瓷城，因为要参加公安部召开的反恐紧急会议，所以就委托我先来传达上级精神，等会议结束后，他要亲自来瓷城现场指导。

贺天看看胡处长，说：感谢省厅领导的高度重视和关心。

王春华说：是啊，都说天下警察是一家，咱们刑警破案，也得要有全国一盘棋的理念。

那是当然，要不，我也不会这么急地赶来了。胡处长说。

贺天很是赞赏，说：好，那就请胡处长和专家，给整个案件把把脉，理理气。王支，你先把案卷拿给胡处他们，让胡处他们先吃透，再提方案，务必要做到周密慎重，万无一失。

请贺局放心，我立即召开专案研讨会。王春华回应。

好，那你打算放在哪儿开？贺天问。

王春华听了，脑子立即想到召开这个专案研讨会，少不了李家明参加。但他还发着高烧身体很是虚弱，要他到刑警支队会议室参加会议，有些不忍心。

贺天似乎看出王春华的心事，便说：这样，你先征求一下李家明同志的意见，看他能不能参加研讨会，万一不行，就不让他参加，可以把研讨的情况会后通报给他。

好的，我现在就联系他。王春华说。

王春华便拿出手机拨通了李家明的电话，将贺天的意思跟李家明说了，问他能不能参加会议，没想到李家明毫不犹豫地答应了，说：没问题，我请医院用救护车送我过去。

王春华听了，有些感动地瞧着贺天，说：家明说可以。

那他怎么过来？

他说叫医院的救护车送他过来。

贺天一拍桌子，说：好，有这样不怕牺牲的同志，就没有战胜不了的困难，就没有破不了的案子！

胡处长也被感动了，说：是啊，为有牺牲多壮志，敢教日月换新天。

王春华见状，站起身子，说：那，我就先准备去了。

贺天一挥手，说：去吧，我和胡处长再坐一下，你准备好了，就告诉我。

好的。

王春华站起身，向胡处长点头示意，然后匆匆地向外走去。

8

上午九点，瓷溪川国际陶艺联盟二楼，古色古香的偌大展厅内，人头攒动，热闹非凡。

一个中年男子身穿对襟绣龙唐装，右手握一特大毛笔，面对一巨大宣纸，左手捋捋飘逸的胡须，沉吟片刻，众人都屏息静气，望着中年男子，看看他到底想干什么。

只见中年男子一拂胡须，似乎下定决心，抬起握笔的右手，随即飞龙走蛇，一气呵成，也就一支烟的工夫，两只栩栩如生的狂龙跃然纸上。

中年男子潇洒地放下笔，众人见了，齐声叫好！随即掌声响成一片。

一位仙风道骨的耄耋老者款款走向中年男子，一拱手，说：真不愧是天龙，出手不凡呐，真是后生可畏，令人敬佩啊！

中年男子也忙恭敬地一拱手，向老者说：哪里哪里，老先生才是天下神龙，无人能比。

贤侄功力精深，笔墨苍劲，龙飞凤舞，宛然天成，非天赋异禀，难以达观啊！看来，你这个“天龙”的名号可不是浪得虚名啊。

哎呀，老先生真是过奖了，学生天资愚钝，学识浅陋，所作涂鸦，难登大堂，还望老先生多多指点才是。

正在两个人互相寒暄之时，“老大”急匆匆走了过来，他先向老者一拱手，然后走近“天龙”身边轻轻耳语了几句，“天龙”听罢神色顿时收敛，脸露一丝不自在地向老者一拱手，说：不好意思，在下有点儿要紧事，先失陪一下，老先生您请便。

老者手捻银须，大度地说：去吧去吧，老夫随便走走，随便看看。

“天龙”脸挂微笑，说：那您老请便，后会有期。“天龙”说完后退几步，然后转身跟在“老大”后面，急步朝走廊外走去。

9

“天龙”阴沉着脸，跟在“老大”身后，来到一间小房间，咚的一下将房门关上。

你说什么？有人跟踪我们？“天龙”口气严厉地追问。

“老大”有点儿胆怯地说：是。

谁说的？

“老大”用手指指自己的脸上。

“刀疤”？

“老大”点点头。

他怎么知道的？

噢，他安排个弟兄，跟着“勇哥”，发现有人跟踪“勇哥”。

确定？

确定。

是什么人跟踪？

还不清楚。

“天龙”听了，虎着个脸。这样说来，咱们可得小心谨慎。

“老大”听了皱皱眉，不无担忧地问：那，那我们的生意，还做不做？

做，照做！如果不做，我们哪来的钱开支？“天龙”说。

“老大”点点头。伍尔德那里，要不要联系？

不，暂时不要直接联系。他不是有个助手吗？就找她。

那个女的，看着像花瓶，不像是个做大事的人。

“天龙”听罢微微一笑，说：你可别小看那个娘们儿，我看她不是个简单人。

你怎么看出来的？

凭感觉。

感觉？

“天龙”慢慢地点了点头，一副胸有成竹的样子。

老板，好像“勇哥”他们有些问题。

“天龙”一听，瞪着眼睛，问：什么问题？

我总觉得吧，他们可能会直接与伍尔德接头。

何以见得？

这段时间，他们也没跟咱们联系。上次说好了的，第二天就将货带给我们看，可到现在，已经是第十天了，也没动静。

“天龙”听了双眉一皱，说：什么都有可能。干我们这行的，什么样的人，都可能遇上，什么样的事，都可能发生。

那，我们怎么办？

以不变应万变，以敌变为我变。趁水浑好摸鱼，在夹缝中求生存。“天龙”一字一句地说着。

“老大”听了，露出谄媚的笑，说：老板就是老板，脑子就是不一般。

在真正的敌人面前，我们时刻要保持一颗高度警惕的心。

就是睡觉，也要睁大眼睛。“老大”接嘴顺着对方的意思说。

不错。“天龙”满意地笑笑。

哎，对了老板。我总觉得，“勇哥”和“泥坯佬”给我们的价格，好像贵了。

“天龙”笑笑。天下熙熙，皆为利来；天下攘攘，皆为利往。做生意的，进货都巴不得吃仙丹，出货都想得天价。

“老大”听了直点头，说：理是这么个理哟，怕只怕人心不足蛇吞象。

“天龙”听了吸了吸鼻子，用手摸摸自己的鼻尖，又用手指不停地按摩着自己的眼眶，突然间停住手，转头对“老大”说：那我们也得想办法探探底，可不能总是充当冤大头。

“老大”想想，说：行，我想办法探探口风，看看他们是从哪里进的货。

“天龙”点点头，接着又用教训人的口吻说：问题不会那么简单，得想办法让他们自己开口。

老板放心，我只需跟踪他们几天，情况自然就清楚了。

好，你也可以请那些打摩的的，或者打的的人帮忙，一天也就几百元，他们态度会更好。

明白了，我这就去办。

好，万事小心。

放心吧老板！

说完，“老大”往外面走去。

10

暮色降临，躺在医院病床上的李家明感觉浑身乏力、心力交瘁。

窗外的汽车喇叭声远远地传来，似乎在向李家明传递着上班族正在回家的信息。

李家明睁开眼睛，慢慢瞧了瞧正挂在病床边木架子上的输液管，那一滴一滴往下滴落的白色液体，在告示着自己现在还是个不能上班做事的病人，心里又开始烦躁起来。

省厅胡处长他们已经研究完了案件，也提出了下步工作计划，现在的问题是，怎么才能找到一个切入点。这个切入点，要做到自然入理，又要恰到好处，无懈可击。

李家明的脑海里不断翻腾着，自己怎么才能找到这个切入点呢？这是目前困扰他们的最大问题。

哗的一声，病床内卫生间传来放水的声音，接着卫生间的门被打开，只见曹丽丽面容疲惫地走了出来。她先瞧瞧输液瓶里有多少药液，再仔细看看输液管里的滴液速度，然后对床上的李家明说：家明，你想吃什么？我去给你弄来。

李家明动了动嘴唇，喉咙底下发出吞咽唾液的响声，说：我想吃泥包鸡。说完李家明有些不好意思地笑了。

曹丽丽说：那恐怕不行吧，医生说了，你刚退完烧身体虚弱，不能吃太油腻太补的东西，要不然身体吃不消。

李家明笑笑，说：我是跟你开玩笑的，你就是想给我弄，那也没地方弄啊。

曹丽丽不屑地说：那不一定，我们厂的老龙爷爷，他弄的泥包鸡好吃极了。我表哥来的贵宾，想吃泥包鸡的，都是他帮助弄。据说这种手艺，在咱们瓷城，没有几个人，好像他现在是老大了。

李家明听罢，立马想起之前省厅胡处长说的想吃泥包鸡的事来，当时只想着自己老爸会弄，没想到丽丽厂里的龙大爷还是顶尖高手，不由得发出感慨。

能弄泥包鸡的，一般都是跟烧窑有关的人，因为只有在极端艰苦环境下活命的人，才会想到怎样苦中作乐将苦日子过得更好。劳动是最好的创造，于是他们就会因陋就简就地取材，创造性地发明一些吃食，以改善那种长期枯燥乏味的劳作状况，增添些生活乐趣，这样似乎日子过得才有点儿意思。

李家明突然想起来了，龙大爷还是父亲入厂时的烧窑师父，父亲弄的泥包鸡，对自己来说已经是舌尖上的绝品，那么作为父亲师父的龙大爷，他弄的就应该是世上无双了吧。上次见到龙大爷，老人家精神矍铄，说话声音洪亮，气血充沛，一看就知道是身体非常硬朗的老人。特别是老人家骑着电动车风风火火的样子，让人想起小伙子的身影与朝气。这样的人，肯定是很有故事的。

曹丽丽站起身望望窗外，见有不少人拿着饭盒往医院食堂走去，心想吃饭的时间到了，饭量一向蛮好的李家明肯定饥肠辘辘了，便转头面对李家明，说：我到食堂买点面条和稀饭去。

李家明回头瞧瞧输液瓶，见还有大半瓶液体，估计输完也得半小时吧，便抬抬头说：你去吧。

曹丽丽刚拿起桌上的饭盒准备出门，迎面碰到张晓娜手提花篮急匆匆进来。

张晓娜发现曹丽丽用狐疑的眼光瞧着自己，脸不由得红了。她眼光躲闪着看看曹丽丽又望望李家明，语气急促地说：祝师父身体早日康复。

曹丽丽笑笑，对张晓娜说：你先坐一下，我马上就回来。说完曹丽丽就走出了房门。

张晓娜见曹丽丽出去了，一下子活跃起来，便走到床边坐下，对着李家明说：师父，这几天天天都在想你，希望你早点出院。

李家明笑着，说：你想我干吗？

张晓娜嘟着嘴说：我，我也不知道，晚上睡觉一闭眼，就看见你站在我眼前，一睁眼，你又不见了。

李家明笑笑说那是因为我平时在你眼前晃悠多了。

张晓娜撇撇嘴，想说什么又没说出口。过了一会儿，张晓娜似乎想起了什么，说：对了，我刚才是和筱蕾姐一起来的。

李家明听了一愣，忙问：那怎么没见到她？她到哪儿去了？

张晓娜抿着个嘴笑，说：放心，她丢不了，她是去拿一样你最喜欢的东西去了。

我最喜欢的东西，什么东西？李家明不由得问道。

正说着，门被推开，一瞧，果真是梁筱蕾，只见她一只手提了个厚厚的大塑料袋，另一只手提着个水果篮。

梁筱蕾一进来就说：师兄好。

李家明见了，笑着说：你来就来呗，拿这么多东西干吗？

梁筱蕾说：师兄这几天住院，肯定没吃什么好东西，我今天来，是特地慰劳你的。

李家明听了很开心地笑了，说：好啊，我正愁没什么开胃的东西慰劳我的肚子呢。

梁筱蕾赶紧把两样东西放下，将厚塑料袋放在长方桌上，从中拿出一个用锡箔纸包着的物件，轻轻放在长方桌上。

李家明立即闻到了一股香味。这种香味一下子勾起了自己的记忆。

泥包鸡！李家明兴奋地大叫一声，立即两眼冒光地盯着锡箔纸包着的东西。

11

梁筱蕾面带笑意，两手轻轻地将锡箔纸撕开，里面露出橙黄油亮、色香诱人的一只鸡。

张晓娜赶紧从梁筱蕾带来的小塑料袋里，拿出一只卫生手套，用力扯下一只鸡腿，递到李家明手上。

李家明接过鸡腿，狼吞虎咽地将鸡腿收拾得只剩下骨头，然后抬起头闭着眼说：好吃好吃太好吃了，这是哪来的泥包鸡？怎么比我老爸弄得还要好吃？

李家明边说边拿眼看着梁筱蕾，一副意犹未尽仍想大干的神态。

梁筱蕾见李家明吃得欢，心里的高兴劲儿往脸上冒，但嘴上还是说：这可是最高机密，不能告诉你。

李家明听了，笑着说：这还是机密啊？还最高？

对啊，我可是答应人家的，要是我泄露出去了，以后人家就不帮我做了。

唉！我是说这么好的手艺，那真是咱们瓷城国宝级的人才，不亚于鬼谷子下山罐的价值呢。

你呀，一开口就是古董瓷器，你也不怕自己都成古董了。

李家明一听，说：这话说的，有水准！对了，听说你最近写侦探小说了，是真的吗？什么时候给我看看。

梁筱蕾笑笑，说：我是干宣传工作的，写侦探小说也是我的工作嘛。

那是，那是。有很多人以为写通讯报道才是宣传咱们公安，可他们不知道写小说宣传的力度更大，影响更深远、更长久。就说当年那部《便衣警察》的小说吧，几十年了，大家都还记得，有哪篇通讯报道能比它更有影响？

梁筱蕾听了，竖起大拇指，笑着说：还是师兄有眼力，高见！

这时，走廊处传来咯噔咯噔的高跟鞋声，李家明一阵惊慌，变了脸色，忙说：糟了！便赶紧将手中的卫生手套丢进垃圾桶里。

梁筱蕾问：怎么了？这么好吃的泥包鸡你不再来一些？

张晓娜听了，忙起身上前准备再扯一只鸡腿给李家明，李家明忙用手制止，说：不用了不用了，晓娜。语气急促紧张。

张晓娜瞪着大眼，满是狐疑。怎么了师父？这么好吃的东西，我和筱蕾姐都舍不得吃留给你，你还不领情啊？

哎呀，你们不知道，我们家丽丽刚才说我大病初愈，不让我吃油腻不好消化的东西。

梁筱蕾和张晓娜听了，面面相觑，一时觉得索然无味。

李家明见状，赶紧说：筱蕾，你快把东西包好，放回袋子里去。

放起来干吗？梁筱蕾皱眉问。

我，想给另外一个更想吃的人送去。

谁？

省厅胡处长。再说，我不想让丽丽知道我吃了鸡腿。说完李家明有些不好意思地朝梁筱蕾笑笑。

梁筱蕾听罢，想想，觉得也只能这样，便又用锡箔纸将泥包鸡包好，然后放进塑料袋里。

刚收拾停当，曹丽丽就喘着气提着饭盒走了进来。她一进房内，看见梁筱蕾，愣了一下，就停住脚步瞧瞧桌上的塑料袋和水果篮子，吸吸鼻子，似乎闻到了一股香味。

什么东西这么香啊？曹丽丽边说边将手中的饭盒放在桌上，转过头来对着梁筱蕾笑笑，算是跟梁筱蕾打招呼。

不知怎的，曹丽丽每次见到梁筱蕾，或者听李家明说到梁筱蕾，她的心里就有一种说不出的滋味，总感觉哪里不自在。

也许是梁筱蕾的条件太好了，好得简直让人羡慕嫉妒恨了。

在瓷城，没有一个女子的条件比她更好，无论是从长相到才华，还是从单位到家庭，在曹丽丽看来，梁筱蕾的条件可以说是天下无双。

偏偏就是这样一个条件好的人，就偏偏跟自己的爱人走得那么近，而且感情似乎很深。这种感情既有兄妹般的成分，也含有超出兄妹情愫的东西。隐隐约约，我的家明哥似乎对她很器重，这种器重是带有个人色彩的，并且这种色彩可能会影响和陪伴他一生。

曹丽丽感觉到一种潜在的威胁，这是一种本能的、充满敌意的威胁，也是一种说不清道不明的威胁。

人都有自私的一面，特别是关系到个人情感方面，就更有排他性，是不能分享只能独有的。

正在曹丽丽天马行空的当儿，一阵手机铃声传来。

12

大伙儿忙低头看手机，李家明听出是自己的手机在响，便拿出来接听，是“和尚”的声音。

“和尚”在手机里压抑着自己兴奋的声音，说：兄弟，机会来了。

什么机会?

打入他们内部的机会。

怎么回事?

“老大”今天找到了我，说要跟我直接接头，购买古瓷片和其他古董。

太好了！李家明激动得浑身颤抖，挂在木架上的输液瓶晃动了起来。

曹丽丽见状，赶紧走上前用手扶住摇晃的木架，以免倾倒。

手机里“和尚”将事情的经过，从到至尾向李家明说了一遍。

原来今天下午四点来钟，“勇哥”来到“和尚”的店铺，跟他商谈再次收购古瓷片事宜。

“勇哥”走后半小时，“老大”直接来到店里，向“和尚”表明想购买古瓷片的意思，“和尚”说自己从来不和来历不明的人做古瓷生意，这时“老大”才说刚才来到店里的那个“勇哥”，购买的古瓷片就是卖给他的，并拿出手机翻出里面的古瓷片图片，问“和尚”这些古瓷片是不是“勇哥”从他这里买去的，“和尚”认出那些图片上的古瓷片的确是从自己处买走的。

“和尚”问对方是谁，对方为了取得“和尚”的信任，说自己叫“老大”。“和尚”听了表示明白，“老大”最后与“和尚”约定，等“和尚”收来古瓷片后，就打电话给“老大”，他会来取货的。

李家明听到这里，简直是心花怒放。真是踏破铁鞋无觅处，得来全不费功夫。

李家明这时意识到，要马上向王支和胡处长汇报。对了，胡处长不是一直想吃咱们瓷城的泥包鸡吗？正好今天有，我得给他送去。

于是，李家明立即拨通王春华的手机，语气急促信心十足地说：王支，天大的好事，我找到切入口了。

慢着，你说慢一点行不？你找到了什么切入口？

哎呀，这，这一下子还真说不清楚，咱们见面再说。

对方停顿了一下，关切地问，你的身体，吃得消吗？

李家明兴奋地说：我高烧已经退了，刚才一听到好消息，我的病就全好了。

王春华还是有点儿犹豫地说：我到医院来吧。

不要了，在医院里谈工作不太好。王支，你在哪儿？我去你那里。

我在办公室，怎么，你不会是又叫医院的救护车送你来吧？

李家明笑笑说：没事，梁筱蕾和张晓娜都在我这儿，我让她们送我去就行了。

王春华想了一下，说：那好吧，我在办公室等你。

李家明听了说：好，我马上就来，对了，胡处长还在咱局里吗？

在，他正在我办公室里坐着呢。

太好了！李家明说完，就将手机关掉，然后转向梁筱蕾，说：我要马上回支队。

梁筱蕾会意，立即说：那我送你去。

说完梁筱蕾就提起那个装泥包鸡的塑料袋，准备离开。

曹丽丽见了，心里有种说不出的滋味。

李家明对曹丽丽说：丽丽，你快点叫护士来，我已经输好液了。

曹丽丽抬头一瞧，吊瓶里还有一点点液体，再不拔针头就晚了，便赶紧将输液管上的开关关掉，急匆匆地出了病房门，朝护士室跑去。

13

当李家明手提塑料袋，走进王春华办公室时，已经是晚上六点半了。

进门的李家明一瞧，除了王春华，胡处长果然在场。

令李家明感到意外的是，王春华办公室的茶几上，却摊了报纸摆了三个炒菜。一瞧色香味形，就知道这些菜都是警官食堂大师傅弄的，什么糖醋带鱼、腌菜烧肉、西红柿炒蛋，被大伙戏称为食堂“老三篇”，是食堂里做得最多的四季菜。

看样子王春华和胡处正准备吃饭。两个人见李家明进门，都关切地望着他。

怎么样了身体？胡处长先开口。

噢，没事，好了。李家明笑笑回应，心里泛起一阵小小的温暖。

人家是省厅的处长，也是全省刑侦工作的权威。他侦查的都是全省全国的大案要案，纵横捭阖，驰骋疆场，在省内刑警系统，那可是赫赫有名的顶尖人物，不管走到哪个地方，都受当地公安部门的高度重视和尊敬。

胡处长到瓷城指导侦破工作，他完全可以颐指气使、居高临下地指挥我们去如何如何开展工作，怎样怎样去完成任务。

自然，在我们公安部门，的确有些指挥员，为了完成任务，才不管手下人的死活，美其名曰：只看结果不管过程。

没错，有些领导对部下总是振振有词、冠冕堂皇地说一大堆理由。

你是人民警察，在你的誓言里不是有服从命令、听从指挥吗？不是有恪尽职守、不怕牺牲吗？为了公安事业可以献出生命，现在这么一点困难你就畏缩不前了？苦不苦，想想红军二万五；累不累，想想革命老前辈。你怕这怕那的，哪里像个人民警察的样子？你怎么对得起这身衣服？怎么对得起头顶上的这枚国徽……

这样的领导，在台上时部下慑于权势，即使有怨言怨气也不敢表露，一旦这位领导离开或退休，就没人愿意理他了。

现在大家都谈警察办案要讲究人性化，那么我们警察内部干工作时，是不是也要人性化呢？答案是肯定的。

李家明礼貌地对胡处长笑笑，说：谢谢胡处关心，我身体恢复了。

胡处拿眼对着李家明，从头到脚瞅瞅，冷不丁迅速起身近前，一拳朝李家明打去。说时迟那时快，李家明迅速地左手一挡右手反肘击打对方面门，胡处左手出拳，李家明迅即右臂隔开，胡处抬起右脚朝对方踢去，李家明迅即侧腿蹬开，这一系列的动作在几秒钟内完成，看得王春华眼花缭乱有些发怔。

胡处长停下手脚，定神再看看李家明，点点头，说：还可以，反应敏捷，攻守有度，只是气力劲道不足，身体还是弱了点。

王春华这才明白，胡处是想用拳脚功夫来试探李家明身体到底怎样，不由得啪啪啪地鼓起了掌，一副笑容可掬的神态。

李家明心里也清楚，胡处这是在现场测试，看看自己的身体是不是真的恢复了，顺带也看看我的拳脚功夫如何，以便为下一步工作做参考。要不是自己训练有素，反应迅速，那肯定要出丑卖瓜、丢人现眼了。

王春华的心里，也在犯着嘀咕。心想我王春华在刑侦口也干了几十年，指挥侦破的案件数以千计，但对自己手下的同志，可从来没想过用这一招进行战前测试。这个胡处长真是会想点子，会出新招。看来有胡处这个老将出马，一个顶俩，破获这起案件，应该没有什么问题。

王春华眼瞅着李家明进来时手里拿的一袋东西，不知道是什么，便用手指指放在地上的袋子，问：家明你拿了什么啊？

李家明“噢”了一声，说：这个啊，我是专为胡处长准备的。

胡处长一见，笑着“哦”了一声，问：是吗？你带了什么好东西？

李家明诡秘地一笑，反问一句：你猜猜看？

胡处长双手抱肘手抵下巴想了想，说：现在正是吃饭的时候，你这时带的东西，应该是吃的。

李家明听罢，灿烂地笑了，说：不错，胡处长逻辑思维能力很强。

胡处见对方一副神秘兮兮的神色，便说：你该不会弄个泥包鸡给我吃吧？

李家明一听，瞪大眼睛，惊讶地说：胡处，你真的太神了。

胡处见状，也惊诧地瞪着眼，说：不会吧？我是随口一说，真的是泥包鸡？

李家明使劲点着头。

胡处长开心地笑了，说：好好好，我胡明义来瓷城少说也有几十次了，可从来就没吃过正宗的泥包鸡。哎，你怎么知道我想吃泥包鸡啊？

嗨！你上次在我们警官食堂吃饭，跟我们贺局长提起过泥包鸡。正好，今天有人给我送了一只。我也很喜欢吃泥包鸡，当时就吃了一只鸡腿。可我身体刚刚恢复不能多吃，就想到了胡处长你。心想要是你胡处不嫌弃的话，就请你尝尝。

我怎么会嫌弃呢？我求都求不来！来来来，先把鸡拿出来，咱们边品尝边说话。

王春华也跟着说：对对，家明你也一起来。

李家明一听忙摇着手，说：我已经吃过了，肚子不饿。

王春华用手一指边上的凳子，说：你就别客气，本来是要在食堂里吃的，考虑到你要来，怕过了用餐时间，我就叫支队办公室将饭菜打来，放在我办公室吃，也是为了等你。

李家明听了，心里有些感动，只好拖过凳子坐下。

李家明从塑料袋里拿出泥包鸡摆在茶几上，一阵烤熟的鸡香味立即散开。

胡处两眼冒光盯着泥包鸡看，头不由得凑近茶几上的泥包鸡，然后眯缝着眼闻闻，嘴里发出啧啧啧的声音。

泥包鸡啊泥包鸡，真是名不虚传呐，今天总算让我见到你的真容了。

李家明从塑料袋里拿出一次性手套，胡处长是何等聪明之人，他一瞧就知道是用来套在手上撕扯泥包鸡的，便笑着伸出手，很爽快地给自己戴上，然后毫不客气地伸手，左手按着鸡身，右手扯下一只鸡腿，就要往王春华的碗里放，王春华忙用手挡着不让。

胡处，这是家明特地带给你吃的，我可不能夺人所爱哟。

王支，你比我年长几岁，理应你先吃鸡腿，我才好动手。

哎……你是省里来的客人，哪有客人不吃让给主人先吃的道理？

哎呀，现在我们两个都是客人，不要分得那么清。

那可不行，我就是客人，那也是近客。近客必先让远客嘛。王春华固执地争辩道。

李家明见两个人推来让去的，便说你们两位领导都不要太客气，不就是一只泥包鸡嘛，以后有机会我再给你们弄来就是。

胡处长瞧着对方的眼神有点儿意外，心想你小子是不是在安慰我们，我到瓷城这么多次可从来没吃过像样的泥包鸡，难不成你真的有什么特别的路子，可以随便搞到这令人垂涎的美味？

王春华笑眯眯地望着胡处，一副静等动手才好开始的神态。

终于胡处长说了句：那好吧，我就当仁不让了。家明，我听王支说你现在终于找到切入口了，咱们就边吃边聊，生活工作两不误。

对了，家明，你说已经找到了切入口，赶紧说来听听。王春华也说。

噢，我那个线人来电话，说对方那个“老大”直接找到他，要他帮忙找古瓷片。

你的意思，是想趁机打入他们内部？王春华笑着问。

李家明很认同地点下头。

胡处将泥包鸡放在嘴里嚼了几下，停住冒着油的嘴望着李家明，有些担忧地问：你那个线人怎么样？可靠吗？线人最忌的是见利忘义，如果碰上这种人，那我们的工作就等于毁了一半。

绝对可靠！李家明说完，见胡处眼里还有犹豫，又加了一句，他是我爸的徒弟，关系一直很好。

胡处长听了点下头，才放心地嚼了几口泥包鸡，突然想起来问：听说他叫“和尚”？

是啊，绰号。

胡处好像终于找到话题似的说：那好啊，咱们就聊聊这个“和尚”，也聊聊咱们眼下的这个行动计划。

王春华趁热打铁说：这次行动的名字我都想好了，就叫“擒蛇行动”。

胡处长一听，说：这个名字好。

李家明的脑海里，不时翻腾起一幕幕画面：地洞、阴森、潮湿、霉变、狭小，仿佛杂草丛生中游动着各色黑红黄灰的恐人斑纹，抬头嘴里吐出嗞嗞作响的舌芯，致命巨毒的威胁，一时塞满大脑里每个细胞。

家明你呢？胡处拿眼盯着李家明。

好吧，我来说说我的计划。

胡处长和王春华都集中精神，仔细听李家明所说的计划内容，特别是一些细节，他们边听边帮着分析，仔细反复思索着，是否合适稳妥，是否万无一失，就像嘴里咀嚼着的泥包鸡……

14

天色微亮，东方像个待字闺中的女子，涂抹着胭脂，一阵突如其来的暴雨，打破了清晨的宁静，使躺在床上的李家明，不得不迷迷糊糊起身。

李家明虽说身体刚刚恢复了，但心却格外累。这种累除了对自己能否侦破这起案子的担忧外，更主要的是怕自己不能很好地胜任。

卧底，在我们瓷城的公安系统，这个名字听起来不是很怕人，毕竟咱们办的是盗挖古瓷片的案件，跟那些贩卖毒品走私枪支弹药的案件不一样。不知是谁说的，从事古董生意的罪犯，要文雅一点。但罪犯就是罪犯，没有什么文雅与粗鲁之分，他们的本质都是一样，都是用罪恶来支撑他们丑陋的灵魂。

自从昨晚李家明拿到这本小册子之后，已经反复看了不下五遍了，有的甚至可以背下来。

显而易见，这本小册子给李家明带来的，是底气，是信心，是希望。李家明甚至想象着，自己就是那种变形金刚，或者是瞬时穿上铠甲的机器战神。自己马上要扮演的角色，肯定是危险的，就像在悬崖峭壁上走钢丝，稍有不慎就会摔得粉身碎骨。而现在的这件圣衣，可以让他遇难呈祥。所以李家明每看一遍小册子，仿佛就有一种新的发现和感受，就有一种兴奋与刺激。这种兴奋与刺激，使得自己整宿都没有好好入睡，直到鸡叫三遍天色发亮了，才迷迷糊糊地合了一会儿眼。即使这样，脑子里还满是乱七八糟的图像，一会儿威风凛凛大喊着冲进贼窝，一会儿被一群恶人追得满山乱窜、狼狈不堪。

李家明又将放在枕边的小册子拿起，翻看着封面，是打印的书稿，叫《卧底手册》。

李家明从胡处长有些不舍担忧的眼神里，就可以看出其珍贵。物以稀为贵，而这种珍贵也只有干警察的人才能体会到。

李家明自从参加工作以来，像这种特别专业的书真是很少见到。平时可用的知识，都是在警察学院里学过的，虽不是很深，但也基本上知道，唯独这卧底的专业知识，在学院里真没学过。所以昨天一拿到这本小册子，就像饿虎扑食，一刻也没离过手。他真想狠狠地恶补一下，巴不得立即将册子里所有东西，全部变成自己的知识。

可要命的是，有些知识，一下子还真的吃不透。不知是谁写的这本小册子，李家明总感觉写的人不像是个警察，倒像是个写散文的，或者是诗人。有好些话是话外有话，富含哲理。

什么要当好一个卧底，就要让自己死一回。这话怎么理解啊？是不是说要当好卧底，就要把自己的生死置之度外？其实咱们当警察的，自打干上那天起，就已经将自个儿的生死置之度外了。现在敢说天天有牺牲、时时在流血的，也只有警察这个职业了。

里面还有百密不可一疏、百事不可一松的话。

其实这两句说得也很在理。做卧底的，就是要做到万无一失，哪怕一点非常微小的纰漏，也不能存在。

一个合格的卧底，就是一个完美的人。

这话听起来还蛮有诗意。一个完美的人，可算是个完人吧？可我一个当警察的，能与完美完人沾上边吗？完美在很大程度上是一种人格，或者是一种修为的魅力，是人格或修为达到顶峰时才能显露出的最佳状态。我，一个干警察不到十年的小伙子，我能走进完美的殿堂？

呵呵，李家明不自觉地笑了，这笑容有丝开心，有些困惑，也夹杂着些许无奈。

准确的身份定位，是做好卧底的前提。

没错，当你打算以什么身份打入对方内部时，你的一切准备工作，都要围绕着这个中心展开。这句话似乎是颠扑不破的真理。

内在与外在的统一，才是你必须做出的选择。这些字眼看起来很简单明了，但要做起来不知要下多少功夫，有时甚至可以说难如登天。

册子里要求卧底者的内外打扮，都要达到一种完美的状态。衣着打扮，言谈举止，一个眼神，一丝头发，一口呼吸，一个转身，都有可能暴露出自己的真实身份，都有可能引起对方的怀疑。

这外部的打扮还好办些，那内在的打扮就太难了。从个人出身到工作经历，从爱好习惯到思想观念，都要做得天衣无缝。

突发事件的成功处置，是一个合格卧底者的必备功课。

卧底者的突发事件处置，不同于一般意义的突发事件及其处置，如社会关系出现的突发情况，冷不丁在某处碰上多年不见的同学或熟人，甚至在你信誓旦旦地说自己单身的时候，自称老婆老公的角色出现了，而且对你大吵大闹，并指责你是无情的浑蛋，这时就要考验你的应变能力了，你怎样利用瞬息万变中的救命稻草，或澄清或化解或搪塞或倒打一耙。就像当年在威虎山上杨子荣突然间遇到栾平一样，是怎样才能让座山雕在自己的如簧巧舌下相信自己而转危为安。总之，这时你得让对方相信，哪怕有一万个理由，你都不能让任何人、任何事打败击溃。

对了，一个走私古瓷的小伙子，一个靠自学成才的励志青年，一个初出茅庐江湖无名的菜鸟，是比较容易取得他人信任的。最起码你得是社会关系干净，没有什么人事瓜葛的人。

对了，你得具备与你预定角色相匹配的知识结构。一个对古陶瓷有研究，而且正在兴致勃勃进行古陶瓷买卖的人，他对很多行话应该是很熟悉的。比如你千万不能将翡翠绿头叫成玉器石头，再如你千万不能将做旧当成爬山头，做旧就是把新品做成旧品，而爬山头是把损坏的古玩修补好，等等。

就拿目前“泥坯佬”和“勇哥”的做法，他们就是在铲地皮，也就是说挨家挨户上门收购古瓷，而且他们在做洋庄，就是在做外国人的生意。

干古董这行的，人人做梦都想吃仙丹，就是说都想低价买进价值很高的古玩。人人都不想吃药，意思是不想花高价买到假货，那就太惨了。

凡此种种，不一而足。这些虽然烦琐怄人，但李家明还是觉得自己得再用足功夫，所谓台上一分钟，台下十年功最恰当不过。不过，目前，自己的任务时间紧迫，这十年功是不可能了，甚至连一个月都不允许，最多也只有三天的准备时间。

第十二章　殃及池鱼

1

磅礴大雨一阵紧似一阵，简直肆无忌惮，狂暴粗野，全无温驯可人的性情。风裹挟着暴雨，搅得世界天昏地暗，也搅得李家明心烦意乱、忐忑不安。

豆大的雨滴击打在地上，溅起硕大的水珠。

李家明担心，这么大的雨，“和尚”所说的“老大”会来吗？

这瓷城涨水的日子历史悠久，特别是1998年的洪水，简直是撒泼到顶点。一夜之间，瓷城被大雨淹没了半个身子，市区内一片汪洋，被人戏称为坐在家里看海洋的城市。

约莫过了半个小时，雨停了，李家明悬着的一颗心总算是落了地。

果不其然，隐隐约约听到有人走来，接着便出现了脑袋，一个、两个、三个，走在前面那个微胖的自然是“和尚”。

他们一步一步往上走来，身后可以看到街道旁的水流，还有哗哗流淌的声音。这种天气，一般是没有什么生意可做的，除非是事先约好的。

“和尚”总算停下脚步，回头对中年男子说：“老大”，到了。

“老大”听了，有些疑虑地问：这大雨天，人在吗？

在，在，我和他说好了的，不可能不在。

说着“和尚”连叫了几声小李小李，李家明答应着，将卷闸门按钮一按，半分钟不到，里外的人就见了面。

“和尚”热情地介绍，说：小李，这是“老大”，这是小李子。

一脸横肉的“老大”拿眼瞟了下李家明，不冷不热地问：听说你手上有旧货？

李家明笑笑，用手挠挠头又点点头，一副腼腆的模样。

有多少货？

“老大”又是不愠不火地问。

噢，不，不多，也就几十片吧。李家明有些嗫嚅着说。

“老大”听了，拿眼仔细看着对方。

“和尚”对“老大”说：怎么样，我没说错吧？这小子有货。

“老大”点下头。货色怎么样？拿出来亮亮吧。

李家明忙殷勤地哈哈腰，然后转身来到后墙角，用力移动一个木柜子，在底下露出一个木箱。李家明小心翼翼地将木箱子搬出来，轻轻将箱盖打开，里面露出一堆碎瓷片。

“老大”一看，显得有些惊讶。你怎么有这么多瓷片？“老大”拿起瓷片仔细地观看，露出满意的神情。

李家明呵呵一笑，开口想说又好像不能说似的，说：这个，真的不好说。

“和尚”听罢忙对“老大”说：怎么样，不错吧？

“老大”点点头，又问：你这些瓷片，多少钱一片？开个价。

李家明又用手挠挠头，瞧瞧这个又看看那个，不好意思地说：这个，价钱好说。

“老大”一抬头，说：好说也要有个数啊。

这，这个，你就看着办。

“和尚”朝“老大”笑笑，说：怎么样，我没说错吧？

“老大”一仰头，眨眨眼，说：这样吧，我看你也是个老实人，我也不能让你吃亏，给你每片一万元，你看行不行？

李家明又用手挠挠头，说：那，那行吧，我们就算是交个朋友。

好！“老大”兴奋地一拍李家明的肩膀，说：你点点吧，看有多少片。

李家明说：不用点，一共四十八片，只多不少。

“老大”大声说：好，小兄弟爽快，我就喜欢你这样的人。这样吧，我呢，给你五十万元，多出的两万元算是给你的见面礼。我只要求你以后有货，都要给我。

这个好说，好说。李家明一副受宠若惊的样子。

“老大”从随身携带的黑皮包里，拿出一包用报纸包好的人民币，放在木箱盖上，说：你点点吧。

李家明也很大度地说：不用点了，“老大”这么豪爽，我信得过。

好，小兄弟这话说得漂亮。以后有货，你就给我打电话。这是我的名片。

说话的当儿，“老大”掏出一张名片递给李家明，“和尚”见了，一脸尴尬。

“老大”似乎意识到了什么，忙对“和尚”说：当然少不了你的那份，只要是这位小兄弟提供的货，你都有份。

“和尚”笑嘻嘻地说：好说，好说。

“老大”付完钱，叫李家明用红色塑料绳将箱子绑好。然后一挥手，边上的黑大个立马提起箱子，往外走去。

“老大”向李家明挥挥手，说：小兄弟再见。

李家明也笑着向对方招招手。

2

李家明见“老大”他们几个人走远了，才感觉到自己心脏咚咚地跳个不停，不由得背靠在门墙上，长长地舒了口气。

也就两分钟时间不到，突然从外面传来跑动及呼喊声。抢东西了，快抓住他！

李家明闻声，立即拔腿冲出去，瞧见黑大个和“老大”紧追前面两个小年轻。其中一个小年轻手提着“老大”的木箱，拼着命跑。可以看清，那木箱正是从自己这里拿走的，里面装着古瓷片。那可是五十万元的货，是多少人几十年的心血。

“老大”气急败坏地追着，黑大个只比他跑前几米。那两个小年轻明显跑得快多了，转眼间逃跑的与追的人距离越拉越大。

说时迟那时快，李家明飞也似的一阵狂奔，立即来到“老大”身后。“老大”见李家明赶来，喜出望外地用手指指前面，气喘吁吁地说：东西，东西被抢了。

李家明点下头，说：你放心，我去追。说完李家明加快脚步，向前冲去，几秒钟就超过黑大个，风驰电掣般向前面那两个人追去。

穿过那条水泥小路，拐到右边青石板铺就的绵长小弄。李家明很快就追上了那两个小年轻。黑大个和“老大”也追到小弄堂口，远远地望着李家明向前追。

手提木箱的小年轻见后面的人紧追不舍，似乎意识到难以逃脱，便使劲将木箱往李家明这边一扔。

“老大”张大嘴“啊”了一声，他担心那木箱一旦落地，箱里的瓷片肯定要破碎，那样它们的价值就会大打折扣。

说时迟那时快，只见李家明“嗨”了一声，双手赶忙接过木箱，不料左手虎口被急速飞来的木箱撞开一个口子，鲜血立即染红了箱盖，地上也滴了血。

李家明迅速将木箱放在地上，然后继续又向那两个小年轻追去。

几秒钟后，“老大”见李家明追上了其中一个，好家伙，那膀子上绣着狼头文身的小子，一瞧也是个练家子，顿足抬手暗含杀气。

李家明上前一个擒拿动作，对方却是一招黑虎掏心直冲要害，亏得李家明反应灵敏，闪转身，手掌变拳直击对方肩窝，对方显然没想到，被击打后退几步，嗖地拔出一把匕首，恶狠狠地向李家明刺来，李家明躲闪着锋利的刀刃，以螳螂拳击中对方握着匕首的手腕。

“老大”看着殊死搏斗的李家明，心惊胆战呼吸急促。

就在这时，李家明看见前面一片白灰撒来，不由得赶紧扭头用手遮挡，手上的伤口被白色粉末一沾，立即有种钻心般疼痛，不由得呲牙咧嘴蹲了一下，等他再站起来要追那两个人时，对方早已跑得无影无踪了。

“老大”和“和尚”小跑着过来，见李家明受伤不轻，便赶紧问：要不要紧？

李家明忍痛笑笑摇摇头，说：不要紧，快看看东西怎么样了。

“老大”说：东西没摔着，没问题。小兄弟，刚才他们朝你丢了什么东西？

李家明说：是石灰粉。

“老大”“噢”了一声，脸色阴郁下来。

快快快，小李子快上医院。“和尚”满是焦虑地催促着。

李家明说：没事没事，你们的东西在就好。

“和尚”斜睨一眼“老大”，见对方露出怜悯之色，便对李家明说：小李子什么也别说了，去医院要紧。

李家明点点头说：你们别管我，我自己去医院就行。对了，我的店门还没关呢。

说完李家明也不管在场的各位，径直回头往自己的店跑去。

“老大”这时很是不满地对黑大个吼着：你看看别人，哪像你，肥得像个猪，没什么用，要不是人家，东西早就没了。

黑大个一脸尴尬，嗫嚅着说不出话。

“老大”用手摸摸脸，心想这个小李子真的够哥们儿，为了帮自己追回被抢的东西，自己刚刚给他的五十万元还在店里，他连门也没关就跑来了，真他奶奶的够义气。

3

李家明从医院出来后，很是疲惫地回到店里，关上门，打开简易床，慢慢地躺了上去。他闭上眼睛，真想好好地睡一觉。

李家明想起昨夜十二点接到的那个电话，电话是丽丽妈打来的，说丽丽一天都没回来。当时自己就给曹丽丽打电话，但手机关机，连打了十几个都没打通，就这样，昨夜一宿没睡好。因早已说好的“和尚”要来，所以一大早就将那部手机调到静音，再将手机藏在后面的柜子里锁好，这样有什么电话和微信，就可以看见。当然，必须是要自己确定绝对安全的情况下，才可以拿出来看。

虽然手有些痛，人也很疲劳，但跟昨夜岳母打电话的那件事比起来，根本就不算什么事。

李家明赶紧拿出手机，打开翻看，只见岳母一大早又打电话来，刚才还连打了几个，说明她心里非常焦急。

李家明忙用手机打过去，那边岳母一接听，未开口说话就先哭出声来，家明啊，怎么办啊？丽丽一晚上都没回家，电话又打不通，打她同学朋友的电话，都说不知道，你说怎么办啊？说着说着岳母就号啕大哭起来。

李家明的心里开始乱了，平时很强势的岳母，这时也显得非常软弱，这是李家明没想到的。

李家明立即拨打曹丽丽手机，连拨五六遍，都是那句“手机已关机，请稍后再拨”的话。

李家明虎着脸，心情沉重地关上手机，想想再打也没用。看起来事情真的很麻烦。这时想起最近市里发生的女性失踪案，正是因为接连发案才让童刚去负责侦办的。

对了，这事要立即向王支报告，于是李家明立即拨打了王支的电话。

王春华听了，沉吟一会儿，说：别着急，这事我来安排，你别操心了。

李家明说：谢谢王支，真没想到，这关键时刻，出了这事。

王春华说：你不要急，打击罪犯保卫人民是我们的天职。我们的家人，那也是人民，我们也应该保护。你放心，我这就安排人去调查，有什么情况我再跟你联系。

李家明又说了声谢谢。便默默地将手机关上，想想现在最着急的，还是丽丽的妈，便打电话过去，对方接通，本想说阿姨的，话到嘴边没说出口，便改口说：妈，你老放心，我已经向领导汇报了，领导会安排人去找，一有消息就会通知我。

丽丽妈听后情绪稳定了些，说：我怎么放心得了？一个大活人不见了，你让我怎么放心？现在到处都说有一伙杀人恶魔，专挑年轻漂亮的女孩子下手。你还是个警察，你连自己的女人都保护不了，你是个什么警察啊？

李家明握着手机的手，明显有些抖动。丽丽妈的话像一支支利箭，狠狠地扎进自己的心窝。

是啊，自己是个警察，还是个刑警，还是个重案大队的副大队长，说起来响亮而威武霸气。在对方的心里头，可能认为找了个当刑警的女婿，最起码家里人的安全，比一般人家好些，最起码不会受社会上的无赖混混儿欺侮。现在家里人有事了，自己却不能全力以赴帮助寻找，自己还是个警察吗？

可自己现在身负重任，正以卧底的身份，与买卖走私古瓷的犯罪团伙接触，这时千万不能分身露面。如果这时自己着急上火四处奔跑查找丽丽，说不定就会暴露身份，这是绝对不允许的。

李家明接到丽丽妈的电话后，曾想过请求王支让自己去查找，但这种念头只是一闪而过。因为自己清楚，服从命令、顾全大局是一个警察起码的素质，如果这一点都做不到，那就别干警察，干脆摆摊卖瓷器算了。

李家明的委屈，被丽丽妈的一席话点燃了。我不知道去查找？我不晓得去侦破？凭着自己近十年的工作经验，丽丽失踪很可能与正在发生的连环失踪案有关，很可能是那一伙人干的。可我现在能去查吗？不能啊！

李家明唉了一声，难受得眼泪都快流出来了。虽说现在还没举行婚礼，可两个人已经领了结婚证了，在法律上已是夫妻。丽丽在自己的心目中，已经是自己最亲密的家人，自己没有理由不去寻找她、帮助她、保护她，可现在的情形是，自己真的是心有余而力不足。

李家明无耐地摇摇头，心事重重地关了手机，重新放进柜子里锁好。

这时身上另一部手机响了，李家明赶紧拿出来一看，是“和尚”打来的。

李家明心里一紧，不知又有什么事。听了“和尚”的话，却让他感到异常振奋，自己刚才沮丧的心情一扫而光。

“老大”晚上想请你吃饭。“和尚”还是不紧不慢的语调。

李家明有种心花怒放般的冲动。

打住，打住！一个声音从远处传来，李家明的脑袋嗡的一下，立即惊醒。

一切才刚刚开始，一切都为时尚早。

4

在王春华办公室，童刚神情严肃地向王春华做了汇报，王春华的脸色便更加难看。

按你的说法，曹丽丽也是打的上车后失踪的？

童刚点点头，说：应该是的。

那前面几个女孩子失踪，有什么线索吗？

暂时没有。

那，能不能推测，曹丽丽与前面几个女孩子，都是被同一伙人绑架的？

童刚用手搓搓自己的脸，说：有这种可能性。

有多大？

百分之七八十吧。

为什么这样说？

因为综合这几起案件，有几个共同点，这些共同点是我们推测的主要依据。

说说看。王春华喝了口浓茶。

童刚眨眨眼，说：第一点，是失踪的对象，都是二十岁至二十六岁的女孩子。而且从我们掌握的失踪者资料看，她们都长得眉目清秀，相貌出众，皮肤白皙，也就是说颜值都很高。

童刚边说，边将手中的资料递给对方，王春华边听边看。

还有呢?

第二点，她们失踪的时间，都是晚上临下班到晚饭后回家的时段，是人多车杂，急着要吃饭、赴约的人流高峰时段。

什么意思?

这从侧面可以证明，作案者不甘寂寞，喜欢在喧哗热闹的场所作案，是年轻人的可能性大些。

王春华听了点下头，说：有点儿道理。

第三点，是有关失踪的地点问题。从我们目前所调查的情况来看，她们都是打的后失踪的。曹丽丽失踪的情况，与前几位大同小异。犯罪嫌疑人的作案手段，很可能是让她们上出租车后，然后绑架她们。

王春华的眼神里透出赞许。那你能不能认定，她们是否被害?

童刚仔细想想，说：从目前来看，我们还没有她们被害的证据。比如，还没有发现她们的尸体、遗物等。

王春华想想说：你的意思，我听出来了，有三点。一是被害人自身的条件相似，二是案发的时间节点相似，三是失踪的场地相似。

对对对，我说的就是这个意思。童刚对王春华的归纳总结能力很是佩服。

所以你就推断，曹丽丽也是被这伙犯罪嫌疑人绑架的。

对对对，也就是这个意思。

那么，你认为绑架她们的目的，是什么?

童刚听罢一愣，支吾着说：这个，这个我还真没有仔细想过。也许，犯罪嫌疑人见她们年轻漂亮，见色起意的可能性最大。

王春华微蹙眉头，有些不悦地说：任何犯罪嫌疑人作案，都有一个动机，动机是确定案件性质、明确案件侦破方向的前提和基础。

噢，你这么一说，启发了我。我想啊，犯罪嫌疑人除了见色起意外，也有谋财害命的可能，当然也有绑架后强迫卖淫、盗取器官等可能，这些可能性都是有的。现在的问题是，我们还没有掌握更加有力的证据。

王春华心里着急，说：盗挖古瓷片案正在紧锣密鼓地进行，李家明全身心投入，根本没时间顾及其他。曹丽丽是他的妻子，今年十月就要举办婚礼，这个时候出了这样的事，对家明的影响是非常大的。

童刚点下头，心想我何曾不知道。我和家明是同学加兄弟，虽然说在工作上有时有点分歧，在职务的竞争上也有点私心，但我们都是警察。警察是什么？警察可以为打击犯罪、保护人民献出自己的青春和生命，难道我会因为与家明的这一点小小的分歧，而不竭尽全力吗？

现在全市都在为侦破我市特大盗挖古瓷片案而努力，我更应该全力以赴，排除影响侦破工作的障碍，侦破女性失踪案是我的工作职责，更是责无旁贷。

目前家明正处于高度紧张、极其危险的工作状态之中，我决不能让他分心。

王支，你放心，我童刚的性子可能直了些，说话有时也很直，但我做事，轻重还是拎得清的。

好！童刚，只要侦破了这几起失踪案，你的功劳也不会比家明差。

童刚听了，明显受到了鼓舞。

童刚霍地站起身，郑重地说：王支，你放心，我就是不吃不喝，就是把我老爸家里的老底全搬来，也要把这几起案子给破了。要不然，我就不叫童刚！

那，你叫什么啊？王支不禁笑着问。

童铁呗……童刚幽默地一笑，潇洒地转身走了。

5

夜幕降临，暮色苍茫。空气有些沉闷，让人觉得呼吸不畅。

在珠山九味居内，几个人正劝着李家明喝酒。

来来来兄弟，今天真是多亏了你。要是没有你啊，我那几十万元的货损失了不说，关键是我在老板那里交不了差啊。

李家明忙拘谨地双手乱摇，说：哪里哪里，这是小事一桩。

“老大”“哎”了一声，说：这怎么是小事呢？对我们来说，关系可大了。

李家明说：你们真是太客气了，说实在话，你们刚从我那里买了货，出门就被人抢了，我也有责任啊。

“老大”听罢，转头瞧瞧在座的“和尚”和黑大个，又转过头看看李家明，点点头。

“和尚”转过头，对着“老大”意味深长地笑笑。

“老大”一抬手，使劲拍拍坐在右边的李家明肩膀，笑着说：小兄弟做人很诚实啊。

李家明望着对方，心想这事我不说，你们也会怀疑，为什么会这么巧，一出门就会被人抢？这一套是社会上黑吃黑的惯用伎俩，屡见不鲜，也是混迹江湖的一大法宝。江湖险恶，不得不防。即使今天我不说破，老江湖的“老大”他们，早晚都会往这方面想，与其被动让人猜忌，不如主动说出来，以便尽早打消对方顾虑，争取主动。

嗯，“老大”的表情非常放松，脸上的肌肉也放开来，让人觉得很宽厚的样子。

没得说，小兄弟为人不错……哎，听“和尚”说，小兄弟是自学成才，不但会功夫，古陶瓷鉴赏水平很高，而且绘画的水平也是一流，做人就更不用说。兄弟，你的古陶瓷和绘画水平到底有多高？

李家明想了想，说：这样说吧，我卖给你的那些瓷片，我都可以凭记忆，把它们画出来。

真的？“老大”满是不信。

李家明笑笑，他随手拿出桌上的餐巾纸盒，从携带的小皮包里拿出水笔，就在餐巾纸盒上画了起来。

也就几分钟时间，李家明就画出五种图案。“老大”边看李家明画边翻出手机上的图片，核对着餐巾纸盒上的图案，边看边张大着嘴，很是钦佩地点着头。

李家明画完了，将餐巾纸盒递给“老大”，“老大”将最后一张核对完，不禁大喜，用手一拍桌面，大声说：真是太有才了！

李家明又拿过桌上另一个餐巾纸盒，又在上面画了起来，以极快的速度，又画出了两个完整的花瓶。

“老大”瞧着眼熟，便问：这是什么？

李家明说：这就是完整的花瓶啊，你们买了那些碎瓷片，拼凑起完整的瓷瓶，就是这个样子。

“老大”恍然大悟般瞪着眼睛，眼珠子都要掉下来似的，大声说：天才，真是天才啊。

李家明闻着对方嘴里发出的臭味，将水笔插回套子放回包里，谦逊地笑笑说：没什么，这是干我们这行最起码的功夫。

“老大”又用手拍着桌子，大声说：天才，绝对是天才，像你这种人真的很少见，我们最需要像你这样的人才了。

李家明心头一动，知道自己已基本上得到对方的承认，便微微一笑，客气地说：人才谈不上，为了活命那才是真的。

黑大个很赞成地跟着点头说：对对对，为了活命，才出来混。

“老大”放下端起的酒杯，说：对呀，可混的人也有不同的混法，也有不同的收获。所谓同是出来混，身份不一样。

“和尚”很认同地点头。

黑大个一竖大拇指，说：“老大”就是“老大”，说话水平就是高。

“和尚”忙附和着说：对啊，正是因为“老大”有水平，所以现在大伙要跟着“老大”混呀。

“老大”很高兴地抬头一笑，说：“和尚”兄弟客气了，我真得要好好谢谢你，你给我介绍了一位这么优秀的兄弟。

“和尚”不客气地说：那怎么谢我呀？

“老大”抬手一挥，说：还是老规矩，李兄弟手里所有的生意，永远都算你一份。

“和尚”听罢睁大眼睛，喜出望外。那敢情好啊，“老大”真是厚德载物、上善若水哟。

“老大”听了得意地笑笑，说：“和尚”老板是学佛之人，学富五车、才高八斗。之前人们说瓷城藏龙卧虎、人杰地灵，我还有点儿不太相信，今天我才真正信了。

李家明见说话投机，也活跃了许多，接嘴说：“老大”说得对，咱们瓷城这个地方虽然小，但能诗会画的人真的很多，你没听说“匠从八方来，器成天下走”吗？说的就是咱们瓷城人才济济。

“老大”也很自信地说：知道，谁不知道瓷城遍地是大师，处处有能人。这制瓷的七十二道工序里，就有不少非遗传人、手工艺大师。

对对对，“老大”不愧是做大生意的，见多识广，知识渊博。李家明言不由衷地拍起对方的马屁，心里满是别扭。

今天这是怎么了？自己从来都不喜欢吹牛拍马，没想到现在当着自己父亲徒弟的面，去拍一个犯罪团伙头目的马屁，而且拍得看起来是那样冠冕堂皇、诚心实意的，我要是那么会吹牛拍马，那我现在可能不止这个职位，说不定已经是正科了。自己班上有个同学，在班上表现很是一般，可从学院毕业三年，就当上了县级副局长，哪像自己，现在还为了一个副科级的大队长，拼死拼活，吃苦煎熬着。

真是浑蛋！李家明狠狠地骂了自己一句。

可骂归骂，这戏还得继续演下去。

“老大”，我小李子年轻志短，涉世不深，干这一行也是初学，以后还要你老哥多多提携关照才行。

“老大”听了，拍着自己的胸脯，说：放心吧老弟，我一定会全力关照你。只要咱们这次配合得好，以后什么事都好说。

李家明听了，显得有些不明白似的，问：这次我怎么配合你啊？

噢，这事咱们以后再说。今天请你来，咱们主要是要喝个痛快。这桌上有茅台和五粮液，随你挑。

李家明笑着看看桌上的两种酒，摇摇头说：今天不行，下次有机会咱们再喝。说完他举起了裹着白纱布的左手，向对方晃晃。

“老大”哎了一声，说：那怕什么，受伤跟喝酒没关系，来来来小兄弟，我听说你的酒量很不错。咱们这样，每人半斤，怎么样？

黑大个忙帮腔，说：我们“老大”两斤的酒量，但很少喝酒，除了贵宾与兄弟。

李家明瞅瞅“老大”又睨视“和尚”，心想既然这样，不喝点怕是说不过去。为了更顺利地打入对方内部，这点酒喝就喝吧，但一定不能喝醉，这是原则，可不敢越雷池一步。

李家明慢慢端起杯，略加思索后说：既然这样，那我就恭敬不如从命喽。

“老大”立马面露喜色，大功告成般举杯，与李家明咣地一声碰杯，然后一口干了。

李家明举着杯子迟疑着。

“老大”放下杯子，豪爽地说：喝了这杯，咱们就是好兄弟。

李家明皱皱眉，瞧瞧对方，然后端杯仰头一口倒下，咕嘟咕嘟几声，酒杯见底，张嘴“啊”了一声，说：痛快！

6

面容清瘦的“天龙”，迅速转过头来，两眼盯着“老大”，一字一句问：真的吗？

“老大”连忙点头，说：的确是真的，不信你问老黑。

“天龙”又转过头盯着黑大个，黑大个也很肯定地点点头。

你说让他参加我们的“灵蛇计划”，你就对他那么放心？

“老大”肯定地点头，说：我们根据他提供的名片，已经对他进行了调查。李小明，男，二十九岁，住青花区龙窑弄二十一号附一号，高中文化。

来源可靠？“天龙”再三诘问。

绝对可靠！说着“老大”拿出手机，翻看照片，上面有一张拍下来的图片，将手机递给“天龙”。

“天龙”接过手机，见手机里显示一张常驻人口登记表的图片，上面登记的信息，与刚才“老大”说的一模一样。

这种照片，现在人工 P 一下不就出来了？“天龙”不以为然地说。

“老大”听了神情紧张地说：哪能呢？我们这是花了不小的代价，找了熟人才在当地派出所户籍室里，拍出来的，人家可是担了风险的。

你能确保没问题？

确保！“老大”理直气壮地回应着。

那你觉得，让他参与我们的“灵蛇计划”，有什么必要？

噢，是这样的。第一是这个人精通考古，准确来说是精通瓷城古瓷，对我们迅速准确地鉴定瓷器，非常有利。

“天龙”点下头。

这第二呢，这个人是土生土长的瓷城人，熟悉当地的风土人情、地形地貌、道路山水，对我们下一步寻找更多宝藏来说，是个最好的向导。

“天龙”听了眼睛一眨算是知晓。

第三也是最重要的一点，就是此人老实单纯，做事牢靠，对我们今后布置的事情，肯定会不折不扣地完成。

“天龙”听到这里，抬手点点说：这一点最重要，我们现在就发现，那个“神头”，就曾经私底下与伍尔德接触，还安排伍尔德住宾馆。

“老大”听罢一愣，高度警觉地问：我怎么不知道？你听哪个说的？

“天龙”微微一笑，说：若要人不知，除非已莫为，我当然有我的信息渠道。

“老大”听罢一脸不悦，说：“天龙”你如果连我都信不过，那今后我们怎么做事？

“天龙”耐着性子说：不是不相信你，而是我现在还不能说，这是规矩啊。否则，人家以后就不会向我提供情报了，这个你应该懂的。

“老大”想想，觉得对方说得在理。于是又说：那我们下一步，要不要再找“神头”他们联系？

联系肯定少不了，我们现在还没必要揭他的老底，他们还有利用的价值。

“老大”点头，说：那他私自联系伍尔德的事，要不要给他敲敲？

“天龙”嘟着嘴，说：可以给他敲敲钟，必要的时候可亮亮牌，让他知道，没有我们参与协调，他就是跟伍尔德联系上了，也没用。另外，伍尔德那边，也得给他亮亮底，将“神头”不地道的底儿抖给他，让他知道跟“神头”打交道，风险很大。也让他知道在中国办事，没有我的总体规划，他很难成事。

“老大”听了深以为然，说：好，我明天就跟“神头”联系，跟他见面。

对了，还有那个“刀疤”，也要约他见面谈，听说这个人心思缜密，行动诡异，是个很不好对付的角色。我们必须把意思传过去，让他们知道，强龙不压地头蛇，但地头蛇更压不了强龙。要想将来有出路，服从与配合，是他们唯一的出路。

“老大”脸色阴郁，觉得“天龙”的思路很清晰。这个时候，什么都可以乱，但思路不能乱。否则，就会错棋百出，步步皆输。

那，那个李小明，我是不是让他带带路？

“天龙”点点头，说：也好，同时要看看他的表现，有没有什么可疑之处。一定要逐步接触，递次放开，不能一下让他接触太多，有必要再考验考验他，一定要做到万无一失。

“老大”听罢，郑重地点点头，半晌才说：这个我知道。

7

深夜十一点，在刑警支队王春华的办公室里，王春华一脸惊讶地开门见到李家明。

这么晚，你怎么突然回来了？王春华又急又气，瞪着充血的眼睛，用陌生的眼神看着对方。

李家明也急切地向王春华说：我没回家，只到队里来。

王春华表情非常严肃地说：你难道不知道，你这样做很危险吗？

李家明点点头，焦虑的眼神让人不忍心看。说：我，我，我想问问丽丽的情况，在电话里又问不清楚。李家明说完，一副万般无奈的表情。

我的同志哥哟，你要知道，你这样做，是违反工作纪律的，是非常危险的。你不为你自己生命安危负责，你也得为这起案件负责。王春华一脸的恨铁不成钢。

李家明的脸严重扭曲着，嘴唇也哆嗦起来。自己有太多的话想说，可一时不知从何说起。焦虑、担忧、自责、悔恨、无奈、高压、委屈等，真是五味杂陈一言难尽。面对老领导暴风骤雨般的责难，自己就是有千百张嘴也无法表达内心的纠结焦灼，不禁哇的一声，哭了出来。

丢脸，真的非常丢脸！自小到大，自己没有哭过几次！特别是自从懂事后，只痛哭过一次，就是母亲去世那天。当自己意识到从此以后，再也没有妈妈的时候，禁不住悲从心起，大哭了一场！从此以后，自己再也没有真正痛哭过。

王春华惊讶地瞪着眼，他显然没想到李家明会这样。这个一直非常坚强的小伙子，今天竟这样毫不掩饰地在我面前大哭，这可是从来都没有过的事。这个时候，自己怎么办？作为领导，我既要安慰他，又得指出他的缺点和问题。这个时候，真正要体现出严是爱、松是害的原则。

家明，你这是怎么了？有什么事可以好好说，你哭什么呀？

李家明听罢抬头望了一眼，又低头哭起来，只是他尽量压抑着。正因为这样，所以声音听起来更显悲痛、无奈、委屈与愧疚。

王春华知道这时候劝阻，根本起不了作用。他深知男儿有泪不轻弹，只是未到伤心处。王春华听出了李家明哭声里的所有含义。李家明这次真的是到了伤心透顶的地步。

是啊，李家明是个非常有责任心的人，自己即将结婚的爱人突然失踪了，而他作为一名重案大队的刑警，还是位副大队长，却不能亲自调查线索，在明知爱人被绑架处于非常危险的当下，却不能亲自上阵缉捕犯罪嫌疑人，这对一个真正的男人来说，无疑是一种痛苦和煎熬。

哭吧，尽情地哭吧，哭完了心情就好了。王春华在心里默默地说着，但他知道不能表现得太过柔弱。否则，对李家明渡过危机，是不利的。

李家明足足哭了五分钟，才慢慢停住。王春华见了，从抽屉里拿出餐巾纸，递给对方。

李家明有些不好意思地接过餐巾纸，揩干了泪水，然后抬头瞧瞧王春华，说：不好意思王支，我，我实在憋不住了，才回来见你一面。

王春华脸色严峻，但口气明显比刚才温和许多。家明啊，不管你遇到多大的事，你首先要考虑到自身的使命，要考虑到自身的安全，这是一个刑警最基本的素质。

李家明听罢，满是羞愧，他长长叹了口气，然后直视对方，说：王支，我知道我做错了，可我就是受不了那种煎熬，我就是想回来见你一面。

王春华有些惊诧，问：你怎么知道，我就在办公室。如果我不在，你是不是还要到我家里去？

李家明听了忙摇摆着手，说：不不不，我猜你应该在办公室，要是你不在，没见着面，那也就算了。

王春华听罢，脸色一沉，说：家明，你已经是个称得上出色的老刑警了，你应该有很高的专业知识，有很强的自控能力。何况你还是重案大队主要负责人之一，你做任何事，都应该三思而行啊。你现在的行为，是极不负责任的。这种行为的性质，是非常严重的，是决不能允许的！

李家明低头让王春华骂个痛快。王支，我知道错了，我愿意接受你的批评，还有任何处分。

王春华一脸不悦。处分你肯定是免不了的，可是现在处分你有用吗？等你完成任务后，我再找你算账！

李家明很坦然地笑笑，说：不管王支给我什么处分，我都接受。

王春华听了，站起身皱着眉，背着双手在原地走了几个来回，然后停在李家明的面前，用手指着对方。

你啊你啊，没想到你是这么一个没有自控力的人。要不然，我真的不会派你去执行那么重要的任务。

李家明的脸，露出了苦相，悔恨的心情一浪盖过一浪。王支，我真的认识到自己错了，要杀要剐，我随你便。

废话，我现在能杀你剐你吗？都怪我，当初太相信你了，让你这样的人去当什么卧底。

李家明快羞愧死了。说：王支，我，我真的认识到自己错了，以后再也不敢了。

王春华看着对方的眼睛，感受到对方的真诚。家明，其实我完全理解你的心情，你除了担心丽丽的安危外，还有孤独和寂寞也是你难以忍受的。你知道吗？队里的晓娜、筱蕾，天天跑来问我你到哪里去了，我除了告诉她们你执行特殊任务去了，叫她们不要担心你，其他的我也不能多说。还有童刚，也很担心你，贺局就更不要说了。你要知道，你不是一个人在战斗，你的背后，有许许多多战友的眼睛，在关注着你，在支撑着你！

李家明边听边想，眼里流露出感动的神色。

至于丽丽失踪的案件，我们也是日夜在查。童刚是你的兄弟，他负责失踪案的侦破，你想想看，难道他会不竭尽全力去侦查吗？我可以告诉你，童刚已经连续一个星期都没睡一个囫囵觉了，我这么晚没回家，也是等他回来后碰头研究案情。所以，队里家里的事，你绝对可以放心。

李家明听了，浑身的血液都沸腾起来。他感觉自己真的太幼稚、太无能、太可笑了。自己遇到这么一点挫折困难，就失去常态违反规定，自己是不是太没出息了？是不是不像一个警察啊？

唉！李家明长长叹了口气，这叹气声，让王春华感受到，他是真心在悔恨。

家明，你放心，如果有什么特殊情况，我会想办法通知你的。你现在好好地把你卧底的身份演好，力争早日将案件破了。你要知道，留给我们的时间，真的不多了。

李家明浑身觉得沉重燥热，他觉得自己再也坐不住、待不下去了，他觉得自己要尽快回到那个租来的店面里，在那里好好思考，怎样才能深入对方内部，获取重要情报。

王支，那个“老大”，请我喝了酒，而且，邀请我明天到他公司去，说他老板“天龙”要见我。

王春华一听，脱口说：好啊，要是这样的话，那你的卧底任务，就已经成功一半了。

李家明听了，不好意思地站起身，向王春华笑笑，说：王支，我得赶紧回出租店，丽丽的事，就全拜托你了。

王春华脸色凝重，两眼盯着对方，嘴里却不冷不热地说：放心吧，干好你自己的事。

李家明答应了一声，立正站好，向王春华敬了一个标准的礼，然后快步走了出去。

第十三章　身入虎穴

1

早上八点不到，李建国穿着环保工作服，一身汗水地回到家，刚将扫把放好，背后就风风火火走来一位五十多岁的女人，传来一个急促尖锐的女声。

我说，老李亲家啊，好不容易见到你啊！

李建国回头一望，是亲家母来了，忙堆起笑脸，想招呼亲家。

你说说，你说说，老李亲家，你那个儿子到底是不是警察？啊？

李建国憨厚地笑笑，抬手揩一下头上的汗渍，说：那还用说，肯定是了。

是警察，怎么连老婆失踪了还不管不问，连人在哪里都不知道，世上哪有这样做老公的，啊？

李建国见状，赶紧抬手示意对方：亲家，说话轻点，别让邻居听见。

邻居听见怎么了？怕邻居听见，我就不说话了？

李建国忙打开家门，压低声音说：亲家，我可不想让别人笑话我们，说我们两个还没有正式结亲的亲家，就吵架了。

你说什么啊？什么还没有正式结亲的亲家？你儿子和我女儿都领证了，你还说这样的话？

李建国尽量赔着笑，用手示意对方：亲家，有事进屋说，进屋说。

丽丽妈听了，愣了一会儿，然后虎着个脸走进屋里，立马用手捂着鼻子：这是什么味道，这么难闻？

李建国不好意思地笑笑，立即倒了杯白开水，递给对方，说：亲家母，不要着急，有话我们慢慢说。

不着急，我能不急吗？我自己的女儿都丢了，你还叫我不要急？你说的是人话吗？

李建国听了，心里不是个滋味，说：怎么会呢？

怎么会？人都失踪好几天了。

去亲戚朋友，还有同学家找找看啊，是不是跟人家出去玩了，旅游去了？

旅游个头啊，我都报案好几天了，派出所、刑警队查了好几天了，都没音讯。哎，你儿子到底怎么回事啊？怎么连个人影都不见，打他电话又打不通。

我，我也不知道他到哪儿去了，说是执行什么任务，具体的，我也不能问。

丽丽妈听了直摇头，说：这世上哪有这样负心的人啊？我已经告诉他，丽丽失踪了，难道他就一点都不急？我家丽丽为了他什么都豁出去了，平时起早贪黑拼命赚钱，为了结婚买房搞装修，把我养老的棺材本也拿出来了。你家倒好，钱没拿多少，事还不想管，到头来出大事人也不见个影，你儿子他还是不是个人啊？

李建国听着对方聒噪，心里也不舒服起来，便口气有点生硬地说：亲家母，我家家明从小就懂事，他不会不管丽丽的，一定是有什么很要紧的事，他管不了。

丽丽妈听了，眨眨眼，问：那他人呢？总得有个音信吧？

亲家，这个连我，我也不知道他到哪儿去了，一个星期都没回家了。

丽丽妈一听，更来气了：什么，一个星期都不见人影，他是什么意思啊？我正好是一个星期前打他电话，告诉他丽丽失踪的，他倒好，一听丽丽失踪，他也玩失踪！他，他到底想不想结婚？还想不想成家了？如果不想，那就拉倒，追我家丽丽的人不知道有多少，别得了便宜还卖乖。

李建国一听不高兴了，说：亲家，你说这话，我就不爱听了，追你家丽丽的人很多，那喜欢我家家明的人还更多呢，连市长女儿都提着烟酒到家里来看我呢！

丽丽妈听了，浑身一震，惊愕了半晌才爆发：你说什么，老东西？你说市长的女儿提着烟酒来巴结你？你是嫌我家女儿不提烟酒来巴结你，是吧？我家女儿把什么都给了你儿子，你竟然把她看得不如市长女儿的烟酒？你还是不是人啊？

李建国听了，知道刚才自己说话有点儿过了，闯了祸，尴尬地望着对方：哎，哎，亲家，我说的不是这个意思。

那你是什么意思啊？怪不得你家老的少的，都不待见我家丽丽，怪不得我女儿失踪，你家里一点也不急。

我，我说的意思，我家家明也不是差得没人要的，他还是很优秀的年轻人，单位对他也很器重。

器重？对他器重，怎么连自己老婆失踪了，单位也不让他来查？要不然就是狼心狗肺，他有外遇不想和我女儿在一起了？我的天呐，我可怎么办？怎么活哟……

说着说着，丽丽妈竟然呜呜地哭了起来。弄得一旁的李建国手足无措，不知如何是好，一个劲儿地说：别哭别哭，轻点轻点啊。

哭了一会儿，丽丽妈果断抬头用手揩泪水，边揩边说：你说怎么办吧？

李建国听了一阵迷茫，他也不知怎么办，心想：我一个退休扫地的老倌，我也想帮你找到女儿呀，可我上哪儿找去呢。不是说派出所、刑警队的人都没找到吗？那我一个糟老头，就更找不着了。不过，既然亲家跑到我这里来说这事，肯定也想让我表明态度。我作为亲家，也是应该有态度的，不可能不闻不问，也要拿出点诚意才行。

我看，这样好吧？我找家明单位领导，向他们说明情况，要他们想办法找到家明，让他回家看看。还有，让他们单位多派些人，去找丽丽，一定得有个结果。你看这样，行不？

李建国有些担心地望着亲家，生怕对方一下子发作，又要吵闹。

丽丽妈长长吐了口气，摇了摇头说：我知道，跟你说也没用，可我不跟你说，我跟谁说去？我女儿不见了，你儿子也不见了，你让我怎么办？

说完，丽丽妈的眼泪又冒了出来，不过她尽量克制着自己的情绪，不让自己哭出来。

李建国口气温和地说：喝口水吧，天这么热，你也挺难的。孩子不见了，肯定着急，我们想办法找就是，不要弄坏了身子。

丽丽妈似乎也找到了心里的安慰，便也不再哭泣，但悲伤的情绪，还是浸润着她的全身，让人看着惨兮兮的。

你等着，等我找到女儿，再跟你们算账！

丽丽妈不知怎的，突然冒出这句话，然后头也不回地夺门而出。

李建国刚摸出香烟的手哆嗦着，不知怎么回应对方，只好望着对方的背影，消失在眼前。

2

上午八点半，在贺天办公室，手机声响个不停。

贺天从隔壁卫生间回来，看到桌上手机响着，便赶紧拿过来，一瞧，是梁市长来电，便赶紧接听。

贺局啊，最近案情怎样？

贺天愣了一下。梁市长您好，您是问女性失踪案，还是盗挖古瓷片案啊？

两起案件。

贺天大脑急速地转了转，还是先拣重要的说。啊，梁市长，我们对这两起案件，都高度重视。

对方“哦”了一声，就再未出声，显然等着继续介绍。

盗挖古瓷案件，我们已经初步掌握了销售古瓷片有关人员的情况，雇用民工的基本情况，还有昌江河里发现男尸的情况，基本确定了犯罪嫌疑对象，掌握了犯罪团伙中某些人的犯罪证据，但是为了避免打草惊蛇，我们暂时就没动他。

你们是想放长线钓大鱼？

对对对，梁市长说得对！目前，我们正在想办法，深入犯罪团伙内部，尽量掌握犯罪团伙深层次、内幕性的情报，为将他们一网打尽创造条件。

你们的考虑是对的，也是必要的。对这起案件，一定要本着稳妥慎重、一击即溃的原则，不能留下后患，不能拖泥带水，要彻底铲除针对我市御窑厂进行的一系列盗挖走私古瓷片的不法活动，还我们瓷城一个良好的治安环境。

梁市长指示得好，我们一定会认真落实市长的指示精神。

还有那几起女性失踪案呢？

噢，针对这几起女性失踪案，我们已经成立了专案组，展开了全面的调查，目前也基本上掌握了失踪女性的时间、地点等发案规律，初步认定是一伙人冒充出租车司机绑架女性的案件，侦破工作也正在紧张有序地进行。相信不久，这起案件就会真相大白。

好！公安的同志们辛苦了。请你一定要转告同志们，大家肩上的担子很重，任务很艰巨，但是很光荣，很神圣。这也是检验我们公安队伍能力的重大战机。我相信你们，一定能经受住历史的检验。希望你们无愧于人民警察这一光荣称号，无愧于这个伟大的时代！

贺天听完，浑身不觉热血涌动，他想起了高尔基的那句名言：让暴风雨来得更猛烈些吧！

对了，我听说你们支队的李家明同志，肩负着侦破盗挖古瓷片案的重任，可他的爱人却失踪了，你们要多关心关心年轻人。

贺天一听，知道肯定是梁筱蕾回家跟父亲说的，立即回答说：请梁市长放心，我们一定会做好工作，确保李家明同志工作生活两不误。

那就好，你们在工作中遇到什么困难，有需要市政府解决的，尽管提出来就是。

贺天一听，觉得机会来了，便说：谢谢梁市长的关心，困难是有些，上次通过你出面，解决了五十万元的专案经费，转眼就花完了，我们想再要个一百万元。

没问题。梁市长毫不犹豫地答应了。

还有，我们全局的加班工资，还有出差补助，现在空缺很大，同志们的情绪也很大，不解决恐怕不行了。这件事，我想请梁市长一并考虑，给我们解决下。

可以，你们写个报告，将情况尽量写详细些，既要有数据，也得有证据，这样，我好在会上提出来。

好的好的，那太谢谢梁市长了。

不客气，谁叫咱们是一家人呢？

对对对，一家人一家人！

3

早上九点，天气显得格外闷热。树杈里的蝉“热死了、热死了”地叫唤个不停。远远望去，掩映在绿树花草丛中的瓷溪巷，车辆川流不息，人来人往。

“老大”叫黑大个开着车，将李家明载到瓷溪巷。

所谓瓷进瓷溪川，身价翻百千。虽说是夸张，但那也是有点儿道理的。

来到国际陶艺联盟二楼，走进一间较为隐蔽的房间内。李家明见这间房间四周窗户都挂着黑色窗帘，窗外阳光照射不进房内，几乎看不清里面的东西。

啪的一声，灯打开了。李家明定神一瞧，在房内中间，坐着一个穿着对襟唐装年过五十的男子，正在烧水煮茶。只见他光头发亮，神态安详，恍惚一看很像“和尚”，仔细看看又不是。细想“和尚”多几分儒雅，而此人则多几分粗犷。

不用说，此人就是“天龙”。

李家明抑制住自己猛跳的心脏，告诫自己要冷静，尽量镇定，千万不能让对方看出自己紧张。

真不知道对方为什么，会坐在这样黑咕隆咚的房屋里。是给来人一个心理体验，还是他们与人见面的某种仪式。这种情况，自己之前从未听说过，更没经历过。

请坐。“天龙”笑眯眯地一抬手，示意李家明坐下。

李家明按对方指定的座位坐下，感觉身上的汗衫有点儿湿。刚才走过一段没有冷气的路，进入房内后，觉得更加闷热。为什么这么热的天不开空调？真不知对方葫芦里卖的什么药。

请喝茶。“天龙”又笑眯眯地抬手将茶注入茶盅，用手推至李家明面前。

李家明知道，不管怎样，初次见面，要以取得对方的信任为前提，于是便端起有些烫手的茶杯，慢慢喝完。奇葩的是，李家明刚将这杯茶水喝完，浑身就一阵发热，汗水汩汩地往外冒。不一会儿，身上突然不再冒汗了，随即浑身慢慢发凉，一点都不热，舒适极了。

正在李家明惊疑之际，“天龙”微微一笑。怎么样啊，小老弟，是不是浑身舒服，一点都不热了？

李家明说：是啊是啊，这是怎么回事？

“天龙”又是微微一笑，说：不奇怪，这是本公司的绝密神器，叫冰雪透骨爽。这种东西代价昂贵，制品很少，能喝到这种茶水的，身体会自动调节温度，真正做到冬暖夏凉。只有跟我们有缘之人，才能享用到。李兄弟，你今天能享用到，说明我们有缘啊。

李家明听了，忙笑着双手一拱，说：多谢前辈抬爱。

“天龙”微微一笑。你年纪轻轻，就身怀绝技，本公司正招揽天下英才，是人才我们都很欢迎。凡进入本公司的人员，人人都是股东，不但每月拿工资，到年底还有分红，怎么样？

李家明欣喜地说：太好了，怕只怕我无能加入你们公司。李家明边说边瞟瞟“老大”，望望“天龙”。

“老大”哎了一声，说李兄弟也不要客气，你把自己的绝活亮给我们老板看看。

“天龙”微微点头，说：对，有什么绝活，拿出来晒晒，我们这里按能分配，论才设奖，每个人的收入，都与个人能力挂钩。

李家明听罢受到鼓舞，抬手撸袖说：那我先露一手，请老板看看。

这时边上的“老大”已将笔和纸递了过来，李家明抓过笔纸，快速地画了起来，仅几分钟的工夫，就将“元青花鬼谷子下山罐”“鸡缸杯”的图案画好，递给“天龙”。

“天龙”看罢，欣然点头，说：不错，画得与真品几乎一模一样。

李家明笑着抬起头，说：没想到老板对古瓷这么精通，一看就知道深浅，真是高人啊！

“老大”不失时机附和说：那当然，要不然咱们老板怎么称得上“天龙”呢？天龙天龙，昊天之龙，天地万物，尽在胸中，没有什么不懂的。陶瓷这块，就更不用说。

李家明露出钦佩的眼神，说：能在“天龙”手下做事，是我的荣幸啊。

“天龙”摆摆手，说：小兄弟不客气，四海之内皆兄弟。我想考你一个问题，好不好？

您请说。李家明非常恭敬地说道。

我想问你，刘邦为什么能当皇帝？

这个，我真的没想过。李家明憨厚地用手挠挠头。

那我告诉你，刘邦是靠讲义气，才坐上皇帝的宝座。

为什么？这时边上的“老大”开口问。

这话，其实是刘邦自己说的。

自己说的，我怎么没听说过？“老大”一脸的疑惑。

“天龙”微微一笑。刘邦曾经说：夫运筹策帷帐之中，决胜于千里之外，吾不如子房。镇国家，抚百姓，给馈饷，不绝粮道，吾不如萧何。连百万之军，战必胜，攻必取，吾不如韩信。此三者，皆人杰也，吾能用之，此吾所以取天下也。

那也只是说，刘邦善于用人，跟讲义气没关系啊。“老大”继续诘问。

“天龙”微笑着说：刘邦善于用人没错，但首先是人愿意为其所用，像子房、萧何、韩信等人，都是旷世奇才，为什么会为刘邦所用，就是因为刘邦把他们当成兄弟，讲义气，他们见刘邦重情重义，才心甘情愿为刘邦所驱使。古人讲究仁义礼智信国之五维，这个义是摆在第二位的。

李家明听了，忙双手一拱。说：没想到老板真是才高八斗、学富五车，小弟敬佩之至。

“老大”一抬脖子，说：怎么样？我们老板不错吧？

李家明忙又双手抱拳，连忙说：幸会幸会，三生有幸。

跟着我们老板干，没错吧？

没错没错！

这时“天龙”开口说：不过，按照我们的规矩，要想正式加入我们公司，得要有一份投名状。

投名状？什么投名状？

什么投名状都行，只要是对公司有益的。

这个，那得容我好好想想，想想。

说完，李家明低头沉思了半晌，抬头说：最好给我一点提示，要不然，我不知怎么样才算投名状。

“老大”代劳说：比如说，你帮公司做成了一笔大生意。或者说，你提高了公司的声誉地位什么的，都可以算是投名状。

李家明听罢，思忖一会儿，突然一拍茶几，说：有了，我有一门绝技，绝对是独一无二的宝贝，绝对可以给公司带来声誉，也许还能做成一笔大生意。

真的？“老大”满脸喜色。

李家明点点头。

那，是什么宝贝？

这个，现在还不能说。

为什么？“老大”问。

如果我现在说了，那就不是投名状了。

“天龙”笑笑，对李家明说：那你也得说个大概啊，要不然，我怎么知道那是不是投名状？

李家明想想，说：那好吧，我就说个大概。我能把破碎的瓷片，恢复到原样。

“老大”听了，说：这个一般的考古人员，都能做啊。

李家明说：那可不一定，一般的考古人员，他只能恢复当场挖掘到的单件东西，简单得很。可我现在要恢复的，是从一大堆不规则的碎瓷片里，挑出来合成一个完整的瓷器，这不但要非常熟悉瓷器原件的形状图案，而且要熟练掌握复合瓷片的技术和工艺。并且，我恢复的东西，跟别人完全不一样。

有什么不一样？

这个，就真的不能说了，到时候你们自然会明白。

“老大”见李家明态度坚决，就不好再说什么。他瞧瞧“天龙”，见“天龙”会意地向自己点点头，知道“天龙”已有主意，便对李家明说：李兄弟，我们相信你。这样吧，我叫黑大个先送你回去，我和老板商量点事，随后联系你。

李家明听了，知道对方下逐客令了，便立即站起身，双手向“老大”和“天龙”一拱，说：那我先告辞了。

说完，李家明兴高采烈地跟着黑大个走了。

“天龙”朝着“老大”诡秘一笑，说：我们这下，可能更有戏了。

什么意思？我不明白。

你想啊，现在的伍尔德，为什么会私下与“神头”等人接触？

那还不是怕咱们手里没货，坏了他的事。

“天龙”笑着点点头，你说的是其一，其二，他是怕咱们没这个能力，帮他弄到瓷城的绝世精品。

“老大”一听，说：对！

现在的这位小李兄弟，不是说能修复古瓷吗？咱们就叫他把所有买来的古瓷片都恢复成完整的瓶器，那不比碎的值钱多了？

对呀！

这样，咱们提供给伍尔德的瓷器，都是完整的，那他不找咱们，还找谁啊？

“老大”一听，说：没错啊！

“天龙”阴笑着。明天，我们就给那个洋鬼子伍尔德，吃颗定心丸。

“老大”点点头。你是说，让小李子给伍尔德当面表演修复瓷器的绝活，让他下决心一心一意和我们合作？

“天龙”微微一笑，说：聪明。

4

下午三点整，在西湖宾馆五号楼别墅内，李家明见到了白人伍尔德。

金发、碧眼、多毛、高大，说是白种人，可李家明觉得叫他棕白人更贴切。

站在伍尔德面前，身高一米八的李家明显得有点瘦小。

“天龙”先生，这位是……伍尔德用有些生硬的汉语问。

噢，伍尔德先生，我隆重地向您介绍一下，这是我们公司的新成员，李小明先生。

唔！李小明，和李小龙先生是一家？伍尔德幽默地一笑，摊开双手走上来握李家明的手。

李家明感觉到此人的手劲很大，像是练过拳击的人。

小伙子长得很精神、很帅，真是酷毙了。伍尔德自顾自地说着笑着。

伍尔德先生，之前您一直认为，我们公司没有能力完成你们的“灵蛇计划”。今天，我特地带李小明来，向您展示一下我们公司的实力。

唔，那太好了！你们有什么实力，就尽量展示给我看看吧。

“天龙”自信地笑笑，示意“老大”将一纸箱放在地上，将箱盖打开，里面露出一箱碎瓷片。

伍尔德一见，两眼冒绿光。唔……这么多瓷片，好东西。只是，不知道价格怎么样？

伍尔德先生，目前市场上的瓷片价格，最好的也只值十万元，但我们公司卖给你的碎瓷片，它的价格，会成倍地增长。

唔，是吗？这怎么可能呢？伍尔德耸肩晃脑表示不太相信。

是真的。“老大”赶紧补充说。

那，我倒要看看，你们有什么办法，让它们的价格成倍增长。伍尔德用手一指那箱古瓷片，脸上挂着不相信的笑容。

“天龙”抬头示意李家明，李家明点点头，然后蹲下身子，先在地上垫一块棉垫，将纸箱里的瓷片轻轻倒在棉垫上，然后迅速地将碎瓷片摊开，边摊边拣出一堆瓷片，放在一边，然后掏出一瓶无名液体，朝那堆碎瓷片一喷，接着快速地从拣出来的那堆碎瓷片里，一块一块地拿起来，快捷地拼合起来。不到一支烟的工夫，一个完整的乾隆粉彩天寿瓷瓶就拼好了。

伍尔德双手抱肩，围着拼好的瓷瓶转了一圈，点了下头，说：拼得很好，可是，只要用手一碰，它就又变成了瓷片，它们的价格，怎么能增长呢？

这时“天龙”和“老大”，都望着李家明，心想你小子不是神神秘秘，说有最后的绝招，该让我们见识见识了吧？你还说是要作为投名状，这回倒要看看，你这个所谓的绝招，值不值当投名状，能不能为本公司增光。

李家明感觉有许多双眼睛，在盯着自己看，看是不是真的像自己说得那么玄乎。

李家明不紧不慢，从带来的包里拿出一小瓶透明液体，左手向旁观的人员示意往后退，右手拿着小瓶子对着拼好的瓶瓷里里外外喷洒了一遍。

旁边的人，都屏息静气地望着瓷瓶。奇迹出现了，只见瓷瓶慢慢地冒起一阵白烟，散发出一种馨香的味道。

约莫三分钟，烟没了，香气也消散了。李家明戴上白手套，把手伸进瓶口，竟然慢慢地将瓶子提了起来，离开地面一米多高，随后又慢慢地放了下来，再次提起来，将瓶子举过头顶。

“天龙”“老大”和伍尔德张大着嘴，望着李家明的举动，心都随着李家明手中的瓷瓶，从地上提到了嗓子眼，又从嗓子眼掉到地上，一上一下，弄得是心惊肉跳，生怕瓷瓶一碎掉在地上，那就真的成为碎瓷片了。

李家明诡秘地笑笑，手提着瓷瓶，高高地在“天龙”“老大”和伍尔德眼前晃来晃去，从右手抛到左手接住，又从左手抛到右手接住，吓得几个人目瞪口呆，心惊胆战。

最为惊魂的是“老大”，他眼盯着花瓶，嘴里不停地说：我的祖宗，小心啊，停下呀。

就这样抛了六七个来回，也没见李家明手中的瓷瓶脱手摔下。

李家明终于停下了抛掷，将花瓶伸到“天龙”眼前，说：看看，怎么样。

“天龙”小心翼翼地接过瓷瓶，轻轻地用手摸摸，竟是光滑温润。抬眼细看，竟看不到一丝裂纹。又用手指弹弹，声脆如钟。再用力拉拉瓶口，竟纹丝不动。那堆破碎的瓷片，变成了一个完美无缺的好瓷瓶。“天龙”不禁大喜过望，大喊着：神了，真是天方夜谭！

那个“老大”，竟像小孩子一般，抱着个花瓶亲了又亲，大喊着：咱们发财了，咱们发财了。

伍尔德也掏出手纸揩揩脸，笑着说：太神奇，真是太神奇了。

李家明这时对着“天龙”，问：老板，我这算不算绝招？算不算投名状？

算算算！太算了！这个太绝了！

伍尔德也不断地晃头，喃喃自语：太不可思议，太不可思议了……

“天龙”上前拍拍李家明的肩膀，亲切地说：小兄弟，有你这一招，咱们公司的大生意，成了。

李家明用手挠着头，一副憨态可掬的模样。

伍尔德兴奋地打了一个响指，大声说："艺菲"小姐，端酒来！

随着一句"是"的悦耳声，一位美艳惊人的亚洲小姐，白皙的手托着金光闪闪的酒杯和一瓶红酒，娉娉婷婷地走了进来。

李家明霎时一惊，这么漂亮的女子，真是人间尤物。随即他又转念一想，真是可惜啊，跟这些人混在一起，有点暴殄天物的遗憾。

"艺菲"甜甜一笑，露出两个浅浅的酒窝，让人有种迷醉的感觉。

"艺菲"一进门，就拿眼瞟了一下李家明。眼神很特别，让李家明有种说不出的感觉。

"艺菲"放下托盘，倒了四杯红酒，然后款款地站立一旁。

伍尔德端起酒杯，其他人都知道接下来就是碰杯喝酒，也都一人端起一杯。

伍尔德走到李家明面前，语气诚恳地说：李先生，很荣幸见到你，你让我真正见识到，什么是中国陶瓷文化的伟大和神奇，我非常希望，我们将来有合作的机会。

说完，伍尔德举起杯，咣地一下碰了李家明的酒杯，先干了。

李家明犹豫了一下，也干了。

"天龙"和"老大"，眼神复杂地盯着李家明。李家明清楚，伍尔德是看上了自己，"天龙"他们担心会被伍尔德抛弃，也是情理之中的事。

李家明灵机一动，说：好说好说，不过，找我合作可以，但要经过我的老板同意，否则，我就是不仁不义之人。那我以后，也就没法在江湖上立足了，希望伍尔德先生，您能理解。

伍尔德听罢，笑着用手拍拍李家明的肩膀，说：不错，年轻人，我是试探你的，你要是直接跟我合作，我也不会相信你。说完，伍尔德仰天大笑起来。这也就是你们中国人所说的，君子爱财，取之有道。是吧？"天龙"先生。

"天龙"一听，笑逐颜开，忙说：对对对，伍尔德先生，您真的太了解中国人了。来来来，我敬伍先生一杯。

伍尔德高兴地说：好，这杯酒应该干，眼下的“灵蛇计划”，主要靠你们去完成。“天龙”先生，让你多多费心了。

应该的，应该的！“天龙”异常高兴，瞟了一眼李家明。

李家明心里明白，对方已经完全相信自己。接下来，就是要想办法弄清楚，他们的“灵蛇计划”，到底是什么内容。

5

李家明一回到出租店，就赶紧将门反锁好，再从柜子里将笔记本电脑拿出来，倒了杯凉水，打开风扇，坐在木凳上紧张地工作起来。

凭着对伍尔德和那个“艺菲”的记忆，李家明在笔记本上，用绘画软件，花了差不多一个小时，将两个人的头像画好，并在每张头像的下面，标明了身高、体型和大概的体重。这样，有利于尽快地核查。

画好后，李家明拿出另一部放在柜子底下的手机，拍了头像，发给了王春华，并在留言里说明请他尽快查清这两个人的底细，并报告了对方所说的“灵蛇计划”。

东西发出去不到半小时，王春华便发来了指示。

一是要密切关注对方的行动，查清他们下步的行动计划。二是设法查清“灵蛇计划”的具体内容。

另外，王春华把侦查失踪案的情况，向李家明作了详细通报。特别是有关曹丽丽的调查情况。失踪案很可能是一伙人利用伪装的出租车，上街揽客后实施绑架。至于人身是否受到伤害，现在还不能确定。

李家明看了，紧蹙眉头，难受得半晌未出声。

人被绑架，生死不明，基本上是凶多吉少啊。犯罪分子丧心病狂地连续绑架四个人，他们的凶残可见一斑。

真不知现在的丽丽情况怎样了？是被害了？还是被软禁在哪儿？或者被打残打伤？凭着丽丽的烈性子，她一定不会屈服于犯罪嫌疑人的淫威，她甚至会说自己的老公就是公安局刑警支队重案大队的。她不知道当她一旦说出这些情况，对她的人身安全没有一点好处，反而会令对方痛下杀手，斩草除根，以绝后患。

丽丽啊，丽丽，我真的对不住你啊，你对我这么好，把一切都奉献给我。现在出了事我还不能管，我真是无能啊。我不是人，不是人，不是人啊！

李家明不由得用手捶头，眼泪潸潸。

李家明不敢哭出声，尽量压抑着自己的痛苦。因为他知道，自己周围，很可能有不少眼睛盯着。目前虽然取得了“天龙”和伍尔德的信任，但也不能肯定，他们就对自己绝对放心。

特别是我亮出了修整瓷瓶的绝活后，他们肯定对我那神奇的药水感兴趣，都想得到我的神奇药水。这也是我下步跟他们周旋，吊他们胃口的法宝。这个法宝一旦被他们得到，那我就会失去利用价值。所以，一定要保护和利用好这个法宝。

良久，李家明才接着看王春华发来的微信。也许王春华太了解自己了，对方最后要求，自己一定要坚强和坚持，不管发生多大的事，也要挺住，因为我们是警察！

是啊，一切的一切，都是因为自己是名警察。

唉！李家明狠狠地捶一下自己的脑袋，晃晃有些胀闷的头。他觉得这个时候，不是自己哀伤悲痛的时候。即使有哀伤悲痛，也不能为它们所击倒，所困顿。相反，而是要将哀伤与悲痛，转化为自己行动的斗志和力量。只有这样，才能称得上一个真正的男子汉，才无愧于警察的身份。

第十四章　绝招

1

深沉的夜色让人看不透，猜不着。尤其是天空里闪烁的星光，预示着一些不眠的眼神，还有难以平静的心情。

贺天匆匆推门走进王春华的办公室，问：这么晚了还催命啊？

正在笔记本上记东西的王春华抬头，见是贺天，立即笑着说：不好意思，贺局，事情紧急，星期六晚上也把你请来。

贺天一笑，伸左手露出手表。什么星期六晚上，现在已是星期天凌晨两点了。

王春华抬起手腕一瞧时间。哎呀，真没想到，这么快呀！

贺天也不客气，坐在王春华办公桌旁的沙发上。说吧，什么要紧事？

噢，贺局。我刚刚接到省厅转来的特急电传。

是国际刑警组织国家中心局来的吧？

没错。

什么情况？

那个伍尔德，他的背景复杂得很。

唔……

伍尔德是国际有名的文物贩子，专门走私古董。国际上几起重大文物走私案都与他有关，属于走红线打擦边球的那类人。

贺天点点头，说：还有什么情况？

还有，伍尔德的国籍也有些问题，他有几个国家的护照。而且此人自幼练习拳击、跆拳道，曾拿过欧洲拳击冠军。其家庭成分也很复杂，家族中有各种成分，以经商、从政居多。

贺天听罢陷入沉思。然后问：有没有其他犯罪前科？

这个，电传里倒是没说。

对了，你不是说他们谈到什么“灵蛇计划”吗，电传里有没有提到？

这个，也没有。

那，这个情况要尽快告诉李家明，让他心里有个数。万一不行，要家明同志想办法弄清楚。

是的，我已经给家明发了微信，相信他也能看到。

那好。对了，上次不是还提到那个“艺菲”吗？电传里有没有她的情况？

王春华听了摇摇头，说：真是奇了怪了，按理说不管怎样，也会有个回信，怎么一句都没提？

也许，是觉得没必要提吧。

王春华点点头，说：也有这个可能。

失踪案的情况，有进展吗？

有。

什么进展？

一个小时前，童刚来我这儿汇报了，说是已经发现一辆经过改装的出租车，套用他人的车牌号。

哦……

童刚他们调取了全市近两个月以来，所有道路监控录像，通过艰苦细致的排查，从几万辆次出租车的录像里，发现有两辆同一牌号的出租车，同时出现在城东与城西。

贺天听了两眼一亮来了精神，说：好，这就说明，其中一辆肯定是嫌疑车辆。

对。我们已经查明，其中有一辆车是一个叫阿云的年轻人改装的。

噢，这么大的事你怎么也没告诉我一声？

哎呀，我也是刚刚得知。这不，童刚前脚走，这省厅的电传就到了。我想，这几件都是非常重要的事，在电话里也不好多说，所以，就劳你大驾了。

贺天一抬手示意甭多说。那就应该通过这个阿云，找到叫他改车的人，不就能找到嫌疑人了？

王春华表情迟疑了一下，说：现在有个问题。

什么问题？

这个阿云，跟我们现在正在查的，那个"泥坯佬"来往密切。

"泥坯佬"？那个"刀疤"的手下？

对！所以，现在情况就有点儿复杂。

贺天听罢站起身，背着手在室内走了几个来回，然后在王春华面前停住。

这就说明，这两起影响我们瓷城的最大案件，它们中间有交叉的地方，很可能相互之间，有某种内在的联系。

王春华点着头。正是因为案情重大，所以我非等你来拍板不可啊！

贺天表示理解地笑笑，说：我们就研究一下下步工作措施吧。说完贺天回头坐回沙发。

王春华知道，接下来没几个小时结束不了，弄不好还会到天亮。这种情形，以往经常碰到。

想到这儿，王春华赶紧起身，倒了杯矿泉水递给贺天，然后坐下来，打算就这两起案件，逐一提出意见并研究相应措施。

2

童刚身心疲惫、脚步拖沓走进办公室，一屁股坐在木沙发上，一肚子纠结。

经过近段时间的调查，案情已基本明朗。曹丽丽应该是命悬一线，生还概率几乎为零。童刚的心里，真是七上八下，焦虑不安。

因为自己知道，那个梁筱蕾啊，非常喜欢李家明，一天到晚师兄长师兄短的，叫得人心里发麻。要不是有曹丽丽这个拦路虎，说不定他们两个人早黏到一块去了。

现在倒好，这个曹丽丽突然失踪了，而且被害的可能性很大。要是那样的话，挡在李家明和梁筱蕾之间的那只拦路虎，不就没了？李家明和梁筱蕾在一起的可能性就太大了，那样我童刚不就没有一点机会了？

这不是天助梁筱蕾和李家明，要灭我童刚吗？

作为一名警察，见过太多的死亡，看过太多的生离死别，对生死的感悟，自然比一般人要深刻、要透彻很多。

不管如何，作为一个正常的有良知的人，都不希望一个鲜活的生命，被剥夺、被蹂躏、被损毁。因此，从内心来说，我是很不希望曹丽丽被害的。何况，她还是自己同学加兄弟的爱人。更何况因为她的存在，给了我争取梁筱蕾的机会。不管于公于私，于情于理，自己都不希望曹丽丽有什么闪失。

这么多天都没看到李家明了。从王支的嘴里，得知他执行一项非常特殊的保密任务去了，还叫自己不要去打听他，这对他执行任务不利。

由此看来，李家明执行的这项任务，肯定有风险。弄不好，还有性命之忧。而他的爱人失踪，处在极大的风险之中，他却不能出面调查侦破，这对他来说，是一种怎样的煎熬？他一定万分焦虑和担心。

人生在世，亲情是第一位的。即使为了使命将亲情摆在一边，那也是干扰使命最厉害的因素。能将亲情全部抛弃不顾的人，世上真是凤毛麟角。

那个阿云，已经查清了他的住址和活动场所。他开的那个修理厂，肯定有着我们想查找的犯罪证据。那辆改装过的的士车，很可能是辆报废的旧车。这种敢冒天下之大不韪的人，基本上都有破罐子破摔的心理，也就是江湖上的亡命之徒。他们过一天算一天，今朝有酒今朝醉，与这样的人打交道，得十分小心谨慎。

得抓紧时间休息一下，天一亮，就要办好手续，对阿云的“君来势”修理厂进行全面彻底的搜查。成败与否，在此一举。

3

在瓷溪川国际陶艺联盟二楼的那间密室里。李家明听了“天龙”的话，脸色马上沉了下来，一副不理不睬的样子。

到底怎么样啊？李兄弟？

李家明用手摸摸脸，拿眼睨视着对方，不紧不慢地说：要是我献出来了，有什么好处？

“天龙”点点头，心想这就是商人的本质，开口必谈利，否则，就不要来到江湖混。

你想得到什么？“天龙”也不是一般人，他最擅长的是察言观色、随机应变。

我……唉，我不知道，我从这里能得到什么？李家明也来个原地不动，静观其变。

这么跟你说吧，李兄弟。只要我们能够与伍尔德合作成功，那我们的财富，可以呈几何式、爆炸式增长，到时你的收入，连你自己都不敢想象。

李家明笑笑。我只知道死生有命，富贵在天。该是我的跑不了，不是我的也求不来。

“老大”这时在边上劝说。李兄弟，有一句话，叫爱拼才会赢。一个人如果没有拼搏精神，他就不会有美好的未来。

李家明心里，最想知道的是对方的那个“灵蛇计划”，如果自己抛出的这颗炸弹，不能得到与“灵蛇计划”有关的信息，那自己就完全失败了。

爱拼才会赢我当然知道，但我也要看到希望，才会去拼啊，我总不能盲目去拼吧?

“老大”和“天龙”相互看了一眼，然后“老大”说：李兄弟，你有什么顾虑可以说出来，既然大家都是兄弟，就应该坦诚相见、互相信任才对嘛。

“天龙”点点头，说：“老大”的话很对，兄弟同心，其利断金。只要咱们齐心协力，就一定能成就一番事业。如果可能的话，我们将来，还可以把事业发展到海外去。

李家明一听，觉得这话头有戏，就趁机说：这话我爱听，我才不管什么“灵蛇计划”“灵龙计划”，我只想把生意做到国外去，那还差不多。

“老大”和“天龙”听了，都感到有些意外。

“老大”有些结巴地问：你，你怎么知道“灵蛇计划”?

“天龙”也两眼警惕地盯着李家明，心情复杂地猜度着对方的想法。

李家明微微一笑，说：这有什么，上次在伍尔德先生那里，不是你说的吗?你说可以帮助伍尔德完成“灵蛇计划”。

“天龙”看看“老大”，又转过头来问李家明：有这回事吗?这可是天大的秘密啊。

李家明诡秘地笑一下，说：这有什么秘密可言，我不是也知道了吗?

“老大”这时好像找到了希望的抓手，忙说：那就对了，伍尔德先生说的“灵蛇计划”，就是要将我们的生意，带到国外去。

“天龙”一听，有些责怪地用眼神制止“老大”。

是这样吗?这时李家明两眼直逼“天龙”。

“天龙”见状，尴尬地一笑，支吾着说：是，是的。

如果真是这样的话，那我倒是可以考虑把方子献出来。李家明趁热打铁欲擒故纵。

“老大”一听激动不已，连忙说：对了，我们要这个方子，就是为了实现“灵蛇计划”。也只有实现了“灵蛇计划”，咱们的生意才能做到国外去。

李家明听了，有些呆憨地张着嘴，半晌才说：我到现在，也没弄清，“灵蛇计划”与国外生意有什么联系。

“老大”急着想说明，可又转眼瞟瞟“天龙”，生怕“天龙”责怪他。见“天龙”露出了无奈神情，低头装憨，知道会同意自己说出来。如果不说，这个秘方，恐怕对方一时半会儿不会拿出来。即使说了，对方也不一定献出秘方。

“灵蛇计划”，就是根据蛇能自动蜕壳的本领，而使自己得到新生。你明白这个意思吗？“老大”问。

李家明还是装憨地摇摇头，表示不懂。

那，我跟你这么说吧，像灵蛇一样，我们，我们可以让那些破碎的变成完整的。或者是让那些假的蜕变成真的。这样说，你听懂了吗？

李家明认真思索着对方的话，说：我听懂了一些，但还不是很清楚。

嗨！这个，灵蛇的事，我只能说到这儿了，不能再说了。

李家明也装出无奈的样子。你说了半天，我还是没弄清真正的意思，你们还是防着我。

“老大”又瞧瞧“天龙”，见“天龙”一副不管不问的样子，只有叹口气，说：其实这个“灵蛇计划”，是跟你们瓷城博物馆里的那些宝贝有关的。

李家明一听，高度警觉，立马竖起耳朵，仔细听对方说话，生怕听错或听漏一个字。

4

早上八点，胡处长急匆匆走进贺天办公室，贺天、王春华已经笑吟吟地等着自己了。

胡处长真早啊。从省厅到瓷城，再怎么着也要两个多小时。

哎呀，昨夜一接到你的电话，我一宿都没睡好，心里激动啊。

是啊，也就在昨天，家明同志已经掌握了新的情况，真是十万火急。贺天笑着，有种焦虑。

最近我也很着急，离瓷博会的时间越来越近，可案件还没有取得突破性进展，几位厅长都在过问。

贺天笑笑说：彼此彼此嘛，我们市里的领导，也是三天两头打电话，询问案件进展情况，压力山大啊。

哎，你刚才不是说家明同志有了新情况吗，什么情况啊？

噢，是这样的。昨天“老大”和“天龙”，把家明叫了去，他们利诱怂恿家明，要他把那个固定碎瓷的药水方子给他们，家明就趁机套取了他们的“灵蛇计划”。

这个好啊。当初小李子准备卧底的那个计划，好像就叫“擒蛇行动”吧？用“擒蛇行动”来侦破他们那个“灵蛇计划”，这不正合适吗？

是啊是啊！王春华也兴奋地笑着。

“灵蛇计划”的内容，就是他们准备收集御窑厂遗址下的古瓷片，然后进行修复，对于不能完整修复的，就请人高仿。贺天开门见山地介绍情况。

胡处长点了下头，问：那他们仿制这些古瓷的目的是什么？

贺天笑笑，说：这是一个惊天大阴谋，他们想利用这些高仿和我们瓷城几大博物馆内的国宝级瓷器调包。

胡明义听了，睁大眼睛，满脸惊诧。这，这怎么可能呢？

是啊，我一开始也是这样想的。我们现在各大博物馆，都是按照公安部文物保护等级的规定，实行了高标准的安防措施。不要说一个人，就是一只老鼠，甚至是一只苍蝇，都很难飞进去，他们怎么可能调得了包呢？简直是天方夜谭嘛。贺天自解自说。

对呀！现在的文物安防，可以说是铜墙铁壁、固若金汤。他们想到那里去调包，简直是痴人说梦。胡处长很自信地说。

不过，家明说了，这个“天龙”和“老大”，他们几个人只是参与，真正的幕后主谋，是伍尔德。

伍尔德，那个国际文物贩子？

对。这个人的国际背景非常复杂，他不单单是一个文物商人，好像还从事情报间谍一类的活动，与一些国家的政党和议会组织，也有秘密来往。

胡处长点了点头。你说得没错，光他们几只小鱼虾，掀不起什么风浪，关键是怕他们被伍尔德利用，伍尔德又被某些国际组织利用。那样的话，问题就大了。

没错，我们国家，现在正在实施“一带一路”倡议，而我们瓷城的瓷博会与申遗活动，正是开展“一带一路”活动的重要组成部分。一些别有用心的国家，就会千方百计破坏我们的活动，想方设法损毁我们的事业和声誉。如果他们参与“灵蛇计划”，那么他们就会动用一切手段，组织国际上一流的强大团队，利用最新最尖端的技术手段，来破坏我们的安防系统。要真是那样的话，我们目前的文物安防系统，可能会不堪一击。胡处长不无担心地分析着。

是啊，所以我和王支一商量，必须立即请你来，共同商量一下对策。

胡明义笑笑，说：贺局真是深谋远虑、运筹帷幄啊。

哎呀，你胡处就不要拿我开玩笑了。要说瓷城范围的事，我可以说了算，但这次牵涉到国际组织和国际犯罪，就得依靠你这位省厅专家了。

王春华听罢也跟着附和，说：是啊是啊，国际刑警组织这块，还得你胡处长亲自出马。

目前的形势非常严峻，已经到了非常关键的时刻。如果这步棋没走好，很可能全盘皆输，这可是我们输不起的棋局啊。贺天再次强调。

胡明义听了笑笑，口气轻松地说：贺局不要过于担心。我相信，只要我们提前谋划，措施得力，一切就都在我们的掌控之中。

那就好。对了，胡处，那几起女性失踪案，我们也基本查清了。

这几起案件，很可能与盗挖古瓷案，或者说与他们所谓的“灵蛇计划”有关联。贺天觉得这时说失踪案很有必要。

胡明义听完，哦了一声，说：要是那样，我们的计划，就更要周密些。特别是每个重要环节，都不能出现一丝一毫的纰漏。

5

一夜未睡好，迷迷糊糊的李家明被热醒。他睁眼一瞅，不知什么时候停电了，风扇不转了。

李家明一看手机时间，已七点了。该死，已经到了与家里通话的时间，便手忙脚乱地从木柜底下拿出手机，一瞧，童刚打了十几个电话来，便立马打过去。

嗨，哥们儿，你打我这么多电话啊？

啊，是这样的，绑架丽丽的那伙人，我们已经找到了。

是吗？那太好了！丽丽人怎么样？那伙是什么人？抓起来了没有？李家明激动得心都要跳出来了，一连串地发问。

家明，你别急，听我慢慢跟你说。

我，我能不急吗？我这段时间吃不好睡不着，人都快要崩溃了。

哎哎，家明，我理解你的心情。为了破这些案子，咱们队里的人没一个自在安逸的。

童刚，绑架丽丽的到底是些什么人？

噢，绑架丽丽的几个人，领头的叫阿云，他们以开修理厂为掩护，改装了一辆汽车，喷上和出租车一样的颜色，安装上一样的标志，等丽丽她们一上出租车，就将她们绑架了。

这些畜生，真是丧心病狂！李家明说这话时咬牙切齿。如果真的抓住他们，不管三七二十一，一定会先给他们一顿拳脚再说，以解心头之恨。

噢，阿云这帮渣滓呢？

你放心，我们现在已经对他们进行了布控。

什么时候抓人？

王支说暂时还不能动。

为什么？

王支说要全盘考虑，不能打草惊蛇。

噢，那好啊。对了，丽丽还有那几个失踪人员的下落，现在搞清楚了没有？

暂时还没有，不过，快了。

我真巴不得马上赶回去，亲手抓住那个阿云。

对了，家明，这个阿云，是“泥坯佬”和“刀疤”的手下，目前，还搞不清他们绑架女性的真正目的，如果你那方便的话，帮忙查一下。

李家明听了，有些担心地问：王支是什么意见？

就是王支要我跟你说的，说是叫我们俩商量着办。

是这样啊，那我想办法找一下“泥坯佬”和“刀疤”他们，看看能不能找到一些线索。

那好啊。家明，我总觉得，他们绑架丽丽等人，好像不完全是图财害命。

李家明一听，忙问：有什么根据？

你看啊，到目前为止，都案发一个多月了，还没发现一位失踪女性被害的迹象，哪怕是她们丢失的衣服鞋包之类的都没有。

那有没有可能，他们把人绑架了以后，转移到外地？或者强迫她们做某种不愿意做的事，或者……哎呀，反正我是觉得不太妙啊。

家明，你也不要过分担心，在案情没有大白之前，任何可能性都会有。我相信吉人自有天相。

李家明唉了一声，说：你也这么迷信啊？

这不是迷信不迷信的事。你放心，我们大家都会全力以赴的。

李家明还想再说什么，想想自己也是刑警，眼下王支叫童刚打自己电话的意思，也要自己参加调查丽丽她们的失踪案，那也是解了自己的燃眉之急啊。这在一定程度上，也可以说是帮了自己的忙。因为王支也知道，不让自己查找失踪的爱人，那于情理上说不过去啊。光自己那位快人快语的丈母娘那里，就很难说得过去。她可只认死理，可不管我有什么特殊的工作任务。

童刚，咱们长话短说，你先告诉我那个叫阿云的家伙，他住在哪儿？厂子在哪儿？我好有个准备。

童刚一听，说：你记好了，阿云住在龙珠弄十一号附二号。他的厂子，在新东路老厂陶家坳九十五号。

李家明快速用另一部手机，按着自己的微信语音记录下来。

李家明关上手机，默默地想着。童刚的一番话，弄得自己有些恍惚。吉人自有天相，这话说的，仅仅是种安慰。自己一直在为丽丽的突然失踪而心神不安，几近崩溃。几乎天天晚上做噩梦，不是见到丽丽被杀血流满面，就是被人追赶得无路可逃而尖叫，那凄惨的境况让人想起都心有余悸。

不知怎的，李家明突然兴奋起来，先前那种寂寥、憋屈的心情，竟因这个消息一扫而光。这叫什么？这叫山不转水转。你看，这转来转去的，丽丽失踪的案子，最后还是转到自己手中来了，还得要自己配合调查绑架的目的。这说起来是配合，其实调查的却是核心。因为只有确定了绑架的动机目的，才能给案件定性，才能给案件的最后侦破提供方向。

李家明双手狠狠地搓着脸，尽量让自己精神起来。既然这样，那就得认真想想，怎样才能找到“泥坯佬”和“刀疤”他们。考虑从哪里着手，调查他们与阿云之间的关系，从而了解阿云他们绑架的动机。

对了，听“老大”说，明天“神头”和“刀疤”会到国际陶艺联盟来，说是来看看“天龙”，这是一个绝好的机会，自己要想办法跟他们接触。要是那样的话，明天一天，都要盯在那里，千万不能错过时机。

6

上午，李家明按照“天龙”的吩咐，猫在国际陶艺联盟二楼的接待室里。

九点四十分，“神头”和“勇哥”带着一小袋碎瓷片来了。“天龙”和“老大”都来到接待室，要李家明当面检验他们带来的瓷片。李家明当面挑出了两片碎瓷片，说这两片是清代仿明朝的，让“神头”和“勇哥”大为吃惊。

“老大”虎着个脸，责怪“神头”，说：你怎么能拿仿的瓷片来以假乱真，真是不够朋友。

“神头”忙解释说：其实这两块我们也吃不准，是带来试试看，知道你们这里有高人，随便验验货的。

李家明说这两块肯定不是从御窑厂遗址下出来的。

“神头”惊讶地问：你怎么知道?

李家明笑笑，说：御窑厂遗址下没有仿的东西。

“神头”和“勇哥”相互一瞅，面露愧色。

“神头”讪笑着对“天龙”说：这两块东西不算钱，送给你们。

“天龙”听了脸一沉，说：我们不缺钱，只缺讲诚信的人。

“神头”脸一红，说：我们真不是故意的。

这时边上的“老大”见状，帮对方解围，上前说：以后一定要注意，你们也知道我们做的是国际贸易，来不得半点虚假。稍有疏忽，可能就会前功尽弃。

“神头”和“勇哥”忙鸡啄米似的点头，一副心悦诚服的样子。

这下一步啊，你们想办法看看能不能收到一些完整的旧货，能将碎片修复成完整的都行。还有，瓷城各个博物馆里的古瓷，弄些照片来，没有就去拍。“老大”不紧不慢地吩咐着。

“勇哥”一听，觉得费解，说：照片你们也可以去拍啊，干吗要我们去拍呢?

“老大”听了把眼一横，说：我们当然自己可以去拍，让你去拍是看得起你，我们又不会让你白忙乎。

“神头”见了，忙扯扯“勇哥”衣袖，说：“老大”叫我们拍我们就拍，反正又不会亏待我们。

“老大”抬抬下巴说：这就对了嘛，老话说，一日之计在于晨，一生之计在于勤。要想成功，就得努力。

“神头”忙说：对对对，听“老大”的没错。

这时“天龙”有些不耐烦地挥挥手，对“老大”说：你带他们去结账吧。

“老大”听罢点了下头，抬手示意“勇哥”和“神头”往隔壁房间去。

“天龙”等他们一走，就热情上前拍着李家明的肩膀，说：小李子很不错，表现很好，你就这么着把好关。下午“刀疤”他们要来，你要继续把好关。

李家明一听，心里乐开了花。便问：他们大概什么时候到？

“天龙”想了想，说是吃了中饭就来，还说要给我一个惊喜，我倒要看看他能给我多大的惊喜。我叫他到接待室找你，你先看看货，如果不行，叫他滚蛋。

李家明点点头，说：放心，过了我的眼，肯定错不了。

“天龙”笑眯眯地用手拍拍李家明，然后说：晚上我有个宴会，你一起参加。

李家明很高兴地笑了，知道这是对方对自己能力的奖赏，便连点几下头表示应允。

7

得知“刀疤”和“泥坯佬”下午要来，李家明又紧张起来。于是中午匆匆吃了快餐，便赶紧回到接待室，坐在沙发上等着，丝毫不敢怠慢。

连日来的高度紧张和劳累，使得李家明疲惫不堪，坐在沙发上竟迷迷糊糊地打起了瞌睡。

在睡眠蒙眬之际，听到轻轻敲门的声音，随即听到有人轻声说话。李家明睁眼侧耳仔细听，又有轻轻三下敲门声，随后有人轻声叫了两遍老板老板。

李家明确定有人敲门，便立即坐正，喊了声请进。门被推开，进来一位清清瘦瘦戴眼镜的中年男子，手提一个锦盒，面带微笑。

李家明之前查阅资料，知道“刀疤”的长相，今日方见真容，却没想到对方竟是如此文弱书生模样，真是出乎意料。

李家明站起身来，问：你就是“刀疤”老板吧?

“刀疤”笑笑，打了个嗝，一阵酒气喷了过来。李家明仔细一瞧，“刀疤”满面红光，两眼蒙眬，站立有些摇晃，似有醉意。

不，不客气。“刀疤”将手中锦盒放在桌上，立马从身上掏出香烟，往李家明手里递。小兄弟，你贵姓?

免贵姓李。

噢，李总。

不敢当，你叫我小李就行。

请抽烟。

不客气，我不会抽烟。

“天龙”叫我把东西拿到接待室，说是先给你看看。

李家明微微一笑，说：老板是交代了，所以我等你来。说完李家明走到锦盒边上，抬头问：这是什么东西?

“刀疤”很神秘地一笑，两只眼睛眯成一条缝，一边打开锦盒一边说：小兄弟，这可是好东西，请你过过目。

李家明笑一下，也不说话，蹲下身子从锦盒里拿出一件粉彩花瓶，不由得感叹了一声，清代雍正粉彩牡丹纹盘口瓶。

“刀疤”一听，扭过头盯着李家明，说：可以啊，一眼就能看出来。

李家明也不客气地撇撇嘴，说：没有金刚钻，不揽瓷器活。这点眼力都没有，还怎么出来混？

“刀疤”兀自一笑，说：不见得吧？

李家明听出对方的轻蔑之意，便反击说：怎么，你不相信？

“刀疤”自负地笑笑，竟闭上眼睛打着哈欠。

李家明见对方一副轻慢之态，心里反感，但又不便当面发作，只好拿起花瓶，仔细瞧了几遍，终于在瓶底发现了问题。

哎呀，我听说你“刀疤”老板做人“义”字当头，没想到啊，你也搞那些下三滥的勾当，是不是太丢份儿了？

“刀疤”一听，“啊”了一声，酒也醒了，忙问：怎么了？

李家明轻蔑地一笑，说：你一个堂堂的大老板，也做出这种偷鸡摸狗的事来？

哎，小李老板，你可不能信口开河啊。

哼，我信口开河？你自己看看，你送来的这个东西，怎么好意思拿出来？

怎么？这么好的花瓶，我为什么不能拿出来啊？“天龙”老板不是要我们拿些好的旧货吗？我今天拿出来了，你还不待见啊？

李家明冷笑一声，说：东西好不好，我心里有数，你，心里更有数。

“刀疤”心有不甘，又带点侥幸。小李兄弟，一回生，二回熟，三回就是老朋友了，你可千万不能坏我的好事啊。

李家明似乎听懂了对方的意思，但还是犹豫片刻，说：端了人家的碗，就要受人管；吃了人家的饭，就要为人家干。现在老板叫我把关，难道我发现问题也要放行？那不就是自己砸自己的饭碗吗？

哎呀，李兄弟，言重了言重了。怎么可能呢？我的东西是正宗货，怎么会让你砸饭碗呢？

李家明也不多说，将瓶子拿起来，露出瓶底，用手指着底圈上的一层火石红，说你自己仔细看看，这层火石红，看起来是不是有些呆板？

怎么，有问题吗？

这还用问吗？李家明也不客气地回应。从他的眼里，看出坚定与无情。

“刀疤”上前蹲下，仔细看着，慢慢意识到有些不对，不觉有点儿失望，随即又面露笑容。

李兄弟啊，俗话说得好，得饶人处且饶人，与人方便，与己方便。

说完“刀疤”又一个劲儿地往李家明手里塞烟，李家明用手往外推。“刀疤”见状，意识到这样行不通，人家根本就不买账，只好将烟收回，然后又从口袋里掏出一个信封，看着鼓鼓囊囊的，往李家明的口袋里塞。

李家明见了，十分坚决地拒收。他沉着脸，说：你这样做，那就真的不够意思了，你这是在害我呀！

“刀疤”僵着手，一副尴尬的神态。小兄弟你这是说的什么话？我怎么会害你呢？

你这样做，明显是要陷我于不仁不义，你不是害我，那是什么？

哎，小兄弟，我没有任何其他意思，我们初次见面，我给你一点茶水钱，这也是干我们这行的规矩，根本就没有害你的意思。

李家明一脸疑惑。有这样的规矩？我怎么没听说过？

哎呀，兄弟，江湖之事，闻所未闻的事很多，我真的不会害你。再说，你可以出去打听打听，我“刀疤”赚钱，是给大家赚的，不是为我个人，我的钱大家用，不信，你可以问“泥坯佬”。

李家明轻轻一笑，说：这个，我倒是有所耳闻。

对了嘛。在家靠父母，出外靠朋友。我知道你的意思了，你是说我拿来的东西是仿品。

李家明看着对方，说：既然明白，那不就行了吗？

可你也应该知道，我这是高仿品，也很值钱啊。

毕竟是仿品，再值钱也有限。

唉，这怎么说呢？有的高仿品远比一些真货值钱。

这个我当然知道。

所以嘛，你老弟也是有见识的。我希望你能多向“天龙”推荐，他要的真品，一时半会儿也难以找到，特别是他想要的明代大龙缸，我会尽快想办法给他找到的。

明代大龙缸？李家明紧追一步问对方。

“刀疤”诡秘地一笑，那笑容有些难以理解，就像晴天里的阵雨，既遥远又唐突。

李家明低头思忖，想尽量给对方留个较深的印象。瞧着“刀疤”，想到对方身上隐藏着许多不为人知的秘密，也想起了童刚所说的对方手下绑架丽丽等人的事，这些都得从对方身上下手，才能使那些令人震惊的绑架案得以侦破，也为了寻找到丽丽的下落做好铺垫。

好说，好说啊。这样吧，你先把东西留在我这儿，等我给“天龙”看了以后，再给你回信。

那，我今天，就结不了账了？

哎呀，你这东西，“天龙”能不能看中，还是个问号。

“刀疤”也算是老江湖了，从李家明的眼里，已经读出了要自己离开的意思，再不走，也弄不出什么名堂。

那好吧，我先走一步，等你的信儿。我这个人，最讲的就是义气，不管“天龙”有没有看中，价钱多少，我都认了。我也认你这个年轻有为的小兄弟。这样吧，晚上我想请你出来坐坐，喝杯小酒。

李家明一听，心头一亮，这不是天赐良机吗？便装出老成的样子，沉吟半晌才说：那好，只是，只是……

只是什么啊？“刀疤”说着还打了个饱嗝。

只是你现在都喝成了这样，晚上还怎么喝？我的酒量，还算可以的。

哎呀！这个没问题。这样，晚上到我公司小食堂，我叫食堂弄几个好菜，就咱们两个！我呢，正好有几瓶好酒，咱们不醉不散。

好，那就一言为定。

行，咱们加个微信，我把位置发给你，你六点半到就行。

那好，晚上见。

晚上见。对了，兄弟，这瓷瓶的事，你就多关照了。

李家明也客气地笑笑，说：你放心，我心里有数。

第十五章　利诱

1

晚上六点一刻，李家明准时来到皇宇陶瓷有限公司，见到了在办公室隔壁小包厢里等待的“刀疤”。

小包厢的小长方形的桌子上摆了九个菜：红烧甲鱼、清蒸鲑鱼、白烩虾仁、片皮烤鸭、香菇土鸡、白切牛肉、红烧猪脚、素炒西兰花、毛豆炒肉，外加一碟花生米和一碟萝卜皮。

哟嗬，没想到这么丰盛啊！李家明客气着说。

那当然，贵客临门，没几个像样点的菜那怎么行？不过，今天时间紧了些，过几天我想办法叫人弄些野味来，什么穿山甲、娃娃鱼，都是野生的，那味道，盖了帽了。

李家明听了一愣，打趣说：这几样可都是保护动物，要是被森林公安逮住，那可就惨了，为了吃东西吃出官司，划不来哟。

哎……兄弟放心，我这里是私人办公场所，不会有人查的。再说，即使有人举报查到了，我“刀疤”也不是白混的，在单位上几个说得上话的朋友还是有的嘛。说完，“刀疤”哈哈大笑起来，一副自鸣得意的样子。

李家明也跟着笑了起来，因为他心里很清楚，在“刀疤”面前，有些事只能点到为止，不能过于认真，否则容易引起对方怀疑。

没想到你“刀疤”老板神通广大啊。

“刀疤”听了，很是受用。他便拿起三斤装的茅台，把李家明面前的三两大酒杯倒满，再给自己眼前的杯子倒满。

来，李兄弟，人生得意须尽欢，莫使金樽空对月。来来来，咱们干一杯。说完“刀疤”就端起杯子要干。

李家明赶紧用手拦着，说：“刀疤”老板咱们慢慢喝，这样喝很容易醉的。

哎，李兄弟，慢慢喝有什么意思？不是说万丈红尘三杯酒，千秋伟业一壶杯吗？还有人说什么三杯通大道，一醉解千愁吗？咱们先喝三杯酒，三杯喝完了，再来喝茶，怎么样？

哎呀“刀疤”老板，我可没你的酒量，三杯下去，我必定大醉不可。

哎，酒逢知己饮，诗向会人吟嘛。你下午不是说你的酒量还可以吗？

下午，我说过可以，但也就是半斤八两的量，不像你动不动干一杯，那就太吓人了。

“刀疤”听了对方的话犹豫一下，随即却不管三七二十一，一仰脖子，一口将酒干了，然后“啊”了一声又将酒杯举过头顶，两眼望着对方，意思是看你怎么办。

我先干为敬。“刀疤”放下酒杯，眼盯对方。

李家明皱皱眉，端起酒杯看看，又放下，说：我有胃溃疡，医生说不能喝酒，今天你老哥这么客气，我不喝都不好意思。这样，我分两口喝，喝完这一杯，第二杯就要慢慢喝了，要不然，你这一桌的菜，岂不是要浪费？

“刀疤”一抬手，示意对方喝酒。好说，好说。

李家明装作很痛苦的模样，端杯喝了一大半，放下杯子，赶紧夹了块西兰花嚼了起来。

“刀疤”已将第二杯酒倒好，便用公筷夹起一只甲鱼腿，往李家明的碗里搁，一边搁一边问：兄弟，我那个瓶子，怎么说？

李家明吞下菜，忙“噢”了一声说：“天龙”比较满意，给了这个，六位数。

真的？“刀疤”显然没想到。

李家明含笑不语，低头嚼起了甲鱼腿。

那，兄弟肯定美言了不少？

李家明这才抬起头，口齿不清地说：你说呢？

“刀疤”很兴奋，鼻腔发出哼哼的响声。要是那样，也少不了兄弟你的一份。

李家明笑笑，说：“刀疤”老板你客气了，大家做事，都不容易。再说，我们都是本地人，我不照应你，那我照应谁呀？

对对对，老弟这话仗义！实在！我“刀疤”佩服！来来来，我“刀疤”再敬你一杯。

话音刚落，“刀疤”又端起酒杯，咕噜一下干了。

李家明见了，忙用手制止对方，说：不能这样喝，喝醉了不好。

“刀疤”哎了一声，说人生难得几回醉，再说，这么点酒，对我来说，小意思。

李家明用手指指对方，说：你看看，说话舌头都短了，还说小意思？

哎呀，酒逢知己千杯少，能喝多少是多少！再说，我今天高兴，酒量就大好多。过不久啊，会有更大的好消息呢。

李家明哦了一声，瞪眼惊喜地问：是吗？那我真想先闻为快。

啊……这个，这个嘛……暂时还不好说，再过几天，可能就有结果了。

李家明听了，隐隐约约觉得，对方说的，似乎与丽丽等女性失踪案有关。所以，必须套一下对方的话。便问：怎么，这事很神秘吗？

“刀疤”笑笑，很是得意地点点头，一副深藏不露、讳莫如深的神态。

李家明觉得有戏，便故意挑逗说：那能不能透露一点点信息，让我先高兴高兴。再说我心里没底，怎么向“天龙”推荐？

“刀疤”抬头看看对方，四处环顾一下，压低声音说：跟大龙缸有关。李兄弟，如果我找到一个真正的明代大龙缸，“天龙”那边，会给个什么价呢?

李家明笑笑，知道对方在探路，便故作高深地说：这个嘛，也不好说，还是要看东西。

东西绝对没问题，这个我可以保证!

李家明又一笑，说：你保证没有用啊，要让东西自己说话。

那是当然，我跟你说，我真的很有把握。

你，用什么把握?

我有秘方啊。

秘方?

对啊。

什么秘方?

是……不说了，不说了。来来来，喝酒喝酒。“刀疤”一脸不自然。

2

李家明认定，这个“刀疤”身上一定有什么重大秘密。想到这里，李家明不由得环顾一下这间小房间，只见四周摆满了陶瓷仿古方面的书籍，看样子对方对仿古是下了很大功夫的。就下午送过去的那件花瓶来看，可以看出他们的仿古水平，绝对是世界一流。

你做这些，是不是为了“灵蛇计划”?

李家明突然抛出了一句话，然后转眼盯着对方，希望从对方脸上，看出什么破绽或信息。

“刀疤”愣了一下，充血的眼珠转了几转。

李家明可以肯定，对方似乎知道一点，但又不是很清楚。

什，什么灵蛇?还计划?

李家明笑笑，他想向对方解释一下，转念一想不对，这应该是“天龙”他们的最高秘密，一般不能轻易泄露。如果我向他透露出去，万一让“天龙”他们知道了，会怪我多嘴，到时就会失去对方的信任，那就划不来了。

李家明想在“刀疤”这里找到线索，便转移话题问：你一般喜欢看些什么书？

对方愣了一下，说：肯定是陶瓷和仿古方面的书啊。

李家明笑笑，说：我也看过一些，不知你这里有没有咱们瓷城人自己写的仿古书？

“刀疤”也许是喝了酒兴奋，抑或是急于取得对方信任，竟脱口而出，说：有啊。

说完，“刀疤”有些摇晃着起身，走到右边书架最下方，蹲下身子打开拉门，从里面拿出一本已经翻得很旧的线装手抄本，在李家明面前晃一晃，说：这就是一本。

李家明一瞧封面，封面用篆体写着“陶瓷神录”四个大字，给人一种古色古香的神秘感。

李家明伸手想拿过来看看，不料，“刀疤”赶紧将手缩了回去，很是得意地说：这可是一本神书，不得外传的。

李家明笑笑，揶揄着说：什么宝贝，那么神神道道的。

“刀疤”扬扬手中的书，说：这是咱们瓷城最有名的一本书，记载了瓷城上千年以来的制瓷秘诀和方法，还有鲜为人知的制瓷工艺。

啊！我怎么没听说过？

这种书，在咱们整个瓷城只有一本。如果连你都知道了，那就不值钱了。

李家明听了，显然有些不悦，皱着眉头瞧着对方。

“刀疤”意识到自己这样做会让对方不爽，便掩饰着说：来来来我们不多说了，喝酒喝酒。说完，“刀疤”又倒满一杯，端起杯碰一下对方的酒杯，然后又是一口干了。

李家明从刚才对方闪烁的眼神里，觉得对方真的有些醉了，便用手挡着又给自己加酒的“刀疤”，说：你是不是醉了？

“刀疤”忙摇着头，说：你看我，像醉的人吗？我才没醉呢。说我醉的人，才真的醉了。

李家明无奈地摇头一笑，说：好好好，我醉了，我醉了还不行吗？这杯酒咱们就不喝了，咱们等会儿喝点茶。

“刀疤”瞪着血红的眼睛，盯着对方，挥挥手说：你说什么呢？喝这么一点酒我就醉了，那我还是“刀疤”吗？

李家明尿急了，起身走进左侧的洗手间，等他解了小手出来时，“刀疤”已经给自己杯里倒满酒，竟又举起杯子，对李家明说：小兄弟，我喜欢喝快酒，我先喝了这第四杯，你慢慢喝。话音一落，他又将酒干了。

李家明心里嘀咕着，这是喝的哪门子酒啊，他这样不是自己找醉吗？从之前对“刀疤”的调查中，得知此人在社会上很讲江湖义气，出手阔绰大方，只要有他在的场合，他就算借钱也要抢着埋单，因此给自己留下些好名声。没想到他喝酒也这样，客人没醉，自己先灌醉自己。从前听说过这种人。今日一见，真是大开眼界。

李家明只好端着自己的半杯酒，勉勉强强地喝完。

“刀疤”盯着李家明，不待李家明反应，就又将酒倒满，说：兄弟好事成双，这杯酒一定要干了，否则就是不够意思。

李家明苦笑一下，瞧瞧满杯的酒，实在是不想喝，可又不好说不喝，只好说：我慢慢来。

这时，“刀疤”的手机响了起来，“刀疤”拿着手机摇晃着去了外面。

李家明的心扑通扑通地急跳起来，他一见“刀疤”的身子拐弯不见，就迅速拿起那本《陶瓷神录》翻了起来，先将书内有折页的地方翻开，一看有用红笔画线的地方，应该是重点吧，便立即用手机将其拍下，就这样将书内三处折页并画了红线的全拍下，手里紧张得捏了一把汗。刚将书放回原处，“刀疤”就摇晃着走了进来。

神经病，这大晚上的打什么电话。“刀疤”一边坐一边说。

什么电话？

嗨，推销贷款的。我就纳闷了，现在一下子怎么有那么多人有钱，忙着向外借钱。怕是钱多得发烧吧？说完“刀疤”自顾自地笑了，一边笑一边摇头又倒了一杯酒。

李家明这时心里很坦然，不再担心对方会喝醉，而是巴不得他醉。这样，自己就有机会，重新翻看那本被对方奉若神明的《陶瓷神录》。

想到这里，李家明便不再顾忌，竟主动端起杯，敬对方。

来来来，我敬老哥一杯，祝生意兴隆，财源茂盛。

“刀疤”听了笑着端杯。这话我愿意听，来。

李家明一口喝了大半，“刀疤”也跟着喝了一半。

噢，小兄弟，酒量真的可以啊。来来小兄弟，吃菜吃菜，别光顾着喝酒，菜都没吃。

李家明这时感觉肚子里烧得慌，便大口吃起菜来，也就十分钟，两个人都把杯中的酒喝完了。

李家明见对方还没完全醉倒的样子，便想再倒一杯，好趁机灌醉对方，没想到“刀疤”却把酒瓶子盖上，不肯再倒。说：我喝得差不多了，不能再喝了，咱们喝点茶吧，晚上还有事呢。

李家明见状，也不好多说什么，便附和着说：那好吧，咱们就先喝茶，喝好茶后再喝酒。

“刀疤”听了，说：我喝了茶就不再喝酒了。

为什么？李家明问。

因为喝了茶后，酒就全没了，再喝酒纯粹是浪费。

李家明听罢一惊，心想之前我到处找解酒药，但未找到。便问真有这事？

“刀疤”醉眼蒙眬地点点头。不信，现在就试试看。

说完，“刀疤”就将已经泡好的茶倒入茶盅，递给李家明，李家明喝了一口，涩中有甜，香气袅袅，很是奇特。

就这样，五杯茶后，李家明觉得浑身通透清爽，轻盈舒坦。

“刀疤”有些诡谲地笑笑，说：怎么样？我没骗你吧？我刚才有些头晕眼花，现在呢，一点都不晕了。

李家明见对方的眼睛，从刚才的蒙眬慢慢变得清醒，只好叹了口气。心想自己想灌醉对方的愿望，恐怕一时难以实现。想想心有不甘，随口问：你这是什么茶啊？这么神奇？

噢，这就叫解酒茶。

李家明听了，有些后悔喝这种茶了。如果对方不喝茶，可能现在已经躺在沙发上呼呼大睡了。那我自己，就可以从容不迫地再去翻一遍那本《陶瓷神录》，了解清楚这本书到底神秘在哪里。

好在自己见缝插针拍了几页，要不然，自己就可能一无所获啊。

3

李家明脚步匆匆地踏入出租店面，赶紧关上门，将风扇打开，迫不及待地拿出手机，立即翻看自己拍下来的几张图片。

李家明总觉得，这个“刀疤”有点儿怪。做事喜欢别出心裁，出人意料。单就他泡制的那个什么解酒茶来说，就可以看出此人的心机。所以他神神道道地看中的那本《陶瓷神录》，十有八九里面隐藏着不可告人的东西。

从拍下来的图片中，看到这样一段文字：明万历年，京遣宦人潘相，任江西矿务使，兼理景德镇窑务，督造青花大龙缸。潘急邀功，苛刻窑工，鞭笞鞑罚，以致亡命，窑工贱如草芥，境凄惨。里村童宾，侠义之士，为成大器，以身为薪，跃入窑中，器终成，众工激愤，聚暴，焚税署及御器厂少部，潘相只身逃，事毕，朝延为抚民心，惩潘相，于御器厂东侧置童宾祠，敕封“风火仙”，祭祀至今。

李家明看了，觉得这段文字也没什么特别，之前在一些文章里看过童宾的介绍，对这段历史也有些了解。

不对，“刀疤”对那本书那么迷恋，还将这段历史用红笔特意画出，肯定不会那么简单。

接下来，李家明又翻看另两张图片，看到最后一张图片上的内容后，李家明张着嘴，一副不敢相信的神情。

童宾既能以男汉之躯赴窑，成绝世之器，光莹晶洁，俊美出神，而鲜艳少女，若以祀窑，不亦更丽乎？

李家明一拍大腿，这不，联系上了。那个阿云，“刀疤”的手下，绑架年轻貌美的女性，而到目前为止，我们还没有找到她们被杀害的证据。难道，他们绑架的目的，是想将她们拿去祭窑？希望烧制出更为亮丽明艳的瓷器？

对了，“刀疤”不是说了，再过几天，他就有更大的惊喜。又说他如果能找到明代大龙缸，问“天龙”会出什么价。是不是“刀疤”准备用被他们绑架的人祭窑烧成大龙缸，再给“天龙”送去，以期获得天价收益？

很有可能，绝对有可能啊！

试问天下，竟有如此丧心病狂的行径？李家明不断地叩问自己。为了利益，竟会想出这种惨绝人寰的手段？他们还是不是人啊？

对了，眼下是晚上九点，最重要的，是要立即将自己的发现，告诉王支。丽丽她们这会儿，说不定危在旦夕，或者被他们恐吓殴打生不如死，若是这伙人心血来潮提前行动，那后果将不堪设想。所以说，早一分钟一秒钟营救丽丽她们，她们才有生还的希望啊。

想到这儿，李家明立马起身，转向后墙根上，将柜子搬开，拿出隐藏的专用手机，迫不及待地拨通王春华的手机。

4

天亮得早，虽然只有六点半，但东边的太阳已经热火朝天地露了脸，怔怔地照在王春华的屁股上，有点儿热。

王春华嘟囔了一句，这该死的天，太热了。

王春华在办公室沙发上迷糊了两小时，习惯性用手揉揉眼，慢慢地坐了起来，然后端起桌上的一杯白开水，喝了一口，再从衣袋里掏出一个绿色小瓶子，用手拍出一颗丸子吞下。

吃了十几年的降压药，最近好像失去了效果。从服药后的血压一百二，升到了一百六。去年底打了几次电话，给医院的老同学内科主任项康民，项同学要他再到医院做个彻底检查，看情况再换药。可自己总是觉得工作太忙，时间一拖再拖。有几次下了决心要去医院，却因各种原因没有去成。最近头晕得厉害，特别是连续值了几个夜班，两边太阳穴就隐隐作痛，胸部也堵得慌。

最要命的，是自己的血糖已经升到了十二。项同学说过多次，要自己打胰岛素，控制住血糖的指标，不然的话，一旦发生综合征，那后果不堪设想。

这些道理或叫常识，自己都懂，就像人们常说的，要想活一百岁，就要晚上九点睡。要想活到九十岁，就得十一点前睡。可是自己一忙起来，就什么也顾不上了。

昨晚接到李家明的电话，得知阿云等人绑架丽丽等年轻女性的目的后，自己立即向贺局报告了情况，整个市局紧急行动起来。

贺局亲自坐镇，调兵遣将，由童刚带队，去缉捕阿云团伙。

门外有急促的脚步声传来，王春华听出这是童刚来了，便起身将门打开，眨眼工夫，童刚就推门而入。

怎么样？王春华见到童刚的第一句话就问。

童刚瞪着血红的眼睛，说：人抓住了。

那就好！王春华心里的石头落地了。问：那被绑架的人呢？

阿云他们都说不知道。

这，怎么可能？王春华大吃一惊。

我也不相信，可阿云发誓赌咒说他们真的不知道。

荒谬至极！他们绑架的人，敢说人到哪里去不清楚，这不是睁眼说瞎话吗？

童刚抬抬手疲惫一笑，说：我们对被抓的三个人反复审问，都说他们只负责把人绑架来，再把人交给“泥坯佬”，之后就不知她们的去向了。

糟糕！这点我们开始并没有想到。“泥坯佬”与阿云是单线电话接头，人也不见面。阿云将人迷倒后，送到一辆外地牌子的汽车上，拿了钱就离开，连被他迷倒的人是谁都不知道。一旦中间连线断了，下线就很难找到。下面的关键，就是要尽快控制住这个“泥坯佬”。

是啊。“泥坯佬”是“刀疤”的手下，而他们原来都是划归到家明那边，属于盗挖古瓷片案范围。

王春华点下头。看来，这两起大案，要立即并案侦查。

童刚的脑子里快速思索起来，那个失踪多日的家明，其实自己已经判断出来了，可能去卧底了。对于这位兄弟，眼下更多的是担忧，担忧他顶不住心理压力，担忧他孤掌难鸣难免吃亏，担忧他一不小心露出马脚，担忧他出什么意外遭遇不测。一切的一切，都含有太多的未知与无奈。

有种说不清的思绪，飘在童刚的思维空间。

家明是自己亲密的战友、同学。眼下也是自己最强劲的竞争对手。这次家明签了军令状，背水一战义无反顾，真有“风萧萧兮易水寒，壮士一去兮不复还”的悲壮与豪迈。一开始，签了军令状的人，大伙儿无不为之担心。而现在，弄来搞去的，到最后还是弄到他的手中，还真是海纳百川自称心。他一旦完成了任务，那他可就功成名就、万事大吉了。

想到这儿，童刚心里，有丝嫉妒与懊恼。可转念一想，再怎么着也是情同手足的兄弟。即使自己没竞选上大队长，那也比让别人上位好。

那这样吧，你呢，立即办理对“泥坯佬”和“刀疤”的监控手续，我马上与贺局和胡处长研究下步的措施。王春华说。

好的，没问题！童刚心里一阵高兴。因为他知道“泥坯佬”和“刀疤”的监控手续，本应由李家明去办，现在王支叫自己去，肯定是对自己的信任。当然也许是为了减轻家明的负担，毕竟他现在是卧底，时时刻刻都得小心，这时候不可能跑回来办理这些侦查手续。

最近你老爸的生意怎么样？

就在童刚转身出去的当儿，王春华突然问了一句。

噢，现在禁酒令越来越严，做酒瓶的生意肯定也越来越难。现金收不拢，用酒抵账的可是与日俱增。我老爸说了，等你退了休，仓库存的酒够和你喝到老的。

王春华听了，高兴地说：那敢情好，我一退休就帮你爸看厂子去，工资不要，酒管够就行。

我爸就盼着这天呢。

王春华兴奋地点着头。好啊，等这几起案件破了，我就考虑提前退休。

王支，我听说你一喝酒，就喜欢写诗练字。据说你的诗像李白一样奔放，写的字也很有张旭的风范，真是个大才子啊。

我算哪门子才子呀？像李家明，绘画是个天才，又懂考古。他要是不干警察，就凭他帮人看看货淘淘宝，收入肯定比干警察高得不知哪里去了。

那是那是……王支，李家明那边怎样了？会不会有麻烦？

王春华听了，凝神瞧瞧童刚，一抬手说：这个应该相信他的能力。从现在开始，我们走的每步棋，都得小心谨慎，一步都不能错。否则，就会前功尽弃啊！

童刚很认真地点下头，抬眼望着对方。从王春华的眼里，看到的满是信任。

5

进入炎炎夏日，中伏的第二天，手机里的天气预报显示，从今天开始的很长一段时间，气温都在四十度以上，让人看了心焦气躁。

“天龙”在办公室里接完电话，表情显得十分凝重。他转头瞟一眼“老大”，急促地说：伍尔德发了神经，要求我们在二十天内，将仿品全部烧好，要提前实施“灵蛇计划”。

“老大”一听面露难色，嘴里嘟囔：真是催命鬼。那个小李子，我们已经把“灵蛇计划”的内容告诉他了，可他还不太相信我们。

“天龙”有些烦躁地点支烟，皱眉使劲抽着。这小子想干什么？他探听“灵蛇计划”，对他有什么用？除非他是卧底。

“老大”听了，摇摇头，说：这不太可能，我对他调查过，也跟踪过他。他除了在公司上班，回去就躲在他那个店里不出门，我已经盯了他好几回了，没有发现任何可疑的迹象。

“天龙”仔细想了片刻，说：小心驶得万年船。

其实，现在利用高科技手段，将仿制的瓷器混入拍卖行，当作真品卖的大有人在。“老大”的语气不以为然。

“天龙”眨眨眼，猛吸了口烟呛得咳嗽起来。然后说：不过，我总感觉，伍尔德要我们仿制那些瓷器，好像不完全是为了进入拍卖行。

“老大”脸上的肌肉动了动，说：何以见得啊？

你看啊，伍尔德好像不缺钱，这家伙最近住在紫金宾馆总统套房，据说那套房是我们国家某个领导人住过的，现在对外的房价，一天是十八万八千元。他如果不是很有钱，根本就没必要住那么高档的房间。

“老大”颔首表示赞同。

再说，他如果真的将这些仿品全部流入拍卖行，那也只能蒙人一时，不可能骗得过一世。而且，数量越多，就越容易露馅。一旦事情败露，那他的声誉就会一落千丈。最后人家还要追回这些被骗的钱财。何况，在国外，诚信比生命还重要。没有了诚信，那将一事无成。

“老大”听罢，也觉得有理，便抬头盯着对方。那我们要不要仿制这些瓷器呢？

“天龙”阴郁地笑笑，说：我们不仿制，那我们吃什么？何况，他给我们的价格不菲。我们只负责仿制，其他的事不管，即使将来被人发现，也不关我们什么事。这年头，平安比什么都重要啊。我们不要为了几个钱，最后被关起来吃牢饭，那就太不值了。

“老大”有些开心地笑了，说：那这事还得小李子去办。

“天龙”慢慢点了下头，说：可以，现在只有他对那些古瓷最熟悉，由他负责监督最合适不过。万一将来出了什么事，由他负主要责任。

“老大”听罢，呵呵地笑了，不由得竖起大拇指，赞赏地说：高，不愧是“天龙”，做事就是深谋远虑。

“天龙”故作深沉地说：咱们初来乍到，人地两生，能不出面的尽量不出面。现在的企业，都讲究本土化。咱们做这一行生意的，也不例外，都得依靠他们当地人。

要是那样，那我就通知小李，让他抓紧时间去办。

“天龙”点下头，转而又担忧地说：怕就怕他出工不出力，会拖延工期。

“老大”蹙下眉头，说：重赏之下必有勇夫，要不多给他一点好处，他好像经济条件也不太好。

那你认为，给他多少钱合适？

如果想在二十天内完成任务，那他基本上是没有觉可睡啊。我的意见，他每监督烧制成一件瓷器，给他五千元。如果两百件瓷器全部仿制完毕，那他就能得到一百万元。

“天龙”笑笑，用手摸摸自己的头顶，又摇摇头。要他卖命，就得下猛药。我的意见，还是给他每件两万元。

“老大”一听，惊讶地“啊”了一声，随即笑逐颜开。要是那样，那他肯定拼着命也会去弄。

没错。人为财死，鸟为食亡，有钱能使鬼推磨啊。在瓷城这个地方，二十天能挣四百万元的，恐怕也是绝无仅有了。

那是那是。要是那样，我想那小子就是不吃不喝不睡觉，也会把东西弄出来的。

“天龙”抬抬下巴。事不宜迟，撸起袖子加油干吧！

“老大”开心地笑笑，不无赞赏地说：当老板的，政治觉悟就是高啊，什么时候都能讲政治。

“天龙”也不谦虚，捻着胡须，说：经济是政治的基础嘛，我们搞经济工作的，任何时候，都不能不讲政治。

“老大”望着“天龙”，眼神里，有种怪怪的光在移动。

6

正坐在办公椅上的“刀疤”，一见到李家明进来，就兴奋地跳了起来，上前紧紧地拥抱李家明。

李家明象征性地用手拍了下对方的背，心想你可别高兴得太早。

“刀疤”老板，你别太激动，先看看这些东西，你能不能仿出来。

李家明说着，从手提包里拿出一沓照片递给对方。

“刀疤”接过照片，迅速浏览了一遍，满不在乎地说：没问题，这么几样东西，小菜一碟。

李家明故作惊讶地说：你凭什么说得那么轻巧？

嗨！没有金刚钻，不揽瓷器活。咱们有神器啊。

神器，什么神器？我可是来考察的，不是来听人吹牛的。要是二十天时间到了，我交不出货来，那我就死惨了。

这个你可以绝对绝对地放心，放一万个心！

李家明笑笑，说：我现在不要说放一万个心，连一个心都放不了。

那，怎样才能让你相信？

你要用实力来证明，你是最佳人选。

“刀疤”想了一下，说：我上次送到你那里的那个花瓶，怎么样？

李家明淡然一笑。仅凭那个花瓶，说明不了问题。我可以说你的成功是偶然的，根本证明不了你以后烧制的都能成功。何况，何况……

何况什么？

何况这次数量惊人，时间紧得要命。你如果没有超强的实力和超强的敬业精神，就是给了你，你也完不成。

“刀疤”听罢，满是不服。小兄弟，你也太小瞧人了。我“刀疤”想要做的事情，就没有做不成的。

李家明轻轻一笑。你怎样才能证明自己的实力？

这就看你想让我怎么样来证明了。

这个很简单，除了你上次送来的高仿花瓶外，我还得查看你的仿制团队。

这个没问题，我的团队，可以说是瓷城顶尖的。

还有，我要查看你们仿制过哪些作品。

噢，这个也好办。我们高仿的作品，有一大摞。电脑里都有资料，你尽管翻看就是。

最后，我要到实地查看，你们是否具备烧制的窑炉，包括把桩师傅的水平。

“刀疤”一听，一副为难的样子。怎么，你还要到实地看？

那是当然，以上三点，缺一不可，少了一点我立马走人。

“刀疤”低头快速思忖了一会儿，赶忙从口袋里拿出一张银行金卡，往李家明手里塞。一边塞一边说：李兄弟，这是一张信用卡，里面不多也就五十万元，这些事你就多多包涵。

李家明将金卡挡了回去，口带讥讽地说：你真的小瞧我了，难道我姓李的，才值这五十万元？

那倒不是，那倒不是！“刀疤”慌忙解释。

我得了你这五十万元，你要是仿不出东西来，那你不得要我的命？

那，你要怎样才相信我？

“刀疤”老板，你不是说有什么秘密神器吗？到底是什么神器啊？

这个，我一定要说吗？

李家明笑笑，说：你说呢？

“刀疤”嘴唇动了动。这个，现在还真不好说，到时候你自然会明白，请兄弟一定要谅解。

李家明脸上明显露出不快。他见对方还是没有松口的意思，心想也许这件所谓的神器，对他们来说太重要了，宁肯得罪自己，也不能说。要是这样的话，自己心里着急也没有用。不管怎样，自己隐隐约约还是觉得，对方口中所说的神器，好像跟丽丽她们失踪有关。会不会是……

李家明的思绪有点儿乱，头脑里不断冒出很多假设。但这里的许多假设都不好找到答案。便不由得叹了口气，真是徒增了许多烦恼。不过，李家明转念一想，你“刀疤”不说也罢，但我也不可能就这样轻易地让你过关，你不是急于得到订单吗？那你最起码得付出一些称得上有价值的东西。否则，我不是白来一趟吗？

那么，你就带我去看看你的场地吧？李家明说。

“刀疤”说：场地？我这里不是场地吗？

你这是明知故问吧？我肯定是要看你的窑场，你有没有能力在二十天内，烧制出我们老板需要的东西，我不到窑场去看，怎么相信你有这个能力？如果你连这个也觉得为难，那就算了，我另外找人。

说完，李家明真的起身抬腿就走。“刀疤”见状，赶紧起身拦着，说：我这就带你去看，这就去。“泥坯佬”，“泥坯佬”！

“泥坯佬”哎了一声，从隔壁房间里跑出来，惊慌地问：老板有何指示？

“刀疤”颐指气使地说：立即出发。

“泥坯佬”眨着眼，问：去哪儿啊？

“刀疤”有些置气地说：冷水坳。

“泥坯佬”听罢迟疑了一下，有些不太相信自己耳朵似的。问：什么，我没听错吧？

错你个头，快去开车！“刀疤”很不耐烦地怼了一句。

“泥坯佬”张张嘴，悻悻地向楼下走去。

7

从冷水坳回到出租店铺，李家明的心里非常着急。

就在冷水坳查看“刀疤”瓷窑的时候，当时自己找了个解小手的借口，躲在角落里发了一张位置图到自己的微信里。

那座窑址太偏了，如果不是“刀疤”带自己去，自己是很难找到的。

从窑的规模来看，一次烧制五十件大件瓷器是没问题的。窑口很大，足以容纳一人进出。让人感觉意外的是，这座窑是采用现代温控系统，也就是说，只要设定好烧窑的温度，它能自己叫停，比人工看火省事多了。

在这么偏僻的地方，花大价钱做这么一座窑炉，如果没有相当的回报，一般是不会去建的。既然"刀疤"将窑建在这里，就肯定有他的打算。

"刀疤"诡秘地指着窑，有些得意地说：小兄弟，这就是我的神器。

李家明回头看到对方的眼神，仍然有种飘忽的东西。缘于此，李家明决定把自己的这点疑虑，尽快告诉王春华。因为他清楚，这时候自己发现的哪怕一丁点儿可疑的情况，都有可能对整个案件的侦破，产生意想不到的作用。

冷水坳的位置图，李家明已经发给王春华了，他现在着急的，是想得到王春华的下一步指示。他很想通过王春华派人，对冷水坳整个地区进行布控。

如果说，绑架曹丽丽等人跟"刀疤"嘴里所说的神器有关的话，那么关押看守她们的地点，就不会离那里太远。

对了，这点王春华应该也明白，他是老刑警了，对这种案件的研判推理，应该是小菜一碟。

现在李家明所担心的，是曹丽丽等人的安危，这点是最重要的。

王支的电话终于打来了。

家明，咱们长话短说，我们已经对冷水坳方圆十公里范围进行了排查布控。特别是对单门独院的、长久未住人的、进出陌生人等情况异常的地方，进行重点排查，目前初步排查出可疑的地点有十多处。

李家明一听，心也变成了冷水坳。这么多地点，就队里这么几个人，怎么可能控制到位?

为做到万无一失，我们对十多处可疑地点，正逐家逐户进行甄别核查。为了不打草惊蛇，我们不得不秘密进行，估计需要一点时间。贺局和胡处长的意见，还是先排查发现目标，再全面布控，一定要现场获取证据后，再实施抓捕。

李家明听了直点头。虽然对方看不见，但他还是觉得点这个头很有必要。

接下来王春华给李家明吩咐了几点。

你现在要特别注意三点。首先，是要密切关注“刀疤”这边的动向，尽量弄清楚他们行动的准确时间和活动轨迹。

李家明点头嗯了一声。

其次，要继续关注他们实施“灵蛇计划”的具体行动及其过程，随时掌握他们的动态并及时汇报，这是你这次卧底行动的主要目的。

是。李家明下意识地应了一下。

最后，你一定要注意自身安全。越是到了关键时刻，就越不能出差错。为了配合你的行动，我会派人在你活动的附近暗中保护你，如果有什么特殊情况，你只要用左手挠头顶，我们的人就会立即出现。

李家明听了，既感到振奋，也很受感动。振奋是因为自己辛苦一个多月，终于有了收获。感动是因为外围监控保护自己的同志，比自己还辛苦。

第十六章　黑吃黑

1

下午六点，强烈的光线透过窗帘，射进贺天的办公室。屋内虽然开着空调，但还是给人一种燥热的感觉。

贺天接完电话，转过头来，严肃地扫了一眼对面沙发上坐着的两位。

是省厅来的电话？王春华试探性地问道。

贺天嗯了一声，说：是罗厅长的电话。

胡处长忙问：罗厅长怎么说？

罗厅长指示我们，要统筹兼顾，全面安排，分步实施，适时破案。

胡处长点点头，说：这也是我们侦破此案的原则。现在省厅的领导，全都在为咱们瓷城的案子忙活。

贺天嗯了一声，说梁市长刚才也打了电话，询问我们侦查工作的情况，希望我们尽快破案。说市里几件大事，要早抓落实。破案是为了落实这几件大事扫清障碍。说经济搭台，文化唱戏，治安要先行。没有安全，一切难成。还说这是我们立了军令状的。

贺天问：家明那边情况怎样了？

按照我们原定的计划在落实。王春华接话道。

哎，你刚才说，筱蕾说家明的父亲住院了，怎么回事？

这段时间家明执行特殊任务，不能回家，我就叫晓娜和小梁她们关照一下他家里。今天下午三点多，李家明的父亲正在街上打扫卫生，突然中暑晕倒在马路上，被咱们巡逻车送到医院抢救，有人认得家明父亲，就打电话到支队值班室。

人有没有危险？

还很难说，医生说家明他爸中暑摔倒时，头部受了伤，导致脑震荡，现在还处在昏迷阶段，能不能恢复，还要看以后的情况。王春华解释道。

贺天慢慢点下头，说：现在处于非常时刻，千万不能让家明分心。我们要替他照顾好家人，不能让他有后顾之忧，更不能因为他工作的原因，致使家人得不到照顾而出现意外，那是绝对不允许的。

王春华知道贺天的意思，忙解释说：贺局你放心，我已经安排人去照顾了，现在梁筱蕾和张晓娜都在医院，住院手续和费用，我都叫人去办了。

那就好！我们要尽全力抢救家明的父亲。

王春华点点头，说：你放心，我会安排好的。

在旁一直未言语的胡处，深有感触地说：家明这小子命苦，爱人被人绑架，老子又突发意外住院，这真是够他受的。

王春华不由得叹了口气，说：是啊，这事放在谁的身上，都够受的。

家明很不错。业务精通，赤胆忠心，是棵好苗子。如果你们没意见，我想把他调到省厅总队去。两位主官，你们看怎么样啊？胡处长笑着说。

王春华听了，不以为然地笑笑，说：家明这人重情义，他还没结婚，父亲身体又不好。父母在，不远游的可能性很大。

胡处盯着王春华，笑着说：那不一定吧，但凡事业心很强的人，谁不想往高处走啊。

王春华还是一副不相信的神态，欲言又止。

贺天见了，便打圆场说：这事以后再谈吧。我们目前最大的任务，就是要想办法弄清伍尔德他们“灵蛇计划”的具体行动步骤及内容。

胡处笑着点点头，说：没错。

王春华很有信心，说：据我对家明同志的了解，他一定会想办法调查清楚的。

贺天望着王春华疲劳的眼神，脑海里升腾起一丝赞许的意味。他心里明白这位老兄对自己爱将的嘉许和信任，甚至还有一些偏爱。当然，我姓贺的跟他一样，可谓半斤八两吧。

2

李家明在床上心烦意乱辗转反侧，终于想出了一个自认为绝妙的办法。为实施这个办法，他又虚构了各种各样的细节，以及为实现这些细节，可能出现的各种意外，各种应对的措施。

就这样反反复复地设想，推翻，再假设，再推翻，直至心力交瘁才睡去，又在迷迷糊糊中睁开眼来。

“天龙”接连打了三个电话，催促李家明立即赶到公司，说是有事。

李家明于是简单洗漱一下，就打的来到公司。一进“天龙”办公室，就见“老大”也在，“天龙”神情严肃地叫李家明坐下，开口便问情况怎样了。

李家明说：从目前看，“刀疤”那边的实力相对来讲要好些。

何以见得?“老大”诘问道。

我对“刀疤”进行了全面考察，从人员、技术、场地、成果等方面，都进行了甄别核实，他们完全有能力在二十天内，仿制出我们所需要的陶瓷作品。

“神头”那里，是不是也具备条件呢?

“天龙”眯着眼问。

虽然具备一定条件，可与我们的要求，有明显的差距。

有依据吗?

当然有。就“神头”和“刀疤”两个人来讲，“刀疤”属于专家型，而“神头”在仿古业务上则相差太远。

还有呢？

还有，还有“刀疤”他们已经拿出了仿制水平非常高的产品，而“神头”他们暂时还没有。就算“神头”他们有这个水平和能力，但我们没有时间和精力耗在这上面。

有没有可能，我们让他们两个人各做一半？“天龙”问道。

这个办法，我觉得不可取。我们要求做的东西，是世界上顶尖的，不能有半点瑕疵，我们只能用有最好技术的人，来为我们做事。

“天龙”点下头，说：有道理，那我们要赶紧与伍尔德联系。

“老大”听了也表示赞许。

老板，我总觉得，这个伍尔德所说的所谓“灵蛇计划”，很可能是耍我们。李家明说。

“天龙”一惊，忙问：何以见得？

李家明坦然一笑，说：你看啊，如果真的如他告诉你的那样，是为了将这些仿品流进拍卖行里，那他就应该与拍卖行的人来往合作。可他一个外国人，跟国内拍卖行没有什么来往。还有，就算他与国外那些拍卖行合作，按照国际惯例，他也应该提前请那些拍卖行里的人，来研究商量，比如仿哪些作品，仿到什么程度，前期宣传策划，等等，而绝对不是像现在这样，现在仅剩二十天时间，还是毫无动静，这哪里像他所说的那样，将仿品全部流入拍卖行呢？何况一下出品这么多，肯定不是一两家拍卖行消化得了的，而是应该与世界上大部分有名的拍卖行合作。所以，他的话，显然是不可信的。

“天龙”一拍桌子，说：对啊，我怎么没想到呢？

“老大”听了，不以为然，说：这有什么，做仿古生意的人，事先注意保密是很正常的。何况，只要他给我们钱，管他拿出去干什么？

李家明笑笑，说：我做事，从来不做糊涂虫。如果他将我们这些东西，作为他用，那就是他不诚信，我们最起码可以让他加价。这样我们大伙的收益会更高，千万不能被他当枪使了。

对！找他去。“天龙”有些激动地站起身说道。

哎呀，不行，我不能去。我去了，把话说死，就没退路了。我看这样吧，还是小李子你先去，探探伍尔德的口气。“天龙”望着李家明笑着说。

李家明听了站起来，用手指着自己鼻子。我……我去，行吗？

“老大”起身豪爽地一拍李家明的肩膀，说：老弟，你就听老板的，先去吧。

李家明看看“天龙”，僵着身子，一副无可奈何的神态。

3

膀大腰圆的伍尔德听完，脸色立即变得有些僵硬起来，有些不悦地看着李家明。

你为什么想知道“灵蛇计划”的具体内容？这个好像与你们承担的任务没有关系。

伍尔德的汉语水平有限，他便通过“艺菲”翻译，但李家明听得懂伍尔德说的英语，可他不想让对方知道自己懂英语，装憨望着伍尔德，又转脸盯着“艺菲”。

近距离观看，李家明觉得“艺菲”用惊艳二字来形容再恰当不过。自己肯定在哪里见过她，即使没有正面见过，最起码也见过她的侧面或者背影。

对了，那天凌晨，在河边，那个迷雾笼罩的时刻，自己在不远处的河岸上，好像见过她的背影。

不会吧，她一个女翻译，怎么可能出现在那种杀人现场附近？想起这事，至今令自己头痛，到现在也没找到那个神秘的报案人。难道是她报的案？不对啊，自己曾经反复听了报案人的声音，的的确确是位男士的声音。当然，也许她会女扮男声。反过来说，她也有可能用特殊装置改变了声音，可她得有动机啊。一个没有动机的推测，就是不靠谱的玩笑。

伍尔德避开李家明的话题，问李家明打算让谁做这笔仿古瓷的生意。

李家明说：给了“刀疤”。

伍尔德说：“神头”曾经找过他，说是为了找到那些御窑厂底下的古瓷片，是冒着杀头的风险，下了很大的本钱，说无论如何也要让他做一部分。伍尔德说完，拿起“神头”刚送来的博物馆里的瓷器照片，仔细地看着。

李家明听了，皱皱眉反问：你是因为照顾“神头”，让他做出不能使用的仿品重要，还是要仿制出高质量的仿品重要？

伍尔德听了“艺菲”的翻译，不假思索地说：那肯定是要高质量的仿品。

李家明笑着说：这不就得了嘛，我们是来做事业的，不是来做慈善的。

伍尔德突然沉下脸，说：如果你们不听我指挥，那我可以直接找“刀疤”联系。

李家明不紧不慢地一笑，说：凡事都得讲规矩，如果你不讲规矩，那我们更可以不讲规矩，何况我们已经和“刀疤”签了协议，如果你再直接与“刀疤”联系，把我们都抛开，我们不但要让他赔偿十倍的损失，还要到法院打官司。到时，不但你们经济上要遭受重大损失，而且你们的那个“灵蛇计划”，恐怕也要泡汤吧？

“艺菲”将李家明的话翻译给伍尔德，伍尔德听了，沉吟半晌，觉得李家明说得有道理，便问李家明，那你觉得，我们怎样才算合作？

李家明笑笑，说：其实很简单，我们有句古话，叫作“诚者，物之终始，不诚无物”。

“艺菲”将此话翻译给伍尔德听，伍尔德一脸茫然，问：什么意思？

李家明解释说：我们古代人认为，天下万物，都是因为诚信而存在的，没有了诚信，就会失去一切。

伍尔德听了“艺菲”的翻译，晃了晃头说：按照你的意思，我应该按照你所说的，履行之前的约定，才能像你们所说的，取得双赢？

李家明竖起大拇指，说：伍尔德先生就是聪明，一说就懂。

伍尔德两眼一转，微微一笑，说：其实，你们想知道“灵蛇计划”，也没什么。

李家明一听，心想有戏。这个伍尔德看来要拿出一点诚意。

其实，“灵蛇计划”很简单的，就是将你们说的赝品，变成真品，在高端拍卖行拍卖，这就是“灵蛇计划”的真实内容。

李家明听罢，觉得这个伍尔德的确老奸巨猾。到了这个地步，他还要保守他那个秘密。看来，这个“灵蛇计划”，真的非常重大。

可是，据我所知，“灵蛇计划”根本就不是你说的那样，而是有更深的寓意。

什么寓意啊？跟你们中国人打交道，真的非常非常费劲。你们中国人说话，总是模棱两可，让人捉摸不透。

李家明轻蔑一笑，说：这就是我们中国人的伟大之处。全世界有四大文明，现在那三个文明都已经不存在了，只有中华文明，仍然光耀天下。难道你不觉得中国人聪慧和伟大吗？

伍尔德听完“艺菲”的翻译，脸色从僵硬到紧张，从不解到不服。

那不见得吧？

有什么不见得？就说你这次来瓷城吧，不就是冲着我们的瓷器来的？这瓷器是什么？瓷器是中国的第五大发明，世界上有很多人，为拥有我们瓷城的瓷器而自豪，难道这不就是强有力的证明吗？

伍尔德抬头一笑，仍不服气。要说强大，现在中国还不能说是世界老大。

但也不会被人随意欺侮！李家明脱口而出。再说，这世界上还有比我们中国的瓷器，比我们瓷城的瓷器，更精美、更珍贵的吗？要不然，你怎么会不远万里来到中国？你不是还想着，要我的那种黏合碎瓷片的神秘药方吗？

伍尔德瞧瞧李家明，说：我们是来做生意的，不是来谈政治的。李先生，我们还是言归正传吧。

伍尔德先生，你这话又说得不太对。经济是政治的基础，我们做生意，其实就是在谈政治。

伍尔德听了，双眼闪光，说：李先生这话有意思，不过，我是个商人，你们中国有一句古话，叫在商言商。

伍尔德先生对中国文化还很有研究啊。就按伍尔德先生的意思，我这次来，是受“天龙”的委托，特地来与你商量的。

商量什么？

“灵蛇计划”啊。

我已经说得很清楚了，“灵蛇计划”就是那么回事，你要是不信，我们就无法沟通了。伍尔德说完，耸耸肩挑挑眉，一副襟怀坦荡之态。

如果伍尔德先生还是不肯说，那我们的价格，可就要翻倍了。

怎么翻倍？

我们要十倍的价格。

这，这是你的意思吗？

是我们老板的意思。

伍尔德沉默了一会儿，抬起头，说：不管是谁的意思，你们也要讲诚信，说好的事不能随意变。我给你们的价格，已经是天价了。不信，你们可以全世界打听，不可能有比我出的价钱更高的了。

李家明见紧逼也无结果，有股沮丧之意涌上心头，便抬头看看伍尔德，又瞧瞧“艺菲”。突然间，李家明觉得，这个“艺菲”，很像某个人，可这个人……

李家明摇摇头，“艺菲”像某人，纯粹是巧合吧。眼下跟伍尔德的谈话，没有达到自己的目的，想想再这样拖下去毫无意义，而且会引起对方怀疑，便站起身，准备告辞。

伍尔德这时发话，对“艺菲”说：请将李先生的电话留下，李先生是个人才，将来说不定我们有合作的机会。

“艺菲”会意地笑笑，转头问李家明的手机号码。

李家明说：那我打一下你的手机，咱们互相就都知道了。

“艺菲”甜蜜一笑，流露出一种清澈婉约的眼神。

李家明的心底动了一下。

4

天已晚，阵雨过后，空气中飘浮着一丝凉爽。

从伍尔德那里出来后，李家明又到了国际陶艺联盟，把到伍尔德那里去的情况，与“天龙”和“老大”说了。看来这个伍尔德比狐狸还狡猾，任凭他怎么引诱逼迫，对那个所谓的“灵蛇计划”，就是不肯松口，仍然说是准备拿到拍卖行拍卖。

“天龙”听罢，沉吟半晌，最后对李家明说：辛苦了，要李家明回去休息，把主要精力放到仿制古瓷上去。

李家明步履沉重地回到店铺，满是惆怅与失落。

李家明心里焦急得不行。王支的话，犹在耳边。一定要想办法，弄清“灵蛇计划”的具体行动方案，尤其是行动时间、地点、路线、步骤等具体内容。否则，咱们就会非常被动。

唉！用黔驴技穷来比喻自己，再恰当不过了。自己绞尽脑汁想方设法都难以奏效。是不是自己没竭尽全力？是不是自己太过无能？是不是自己考虑不周……

李家明的脑子就像一盆浆糊，稀里糊涂理不出个头绪。

望着卷闸门徐徐下落，李家明将打包回来的十块钱饺子粑打开，然后坐下来，用卫生筷子夹着往嘴里塞。

眼下东西的价格涨得吓人，这饺子粑不管是豆干韭菜还是萝卜丝虾仁的，不管是辣的还是不辣的，在十年前都是一块钱十个，现在倒好，一块钱只能买到三个了。原来三块钱就可以吃饱，现在要十块钱了。听做饺子粑的店老板豪言，将来一块钱一个也不是没有可能，那意思是干这一行的，是十拿九稳赚钱，不怕物价飞涨，随时都可以水涨船高。苦就苦了我们工薪一族，拿着一个月三千多元的工资，干着三万多元钱的工作，每年都说要加工资，可永远都是雷声大雨点小。

李家明一想到钱的事，心里就泄气。这年月拿工资来买房，就好比搬着楼梯登月球，太难了。

这不，自己的房子，还是妻子拼死拼活做事攒的一点钱才付的首付，说起来真是枉为男儿，愧对家庭。当然妻子有技术，在瓷城，只要你有一技之长而且肯干，你就能买车买房养家人。所以，在瓷城地位最高的，就是那些绘瓷器的人。一个国家级大师，其地位不比市长和书记低。

就在胡乱想的当儿，饭盒里的饺子粑也吃完了。

李家明用餐巾纸揩揩嘴，望着空空如也的饭盒子，心情有些低落。他下意识地用手摸摸肚皮，觉得还不是很饱，便后悔刚才没多买两元钱的。不知怎的，最近几天，肚子饿得特快，一到晚上十点多，就有点儿想吃东西，所以图方便，就买一箱方便面，想吃时就用开水一泡。看来今晚又要吃牛肉方便面了。

见自动卷闸门全合上了，李家明的心里安稳了些。不知怎的，最近这段时间，李家明总觉得有什么人跟踪守候自己似的，总觉得有人在附近盯着自己。所以逼得自己做任何事都要小心。这卷闸门虽然关上了，但那层薄薄的铝合金隔音太差，里面说话声音大点，外面就能听清楚。所以李家明一般都是用手机发微信，能不说话就尽量不说，有时实在要说，就将店里的小电视机的声音开得山响，人站一边低下身子说话。晚上电视太吵人，便用一件大衣裹着自己，躲在里面说话。

李家明拿出手机，瞧一眼时间，才七点一刻。正是中央电视台新闻联播时段，此时说话正合适，即使外面有人想偷听自己说话，恐怕也不那么容易。何况自己说话的声音比电视里的声音小得多。

李家明考虑要不要向王支汇报，可思来想去的，觉得自己还未取得什么实质性进展，一时真不知汇报什么好，真是左右为难。

李家明拿出手机，翻看一下今天的微信，突然发现有一个叫农夫的微信号加自己。出于一种本能反应，李家明觉得这个微信号有点儿意思。因为自己对农夫与蛇的故事，太熟悉了。这个恩将仇报的寓言，会让人的爱心受到极大的伤害。都说付出就有回报，有时付出，却是雪上加霜，自找苦受。所以世上的很多事，就变得复杂而变态，让许多本可拥有的美好与信念，受到损毁或玷污。

李家明下意识地加上了农夫，农夫立即发来了一条链接，是一条盘踞着身子的蟒蛇，吐着舌芯，发出恐怖的威慑，展现一击即置人于死地的凶残。李家明皱皱眉，立马在手机里点了一下蟒蛇链接，令人大吃一惊，被点开的蟒蛇，慢慢地变成了一个文件，李家明瞪大眼睛，死死盯着这个文件名，喃喃念道："灵蛇计划"。

李家明浑身一震，有种热血沸腾般的亢奋与激动。自己苦苦寻找的天大秘密，没想到会这么轻易地得来，真是不可思议。

不对，什么人会将这样高度绝密的计划，无缘无故地发给我，这不是天方夜谭吗？这世上哪有这么便宜的事？

李家明感觉自己有些坐不住了，他感觉到对方对自己非常熟悉，而自己却对对方一无所知，这简直太可怕了。对方是什么人？他怎么知道我正在查找"灵蛇计划"？即使知道我正在查找，可他为什么要把这么重要的计划发给我呢？他可以通过其他渠道，直接向王支贺局或胡处长他们发送，何必要这样绕圈子？

不对，这会不会是个陷阱？

李家明浑身的毛孔，霎时都竖了起来。

不管怎样，先看看内容再说。也许，这是对方故意发个虚假的东西给我，以便试探一下我的反应。会不会是伍尔德叫人做个假的文件发给我，以便打消我要寻找真正"灵蛇计划"的念头？或者是"天龙""老大"他们想试探我？抑或是别有用心者的行径？

李家明有种迫不及待的冲动，急于要看一下这个计划到底是什么内容。于是便屏息静气全神贯注迅速认真地浏览起来。

看着看着，李家明不由得毛骨悚然，背后一阵阵的冷气直冒……

如果真的像里面所写的这样，那实在是太可怕了，可怕得让人窒息，让人抓狂。

不行，不管这个给自己发微信的人是谁，不管这份情报是真是假，都得赶紧向王支汇报，刻不容缓，火烧眉毛了。

想到这里，李家明立马打开电视，将音量调到最大……

5

傍晚七点二十分，在市公安大楼会议室内，齐刷刷地坐了三十多位身穿警服的人员，气氛显得紧张而严肃。

王春华首先向大家通报了李家明发来的情报，并将案情做了简明扼要的介绍。完了，王春华说下面请贺局长给我们作重要指示。

有人鼓起掌来，贺天立即抬手制止。

贺天扫了一眼在座的各位，说：同志们呐，从刚才王支的介绍，我们可以看出，现在情势非常危急。经市领导和省厅领导批准，我们的擒蛇行动，分为三步实施。

大伙儿一听，神情紧张地竖起耳朵。

首先是立即启动一级应急预案。全市各级公安机关，要高度重视，将擒蛇行动放在压倒一切的位置上来，要从讲政治的高度，抓好各项措施的落实。

在座的都低着头，认真快速地记录着。

其次是要分步实施。鉴于案情的相互交叉和复杂性，经过我们前段时间的艰苦侦查，盗挖古瓷片案和绑架女性案已经交织在一起，这给我们指明了侦破的方向，但同时也给我们的破案工作，带来了相当大的困难。

大伙儿凝神思索。

为什么呢？因为我们现在办的这几起案件，属于多重交织复合型案件。其中的人员和线索相互交织在一起，所谓牵一发而动全身啊，稍有不慎，就会惊动对方。所以，我们必须要做到切开断层，逐步推进。这就需要我们有完美的计划与高超的技术方法。

在座各位不断点着头。大伙儿脑瓜儿中想象着医生屏气凝神切除肿瘤的画面。

最后，特别要强调保密纪律。我们公安，是纪律部队，一切工作，都要以纪律和保密为前提。否则，我们不但不能战胜敌人，而且很可能会葬送我们战友的性命。这一点，务必要引起同志们的高度重视。如果发现有人泄露了工作机密，不管是出于什么原因，一律严惩不贷，决不姑息！

贺天说这话时，口气铿锵，抬手用力一挥。

王春华接着说：刚才贺局长说的三点指示非常重要，是我们侦破工作的指南。我们这次的行动，是针对犯罪团伙制订的“灵蛇计划”实施的。我们的计划叫“擒蛇行动”，整个“擒蛇行动”，分三步来实施。

贺天点一下头，两眼看着王春华。

第一步，针对“刀疤”的行动，也就是刚才贺局长所说的，分步实施的第一步。主要任务，就是查清“刀疤”绑架四名年轻女性的全部情况。

童刚拿水笔在笔记本上记完，然后用笔敲打一下自己的脑壳。

第二步，就是要查清“神头”雇用人员盗挖古瓷片，与伍尔德交易，以及杀害民工的真实情况。

张晓娜抿抿嘴，也在笔记本上迅速记着。

第三步，就是要查清伍尔德到咱们瓷城所有买卖走私古瓷的活动，以及仿造古瓷实施“灵蛇计划”的真实情况，最后将他们一网打尽，追回全部被盗古瓷片，为我市申遗成功，为瓷博会的顺利召开，创造良好的治安环境。

好！张晓娜兴奋地鼓起掌来，一副天真可爱的样子。

贺天似乎也受到了感染，便趁热打铁说：我们接下来，就研究“擒蛇行动”的第一步。

王春华用手摸着下巴想想，对贺天说：我觉得，研究第一步行动，还是要请李家明同志参加，因为只有他，对整个案情最熟悉，要掐断犯罪团伙内部的人员联系和线索，掐到哪儿为止最合适，也只有他最清楚。所以，制订行动方案，我们要征求他的意见，局长你说呢？

贺天眨眨眼，点下头，说：好，那就立即联系家明同志。

好的，我来联系，他正在等我回话呢。王春华说完，就拿出手机，拨打李家明的手机。

6

李家明接了王春华的电话，知道王支让他参加案情分析会时，他说：一定参加。因为明天晚上，就是“刀疤”扬言给李家明一个天大惊喜的时候。

由此可见，明天就到了侦破案件的一个重大节点。这个节点把握得好坏，直接关系到整个案件能否顺利侦破。

为安全起见，开会地点定在靠近古玩市场附近的青花宾馆。

李家明为防止有人跟踪，决定先到古玩市场溜达溜达，利用淘宝的机会，趁机观察是否有人跟踪，一旦发现有尾巴，设法摆脱，然后与王春华见面。

李家明关好店，便打的往古玩市场方向驶去。李家明上车坐在后排，仔细观察是否有车跟踪。果不其然，发现有辆上黄下蓝颜色的的士一直跟着。李家明立即用手机与王春华联系，让王春华设法拦住后面那辆车。

王春华说：放心，你前后都有我们的人，到下一个红绿灯路口，我叫交警将他拦住。

李家明说：最好制造一点交通事故，要将车拦得自然一些。

王春华说：放心，我们是专业水平，天衣无缝。

就在过第五个红绿灯路口时，后面的的士与一辆环卫车发生碰撞，交警立马上前将其拦住，并扣了司机的驾驶证。

李家明心里总算放松了些，可他吃不准是谁派人跟踪自己。

五分钟不到，李家明的手机响了，他一看来电，竟是“天龙”打来的。

李家明脑子快速运转起来，是不是“天龙”派人跟踪，现在司机出事无法继续跟踪了，便想打听我的情况？

李兄弟，你现在在哪儿啊？

啊，我现在出去一下。

这么晚了，出去干吗呀？

噢，我想到古玩市场去转转，好久没出来了。

你小子还想着吃仙丹啊？

那谁不想啊，干咱们这行的做梦都想，有多少人，不就是因为吃了一次仙丹，就成富翁了。

“天龙”说：那是二三十年前，现在哪有那么便宜的事，连捡垃圾的都识货。

碰碰运气吧，我听说前几天就有一位外地来的游客，到古玩市场捡了个大漏，发了。听说准备办投资移民，去加拿大。

“天龙”说：你还想出国啊？

出国谁不想，这有钱人不都想着法子出国吗？

我可不会那么傻，出国有什么好啊？说话听不懂，生意没法做，有几个钱花不了多久就没了，谁作兴你？干我们这行的，根就在国内。

李家明说：你想得也没错，可我们年轻人，不出去闯一下，心有不甘。在外混得不行，再回来也不迟。

“天龙”笑了，说：去吧去吧，年轻人就是爱做梦。淘着什么好东西，也给我分享一下。

那是肯定的！李家明装出很兴奋的样子。

别忘了仿古瓷的事，那才是正儿八经的大事，那才牢靠！

放心吧，误不了事！

李家明关了手机，轻蔑地一笑。

7

李家明先到古玩市场转了一圈，以防万一，他用手机拍了些照片，观察四周并无人跟踪，就趁机进了趟公共厕所，然后沿着一条小路，迅速离开古玩市场，走到小弄口，看见一辆普通现代车，李家明走近，车窗立即摇下半块玻璃，露出一只手摇晃着。

李家明见四周无人，迅速拉开后车门钻了进去，见接自己的是张晓娜。

晓娜见了李家明，激动得不知说什么好，只是说了句李大，就再没其他话了。

李家明问：大伙儿还好吗？

张晓娜反问：你是问我还是谁？

李家明说：当然包括你了。

张晓娜嘟嘟嘴，说：别人我不知道，反正我不太好。

李家明听了，感到意外，便仔细瞧着对方的侧脸，仿佛要从那里看出个子丑寅卯来。为什么？

你说为什么？张晓娜说了句话后，又阴沉着脸，专心驾驶着车子。

李家明感觉出张晓娜的异样，便说：晓娜有什么事，怎么不跟我说？

我跟你说什么啊？刚接着案子，原本以为跟着你干，开开心心的，没想到你半路玩失踪了。

我不是玩失踪，是有特殊任务。

什么特殊任务？干吗非得你去？

哎呀，你这个小丫头片子，不让我去让谁去啊？你去？

我当然可以去啊！张晓娜毫不犹豫地回应。

李家明扑哧一声笑了，说：你这小丫头，不知道深浅。

我怎么不知道深浅了？无非就是个卧底啦。

李家明听了摇下头，说：你知道有多危险吗？

知道。我们当警察，干刑警的，哪个不危险。

李家明又摇摇头，说：危险可分好多种，也分不同的程度，就像暴风一样，有五级六级，也有八级十级的。

这我懂，可不入虎穴焉得虎子，不经风雨，难见彩虹呀。

李家明被对方的纯真逗笑了。

你别笑。你不知道，自打你失踪后，我一天到晚脑子里就想着你，连做梦都想。

李家明皱下眉，苦笑着问：你想我干啥？你应该想怎么工作呀。

我是想怎么工作来着，可我就是集中不了思想。一会儿担心你会不会出事，一会儿担心你是不是没吃没喝的。

李家明显然有些感动，为对方的纯粹而感动。

这个你就放心吧，我现在不是好好的吗？

张晓娜转一下头，瞧一眼李家明，嘴角终于露出一丝笑意。

8

五分钟后，车子来到青花宾馆后侧门，在一处隐蔽的位置停下。

李家明观察了一下四周，戴上压舌帽和眼镜迅速下车，走边门楼梯，快步来到三楼六号房，推门闪了进去。

贺天、王春华和童刚正在房间里等。

李家明没想到贺天也在，愣了一下，叫了声贺局好。

贺天笑着抬抬手，说了句辛苦了，坐吧。

王春华示意李家明坐下，开门见山道：咱们客套话就不说了，找你来的目的，就是想听听你对抓捕“刀疤”一伙的意见。

李家明在靠近王春华坐着的床边坐下，说：如果从整个“擒蛇行动”来讲，现在动“刀疤”他们，为时尚早。但如果从解救被绑架女性的角度来说，时不我待。

王春华说：对，难就难在这里。

贺天将视线转向李家明，说：你对整个案件最熟悉，所以，让你回来，就是想听听你的意见。

李家明仔细想了想，说：一旦切断了“刀疤”这边的线，“天龙”那边要与“刀疤”联系，要“刀疤”给他们送货怎么办？而且以目前的情势，“刀疤”他们要仿造的古瓷，起码要在四批次以上，这么多数量，在这么长时间内，“天龙”不可能不与“刀疤”他们联系。即便是最后完成了仿造古瓷的交接，但“天龙”也要将款打给“刀疤”。按照惯例，在打款之前，“天龙”他们也要与“刀疤”核实仿古瓷的数量，以及所有仿古瓷的价格总数。

贺天点头说：对，我们要预见到，怎么才能在这么长时间里，不让“天龙”起疑心，而且必须要让这些仿古瓷一件不少地交到“天龙”手上。否则，伍尔德一旦没有拿到他想要的高仿瓷，就会影响“灵蛇计划”的实施。

王春华立即表示赞同，说：对，这是个非常关键的问题。要让这件事稳妥而不发生意外，要特别注意两个方面：一是要有人代替“刀疤”他们仿制好古瓷，而且质量要绝对高；二是要让“刀疤”他们与“天龙”保持联系，不能让“天龙”觉察出“刀疤”已被我们控制。

没错，这两点都非常关键，缺一不可。贺天认真思考着说。

李家明皱眉思忖了一会儿，说：这两点都是个难题，前一点如果曹丽丽没有出事，那也没问题，她完全可以画出仿古瓷画面。

王春华知道曹丽丽的画工非常了得，她完全可以画出以假乱真的高仿瓷来。她表哥开的那个厂，还有把桩的龙大爷，这些人凑在一起，就可以仿制出完美的高仿瓷。如果丽丽被我们救出，那这个难题就迎刃而解了。

是。如果“刀疤”为我们所用，那做高仿瓷以及与“天龙”保持联系也就不是难题了。说完，李家明苦笑了一下。

王春华看出李家明的无奈，因为他心里也很清楚，要想让“刀疤”为我们所用，难度很大。

贺天瞧瞧在座的几位，强调说：咱们下一步的重点，就是要研究一下具体细节，要在抓捕“刀疤”、解救被绑架女性及掌控“刀疤”为我所用这三方面做足文章。

几个人都点点头。

第十七章 移花接木

1

一阵暴雨掠过，地面的尘埃惊跳起来，令人瞧着有些心烦。

虽然已是晚上八点，李家明仍忐忑不安地趴在进窑厂的树林里，两眼紧盯着前面进来的路。

干旱了几天，山林里一旦有雨，各种虫子便出现了，尤其是身子狭长的毛毛虫和百足虫，瞧着特别恶心。即便是晚上，也时不时地和人打个照面。

李家明感觉到有一只东西爬上左手，赶紧用小手电筒一照，是一只百足虫，心生厌恶地将手一抛，耐着性子看着前面道路，黑黝黝里偶尔听见几声虫子叫。

终于看到有车往山坳里来，一辆，两辆，三辆，四辆……

好家伙，一下来了这么多辆车子，全停在那座窑炉前面有些不平整的空地上。

从最前面的一辆面包车里，下来几个人，借着远处微弱的灯光，李家明分明看到一个自己熟悉的身影，不由得吃了一惊。怎么会是他——龙大爷！

看神情，龙大爷慢悠悠的，似乎有些不情愿。李家明心里在嘀咕着，龙大爷是不是被他们逼着，或者是被骗来的？一系列的疑问，瞬间闪现在脑壳里。

等龙大爷走进窑房，紧接着又从另一辆中型面包车里下来一溜人，可以看出是每两个人押着一个套着黑头套的人出来，看起来戴着黑头套的人个子要低一些，也就一米六至一米六五。

等等，对了，应该是女的。

一个，两个，三个，四个，五个。对了，走在最后的那位，她的身影姿态，竟那么像……

直觉告诉自己，那个人就是曹丽丽。

热血，翻腾在胸膛里，翻滚在脑海里……

李家明觉得自己的喉咙里有声音要冲出，理智告诉自己要压制住不能出声。

不对啊，不是说被绑架了四个女青年吗？这里怎么出现了五个？多出来的一个是谁？怎么没人报案？

正在李家明思忖的当儿，耳麦里传来王支沉稳严肃的声音：各小组注意，各小组注意了，嫌疑人已经进入了窑房，按照一号方案，保护好人质，立即行动！

耳麦里立即传来一片收到的声音，随即传来一片嘈杂声。

一分钟不到的时间，耳麦里传来一片不许动、警察的声音，随即听到女性叫救命的喊声。

李家明这时才长长吁了口气，多日来郁积在心头的焦虑与担忧，似乎在这一瞬间得到了释放。

接下来就是要确定一下曹丽丽的真实情况，因为即使看到了人，但也不排除相貌身材极为相似之可能。

李家明从趴着的地上用手撑着起身。按照王支的吩咐，尽量不露面，以免让对方怀疑自己的真实身份。

唉，自己就耐心等一会儿吧。王支说过，一旦发现曹丽丽的行踪，会第一时间通知自己的。

什么东西？凭感觉，李家明觉得有东西就在前面朝自己移动过来，便下意识地用手电筒一照。

我的妈呀，一条巨大的蟒蛇，正昂着头张着血盆大口吐着舌芯对着自己。

李家明浑身的血液，一时间都凝固了。他紧张地屏住呼吸，用手电筒死死照着对方的眼睛。

在强光下，李家明分明看到了绿莹莹的眼神。那里除了死亡，就是恐惧。

就这样对峙着，李家明想呼叫，但转念间打消了这个念头。毕竟自己是个刑警，如果自己连这种事情都处理不好，那还怎么去完成许许多多更恐惧危险的任务呢？

李家明的脑袋里闪现出各种意念。对方扑过来咬自己一口，然后用身子紧紧地盘住自己不让喘气，而且越盘越紧直到自己窒息，最后渐渐失去了意识。

如果对方扑过来，自己要立即闪身躲开，然后利用自己练过的心意六合拳击打对方的七寸，将对方击痛，最好是击溃。

这么大的蛇，它的七寸在哪儿？再说这黑灯瞎火的，我怎么判定它的七寸位置？一旦击打的地方不准确，很可能就会被对方用力缠住，到那时就只能用嘴咬它，让它也中中人毒逃窜去吧。

就在这千钧一发之际，突然耳麦里传来王春华激动的声音：家明，告诉你个好消息，丽丽在这儿，完好无损。

不知怎的，李家明一时豪情万丈，他以迅雷不及掩耳之势，使出鹰形剪手大劈，瞬间将蟒蛇震飞几丈之外，只听到噼里啪啦一阵响，像是蟒蛇被摔断了，然后是一片寂静。

2

已是深夜十二点，李家明在租来的店铺中焦急地等待着，心情急躁地来回走了几圈，又坐在木沙发上漫不经心地拿出手机玩小游戏。

时间在一秒一分地过去，玩了一会儿，李家明觉得实在无聊，便拿出一瓶回来时在街路口超市买的青岛啤酒，打开盖子倒进杯里就着一包花生米喝了起来。不知道是为了庆祝绑架案告破，还是庆幸曹丽丽被救，总之很想喝一点什么庆贺一下。

李家明慢慢地，一边喝酒一边想心事。

这绑架案算是破了，接下来的问题却有不少。

之前报案称失踪了四位年轻女性，这多出来的那个女的是怎么回事？为什么家里人没报案呢？这个被绑的女青年是哪里的？是不是外地来瓷城的？如果是，那她到瓷城来干什么？

还有，一下子将这条犯罪集团的下线斩断了，那仿古瓷的烧制怎么办？如果没有“刀疤”和“泥坯佬”，怎么向订货的“天龙”和“老大”交代？如果“天龙”或“老大”打“刀疤”或“泥坯佬”的手机不通怎么办？

一连串的问题摆在面前，好在王支和贺局已经通盘考虑到这些问题，将行动放在晚上，为下步行动争取时间。

从抓捕行动成功，到现在已过去四个多小时了，审讯工作应该差不多了。对了，按理说现在应该打一下曹丽丽的电话了。

想到这儿，李家明赶紧拿出另一部手机，打通了曹丽丽的手机。

曹丽丽一听李家明的声音，就哇地一声哭了出来。

李家明连忙说：丽丽，你别哭啊，你现在没事了。

没想到对方手机里传来丈母娘尖酸刻薄的话。丽丽，别理他，这种男人没出息。接着丈母娘接过手机大声说：李家明我跟你说，你以后不要打电话来了，丽丽跟你没任何关系，你就死了这条心吧！你这样没责任心的男人，就是打光棍的命！说完，对方就直接将手机关了。

李家明急得喂喂连叫几声，可对方手机再也没了反应。

李家明的心里，烦躁得不行，不由得咬牙切齿跺脚撒气。这是什么事情啊？原本自己历经千辛万苦，冒着九死一生的危险，好不容易打入犯罪团伙内部，眼瞅着马上就可以完成任务回归警队，未料祸起萧墙，而且还无处可诉，无人可帮，真是令人懊恼不已，痛苦万分啊！

唉！为什么自己要当这个卧底？为什么丽丽会碰到阿云这伙人？为什么自己就这么倒霉？

自己好不容易成个家，转眼之间就成了过眼云烟，难道这就是我的命运吗？心有不甘，心有不甘啊！

3

在刑警支队办公区内，灯火通明，人来人往，一派忙碌。

王春华心里很焦急，他到审讯室已经三次了，可这个“刀疤”，一开始只承认五个女青年是他手下人“泥坯佬”绑架的，至于绑架她们干什么，他硬咬着说是为了给他打杂画瓷器的。

王春华见对方一副老奸巨猾的样子，提醒对方说：你的时间不多，你要感谢我们这些当警察的。

“刀疤”轻蔑一笑，说：我是要感谢你们，让我坐了牢，出来找不到工作，只好混江湖做点生意。

王春华摇摇头，说：你还没明白我的意思。

“刀疤”问：我怎么没明白？

王春华说：你应该感谢我们救了你。

“刀疤”一脸不屑，反问说：你们怎么救我了？你们这不是把我抓起来了，还谈什么救？是寒碜取笑我吧？

王春华用手点点对方，说：真是狗咬吕洞宾，不识好人心。今天晚上要不是我们及时出现，制止你下一步更为严重的犯罪行为，那你的下场，就只有死路一条，谁也救不了你。

“刀疤”脸上肌肉一僵，眼里闪现出一丝狡黠，说：笑话，我有什么下一步更为严重的犯罪？你们警察，可不能穿着警服，就仗势欺人，血口喷人。

王春华将脸一沉，威严地指着“刀疤”说：“刀疤”，我希望你不要抱任何侥幸心理，如果我们没有掌握你犯罪的确凿证据，我们能够那么准时出现在你的窑场？

“刀疤”听罢一愣，可还尽量保持着镇定。对方的话，犹如钢针，刺中了自己的死穴，不由得抬头仔细盯着对方。

怎么？你想明白了？王春华带点讥讽地一笑。

你说，掌握了我确凿的证据，什么证据？

王春华晃头一笑，从容地从文件袋里拿出一本小册子，在“刀疤”眼前一晃。怎么样，这本册子，看着有些面熟吧？

“刀疤”的眼神，死死盯着王春华手里拿着的那本册子……你，你怎么也有这本册子？

王春华微微一笑说：怎么？没想到吧？还是那句老话，若要人不知，除非己莫为。

“刀疤”听罢，低头想想，既然对方能拿出那本小册子，就一定知道了自己想用活人祭窑。而且这件事手下人知道的不少，即使自己咬死不承认也没用，只要有两个人以上承认并指认就行了，与其到时被动受审，不如争取主动。

可话又说回来，不是说坦白从宽，牢底坐穿；抗拒从严，回家过年吗？自己要是承认了，肯定要落得个杀人未遂的下场，而且是杀五个人未遂，判刑肯定是少不了的，即便不以杀人罪论处，可五起绑架案是跑不脱的，光凭这些，就够自己喝一壶的。

王春华目光逼视着“刀疤”，说：“刀疤”，你不要再存任何侥幸心理。你知道你们做完仿古瓷，把东西交给伍尔德后会是什么下场吗？

“刀疤”一听，对方连我们做仿古瓷卖给伍尔德都知道，那他们还有什么不知道啊？

仿古瓷，伍尔德……我们什么下场啊？

王春华冷笑一声，啪地一下将一份材料拍到“刀疤”眼前。你自己看吧，只看最前一页和最后一页。

“刀疤”有些紧张地拿起材料，一看第一页上写着“灵蛇计划”几个字，不禁手一抖。他连忙翻到最后一页，看到上面写着仿古瓷交接后要彻底清除“刀疤”“天龙”“老大”等人！

“刀疤”看着看着，双手不禁抖动起来，随即他歇斯底里地吼叫着：不可能，不可能！他一边叫一边绝望地用双手揪着自己的头发。

过了一会儿，王春华见“刀疤”难受得差不多了，便说：难过没有用，你现在最重要的，是正视现实，想想以后怎么办。

“刀疤”抬头望一眼王春华，那双显老却炯炯有神的眼睛，刺得他心里发毛。他知道现在警察不能用假东西诱骗人，对方说救了我的命的确没错。

唉！其实自己这一生，就这样完蛋倒没什么，关键是自己的女儿余青花怎么办？她完全是无辜的，青春靓丽，对人生充满着美好的幻想与无穷的憧憬，她会因为自己再次锒铛入狱而失去人生的依靠，落入万丈深渊而受苦受难。本来打算这笔生意做好了，就有足够的钱送她到国外去留学、定居，可现在把事情弄砸了，一切都成了泡影，最受打击和影响的，还是女儿啊。

“刀疤”再次瞧瞧王春华，这个当年就抓过自己入狱的“老派”，十几年不见老气多了。这次自己又栽到他的手里，真是冤家路窄，倒霉透顶。

唉！自己做事，一直是非常小心谨慎的，特别是那本小册子，对方怎么又会有呢？这本小册子知道的人很少，奇怪的是，对方竟然会有一本和自己一模一样的册子，虽然自己没看内页，但八九不离十的内容肯定也一模一样。要是那样的话，自己否认抓那些姑娘来是为了祭窑，根本就没什么意义了。

我，我有个问题，如果你能帮我解答，我会如实说明自己的情况。

王春华盯着对方，严肃地说：我知道你想问什么。你想问我怎么发现盯上你的？对吗？但我现在还不能告诉你。

“刀疤”听完，难受得双手抱头不停地晃。

你没必要晃头，你是生意人，我现在就跟你做笔生意。

做生意，什么生意？

给你个戴罪立功的机会，就看你愿不愿意。

立功，我还能立功？“刀疤”想到牢狱之苦，又想想女儿的未来，从心底渴望自己能得到从轻宽大处理，这对自己来说，显得最为重要。

当然可以，只有你从内心认识到自己的错误，真心实意地悔过自新，并且有重大立功表现，我们就会在处理你的问题上，给出从轻减轻的建议。

你们能说了算？

基本上可以作数。

基本上怎么说？

噢，按照法律规定，只要你有立功表现，完全可以从轻减轻。你也应该清楚，我们的第一手材料是非常重要的，将来到了检察院和法院，都是最有力的原始证据。王春华继续向他普及法律知识。

“刀疤”用手摸摸头，眨眼望着对方。那，那我怎么，怎么才算立功？

简单。除了如实向我们交代你和你的团伙的所有活动情况，就是积极配合我们做好你该做的事情。

“刀疤”认真看着王春华，半信半疑。那，我怎么才算配合你们做好我该做的事？

王春华轻轻一笑。这个嘛，要等你交代完后，我再跟你说。

“刀疤”看出对方眼里的真挚，好像不是蒙人的，便有些吞吞吐吐地说：那好吧。我要是把所有的都说了，你们可一定要想办法让我从轻减轻……我的女儿怎么办呐？

我已经说了，你还要有立功的表现，而且你的功立得越大，将来对你的处理就越轻，听明白了吗？

“刀疤”眨眨眼，有些很不情愿地说：那好吧。

你要是不愿意，我们也不勉强。

愿意愿意，肯定愿意的。“刀疤”说。

4

李家明眼瞧着窗外已经大亮的天空，心里仍然忐忑不安。

接到王春华的电话，说“刀疤”已经答应与我们合作，继续烧制仿古瓷，并且继续保持与其他人的联系，李家明悬着的心，终于落了地。李家明原来担心，这个“刀疤”可能会不老实，眼瞅着这么一大笔生意要做成，按他自己所说起码有八百万元的收入。这么一大笔钱，突然就没了，他肯定不甘心。

也不知王支他们是怎么做“刀疤”工作的，让他答应跟我们合作，这关系到案子能不能继续查下去，所以这一着棋很给力。

眼皮沉沉，不知不觉中李家明闭眼睡了过去，直到手机铃声响个不停地将他吵醒。

李家明拿过手机一瞧，是“天龙”打来的，忙接通。对方口吻有些焦急地问：“刀疤”那边情况怎样？怎么电话都打不通？是不是出了什么事？

李家明一听坏了，这个“天龙”这么早就打“刀疤”电话，莫非他得到了什么消息？或者惊动了“天龙”？赶忙回答说：不会吧，现在还早，等会儿对方就会开机。

“天龙”半信半疑，说：现在已经是八点多了，还早啊？

李家明忙说：这段时间“刀疤”他们夜以继日赶制仿古瓷，昨晚十二点我还与他通过电话，肯定是加班太晚没开机。

“天龙”听罢，沉吟一会儿，说：那好吧，你告诉“刀疤”，让他一开机就跟我联系。

李家明嘴里说好好，心想这会儿他还没开机，我怎么才能告诉他，只好发条微信，让他赶紧给自己回个电话。一来感受一下他的状态怎样，二来也试探他与我们合作的诚意如何。想到这儿，便立马给“刀疤”发了条微信。

发完微信，李家明又拿起另一部手机，给王春华打过去，将这边“天龙”找“刀疤”的情况告诉对方，要对方赶紧安排，让“刀疤”给自己打电话。

一刻钟的工夫，“刀疤”把电话打了过来。

李家明尽量稳住自己的情绪，告诉对方，“天龙”找他有事。

“刀疤”听了，停顿了一下，然后问：“天龙”找我有什么急事？

我这不是已经在赶制仿古瓷了吗？

为消除对方的紧张状态，李家明说：是啊，我已经跟他说了，你日夜赶制作品，忙得不可开交，昨晚十二点我还与你通过电话，催你要把好关。

“刀疤”听完，马上接嘴说：对啊，我现在是一刻钟也没停歇，累得连说话的力气都没有，看来还要他们加点钱才行。

李家明一听，看来这个“刀疤”已经投入角色里去了，用要求加价来证明自己的辛苦，可以打消对方的疑虑，这一招真不错，不愧是个老江湖。当然，李家明心里也在犯嘀咕，这种点子，也许是王支帮他出的，说不定此时在“刀疤”边上的王支在亲自指挥他。

加价的事，你自己向“天龙”提出来，不管行不行，一定要把你们辛苦的程度和原因说给他听。如果“天龙”不肯，你就说如果不相信，叫他们问我。

“刀疤”似乎找到了某种台阶，忙说：好好，那我现在就打电话给“天龙”。

说完，“刀疤”挂了手机。

李家明从刚才的对话里，找不出“刀疤”说话语气情绪中有什么疑点，也就放心许多。

李家明看看手机，已快九点，想着要赶到公司去，便动手洗漱一下出了门，在商铺拐弯处买了油条包麻子、豆浆等，边吃边打的，二十分钟后赶到了瓷溪川，急步走进公司来到办公室，正好碰到“天龙”走过来。“天龙”抬抬手，说：来得正好，伍尔德打电话来，要你马上去一趟。

李家明一愣，问：他叫我去干吗？

“天龙”摇摇头，说：我也不清楚，你去了不就知道了？说完，“天龙”满是诧异地盯着李家明看。

李家明点下头，说：那，我就去了。哎，这伍尔德说的是英语，你怎么听懂了？

“天龙”皱下眉，说当然不是他本人打电话，他身边不是有翻译吗？

李家明听了一怔，不禁疑云涌上心头。这疑云忽隐忽现，忽近忽远。

5

再次见到“艺菲”，李家明的心跳有点儿加速。他说不清到底是种什么感觉，总觉得这个“艺菲”很神秘。

自从看到她的第一眼，就感觉在哪里见过。自己收到的那个“灵蛇计划”，也是莫名其妙。好好的有谁知道我正在寻找这么重要的计划，而且那么及时地发到自己的手机上。不知怎的，总把这件事与“艺菲”联系在一起，因为上次自己想套伍尔德说出“灵蛇计划”的具体内容，“艺菲”在场翻译，她应该知道我想要那个计划。可即便她知道我想要，她也不可能随便将计划给我呀，她对我一点都不了解，她怎么敢把那么重要的东西发给我？万一我把东西拿给伍尔德看，那她不就是自寻死路吗？当然，她完全可以否认发过东西，就算我把东西给伍尔德看，对她也没危险。其实自己对她一点都不了解，对她的一切毫不知情。

这个长得惊艳的“艺菲”，到底是什么人？

从她的眉宇间，看出与某人有些相像。像她？但仔细观察一下，又不是很像。而且从身份和处境来说，这两个人根本就扯不到一块去。

就这样边想边走，李家明跟着伍尔德和“艺菲”，来到宾馆后面豪华的训练馆。

李家明疑惑地看着“艺菲”，“艺菲”甜蜜地一笑，解释说：伍尔德先生是欧洲拳击冠军，来瓷城后有几个月都没练过拳，他说看你的身手有点儿像练过功夫的，所以叫你来练练。

李家明听罢，一时有些茫然。不知这个伍尔德倒底是什么想法，自己也是好长时间没练了，跟他过招，心里也没数。虽说拳击自己也练过，但毕竟对方人高马大，还是欧洲拳击冠军，自己练的是中国武术，与拳击有点儿格格不入。

李家明转头看着“天龙”，说：还是老板上吧。“天龙”忙晃着双手说：你不要看我，我掏掏浆糊瞎搞可以，真的上台那可不行。

李家明又回头瞧瞧“老大”，不料这个“老大”竟扭头往有卫生间的方向走去，全然不顾这边的事。

李家明再转头，见伍尔德已经穿戴好运动服和拳套，露出一身的肌腱肉和毛茸茸的胸脯。他很自负地向李家明扔过来一副拳套，昂着头得意地笑笑，眼里满是轻蔑与挑衅。

李家明叹了口气，有些被逼无奈地接过拳套，默默地换上运动服，套上拳套。

伍尔德抬抬头，握拳比画着来回跳动了几下，显得刚劲有力。他笑看着李家明，歪着头对着“艺菲”，用英文说：叫他不要怕，我不会要他的命。

李家明听了，心里很不是滋味。从对方目空一切的神态里，可以明显感受到侮辱、嘲讽。对方真的把我看成一根稻草，只要他一抬手，我就会趴下，根本不可能是他的对手。年轻人那种血气方刚，瞬间充满全身。李家明下意识地攥紧双拳，恨不得一拳将对方击倒，然后狠狠地踩上几脚，把对方踩成一摊烂泥永世不得翻身。

李家明想，万一被对方打伤了怎么办？到时“天龙”会不会以此为借口不要我负责仿古瓷一事，要是那样，问题可就大了。因为从目前的情况看，只要掌握了仿古瓷，就掌握了整起案件的主动权。

想到这儿，李家明问“天龙”：老板，如果我被打伤打坏，你可得保留我一切职务待遇，负责仿古瓷的事不能变，要不，我可不想上场当靶子。

“艺菲”听了，眼里流露出一丝担忧。她动动嘴唇，可还是没出声，随即她转身望着“天龙”，问：怎么样？

“天龙”忙点头说：没问题，一定照办。说完“天龙”讪笑着瞅瞅伍尔德，又看看李家明。

李家明得到了对方的保证，打消了顾虑，说：那好，那我只好舍命陪君子了。

伍尔德侧过头听“艺菲”翻译，听完脸上露出轻慢的笑。

李家明穿戴完毕跳上拳击台，双手互相击打着，也活动了几下腿脚。

别看你膀大腰圆的挺吓人，其实也没啥可怕的。我只要能保持与你打个平手，或者稍显劣势就可以了。

想到这儿，李家明身心放松下来，在原地跳跃着挥拳踢腿，同时脑子里快速思索着怎样对付对方。

李家明想到，与伍尔德搏击，谁当裁判？要不然不是要弄得生死莫测？

伍尔德似乎看出了李家明的疑惑，转头叫“艺菲”做裁判。

伍尔德改不了居高临下的心态，招招手示意李家明过来先动手。李家明也有临场经验，知道出拳先要摸对方底细，便挥拳试探性地向对方攻击。伍尔德无视李家明的挥拳舞动，竟然直拳攻打李家明的脸门，李家明赶忙躲闪，同时右臂格挡，感受到一股巨大的力量，不禁浑身一震。看来对方这个欧洲冠军的名头不是虚得的。

6

伍尔德发起了凌厉攻势，双拳如暴雨般劈头盖脸而来，李家明不由得连连后退，感觉只有招架之功而毫无还手之力。吓得一旁的“天龙”目瞪口呆，惊得“老大”魂不附体。

倒是“艺菲”，看起来像少女般青春稚嫩，却在这生死搏杀面前显得那样沉着冷静，成败不惊。

有几次李家明在与对方的搏斗中，眼光扫过“艺菲”，感觉她有点儿像女神般挺立场边，心想这位“艺菲”很不简单，要不然，不可能在这种场合表现得如此镇定从容。

也就在闪念之间，李家明被伍尔德一拳击中，一个踉跄没站稳，差点摔倒。也就在犹豫之间，伍尔德追上一拳，李家明猝不及防，摔倒在地。

这一下李家明身心俱痛，就在身体倒地的同时，心也在屈辱滴血。

伍尔德哈哈大笑，用手指点着倒地的李家明，笑得肆无忌惮。李家明听着，觉得那笑声中满是狂妄与蔑视。

李家明真想发作，但转念一想，要以不暴露自己的真实身份为前提。所以，只要能陪这个心血来潮的伍尔德玩好，同时保住自己不被他打伤就行，所以自己练习的心意六合拳，能不显露就尽量不使出来，省得节外生枝。万一对方问自己是怎么学的，师父是谁，那自己怎么解释？弄不好，就会发生意想不到的事情，那就得不偿失了。

见李家明有些艰难地站了起来，伍尔德笑声停了一下，随即又向李家明招招手，示意他继续。

李家明皱皱眉，双手一抱拳，说：伍尔德先生不愧是拳王，在下佩服。

李家明心想我已服了软，按常理来说伍尔德应该到此为止。如果他兴趣正浓的话，可以击打沙包练拳。让人没想到的是，这个伍尔德却不依不饶，继续要求李家明当他的靶子。

李家明对伍尔德说：我们中国人练武，讲究点到为止，请尊重我们中国人的规矩。再说，如果以练拳名义致人伤残，也要负法律责任的。

没想到伍尔德听完“艺菲”的翻译后，却不以为然地仰天大笑，得意地用手指着李家明，用英文说：怪不得你们中国人被称为东亚病夫，原来是这么不堪一击，永远都是奴才的命。

李家明一听，怒火陡然升起，大声说：你再说一遍。

伍尔德听了“艺菲”的翻译，仍然不屑一顾，昂着头说：我刚才已经说了，现在仍然坚持我的观点。你要想改变我的观点，除非……

除非什么？

除非你能顶住我半个小时的攻击。

李家明轻蔑一笑，说：如果我将你打败呢？

伍尔德肩膀一耸，冷笑几声。这就是你们中国人的可悲之处，明显做不到的事，干吗要吹牛？

李家明看到“艺菲”在翻译这句的时候，也皱了皱眉。

李家明的自尊心受到极大伤害，一种与生俱来的不屈、坚毅与刚强，慢慢充满心房，从不服输的天性让他很豪迈地说：谁笑到最后，才算笑得最好！

伍尔德听罢“艺菲”的翻译，竟然露出阴沉嘲讽的笑。一只中国猪，死到临头还叫唤。

“艺菲”张嘴想翻译，想想又没作声。

李家明愤慨地问：他是不是骂我是只猪？

“艺菲”很僵硬地一笑，随即问：你也懂英语？

懂一点。

“艺菲”不无担忧地问了一句：你到底有没有实力？

李家明说：有没有实力，等一下就清楚了。

“艺菲”听了，满是担心。她犹豫了一下，再次走到台中间裁判的位置，大声用英文喊着开始。

伍尔德听了，以迅雷不及掩耳之势，猛然朝李家明攻击，高大的身影转眼来到李家明跟前，随即挥拳朝对方猛然击去，也就是转眼之间，伍尔德的嘴里发出“啊”的一声怪叫。

正在观战的“天龙”和“老大”，也同时“啊”了一声，伸着脖子两眼死死盯着台上，一副惊魂未定的样子。就连“艺菲”也惊讶地张大了嘴巴。

他们看到的，是人高马大的伍尔德重重地摔倒在台上，连怎么摔的都没看清。

李家明瞟一眼“艺菲”，发现她脸上露出一丝惊喜，但瞬间消失了。

“艺菲”上前，俯身看着伍尔德，轻声问：伍尔德先生，不要紧吧？

李家明见状，赶紧上前要拉伍尔德起来，伍尔德摸着胳膊站起身，用力将李家明的手一抛，悻悻地说：再来。

“艺菲”瞪着疑惑的双眼，盯着伍尔德，像看出什么名堂似的。

伍尔德挥挥手，说：再来再来。

李家明抬手制止，问：如果这次还是你摔倒，那你认不认输？

伍尔德点点头，说：当然认。

好！这可是你说的，如果你再次输了还不认，那你连蠢猪都不如。

伍尔德听了“艺菲”的翻译，一脸尴尬，随即他满脸通红，脖颈上青筋暴露，气呼呼地说：再来！

李家明微微一笑，镇定地面朝对方站定，一副泰山崩于前而色不变的气势。

当“艺菲”再次喊了开始后，伍尔德却不动声色地双腿慢慢移到李家明跟前，然后飞起一脚朝李家明踢去。李家明仍然用上次用过的那一招“剪手大劈”，刹那间伍尔德整个人被震飞出去，咚地一声摔在地上。伍尔德明显比上次摔得更惨，半天才慢慢爬起来。

边上的“天龙”和“老大”，早已吓得不知所措，担心这个伍尔德万一不高兴一翻脸，那谈好的生意说不定就要泡汤。

伍尔德紧攥着双拳，慢慢走到李家明面前，两眼露出凶狠的光。

“天龙”和“老大”都为李家明捏一把汗，生怕伍尔德技不如人一怒之下生意没了。可令人没想到的是，这个伍尔德却突然双腿跪地，双手抱拳，大喊了声：师父！

当“艺菲”把伍尔德的话翻译成中文时，“天龙”与“老大”都松了口气。

李家明忙用手拉起伍尔德，说：师父不敢当，以后有时间切磋切磋是可以的。

伍尔德听了，竖起大拇指，笑着说：中国功夫，天下第一。

李家明骄傲地一笑。

这时边上的“天龙”与“老大”，赶紧围过来，关切地看着伍尔德，问要不要紧，没摔坏吧。两人边说边上前扶着伍尔德。

伍尔德听完翻译，笑着摇摇头说：没事，我就喜欢跟强者打交道。这样吧，以后我在中国的生意，全部由李先生来打理。

“天龙”与“老大”听了，惊奇地看着李家明，继而对视一眼，露出一副哭笑不得的神情。

7

“天龙”和“老大”一前一后围着李家明，来到停车场，“老大”亲自上驾驶室，“天龙”打开后车门，态度恭敬地请李家明上车，待李家明上车后，才小跑着从另一侧上车。

“老大”转头问“天龙”，咱们去哪儿啊？

“天龙”一挥手。还用说吗，肯定是先去医院。

“老大”不解地问：去医院干啥？

“天龙”责怪道：这还用说吗？肯定是给李兄弟做检查啦。说完“天龙”扭头对李家明讨好地笑笑。

李家明听罢说：不用了吧？我没事。

“天龙”语气亲切地说：那怎么行？李兄弟今天可是冒着生命危险，为咱们争了面子，出了口气。

“老大”趁势说：是啊是啊，这个老外太猖狂了，他也不知山外有山天外有天，在咱们中国，谁他妈的敢称自己武功第一，这不是找挨揍吗？简直白痴一个。

“天龙”口气严厉地说：别多说了，赶紧到医院去。

李家明说：真的没必要，我只是稍微摔了一下，不要紧的。

“天龙”赶忙说：那不行，你现在可是咱们公司的宝贝，是最大的功臣，你的身体就是我们大家的身体。

“老大”忙接嘴说：对对对，以后咱们公司的生意，全指望你兄弟做强做大呢。

“天龙”用手扶了扶眼镜框，说：没错。

李家明有些苦笑着说：那我到医院去，干吗呢？

干吗都行，要不然你先住院，再打点滴。"天龙"劝道。

我，我真的没有伤，那点擦伤算不了什么。

哎，不检查怎么知道有没有伤？再说，内脏有没有伤，眼睛是看不出来的。你先做个全面检查，然后该打针就打针该吃药就吃药，没有伤也可以做保健，一切费用我全包。

李家明率直地说：两位老哥真的没必要，现在挣钱不容易，能省就省，没必要浪费！

哎呀，兄弟这是说哪里话？这该花的钱一定要花。要不然，我们怎么称得上兄弟呢？兄弟就是有难同当、有福同享嘛，对不对啊，兄弟？

"老大"听"天龙"这么一说，连忙接话说：对呀对呀，李兄弟你不知道，"天龙"做人就是这么豪爽，要不然他的生意做不到这么大，我也不会跟他这么多年。

"天龙"得意地"嗯"了一声，说："老大"终于说了句良心话，我"天龙"要是做人不行，我的生意也到不了今天。

"老大"连声说：那是那是。

李家明笑笑说：到医院去做检查真的没必要，要是真的对我好，就让我好好地休息一下。

"天龙"一口应允。没问题啊，你说，想休息多长时间。

三天。

没问题……不过，你休息了，"刀疤"那边的仿古瓷怎么办？

如果你还相信我，还是我来与他联系。

这是哪里话，我不相信你相信谁？

你好像对我做事不太放心。

"天龙"一愣，忙说：这怎么可能呢？

怎么不可能？你今天一早不就打电话给"刀疤"，问仿古瓷的事吗？要是你相信我，还会撇开我直接打他电话吗？所以，我在想，如果你还不相信我，那这些事我以后就不管了。

哎呀，兄弟你真的误会了。我今天一早打“刀疤”电话，是我打了你的电话没通，我怕有什么事，才打“刀疤”电话的。你放心，我对你是绝对相信的！

李家明听了，默默望着对方不作声，一副将信将疑的模样。

“天龙”再次说：你放心，我保证，以后你负责的事，我绝不会插手。如果发现我还对你不放心，你就不认我这个“天龙”，怎么样？

李家明见自己欲擒故纵的目的基本达到，便装着叹气，说：那好吧，既然话说到这份儿上，那我就继续负责仿古瓷吧。

“天龙”听罢，如释重负地叹了口气，好像对自己未来的前途充满信心。

这时“老大”问“天龙”，咱们还去不去医院啊？

“天龙”说：去呀，怎么不去？该检查就检查。没有伤就疗养，好吃好喝好玩的全他妈的上。咱兄弟的健康，比什么都重要！

“老大”一听，说：得嘞。便一踩油门，呼地一下加速向医院方向驶去。

这时的李家明，也许是刚才太过紧张，或许是很久没有操练使用“剪手大劈”，顿时心力交瘁，感觉一阵眩晕……

8

晚上八点差五分，李家明在医院特护室的病床上醒来，觉得头还是晕乎乎的，浑身有些酸痛，便挣扎着起来，上了趟厕所，然后回到观察室，躺在床上。

一位身穿特护标志的护士走了进来，一看李家明睁着眼，便说：你好，你醒了，你的朋友给你交了七天的住院费，请我专门来护理你。

李家明听罢睁大眼睛，惊问：我有病吗？

护士微笑着摇摇头，说：没大问题，就是太疲劳，需要休息。

那还让我住院？

护士又微笑着说：我们医院不仅有治病项目，还有休闲养生项目，你的朋友是想让你在这里休养几天。

李家明听了，先是无语，随后心想，我现在火烧眉毛一身事，休息得了吗？再说，万一我这几天不管事，到时出了问题怎么办？

想到这儿，李家明便对护士说：谢谢你，我的身体没什么大碍，你放心。我现在肚子饿了，我想出去吃点东西。

你就躺在床上，想吃什么我给你买。

李家明摇摇头，说：不用了，我也不知道现在夜宵店有什么吃的，还是自己去看看，有什么就吃点什么，不麻烦你。

那，我陪你去。护士媚笑着怕得罪李家明。

李家明扑哧一声笑了，说：不用不用，你跟着我，别人看见不知怎么回事。再说，我也不习惯。

护士又笑了，薄嘴唇一抿，说：那你快去快回，我在这儿等你。

李家明忙说：你不用等我，该干啥干啥去。再说，我吃好了东西，身体舒服些，我不一定再回到医院。

那你到哪里去呀？

李家明对着护士笑笑，觉得对方很单纯可爱，说：我回家啊。

那你朋友交的钱怎么办？

噢，这好办，我不说，谁知道……好了，你让我再休息一下，我等会儿要出去了。

护士还想说什么，看李家明态度坚决，便说：那好吧，你可千万不能说没在这儿住。

李家明开心地笑了，说：放心吧。

护士见对方大度宽厚的样子，似乎也放心了许多，迟疑着出了病房。

9

天空飘起了小雨，让闷热的气息注入秋的成熟。

李家明步行来到不远处的沿江路，只见一长溜古色古香的徽派建筑，默默伫立在烟雨之中，显得温婉娴淑，颇为神秘。

一阵优雅动听的古筝声从不远处传来，李家明抬眼张望，看见门口霓虹灯箱上写着瓷茶坊三个字。

李家明记得前不久来过这条街，晚上有夜宵店，一些茶楼也适应顾客需要，做起了夜宵的生意。所以这个瓷茶坊，很可能也是卖夜宵的，自己可以一边听古筝一边吃夜宵，岂不美哉。

李家明紧走几步，一头钻进店门，抬眼一看，一位漂亮的女子长发披肩一身汉服，正低头专心焚香弹筝，优雅美妙的古筝声，深深地吸引了李家明，以至于他站在那里，静听她将曲子弹完。

女子抬起头来，李家明一看，满是惊讶，这么面熟。

少女见了李家明，也觉得很面熟。

李家明率先开口，说：我好像在哪儿见过你。

姑娘也笑笑说：对啊，我好像也见过你。

李家明突然想起来了，原来御窑厂遗址发现被淹死人的早晨，自己在人群里见过她。而且，她也很像一个人。可是，现在自己的身份，是千万不能暴露的。

姑娘这时也想起来了，她脱口说：你不是那位警察吗？

李家明听罢一怔，忙板着脸问：你怎么认为我是警察？

哎呀，那天，那天下暴雨的早上，我在御窑厂遗址前，看到你在现场。

李家明心里一惊，心想坏了，如真被对方认出来，那可不是什么好事。

你肯定认错人了，我是做瓷器生意的，不是什么警察。

对方脸上的表情一下僵了。她盯着李家明从头到脚看个遍，然后红着脸抿着嘴笑笑，说：真像。

李家明心里很不自在。其实对方说得没错，那天在场的就是自己，可自己现在并不能承认，还得撒谎。这对一个从来不撒谎的人来说，真有一种不地道的犯罪感。

哎呀，其实这世上长得很像的人很多，有的人长得一模一样。要不然，就没有特型演员了。

姑娘听了眨眨眼笑，但她心里却翻江倒海般折腾起来。不知怎的，自从那天第一眼看到对方，自己就为对方的英俊潇洒所折服，一颗从未萌动的心竟被牵走，回家后竟得了相思病，发高烧生了一场病。弄得自己唯一的亲人——父亲大人莫名其妙，不知自己女儿到底为什么得的病。然而今天，真是天赐良缘啊，没想到自己朝思暮想的人，竟突然出现在眼前，真是让人不敢相信。

姑娘有些手足无措地站了起来，望着对方笑。

李家明一眼就看出对方的纯朴，便开口问：这里有没有夜宵吃?

姑娘说：我这里不卖夜宵只有茶，如果你想吃东西的话，我也可以叫人送来。

那好吧，我肚子很饿，只要有东西吃就行。

姑娘眨眨眼，试探着问：方便面可以吗？我这里倒是有的。

行啊，只要是能吃的就行。

那好，你请坐，我这就泡面。

李家明笑笑，说：谢谢。

姑娘也不多说话，径自从柜台里拿出一碗方便面来，撕开包装，先倒入开水泡了一遍将水倒掉，再放入作料，然后注满开水，对李家明说：等一会儿就可以吃了。

李家明坐下来打量一下室内，见博古架上摆满各式瓷器做的乐器，设计装饰典雅，格调清新，一看就知主人的品位很高。

请问老板，尊姓大名啊?

啊，我叫余青花，我也不是什么老板，因为喜欢音乐和陶瓷，我爸就给我开了这家瓷茶坊，说是让我锻炼锻炼。

李家明笑着，说：不错啊，这么年轻，就当老板，前途无量。

余青花有些羞涩地笑笑，说：我算什么老板啊，我爸见我学校毕业，暂时没什么事，叫我先锻炼一下再说，过段时间我就要走的。

走，你去哪儿?

先去英国，再去德国和法国。

你要去的地方还不少呢，为什么想去这么多国家？

去英国是为了学习英语，那里的英语最正宗。去德国是为了学习陶艺，去法国是为了感受艺术。

你在哪儿读的书，学什么的？

我在陶瓷大学读书，是陶瓷艺术设计专业的，去年硕士毕业。因为我德语和法语水平不行，所以现在边开店边学习，明年通过外语考试后，我就出国。

噢，那你去那么多国家，得花不少钱，你家挺有钱的呀？

我爸是个小老板，是做陶瓷生意的，赚了些钱，他说要把所有的钱都投到对我的教育上，还准备让我到国外定居……唉，你说你不是警察，那你是干什么的？

我也做瓷器生意啊，不过我做的是仿古董，或者跟古董有关的生意。

不是走私文物吧？余青花有些担忧地问。

李家明见对方单纯的样子，知道对方没弄懂自己的意思，便说：我主要是做仿古生意的，至于古董，当然是要合法的才做。

余青花问：你懂古董？

李爱明笑笑，很自信地说：应该没问题，我从来没看走过眼。

余青花听完很兴奋地起身，立即从柜子里拿出一件小瓷杯，递到李家明眼前，说：你帮忙看看，这件瓷器怎么样？

李家明接过对方递过来的一个小杯子，拿到手上一摸一弹，再仔细观察画面品相，不由得瞪大双眼，凝视着对方，惊讶地问：你，你怎么有这么贵重的东西？

余青花很轻松地笑笑，问：这东西值钱吗？

那当然，够你这辈子吃穿不愁了。

余青花拍着手天真地笑着，说：这怎么可能，这是一件仿古瓷，不值几个钱。

李家明神情严肃地盯着对方，认真观察着对方的表情，问：你是真不知还是假不知啊？

余青花说：什么真不知假不知，这东西是我爸做的仿古瓷，我是看着好玩，就偷偷拿了一个出来玩的。

李家明一惊，问：你爸就没有追查?

查了，问得很紧，几次问我有没有拿，我说没有，骗他说是不是让小偷给偷走了，我爸气得脸都青了，生了好几天闷气，最后才不了了之。

李家明有些哭笑不得，心想这个小丫头可够野的，这种玩笑也敢开，殊不知这是一只清乾隆年仿明成化的鸡缸杯，原件拍卖价两亿元，这只仿品价格上百万元没问题。可她却把这么珍贵的东西随便放在一个木柜子里，没有任何安全保护措施。

你爸叫什么名字?

他大名叫余发水，叫他外号的人更多，好多人只知道他的外号，不知道他的真实姓名。

当对方说出余发水的时候，李家明的心里不禁一震，真没想到，对方竟是我们侦查的对象——“刀疤”的女儿。

10

喂，你在想什么?

瞧着李家明一副魂不守舍的样子，余青花不禁好奇地问。

李家明突然想到，要立即提醒王支和贺局他们，一定要下大力气追查被盗挖的古瓷。从余青花这里就发现了这么珍贵的东西，不知道到底有多少珍宝被盗了，如果不想办法追回，那损失可就太大了。

李家明见对方发问，应了一声，掩饰说：我刚才在想，你到国外去的状况。

余青花听了，开心地笑了，说：那你说说看，我到国外的生活会是什么样子的?

李家明的心里一阵酸痛，其实她那个引以为傲的爸爸，现在已经被我们掌控。不久之后，她爸所有的财产就会被没收，她的爸爸将接受法律的审判。而对于她来说，出国可能永远是个梦。可目前，自己不忍心也不能暴露自己的想法，而是应该让她多享受一些梦境里的惬意舒心。

我想啊，你要是到了国外，日子肯定过得自在逍遥、快乐无比啊。

余青花的笑灿烂起来，仿佛沉浸在出国留学的美好憧憬里。

是啊，大英博物馆、泰晤士河上的塔桥、邱吉尔公园、莎士比亚的故乡斯特拉福、最富艺术盛名的爱丁堡，我好像穿过莱茵河，来到博物馆岛，又漫步在波茨坦广场。特别是法国的卢浮宫、埃菲尔铁塔，哎呀，我的天呐，我简直来到了人间天堂了。

余青花抬着头仰望着房顶，两眼闪着光，说到最后，情不自禁地在原地转了一圈。

李家明见对方高兴成这样，不想拂她的兴致，也随着说：是啊，理想总是美好的。

余青花自然听不懂李家明的话外之音，仍兴致勃勃地说：是啊，如果你能跟我一起出国，那该多好啊，到时候还可以在国外定居。

不知怎的，余青花心想如果李家明能和她一起出国，那将是人间最美妙的生活，那该多好啊。

李家明拿眼怔怔地看着对方，笑笑，心想这姑娘真是纯洁可爱极了。她的生活，应该是没有受过任何挫折与失败。在她的脑海里，从来就不知烦恼、痛苦与沮丧是什么滋味，有的只是浪漫如歌的情调。

谢谢你的好意，我除了对古陶瓷有些研究，能对古陶瓷做一些鉴定外，其他的我一无是处，跑到国外什么事也做不了。

可你只要有陶瓷专业知识，就能发挥作用啊。特别是咱们瓷城的古陶瓷专家，在国外就更吃香，我说的英国、德国、法国这些国家的博物馆，都有咱们瓷城生产的古陶瓷，咱们瓷城的古陶瓷专家，也同样很受欢迎的。

余青花不知哪来的勇气与想法，竟一口气说了许多话，仿佛通过自己不断的劝说，就可以让对方听从自己的意见，跟着自己一起出国，去开创美好的未来。因为她还是相信，真正的爱情，应该是一见钟情的，不管是双方同感还是单相思，她都愿意去尝试，去领略，去争取，哪怕失败得一塌糊涂，也在所不惜。

李家明长长叹了口气，他在内心为对方即将面临的不幸命运而叹息，也为对方的纯洁善良而感喟。

可是，我的根在咱们瓷城，我离开了瓷城，我可就什么也不是了。再说，我离开了自己的家乡，我就会觉得对不起什么似的，内心也不得安宁。这么说吧，离开了瓷城，我晚上觉都睡不安稳。

余青花听完，两眼幽幽地盯着李家明，充满了敬佩、爱恋和不舍，抑或夹杂着些许哀怨。

这时的李家明，为自己突然多愁善感而好笑。自己这是怎么了？怎么会有这种怜香惜玉的情怀？是不是自己有些花心，有些见异思迁了？这可不是什么好事。一个年轻人，正准备结婚，却和一个跟自己没有任何关系的姑娘谈这么多，而且对她还有怜悯之心，这要是让丽丽知道了，不知她会作何感想。不管怎么说，自己这是愧对丽丽的。她对我，可是全身心付出的。

当然，自己心里清楚，为什么与这位姑娘谈这么多，与其和丽丽长得像，有着极大的关系。

哎呀，光顾着说话，方便面该好了，吃面吃面。余青花突然想到泡着的方便面，正好端来，给李家明解饿，也给她自己解围。

第十八章　绝地反击

1

上午十点，局长办公室。贺天面朝沙发上的胡处长和王春华，正坐在办公桌前接电话。

好的好的，请梁市长放心，我们正在研究全面收网行动……好的，请放心，一研究完后我立马向您汇报。

贺天放下电话，抬头说：梁市长来电话，催问我们收网的情况。

胡处长点下头，说：对，从国际刑警国家中心局传来的消息，一些身份特殊的人员，纷纷要求入境参加瓷博会。

贺天愣了一下，问：有多少人要求入境?

二三十人。

这么多啊!

是的，经国际刑警组织的初步甄别，有一少部分人之前从事过盗窃名画古董活动，其中有一个还曾盗窃过世界名画《蒙娜丽莎》。

王春华有些着急，说：像这种人，还能让他入境?

胡处点点头，说：是的，我们国家中心局已经通过外交途径，拒绝他们入境。

其他人员呢?贺天问。

当然我们会尽量控制不让他们入境，但还是有一部分人，因为之前并没有发现他们有劣迹，所以我们没理由拒绝他们。

贺天点下头，问：你说的这类人，大概有多少?

约有一半。

那也不少啊。王春华不无担忧地说。

贺天的眼里满是焦虑，说：为了稳妥起见，我们要尽量减少这些入境人员的数量，希望国家中心局多花些力气，查找这些要求入境人员的劣迹，为拒绝他们入境寻找依据。

这点国家中心局早已想到，他们正积极与国际刑警组织的总部联系沟通，要求有关成员国中心局全力配合，对这些人的历史和背景全面清查，只要发现有一点问题，就立即通报国家中心局，以便由各大使馆或领事馆做好拒签准备。胡处很自信地说。

王春华听完，立即提出建议：对于那些免签或者落地签的人员，我们要通知各机场、码头、车站，做好拒入工作。

胡处长点下头，说：对，还要杜绝他们从各种非法渠道进来。比如从海上偷渡，从陆上边境进来。

贺天感到情况的严重性，说：对，为保险起见，我们还要与安全部门联系，请他们全力配合，确保万无一失。

如果这样的话，那得由公安部出面，联系国家安全部，请他们在全国范围内所有入口进行布控。特别是咱们瓷城，更要紧密配合，通力合作，联手打一个漂亮的歼灭战。胡处长兴奋得站了起来。

贺天好像被胡处的情绪感染，激动地说：那好，那就请胡处长负责与国家中心局和国家安全部门联系。王支要做好充分应对准备工作，对有可能涉及的对象目标，一定要制定两套以上周密详细的安保方案。我负责与市领导汇报联络，部署全市安保工作。当然，我也会主动与市国家安全局联系，尽快敲定联合行动方案，真正做到未雨绸缪、万无一失。

王春华问：那李家明那边呢？

请他密切注意伍尔德、“天龙”以及“神头”的动向，一有消息，立即汇报。至于“刀疤”这边，你更要牢牢掌控，千万不能出任何差错，哪怕是一丝纰漏都不能有，这是关系到全局的关键一环。贺天对王春华吩咐道。

王春华说：请局长放心，绝不会出任何差错。

贺天神情严肃地双手撑着桌面站起身，郑重地说：同志们，大战在即，我们一定要坚定信心，恪尽职守，坚决完成“擒蛇行动”。要不然，我们就对不起我们脚下的这块土地。

2

一阵响雷，轰隆隆从天边滚过，让人不由得有些莫名的紧张，有点儿突如其来的担忧。

在一栋厂房内，李家明将二百一十二件仿古瓷，一件件地从锦盒里拿出来，逐件进行检验。

站在身后的伍尔德，心情激动地瞧着一大片琳琅满目的瓷器，不由得心花怒放。

离“灵蛇计划”仅一步之遥了，这是自己多年的梦想。这个梦想多么伟大啊，伟大得足以让全世界瞩目，让全世界震惊。

伍尔德的心跳有些加速，“灵蛇计划”一旦成功，自己就会成为全世界文物界最了不起的人物。一个嗜好古瓷胜过生命的人，得到那么多国家有关组织的支持，他们许诺只要行动成功，全部瓷器都归我个人所有，并且能得到一笔数额惊人的经费。用他们的话说，我得到了巨大财富，他们也能完成各自的使命。各取所需，这真是上帝助我，千古奇迹，永载史册啊。

伍尔德用满是欣赏的眼光，看着李家明的一举一动。自从上次比试拳脚自己被对方两次击倒后，伍尔德内心很佩服这个年龄不大的小伙子。

中国真是个神奇的国家啊，不但有精美绝伦的瓷器，还有高深莫测的功夫，这两样都是自己酷爱的。而这两样，对方的造诣远在自己之上，令自己不得不佩服。

自己相信实力，只有实力，才是最有发言权的。即使是自己的生死对手，只要实力在自己之上，也能得到自己由衷的敬佩。

仿佛是上帝派来的天使，让这个李先生来帮助自己，完成这一伟大而神圣的使命，真的要感谢上帝。

伍尔德在李家明的引导下，清点完所有仿古瓷，然后在验货单上签好字。

“艺菲”一直表情镇定地翻译着，对李家明不冷不热，矜持稳重。

李家明的心里忧喜参半，五味杂陈。

离伍尔德实施“灵蛇计划”的时间越来越近，离自己完成使命的时间也越来越近。想想自己这种卧底的日子，真不是人过的。要不是为了完成使命，谁会受这种煎熬与折磨?

现在的年轻人，哪个不想过得潇洒、放松、快乐与阳光?玩玩游戏，跳跳舞，喝喝咖啡，偶尔来个一醉方休。可现在呢，自己有家不能回，熟人不敢见，说话谨小慎微，唯恐一不小心说漏了什么，整天提心吊胆，连做梦都怕，生怕梦中说出真话让他们听见。特别是吃饭时喝酒，真是不敢喝多，担心酒后吐真言，那样会连自己怎么死的都不知晓。可烦人的是，跟这些人打交道，酒又不能不喝，自己又不能保证每次喝酒不会喝醉。喝酒既是科学，也是门艺术。场合、对象、心境、身体状况不同，酒量也会有不同。所以，自己做事说话每时每刻都是如履薄冰。

更要命的是，与自己马上就要成婚的妻子也不能见面，相思之苦，无法言表。何况她最近遭了厄运，身心备受伤害，此时最需要自己的安慰，可自己面都不能见，何谈亲近亲热，温暖抚慰?

唉！近日那个性子直爽的丈母娘发了狠话，叫丽丽不要理我，要与我决绝。虽然自己心里清楚丽丽是不会离开自己的，可自己思念她的情绪，越孤独就越强烈，强烈得自己无法控制，以至于产生一日不见如隔三秋的感觉。

就在李家明胡乱想事的当儿，伍尔德认真检查完移送来的仿古瓷，带着满意的笑容，来到李家明跟前，用手拍拍李家明的肩膀，说：李先生，我很欣赏你的才华，像你这样的人才，窝在瓷城这样的小地方，实在太可惜了。

李家明边听边温和地笑着。

这样吧，如果你愿意，我希望开完瓷博会后，你跟我到国外去，你帮我做事，我给你两百万美元的年薪，怎么样？我是诚心邀请你的。

李家明听了，感到有些意外，没想到伍尔德会说出这样一番话来。不管是真是假，目前都得与他处好关系，于是脸上立即露出受宠若惊的表情。

真的吗？你真是太客气了！我不过是一个做小买卖的本地人，没见过什么世面，更别说出国了。还让你出这么高的价钱请我做事，我怕辜负你的好意，让你失望。李家明一副认真的样子。

伍尔德一脸疑惑，转脸问：怎么，李先生你不愿意？要是你觉得我出价低了，那我可以把年薪加到三百万美元。说完伍尔德伸出三个手指。

李家明稍一迟疑，随即摇摇头，说：我不是不愿意，我肯定是求之不得啊。有多少人想出国，你还给我这么高的年薪，我没有不想去的道理。我是真的，怕辜负你的一番好意。

伍尔德听完“艺菲”的翻译，面露微笑走到李家明面前，鼓励说：没事的，李先生，我知道你们中国人说话喜欢谦虚。你放心，只要你跟我去，我保证你一定会满意。就像你们中国人说的，一定是吃香的，喝辣的。说完，伍尔德双手抱肩有些得意地笑着。

李家明听完后说：伍尔德先生，我不是不愿意，我们中国人有句古话，叫无功不受禄。

你，你这是什么意思？

我的意思，是我还没为伍尔德先生做过什么有功劳的事。我就这样去，会感到心里不安。再说，也会让人瞧不起。

伍尔德听完抬头哈哈一笑，说：这个嘛，你还真别客气，你帮我把这些仿古瓷都做好了，本身就是大功一件。要是你愿意跟我去国外，我还有一件大功，让你去完成。当然，要是你不愿意出国，那就算了。

李家明一听喜出望外，忙问：真的啊？如果有我立功的机会，那我就答应跟你出国。

好！伍尔德笑容满面。这样吧李先生，再过几天，我有一件非常重要的事，要你去完成。

那行！只要你让我立了功，我就答应跟你出国，而且我不要你三百万美元的年薪，我只要一百万美元就行。

伍尔德一听喜上眉梢。好！那就说定了。用你们中国人的话说“君子一言，驷马难追”。

等“艺菲”一翻译完，伍尔德又得意地笑了，两眼盯着李家明。

李家明马上接口说：那是肯定的，只是，我不知道伍尔德先生要我做的事，我能不能完成。

伍尔德表情轻松地眨眨眼，说：其实很简单，我这里有一张图，过两天我的朋友来了，你带他们到这些图上标出的地点，配合好他们的行动就行。

李家明一听，忙拍着自己的胸脯说：这事简单，没问题！

伍尔德递过来一张示意草图，李家明拿过一看，是一张瓷城交通示意图，在图上用红圈标出三处地点，仔细一瞧，分别是古代民俗陶瓷博物馆、中国陶瓷博物馆和御窑博物馆。

李家明心里咯噔一下，好家伙，这些人太贪心了，竟敢觊觎瓷城所有的国宝级陶瓷收藏馆。看来自己当初收到的那份情报是真实的。他们的“灵蛇计划”，就是想用仿古瓷换那些馆藏的国宝级瓷器。

见李家明一副淡然的样子，伍尔德问：怎么，你有难处？

李家明听完翻译后忙说：没有没有，这有什么难的？不就是带人去一下这几个地方吗？

不对，你还要配合他们完成行动。

完成什么行动？

伍尔德转眼瞧瞧李家明，犹豫了一下，说：具体内容你不要管，到时候你听从安排就是了。

李家明见对方不肯说，明白对方还是把自己放在外围的，不会把核心机密告诉自己，与其追问对方引起怀疑，不如装憨到时随机应变。

想到这儿，李家明坦然一笑，说：伍尔德先生，请放心，我不会让你失望的。

伍尔德听罢，眨眨眼笑了，然后对李家明说：那好，我要你向上帝发誓，我刚才与你说的这些，你不能向外透露半点儿。

李家明听完一愣，双眼紧盯着伍尔德，说：我发誓。

伍尔德见对方一脸真诚，便说：好，你请“天龙”一个小时后到我办公室，我找他有事。

李家明说：好的，我这就通知他。

要是任务完成得好，我要给你一大笔奖金。

李家明听了，高兴地说：谢谢伍尔德先生。中国有句古话，叫士为知己者死。你就看我的好了。

伍尔德听了，兴奋地上前拥抱李家明，将嘴巴靠近李家明的耳边，说：药水，秘方！

李家明听了“艺菲”的翻译，恍然大悟般叫了一声，忙从上衣口袋里拿出药水，递给伍尔德，说：药水在这儿，秘方我想办法给你弄。

“艺菲”一翻译完，伍尔德高兴得抡起拳头，朝李家明击打过来，想想自己是李家明的手下败将，立马缩回手，轻轻在李家明的肩膀上一拍，尴尬地笑笑。

3

晚上九点半，在瓷城市公安局会议室内，气氛十分紧张。

门被推开，贺天急匆匆走了进来，径直走到会议桌正中间，将公文包往桌上一丢，粗声大气地说：同志们，我刚从梁市长办公室回来，梁市长把我和国家安全局的苏局长一起叫到他办公室，研究我们“擒蛇行动”的方案，让大家久等了，下面，我们接着上面的主题，继续开会。

贺天说完，拿眼扫了一下会议室，见梁筱蕾正拿着摄像机对着自己，便微微一笑。

主持人王春华喉咙响了几下，抬头望一眼在座的各位，开口说：贺局长去梁市长办公室前，我们讨论到了以伍尔德为首的国际犯罪团伙，妄图用仿古瓷，偷换我市三处博物馆的真品。他们要想得手，首先要破坏我们的安防系统，最直接也最有效的方法，就是先切断安防系统的电源。

贺天颔首表示赞同。对！平时我们这几处博物馆都是采用技防为主，人防和物防配合。如果他们避开我们的人防，同时切断我们技防电源，那我们的安防系统，就会形同虚设。

王春华插话说：所以，我们防范的重点，除了电源不让其破坏外，人防也得加强。目前，我们各个博物馆的报警系统，分两级，一是连接市局指挥中心，二是博物馆内部。内部报警时博物馆内会警报大作，连接指挥中心的报警是为了让我们出警。伍尔德他们要想成功，首先就得想办法让警报失效。

对，这种失效，除了破坏报警系统电源外，他们还可以切断报警线路，使警报系统瘫痪。另外，他们还可能采用国际最先进的技术，直接损坏我们的报警设备，使我们的报警系统发不出声。贺天补充道。

贺局说到点子上了，我们下一步措施，一定要确保报警设备的完好与有效。经我们与这几家博物馆领导商量，决定采取三保险的方法。也就是说，除原有那套报警系统外，再增设一条暗线电源为第一道防线，在原地方范围内增设一套报警设备构成第二道防线，另外在博物馆外周边二十米范围内，增设一套红外报警系统为第三道防线。当然，也可以将以上说的第三道防线，作为第一道防线来理解。王春华说。

在座的人员听了，都有些振奋地动动身子。

贺天提示说：人防也是重点。

王春华说：对，人防方面，我们也要采取三保险，一是加强原有值班室人员数量，实行四岗联勤；二是加强监控室值守力量，实行八人联勤；三是在博物馆外围实行双警严控，每个点由二百三十名特警负责警卫。寻找最佳位置设点，实行一级战备。

这时童刚举手，王春华问：有什么问题吗？

童刚说：咱们市特警支队两百人都不到，现在有三个点，哪来的六百九十名特警？

王春华一听笑了，说：童刚问得好啊！咱们这次行动，由省厅统一调配，已从全省各地调集一千名特警，支援咱们！

童刚听了大叫一声：好！

众人感到十分振奋。

王春华接着介绍说：这一千名特警，每个点二百人，另加我局特警三十名，其余四百人集中在前线指挥部机动待命。一旦哪个点发现情况，立即支援。

贺天微笑着点点头。

当然，三个点光靠这些人还是不够的。我们还要组织全市民警，要确保供电、供水、供气、网络通信等重点安全保卫单位的安全，除了街面正常治安巡逻外，其他警力约一千六百人也分成四组，每组四百人，在每个点放一个组，分别在点的东南西北方向全面布控，剩下的一个组四百人也留在前线指挥部待命。这样，就将三个点围得像铁桶一般。

大伙听了深受鼓舞。

童刚又问：前线指挥部是否设在三个点的中心？

对啊！这样才有利于现场靠前指挥，机动作战。

那我们是不是还要防止他们从地下进入？童刚又高声问道。

王春华听罢笑笑，说：没错！我们还要防止他们学老鼠打洞，这种作案方法屡见不鲜！对此，我们也做了相应的部署。我们已对三个点的四周，进行了全面、细致的排查，已经对有可能进入地下挖掘的地点——下水道、出租屋、无人屋、废弃屋、烂尾楼、工地等，进行了全面的登记，并将责任落实到各派出所民警个人头上。特别将重点放在御窑厂遗址，对其周边地区实行地毯式搜查，逐户逐人排查，不放过一点可疑之处。我们要实行全民动员，全员参战，联防联治，群防群治，构筑成保卫国宝、打击犯罪的铜墙铁壁！

有人大声说：好！

王春华举起手中的材料，说：具体的实施方案已经出来了，各单位、各部门、各警种要立即按照要求，认真抓好落实。

在座的都低头拿出方案，翻看着，思忖着。

王春华说：下面，请贺局长对这次“擒蛇行动”作重要指示，大家欢迎！

掌声响起，贺天表情严肃地抬抬手示意大家停下。

同志们！现在是非常时期，大敌压境，气势逼人，养兵千日，用在一时，考验我们的时候到了！

在座的神情紧张地望着贺天。

下面，我讲三点。

第一，要高度重视，紧急行动。从现在开始，取消一切休假请假，我们要把一切工作的重点，放在“擒蛇行动”上，各单位各部门的领导，要从讲政治的角度，高度重视，全力抓好各项工作的落实。

童刚低头在小笔记本上快速写着。

第二，要全力以赴，精心部署。从今天晚上开始，全市立即启动一级应急处置机制。各单位各警种要落实领导负责制，实行二十四小时值班备勤制度。要根据方案的要求，将任务落实到每个人身上，明确分工和责任，层层签订责任状，落实“谁主管，谁负责”。

贺天说完，瞧一眼在座的各位，见大伙个个表情紧张，便笑笑说：大家没什么好紧张的，我也向梁市长签了责任状的。

大伙儿听了，表情一下放松不少，有的还笑了起来。

第三，是严明纪律，讲究策略。纪律是做好一切工作的前提和保证。我们一定要树立全局一盘棋的观念，行动中一定要听从指挥，统一步骤，坚决做到令行禁止。同时要注意保密，有关“擒蛇行动”的一切信息，不得向任何人透露，否则就是渎职。在行动中还要讲究方式方法，在注意保护自我人身安全的前提下，注意不要误伤群众，不要违反办案程序，要掌握执法尺度。特别是这次涉及外国人，更要注意规范执法。各单位、各部门、各警种，一定要做到紧密配合，协同作战，这样才能形成合力。

大伙儿边听边用笔记录着，生怕会漏掉一个字。

贺天有些激动地站起身来，扫了一眼四周，口气严厉地说：最后，我要向大家强调，这次行动，只许成功，不许失败！希望大家认真履职，超常付出，圆满完成各自承担的任务，如果有谁出了问题，不管是谁，我拿你是问！我难过了，谁也别想好过！

在座的各位，都有种泰山压顶般的感觉。

4

蒹葭苍苍，白露为霜。所谓伊人，在水一方……

梁筱蕾从会议室出来，经过李家明的办公室门外走廊时，听到办公室里传来张晓娜抑扬顿挫、声情并茂的朗诵声。

梁筱蕾推门一瞧，见张晓娜坐在办公桌前，拿着手机摇头晃脑吟咏着。

晓娜，你怎么诗兴大发了？

张晓娜扭头一瞧是梁筱蕾，羞涩地站起身走向梁筱蕾，撒娇地说：筱蕾姐，你也来取笑我。

怎么，还有人取笑你啊？

是啊。

谁？

还能有谁啊，还不就是你那个童师兄。

你是说童刚？

除了他还会有谁？

不会吧，他怎么会取笑你呢？

我也不知道，反正他取笑了我就是。张晓娜嘟着嘴一副撒娇的神态。

梁筱蕾微微蹙眉，将目光移到李家明坐的那张凳子上。张晓娜见了，知道梁筱蕾也在担忧关心自己师父李家明。

我师父不知道什么时候能回来？张晓娜问。

梁筱蕾想了下，说：应该快回来了吧。

筱蕾姐，不知怎么回事，我师父不在办公室的时候，我总觉得少了点什么，心里空落落的。

梁筱蕾心想，这小丫头挺有意思，莫非喜欢上了师父？因为不管哪个行业，女徒弟爱上师父的大有人在，何况李家明是个很有魅力的师父。想到这儿，梁筱蕾便轻轻一笑，安慰她说：你师父那么聪明，不会有事的，只是你师父家里的人，担心死了。

张晓娜听了，想起师父的父亲住院期间，都是梁筱蕾和自己照顾的。而且梁筱蕾去的次数更多，她还经常到师父家里帮忙做家务，还经常买东西给师父的父亲吃，前几天中秋节又提着月饼等几大包东西往师父家里跑。唉，就是傻子也看得出来，筱蕾姐对师父那真是掏心掏肺地钟情。

这时童刚走了进来，一看梁筱蕾正跟张晓娜聊天，便高兴地说：筱蕾师妹来了，快请坐快请坐。

张晓娜听了，有些不悦，便学着童刚的口吻说：筱蕾师妹来了，快请坐快请坐。

童刚见张晓娜竟敢揶揄自己，便呵了一声，说：你这个小丫头，还敢挖苦我，真是反了天了。

张晓娜笑嘻嘻地眯着眼，说：哪敢啊？我巴结领导都来不及呢。

童刚苦笑着，抬手勾指想刮对方的鼻子，想想梁筱蕾在场，又不好意思，真是拿这个调皮捣蛋的小师妹没办法。

晓娜，说归说，笑归笑，咱们的“擒蛇行动”马上开始，准备工作一定要做充分，千万不能马虎。

知道了童大队长！这段时间，材料都是我一个人收集整理，我累得两眼都成大熊猫了。我还兼着外围保护接应师父的活，等会儿又得去了。

保护接应你师父的活，可是你争着去的，怨不得任何人。童刚笑着说。

正在这时，突然进来一个人，几个人一回头，都不禁惊讶地望着来人。来人竟是曹丽丽。

曹丽丽明显消瘦憔悴了许多，她一见梁筱蕾也不禁怔了一下，想回头又觉得不妥，还是对着梁筱蕾尴尬地笑笑，说：你好，我来找我家家明。

张晓娜听罢嘟了一下嘴，说：我师父执行任务去了，说完便将头偏向一边。

童刚见两位女同事表情都不自然，便对曹丽丽说：家明执行特殊任务去了，到现在也没归队，不过你别担心，他很快就会回来的。

曹丽丽听了，仿佛吃了颗定心丸，脸上露出一丝笑容。她见童刚态度友好，便笑着说：我和家明准备这个月二十六号举办婚礼，到时大家一定要来。

童刚欣喜地笑着说：一定一定，那是肯定要去的。

曹丽丽说：那就先谢谢了，梁姐和张妹妹可都要来呀。对了，我们的新家在粉彩小区七号楼，一问门口保安就知道了。

童刚表情夸张地上前一步双手抱拳，大声说：恭贺新喜。

张晓娜听了扑哧一声笑了，曹丽丽回头，见梁筱蕾脸色有些难看。

曹丽丽走后，张晓娜却小声问梁筱蕾：今天是几号？

梁筱蕾想想说：八号。

张晓娜眨眨眼，不无担忧地说：八号到二十六号，中间只有十七天时间，师父能回来吗？

梁筱蕾想想，说：应该可以吧。

童刚却语气坚定地说：那是肯定的。

梁筱蕾听罢转头看看童刚，好像意识到什么似的，忙点下头说：

对，他肯定能回来的。

张晓娜盯着梁筱蕾，眨着一对大眼，表情有点儿复杂。

5

傍晚时分，夕阳西下，天边散射着黄昏特有的光亮，在车水马龙的喧嚣里，让人有些心浮气躁。

李家明没想到，伍尔德竟然会选择人车高峰时刻，让自己带那些人到现场熟悉情况。让李家明大感意外的是，原本以为这些人应该是高鼻梁蓝眼睛的洋人，没想到全是亚洲人面孔，可见他们的行动计划，真的是非常缜密。

李家明从手机微信和电视新闻上，已经看到，再过九天，国际瓷博会、二十八国国际陶瓷经济高峰论坛，以及世界自然和文化遗产申遗评审活动就要举行。目前已进入全面启动阶段，大街小巷路边墙上，报纸、电台、电视、手机等各种媒体，铺天盖地都是宣传的口号标语，气氛已经非常浓烈。

可不知怎的，李家明的脑壳里，总想起那句“磨刀霍霍向猪羊”的诗句，这可能是对“擒蛇行动”充分自信的缘故吧。要不然，自己和贺局等局里一帮兄弟辛辛苦苦这么多天，岂不是白费?

李家明的心情空前焦虑。与伍尔德等人打交道，可谓高手过招，必须聚精会神，不可有丝毫闪失。

从王支反馈过来的情况看，此次入境的人员，有可疑情形的达数十人。并且从市国安局掌握的情况看，在国内长期潜伏的外国间谍也蠢蠢欲动，人员大量涌入瓷城，对手似乎已经做好充分的准备。

王支还通报，省公安厅和省国安厅都成立了专门机构，专门负责“擒蛇行动”，由两个厅主要领导亲自挂帅，可见此案已经上升到省级重特大案件层面。也正因如此，李家明感觉身上的担子更重，任务更艰巨，内心也更焦虑。

李家明带着三个三十出头的青年，在下午五点半前完成了对三个博物馆的观察。从三个人的言谈举止看，他们应该是一个人负责一个地方。

当六点钟来到伍尔德住的宾馆房间后，伍尔德笑着握握李家明的手，说：辛苦了，李先生！为了确保我们这次生意成功，请你从现在开始，就跟我在一起，直到“灵蛇计划”结束，我来负责你的签证，到时你和我一块出国。

李家明乍一听，颇感意外，但随即露出激动的神情，双手一抱拳，说：多谢伍尔德先生。

伍尔德挥挥手，“艺菲”表情冷静地款款走来。

伍尔德说：“艺菲”小姐，请你安排李先生住下。

“艺菲”对着李家明莞尔一笑，说：李先生请。

李家明随即报以微笑，绅士般跟着“艺菲”来到隔壁，进入一个豪华套间。

“艺菲”站在房内中间，回头望着李家明，让李家明心里直打鼓。

李先生，现在是非常时期，你可要小心行事。

说完，“艺菲”白了李家明一眼，转身就走。

“艺菲”小姐请留步。

李家明觉得自己有话想问对方。

什么事？

“艺菲”停住脚，却没闲着嘴。

请问伍尔德先生把我关在这儿，是不是要软禁我？

“艺菲”一歪头，哎了一声：你怎么会有这种想法？

李家明双手一摊：这不是明摆着吗？

伍尔德先生是看你这几天很辛苦，想让你好好休息一下，别无他意。

不会吧？现在已经到了火烧眉毛的时候。

“艺菲”抿嘴挑眉，意味深长地说：言师采药去，云深不知处。你就尽情地享受伍尔德先生给你的安排吧。

6

说完，“艺菲”竟哈哈大笑几声，边笑边出门。在门外拐弯处，她一抬手，立即有两位绝色女子，袅娜娉婷地从门外进来，两个人边扭着细腰，边嗲声嗲气地往李家明身上靠。

……哎呀帅哥，真是帅呆了。

酷毙了……

李家明大喊着：停停停，你们打住！

两名女子听了一愣，随即脸露媚笑，说：帅哥，你就可怜可怜我们吧，老板说了，没陪好你，就打断我们的腿，我们也不容易啊。

李家明欲再发作，见两位一副可怜乞求的神态，于心不忍，想想说：那你们等会儿就出去，我不会说你们没陪好我的。

两位小姐又一脸的苦相。

你叫我们走，那就证明我们没陪好你呀，我们会死得很难看的哟。

李家明瞧着这两位，摇摇头，叹了口气，急得不行，心想：这个伍尔德，真是把我看成了酒色之徒。可他哪里知晓，我使命在身，明天晚上就要行动了，也不知王支那边准备得怎样了。在这关键时刻，我可不能让他将我关在这里，我要设法将自己这边的情况传递出去。

此刻，李家明首先想到的，是要稳住这两个女人。

她们肯定是伍尔德派来的女间谍，是来刺探控制我的，我要摆脱她们的纠缠，看来就非常必要了。

李家明的脑海里迅速转动起来。最快速有效的方法，就是以己之长，攻彼之短。对了，我现在的长处，就是心意六合拳。我得编个理由，让她们自讨没趣，也让伍尔德无话可说。

哎呀，两位美女，我倒是想有你们这么漂亮的美女陪伴，可问题是，我有个怪癖，我想要的女人，她必须会功夫。

两位女子一听，立即脸露笑意，争先恐后地说：我们都是练功的。

矮个儿的说：我是跆拳道九段。

高个儿的说：我是州散打冠军。

李家明轻轻一笑，说：既然你们都是功夫高手，那我们就按照道上的规矩，来个君子协定。

什么君子协定?

比试定输赢。

什么意思?

这还不清楚?输的一方听赢的一方呗。

那要是你输了呢?

李家明自信一笑，反问：要是你们一起输了呢?

两个女人一听，都感意外，相互看了一眼。

高个儿的女子问：你的意思，是我们两个一起上?

对啊!

那，那你不是自讨苦吃?

没什么，你们本来就两个人，如果你们一个一个地上，那我不是欺负你们吗?

高个女子脸上肌肉猛跳了几下，目露凶光，说：你这是瞧不起我们?

李家明抬头一笑，说：我这是尊重女性。

那如果你输了呢?高个女子反问。

一切听从你们安排。

好!要是我们两个输了，我们听你的话，绝不反悔。

好……

就在李家明说好的同时，两个女子突发猛攻，可以看出两个人配合默契，绝对是平时训练有素的角色。

她们想趁李家明说话松懈的当儿，发起致命一击，让李家明倒地而万事大吉。

李家明毕竟是高手，趁她们近身一个使腿一个用拳的招数，使出绝招“剪手大劈”。

也就一眨眼间，两个女子嗖嗖地被震飞，一个撞在墙上，一个摔倒在沙发旁，都露出痛苦惊诧的神情。

李家明镇定地拍拍手，拍打一下衣服，斜眼瞧着两个狼狈不堪的女人……

伍尔德此时正坐在电脑前，从显示屏里看着刚才发生的一幕，苦笑着摇摇头，嘴里喃喃地说了句什么。

7

“擒蛇行动”前线总指挥部，就设在昌南公园旁省陶瓷公司仓库库区的主仓库内。这里背靠龙珠山，位置隐蔽，恰好是三处保卫目标的中心点，周边道路四通八达，方便出警。

还有一个非常好的条件，就是一千名其他城市支援的特警，吃住在十个仓库内很便利。整个仓库库区进出只有前后两个大门，便于封闭管理。

偌大的仓库内，巨型显示屏幕已安装好，全市所有监控探头全部接入，上千个视频探头随时可以切换到大屏幕上，全市道路及重点部位一目了然。特别是三处保卫目标，所有探头全部连接完毕，并将报警装备联通并线。

副省长、公安厅长罗长城背着手，在梁市长和贺天的陪同下到指挥部视察工作。

他边走边点着头，很满意地说：不错不错，这么快就可以开始办公了？

平时叫惯了，大伙都将副省长、公安厅长叫成厅长，就像大伙儿将副市长、公安局长叫成局长一样。

贺天说：报告厅长，监控、报警、通信、网络、警用装备全部弄好了。办公、宿舍、食堂都已齐备，人员也全部到位了，只等开战。根据我们获取的“灵蛇计划”内容，对方将于明天晚上行动。

好！

梁市长说：后天就是我们国际瓷博会开幕之日，犯罪分子想在我们开幕前一天实施犯罪，其险恶用心是想扩大政治影响，丑化瓷都和咱们国家形象。

罗长城点点头，说：是啊，这一仗我们必须要打好！

这时，一位挂二级警督警衔的中年警察，来到罗长城面前，立正敬礼，大声说：报告罗厅长，特警总队长杜剑飞向您报告，全省调集的一千名特警集合完毕，请您指示。

罗长城抬手回礼，笑着说：好！

8

李家明将两位妖艳的女子打发走后，便将门反锁，想想明天晚上伍尔德就要采取行动，自己又被伍尔德变相软禁，得马上将情况告诉王支，让他有个准备。

为防止监听监视，李家明便进入卫生间。

他先仔细检查了一遍四周及天花板，发现两处可疑的微型设备。

他将自来水龙头打开，拿着喷淋头对着两处可疑设备喷去，心想：录音录像设备一般能防水，但不可能防得了遮挡。于是李家明又从身上掏出一小瓶药水，从侧面对准可疑设备喷去。药水所到之处，立即冒起白烟，随即一层厚厚的白黄色黏液覆盖在上面，监视探头自然失效。

李家明将自来水龙头打开，发出哗哗的声音，以防止录音。

接着，他找来一张凳子，站了上去，拿出随身携带的钥匙，将天花板上通向排气窗铝塑板固定螺丝拧松。这样，到时候用手一捅铝塑板就会移开，人就可以钻进去，能顺着排气通道一直爬到外面。

多亏李家明之前查看了宾馆设计图，知道通道的具体位置与线路。

李家明将松开的铝塑板恢复到原样，然后将卫生间水龙头关闭，将凳子放回原处。

正在电脑显示屏前的伍尔德，先是皱紧眉头，随即嘴角露出了得意的微笑。

第十九章　连环套

1

上午八点，王春华正在前线总指挥部值班室休息，突然警报声大作。

王春华急忙来到指挥作战室，了解发生了什么情况，只见显示屏上出现了三大博物馆负责人的头像。

他们都迫不及待地报告：馆藏的国宝都被偷换了。

这一消息犹如晴天霹雳，将王春华炸蒙了。

王春华怎么也不相信，有人竟能在我们这么严密的安保措施下，将如此巨大数量的国宝级瓷器偷换？

王春华第一个想到的是李家明，难道他提供的情报有假？“灵蛇计划”的时间，不是说十七日晚上实施吗？

如果真的偷换成功，十八日瓷博会开幕式之后，将会安排贵宾们参观各博物馆，一旦有人发现藏品被人偷换，那会是天大的丑闻，将会震动全球。

如果偷换后被我们及时发现，我们也来不及追回被偷换瓷器重新布置展馆，开幕式后必然取消参观各博物馆的活动。而这一活动是瓷博会的重头戏，一旦取消，瓷博会的意义也就荡然无存。

更要命的是，瓷博会上将启动瓷都申遗评审活动。如果这些国宝被偷换，那申遗活动必然泡汤，整个瓷都几十年来的努力，也必将化为幻影。

王春华一想到这儿，头都要爆裂了。

得马上联系李家明，询问他到底是什么情况。

王春华赶紧掏出手机。但不管怎么拨打，李家明手机总是请稍后再拨的状态。

这一下把王春华急坏了，他脑子里想到的是，李家明出事了！

王春华的血压陡然飚升，头嗡的一下，身子不由得摇晃起来。

他两手忙抓着桌子，不让自己倒下。

值班的民警见了，赶紧上前扶住王春华，关切地问：王支怎么了？要不要紧？

王春华难受地皱紧眉，抬手摆摆，嘴里说不要紧，手却伸进上衣口袋，哆嗦着拿出降压药，倒出一片吞下。

民警见状，赶忙倒杯矿泉水让王春华喝了。

过了一会儿，王春华才缓过神来。他第一个念头就是，立即通知童刚等人，对伍尔德等实行收网，同时寻找李家明。

王春华一边向贺天和胡处长报告，一边带人赶往案发现场，开展调查。

2

上午九点，王春华一路勘查发案现场，从陶瓷历史博物馆，再到民俗陶瓷博物馆，最后来到御窑博物馆。

王春华越看越惊诧，越看越寒心。

三处博物馆的情况惊人般相似：二百多件作品全部被换。

王春华站在被调换的“元青花鬼谷子下山图罐”前，呆呆地看着，不知如何是好。

贺天气喘吁吁地赶来了，一见王春华的面，劈头责问：怎么会这样？怎么会这样？咱们之前做的一切，不都白做了吗？

王春华用很自责的眼光，看着贺天，心情沉重地说：贺局啊，我对不起你啊！你，你处分我吧！

随即王春华双手抱头，悔恨地蹲下身子，双手不断地捶打着脑袋。

贺天一听怒火冲天，厉声说：我处分你有用吗？案子没破东西没追回，这个责任你我都担不起，我们都得辞职！

王春华听罢，身子一震，不由抬头望着贺天，一脸愁苦。

贺天一跺脚，大声说：现在不是追究责任的时候，就是要处分你，你也得站好最后一班岗！

王春华听罢，无奈地站起身。

贺天问：到底是怎么回事？

王春华有气无力地用手指指藏品，贺天走上前，查看展台的藏品牌，上面写着“元青花鬼谷子下山图罐”，然后又将目光聚集到藏品上。贺天对这件瓷器有些了解，知道同样的藏品，拍出了天价，成为陶瓷拍卖最高价；再趋前细看作品，见晶莹温润，光色诱人，看不出什么异常，便满是疑惑地回头瞧瞧王春华。

王春华知道局长的意思，是看不出这件作品是赝品，便上前解释。这件作品比原来的那件，明显要光亮许多，一眼就能看出是新近仿制的。说完，王春华转头看看一旁惶恐不安的陶馆长。

陶馆长面无人色，身子几乎站不稳，他不敢说话，只轻轻地点下头，表明情况属实。

贺天毕竟是局长，颇有临危不惧、临乱不慌的大将风度。他朝王春华挥挥手，斩钉截铁地说：你现在还是刑警支队的支队长，你必须履行你的职责。真正的勇士，就应该从哪里跌倒就从哪里爬起来，直至战斗到生命的最后一刻。你还没到山穷水尽的时候，你必须立即找出被盗的原因，找出我们防范的漏洞，找回被盗的国宝，否则，你真的不配当警察！

贺天的激将法，唤起了王春华的自尊心与斗志。王春华猛然想起，贺天说得对啊！自己现在还是刑警支队的支队长。不管从哪方面讲，自己都必须振作精神，奋起反击，决不能被敌人的气势压倒。

正在这时，梁市长与罗厅长也匆匆赶来。

3

童刚率行动组包围了西湖宾馆5号楼别墅，不料伍尔德没在别墅内，这下把童刚急得不行。经调看宾馆监控摄像头，发现伍尔德与“艺菲”往宾馆体育训练场去了。

童刚向王春华报告的同时，指挥队员们将体育训练场围住。

童刚举枪冲进训练场，见伍尔德与“艺菲”正在激烈地练习搏击。

童刚大喊一声：不许动！可伍尔德好像没听到一样，仍然与“艺菲”对打。

可以看出，“艺菲”的搏击技巧在伍尔德之上，但力道明显不如伍尔德，只能勉强与伍尔德打个平手。

童刚再喊一声：不许动，伍尔德仍然我行我素，气得童刚对天开了一枪以示警告。

伍尔德听到枪声才停下，他转脸问童刚：你是什么人？为何开枪？

童刚听完“艺菲”翻译，立即说：我们是警察，并向伍尔德出示警官证。

伍尔德将警官证给“艺菲”，镇定地问：你们找我有什么事？我是来参加你们瓷博会的。

童刚说：你们涉嫌走私贩卖古瓷，请跟我们走一趟，配合我们调查。

伍尔德双拳相互击打几下，说：我们是合法商人，没有做违法的事，我们正在锻炼身体，请不要影响我们。

童刚轻蔑一笑，说：根据我们掌握的情况，你有重大走私古瓷嫌疑，我正式口头传唤你，请你尊重我们国家的法律。

伍尔德耸耸肩，傲慢地说：想要我跟你们走可以，要看我的拳头答不答应。你们中国不是号称武术之乡吗？你们当警察的更是会功夫，来吧！

童刚一听对方挑衅，知道不与对方动武不行了。为了稳妥起见，童刚马上请示王春华，王春华考虑一下，说：既然对方想动武，你就陪他，西方人信奉打不过的敌人就是朋友。不过你要注意安全，我正在赶来的路上。

童刚听完王春华的话，心里便有了点谱。但他还是有些担心，既怕对方狗急跳墙伤害自己，又怕自己下手太重伤了对方。童刚将手枪、手铐、手机等交给张晓娜，自己轻装上前与伍尔德展开搏击。

一开始，伍尔德挥拳如雨，童刚双手护头勉强能够招架。但五分钟后，童刚感觉双手不同程度受伤，想施展自认为最厉害的那招“剪手大劈”，几次都因力道不足，不但未能震飞对方，自己反而被震退几步。

伍尔德虽然未被童刚的“剪手大劈”震飞，但他明显感到对方的力道不小。这时他脑子里立即联想到李家明，感觉对方的套路很像李家明。

童刚见以硬对硬不行，便想到以柔克刚的太极八卦掌，当年跟师父学的时候是出于好奇，没承想这回派上了用场。

伍尔德再次鼓足劲头攻击童刚，童刚却摇身一摆整个人飘忽穿梭起来，任凭伍尔德如何使拳，就是到不了对方身上。很多次明明拳头击中对方了，倏忽间又落空。倒是有几次伍尔德被童刚的四两拨千斤，弄得踉踉跄跄差点摔跤。就这样一来二去地，两个人缠斗了十几分钟，也未见胜负。

伍尔德毕竟是久经沙场的拳击手，他曾在国外学过中国功夫，知道以柔克刚的诀窍在于借力打力，突然想起要破解这种功夫，必须劲道动作过半后猛然往回缩带，这样对方就无法借力。

伍尔德想到这里，不由信心大增，立马变换拳法，拳头击打出去后又猛然转身反力，童刚一下子猝不及防被伍尔德击中胸口，身体不由得向外摔去，啪地一下倒在地上。伍尔德见状飞身猛扑上去，挥动双臂举肘，以泰山压顶之势向童刚使劲砸去，要是砸中童刚，不死也得重伤。

在这千钧一发之际，一个人影嗖地一下飞过来，就在伍尔德感觉到有异常时，自己就被什么东西劈开，身子不由腾空而起，竟飞到八九米远的地方，重重地撞到地面，全身趴在地上，双手钻心般疼痛，一副呲牙咧嘴的熊样。

4

伍尔德痛苦地抬头朝来人看去，是年届五旬的王春华。

一旁紧张得要命的张晓娜见王支来了，喜不自禁地跑上前。

童刚见伍尔德被王支震飞，用的就是那招“剪手大劈”，只恨自己当初练功没到位，也恨自己刚与伍尔德交手时没尽早使“剪手大劈”，后来双手受伤力量受损，再使那一招时已经没啥威力了。

“艺菲”脸上掠过一丝惊讶，随即她上前扶起伍尔德。

张晓娜上前咔嚓一下将伍尔德铐上。

伍尔德连蹦带跳地吼叫着说：我没犯法，你们侵犯人权，我要告你们！

王春华见状，给张晓娜摆摆手，示意将手铐打开。

张晓娜很不情愿地看看王春华，王春华说：他跑不了。张晓娜嘟着嘴，一脸不高兴地打开手铐。

没想到伍尔德一扭身不让开铐，弄得张晓娜满是为难地瞅着王春华。

王春华知道伍尔德故意刁难，便说：你是伍尔德吧？你刁难不了我们，就凭你收购我们御窑厂遗址的古瓷片，我们就可以拘留你。

伍尔德听罢一怔，问：你怎么知道我？既然知道我，那你应该知道我是来参加瓷博会的。

王春华撇嘴一笑，说：伍尔德先生，你的那个“灵蛇计划”，执行得怎么样了？

伍尔德又一怔，问：什么“灵蛇计划”？

王春华说：你就没必要跟我们兜圈子了。

兜圈子，什么意思？伍尔德貌似不懂。

王春华直截了当地说：伍尔德，你们得手的那些瓷器现在在哪儿？

伍尔德得意地一笑，说：你的意思，是我们购买的那些仿古瓷吧？

什么仿古瓷，你们偷换我们三个博物馆的瓷器放在哪儿了？

伍尔德笑笑，说：我们的仿古瓷器，全部在仓库里，准备用集装箱运走。

王春华一挥手，说：走，带我们去看看。

伍尔德很愤怒地说：你们这是限制人权，是非法行为，我要告你们！

王春华轻蔑一笑，说：你必须先遵守我们国家的法律，然后才有资格谈维权的事。

正在这时，李家明像喝醉了酒似的踉踉跄跄走来。

王春华一见，厉声问：你怎么回事啊？怎么联系不上？

李家明摸摸头说：我也不知道啊，我突然间就失忆了，一直躺在床上，刚才才醒过来。

王春华听罢转头望望伍尔德，心想那肯定是他做的好事，要是那样的话，李家明应该早被伍尔德发现是卧底。那为什么伍尔德还假装不知，继续让李家明给我提供情报呢？这里面一定另有阴谋。

5

上午十二点，在前线总指挥部会议室内，召开了紧急会议。

贺天主持会议，罗厅长和梁市长等全体行动组成员参加。

王春华首先发言。各位领导，同志们，“擒蛇行动”开展以来，我们虽然已经控制住了伍尔德，抓获了与伍尔德有密切联系的“天龙”“老大”“刀疤”“神头”“勇哥”“泥坯佬”等人，扣押了一批古瓷片。但现在出现的状况，很值得我们深思。一是他们原定瓷博会开幕前一夜行动，却提前两天行动。二是伍尔德订购的那批仿古瓷，却一件不少地全都躺在仓库里，而伍尔德却矢口否认仿古瓷是用来偷换古董的。三是咱们三个博物馆里的古董都被换了，并且东西也不知去向。综合以上三点，之前李家明副大队长卧底获得的情报，很有可能是假的，甚至是他们设下的圈套。

王春华的话音一落，大伙的目光齐刷刷地投向李家明，李家明顿觉如芒在背、如坐针毡，一下臊红了脸。

李家明羞愧难当，不由得站了起来，说：这是我工作的失误，我愿意接受任何处分。

王春华见李家明主动承担责任，心想是自己直接指挥李家明的，李家明的工作出现失误，自己也有不可推卸的责任，便也站起身，诚恳地说：出现这种状况，我是具体指挥的，我要负主要责任，我请求组织处分。

贺天说：不但要处分你们两个，我也要受处分。

梁市长见状，便朝贺天抬抬手，说：你们不要忙着争处分，现在还没到追责的时候。作为公安部门，你们的天职首先是破案，既然发了案，你们要想办法查清他们是怎么偷盗古董的，被偷换的古董到哪儿去了。

梁市长说完，转头看看罗长城。

罗长城笑着点点头，说：没错，大家不要被一时的现象迷惑，而是要用联系和发展的眼光去看问题，真相往往就在假象的背后嘛。

在场的人一听，觉得有点儿迷茫。

罗长城转头朝一旁的胡处长笑笑，说：胡处长，现在该你出场了。

胡处长听完忙站起身，说：各位领导，同志们，其实犯罪分子的“灵蛇计划”，有两套方案，咱们目前所掌握的，是第一套方案。

大伙听了，绝大部分都感到意外，只有罗长城胸有成竹地笑笑，说：同志们，由于案件性质特殊，前期是属于绝对保密的。目前，到了逐级解密的阶段。

说着，胡处长一抬手示意打开投影仪，显示出瓷城市区交通及重点部位。胡处长用红外手电筒照射到投影幕上。

大家请看，影幕上的重点单位，除了三个收藏古陶瓷的博物馆外，还有一处，叫龙腾特种陶瓷研究所。

大伙儿的目光盯在投影幕上，表情显得有些茫然。

有谁知道这个研究所吗？胡处长问。

童刚说：这家不是研究微波介质陶瓷的吗？

胡处长听罢笑笑，说：没错，那是他们日常研究的内容，同时他们还研究一种尖端航空陶瓷。

梁市长笑着说：没错，普通人都认为陶瓷分为日用、建筑、卫生和艺术陶瓷，但它更大的价值在于国防建设。

罗长城说：梁市长说得对，根据公安部和国家安全部的内部绝密通报，龙腾特种陶瓷研究所研究出了耐高温特种陶瓷，耐高温值超过摄氏一万度。

大伙儿听了都发出了惊叹声。

罗长城继续说：众所周知，我们瓷城的瓷器，是用摄氏一千三百八十多度高温烧成的。反过来说，我们的瓷器可以耐一千三百八十多度的高温。咱们现在人造飞船的表层，都是用耐得住两千度高温的瓷片防护的。自然界的温度，最高的要算太阳，太阳表面的温度是摄氏五千五百度至六千度，太阳内核的温度达摄氏一千五百万度至二千万度，当太阳发生耀斑时，氢云燃烧的温度有八千万度。最令人惊叹的是人工合成的原子弹和氢弹。原子弹爆炸瞬间温度达一千万度，氢弹爆炸瞬间温度达一百亿度。

大家听罢都露出震惊的神情。

罗长城见大家听得入神，笑一下说：我说了这么多，我想大家心里应该有个谱了。未来的科技，可以说是突破高温的科技。未来的战争，也是突破高温的战争。人类未来的发展，肯定是向宇宙发展，而要向宇宙发展，就必须突破高温材料的极限，而我们特种陶瓷的研究，就是突破高温材料极限的最佳选择。我这样说，不知大家有没有听明白？

大家纷纷点头，有的说听明白了。

罗长城抬手示意胡处长继续。

胡处清清嗓子。我不说大家也猜到了，他们“灵蛇计划”的第二套方案，就是以仿古瓷偷换古董为幌子，企图转移我们的视线，想将我们保卫工作重点放在预防古董被偷换上，实则是想窃取航空陶瓷研究成果，最终实现灵蛇脱壳、移花接木、偷梁换柱的企图。

大家听到这里才恍然大悟。

童刚气得大骂。真不是个东西，害得我们都上当了。

胡处不以为然地笑笑，说：咱们其实并没有上当！

李家明听罢大感意外，张嘴望着胡处。

我们的“擒蛇行动”，也有两套方案。李家明同志深入伍尔德团伙卧底，是我们的第一方案。对方想以第一套“灵蛇计划”迷惑我们，来实现他们的第二套方案。同样，我们也以第一套“擒蛇行动”方案来迷惑对方，以顺利实施咱们的第二套“擒蛇行动”。

李家明一听，真是喜出望外，心中那些负罪感、愧疚感一下消失了。

就在实施第一套“擒蛇行动”时，我们同时也启动了第二套“擒蛇行动”。可以说两套方案几乎是同时实施的。只是知道第二套方案的人很少，范围也仅局限在省厅层面。所以，在座的几乎都不知晓。事情发展到现在，可以说局面还是在我们的掌控之中，现在唯一失控的，就是三处博物馆中的古董是怎么被偷换的？现在在哪里？

听到这里，李家明霍地站起来，大声说：胡处长！我是重案大队副大队长，国宝丢失，我有责任把它们追回来。

胡处长看看王春华与贺天，见两人默许，便转头对李家明严肃地说：家明同志，如果我没记错的话，你是签过军令状的，你必须想尽一切办法，不惜任何代价，也要把那批被偷换的国宝给追回来！

李家明挺身立正，大声说：是！

6

李家明带着张晓娜，再次来到御窑博物馆，站在了那个被偷换的“元青花鬼谷子下山图罐”前，双眼紧紧盯着瓷器上鬼谷子的头像，又瞅着驾车的一虎一豹，默默地看了足有一刻钟。

李家明回想起发病住院抢救的陶馆长，回忆起陶馆长断断续续的自述。

陶馆长说：自从接到保卫任务后，我连续十几天都吃住在博物馆，连大门都不敢迈出半步，天天在馆里盯着。每天早中晚都要到馆内查看一遍藏品，昨天晚上八点还带着保安一起巡查了一遍，确认了东西无误后才关闭展厅回监控室。可以肯定的是，藏品是在昨晚八点到今天上午八点被偷换的。馆内还有四位保安值班，二十四小时无缝监视。警察也是每班八人在馆内值班守护，未见任何异常。警察与保安均未发现有人进出展馆，无撬门痕迹，无进出车辆。令人百思不得其解的是，东西就在值班人员视线内被调换了，而且毫无察觉，真是令人匪夷所思！

李家明又回忆起其他两个博物馆馆长的叙述，他们的经历与陶馆长惊人相似，都不知道东西是如何被人偷换的。

单纯偷盗还容易些，而偷换是要用几乎一样体积重量的东西，从外面运进来进行调换，难度显然大了很多。李家明感觉自己遇到了前所未有的挑战。他运用所学密室盗窃的知识，假设了各种可能性，穷尽了所有的推断，最后都被一一否定了。

有那么一刻钟，李家明感觉眼前一片漆黑，一片混沌。

李家明非常沮丧地瘫坐在瓷罐旁，吓得边上的张晓娜不轻，她忙上前蹲在李家明身边，大声喊着：师父你怎么样了？要不要紧啊？

李家明有气无力地摆摆手，轻声说：你让我静静，我要好好想想，问题到底出在哪儿？

张晓娜哭笑不得，想扶又怕李家明反对，不扶又于心不忍，只好伸手僵着，左右为难。

7

家明！家明！

随着两声叫喊，李家明抬头望去，只见老爸急匆匆走过来，一名保安赶紧上前拦住不让进。

李家明向保安摆摆手。张晓娜忙说：让他进来，他是李大的爸爸。

保安听完退后放行。

李家明再瞅老爸时，见曹丽丽紧随其后。李家明激动得想起身，脚一滑又坐回到地上。

曹丽丽惊叫一声，上前一把抱住李家明，李家明也紧搂着曹丽丽，两个人劫后重逢百感交集。

一旁的张晓娜见了，闷闷不乐地转身走开，李建国也知趣地离开了。

李家明满是内疚，嘴里不断说着对不起对不起，让你受苦了。

曹丽丽尽情地流泪，似乎这样才能将发生的一切不快冲洗掉。

良久，李家明与曹丽丽似乎都累了，两人瘫坐在地上。

李家明想想不对，松开曹丽丽，伸手摸抱着“元青花鬼谷子下山图罐”盯着看，恨不得将原来的那件变回来。

曹丽丽见李家明一副萎靡不振的样子，知道是出了什么大事，否则家明是不会这样的，便问：家明，这到底是怎么了？

李家明头朝瓷器抬抬，示意是瓷器惹的祸。

曹丽丽的目光盯着瓷瓶看。这件“元青花鬼谷子下山图罐”简直太熟悉了，自己不知临摹过多少遍，画过多少次。那人物，那车驾，那虎豹，那口颈足部的纹饰线条，闭着眼都能画出来。曹丽丽不禁伸手摸摸瓷罐，那种手感，也是温润如玉、光滑如脂，感觉不出有什么异常。

家明，这是鬼谷子下山图罐，没错啊，你到底是怎么回事？

李家明听到曹丽丽这么说，感觉有什么被触动似的。因为他太知道曹丽丽的为人了，从来不说没把握的话。特别是她对“元青花鬼谷子下山图罐”的画面仿制，到了炉火纯青的地步，她对真假应该是最有发言权了。

想到这儿，李家明的思绪被调动了起来。他转眼看着对方，有些无奈地说：你再看看釉面，是不是更新了些？

曹丽丽低头仔细观察釉色，幽光下的蓝色显得更耀眼夺目。这是怎么回事？是不是光线太暗衬托出蓝色光亮？

曹丽丽也感觉到情况有异样，她想起师父说的一句话，说鉴别瓷罐真假的最后绝招，就是罐内宽肩处稍有麻感，便立马将手伸进罐内肩颈处，轻轻来回触摸着，的确有丝麻手的感觉。

家明哥，没错啊，这应该是真品啊！

李家明从刚才曹丽丽的动作中，已经想到了探手罐内触摸法，此法当年自己导师也说过，只是时间太久一时未想起来。再说自己一听说三个博物馆古瓷都被调换了，慌得六神无主，下意识里就认为现在这些瓷器都是赝品。毕竟博物馆的人都是专家，他们不会随便就报警的。何况一眼望过去，这些瓷器的颜色明显鲜艳许多，稍有鉴别知识的人都会认为，这些都是赝品。

李家明边想边将手伸进罐内，在肩颈处反复触摸，的的确确有麻手的感觉。

李家明猛然惊醒，他情不自禁地趋前，抱着曹丽丽的头亲了一下，兴高采烈地说：谢谢，谢谢亲爱的。弄得曹丽丽满脸通红不知所措。

李家明站起身，一把拉起曹丽丽往门外走，劝父亲和曹丽丽赶紧回家。

曹丽丽犹豫了一下，说：结婚照还没拍，新房还没布置好，要等你回去。

李家明听了一脸歉意，说：案子一结束马上就回。

看着父亲与曹丽丽离开，李家明转身第一个念头，就是打电话给自己的导师——古陶瓷研究所的古所长。

8

古所长听完李家明的陈述，仔细想了想，说：据我了解，国外有专门研究中国古陶瓷的机构，他们通过运用远程电磁场微波脉冲技术，可以对新的高仿瓷进行做旧处理。

李家明听了，觉得古所长有点答非所问。对古所长说：现在的关键是，有没有可能，对旧的东西进行翻新？

古所长略一思索，回答说：目前没有定论，但有人专门做过试验，对个别古瓷碎片做过磨光处理，釉色表面有转亮呈现，但保持的时间较短，一般不会超过三十天。

李家明一听，精神大振，急切地问：这种远程电磁场微波脉冲技术，是不是已经成熟？

古所长说：没见过正式的论文，但不久前国外的朋友跟我聊过，说有人写这方面的文章，送到《科学》杂志想发表，但杂志社认为这种技术实用价值不大，缺乏推广应用的市场，所以没有刊登。

古老师你能不能通过关系搞到那篇论文，我们亟须这方面的资料。

古所长说：我尽量想办法吧，不过按常规凡是未发表的论文，一般是不允许转载使用的，这牵涉到知识产权和商业机密，不太好弄。

李家明心想古老师说得对，要想弄到整篇论文，几乎比登天还难，不如采取折中的办法，问一下该论文的核心技术就行，不要文字都行。古所长听罢，觉得这个办法勉强可行，便说：那你就等我的消息吧。

挂完电话，李家明思忖着刚才古所长所说的远程电磁场微波脉冲技术。既然里面涉及电磁场，那首先就与电有关。

如果古所长所说情况属实，那么作案者就必须借用电源这一关键载体，来实施他们的阴谋。

回想刚才自己走过的三个博物馆，馆长们都因发现古瓷釉面颜色变亮，用常规眼光判断被人以新换旧，为慎重起见，他们才向前线指挥部报的警。

解铃还须系铃人，决事也须起事地。李家明对副馆长兼保卫处长丁元山说：请你把博物馆里的线路图找来，尤其是电线报警线路图。

丁元山说：好，前段时间加装一套红外报警时就找出来了，现在放在我的办公室里。

李家明随丁元山来到办公室，将所有线路图摊放在地面上，仔细查看。

李家明发现，十天前安装的那套红外报警装置，设计与安装说明上写得清清楚楚，红外线必须全部覆盖所有古瓷。

凭着李家明多年的知识积累与侦查经验，推断问题很可能就出在这里。作案者可以通过红外报警线路，运用电磁场微波脉冲技术，通过红外线，作用于古瓷之上，使之产生物理反应，磨新釉面呈现新光，仅凭肉眼辨识，只能判断出其是新仿品，于是乎各大博物馆的人员，越是专业的就越是认定被人调包，而且作案者根本无须进入现场，轻而易举地造成假象，引起恐慌，最终达到转移我们视线，掩护其实施第二套“灵蛇计划”之目的。

李家明手机响了，是古所长打来的。一接听，古所长兴奋地说：家明有了，朋友来了电话，说只要改变一个电磁场微波脉冲参数，就可以将旧货进行表层翻新。

李家明忙问这种表层翻新会不会损坏古瓷，古所长说几乎没有影响，可以忽略不计。

听到这儿，李家明知道原来是虚惊一场，不由一拍手掌，兴奋地打了个响指。

张晓娜见了，知道师父又解决了一个大难题。

9

晚上八点，一场潇潇微雨打湿了地皮，给人们带来一丝难得的凉爽。

前线总指挥部，灯火通明，一派繁忙景象。

罗长城坐在巨型屏幕前，听取各处视频汇报。

王春华坐在市看守所视频会议室汇报。报告罗厅长，经过我们对前期抓获的“神头”与“勇哥”的审讯，查明他们前后雇用三个民工，前往御窑厂遗址盗挖古瓷片。其中被水淹死两个，一个被他们强行摁在水缸里淹死。我们已连夜从上海、浙江和江苏等地追缴被盗古瓷片四十多箱，修复完整的古瓷瓶二十一件，其中国家一级以上文物七件。

罗长城很高兴地一拍桌子，大声说：好！

另据伍尔德交代，他来瓷城的任务，就是以参加瓷博会为幌子，实施第一套“灵蛇计划”，利用三大博物馆新安装红外报警之机，远程遥控植入电磁场微波脉冲设施，对三处博物馆内所有国宝级文物进行磨新处理，以造成国宝被调换假象来迷惑我们，至于其他的事情，他不清楚。

好！你们要继续加大审讯力度，力争找到第一套和第二套“灵蛇计划”之间的联系。

是！厅长。

罗长城点点头。

贺天在瓷城市国家安全局指挥中心室汇报。罗厅长好！

贺天同志好，你那里的情况怎样？

报告厅长，经我们与国家安全局同志联合行动，破获了以米莉与米琪为首，窃取我国航空瓷机密的国际间谍案。抓获了国际国内间谍人员共三十六名，缴获了大量的作案工具，彻底粉碎了第二套“灵蛇计划”。

说完，贺天将屏幕切换到米莉与米琪的画面。原来她俩就是在五号楼别墅中，伍尔德请来陪李家明的那两个女人。

罗长城不断点头，说：好！

我们根据李家明同志提供的情报，以及外围监控小组掌握的情况，伍尔德其实是受米莉和米琪指挥的台前人物，而她们两个，才是真正的幕后操纵者。可以说，MY 集团阴谋策划制订的双重“灵蛇计划”案，目前已彻底告破。

好！祝贺你们！

遗憾的是，该集团目前还有一名间谍漏网。

谁？

外号叫“艺菲”，真实姓名不详。

罗长城慢慢点下头，意味深长地微微一笑。

第二十章　终成眷属

1

李家明兴冲冲走进支队长办公室，见到正在剃胡子的王春华。

王春华见李家明进来，高兴地说：家明，你辛苦了，贺局说了，特批你十天婚假，让你办完婚礼，好好休整。

李家明说：我来不是为这事，我是想再追查一个人。

王春华问：查谁啊？

“艺菲”。

王春华听完，笑笑，说：我已经安排人查过了，机场分局监控系统显示，这个“艺菲”啊，已经冒用另外一个人的身份，乘飞机离开了。上级的意思，叫我们别查了。

谁，谁叫我们别查了？

王春华用手往天花板顶上指指，说：具体是谁，你就甭问了，这是纪律。

李家明有些愣然地望着对方，随即慢慢地点点头。

王春华知道李家明明白自己的意思了，便话锋一转，笑着问：什么时候举办婚礼啊？到时一定通知我，大伙热闹热闹。

李家明说：大家忙得喘不过气，我不敢麻烦大家啊。

王春华一瞪眼，不高兴了，说：你这是什么话？咱们是最亲密的战友，就是再忙也要抽空去祝贺的。

李家明见王春华态度坚决，觉得再说无用，便不再多说。

王春华说：你赶紧回去吧，你爸已经找了我好几次，问你到哪儿去了，我没办法跟他说。你可能不知道，你爸是我学武术的师兄，我们都是龙武师父的徒弟。

啊！我怎么从来没听说过？

因为龙师父说过，练武之人，重在个人修为，不要攀龙附凤，趋炎附势。他教过的徒弟，都不得互相依附，彼此借光。所以，我们师兄弟从来都不声张。

李家明这时才想起来，上次自己去找曹丽丽，在路上碰到龙师父骑电动车，明明觉得自己的车子已撞上对方，可不知怎的，龙师父却好好的没事，原来他是身怀绝技，深藏不露。自己的武术是跟父亲学的，这样算来，龙武师父还是自己的祖师爷，可老人家从来就没透露过。

李家明为祖师爷的质朴情怀而感慨，突然手机响起收到微信的声音，便立马拿出手机一看，是余青花发来的，说有非常非常重要的事，要见面说，地点就在她的瓷茶坊。

李家明首先想到：余青花是否因父亲被抓，想找我说情？

可转念一想：不对啊，上次见面时，我一口否认自己是警察。难道她后来又证实了我的身份是警察？

不管如何，她说有非常非常重要的事找我，我再怎么着也该去见见她。

想到这儿，李家明朝王春华笑笑，问：王支，那个“刀疤”情况怎样啊？

王春华说：“刀疤”虽然后来戴罪立功，但他幕后指挥的绑架罪是逃不了的，何况还绑架了五个女的。另外他有杀人的动机，后来是我们提前行动才被迫停止了，算是杀人未遂。你也知道，不管是绑架还是杀人，都是刑事十大重罪案，我看他判死缓的可能性大。

李家明听罢，心情沉重，不知见到余青花时，该跟她说什么好。

2

夜幕在灯光下显得迷离梦幻，“高山流水”的古筝声越来越近，令人听起来有种淡淡的哀婉与忧伤。

李家明走进瓷茶坊的时候，打算先让余青花痛哭一场，然后再设法安慰她。

当弹古筝者笑吟吟地抬起头时，李家明惊得连退两步，双手条件反射般迅速按住右腰，做掏枪动作，一想枪已上交，不由得有点儿慌乱。

你，你是“艺菲”？

“艺菲”波澜不惊，仍笑吟吟地慢慢站起身，说：你武功那么好，还怕我一个女的不成？

李家明定了定神，说：你怎么会在这里？

我怎么就不能在这里？

你不是已经坐飞机走了？

对方轻盈一笑，说：我既然能离开，也可以回来啊。

李家明仍疑惑不解：你既然离开了，又干吗回来？

我回来找你啊！

找我干吗？你不知道我们正在到处找你？

“艺菲”笑笑，说：你不用紧张，我不是逃犯，你也肯定收到了上级命令，不让继续追查我。

李家明心想：没错，王支就说过上面不让追查的话，全身不由得放松下来。

那你，到底是什么人？

我身负重要的特殊使命，具体身份我不便向你透露，也希望我们见面的事，不要对任何人说，请你理解。

李家明见对方毫无敌意，也就完全放心了。

但他想起刚才是接到余青花的微信才来的，忙问：余青花到哪里去了?

“艺菲”笑笑，说：她回家拿一个快递，说是她爸爸寄来的，过一会儿就来。

李家明明白似的点下头：既然你身份特殊，为什么又要冒险来见我?

听说你要结婚了，特意来祝贺你。

李家明有些茫然，不知对方为啥要来祝贺自己。

听了你和绘瓷女工曹丽丽的故事，我非常感动。这个世界太复杂，像你这么专情的人，是最难能可贵的。

“艺菲”拿起一个装帧漂亮的锦盒，说：这是我的贺礼，真心希望你能收下。

说完，她将锦盒递给李家明。

李家明打开一瞧，是一对光芒闪耀的大钻戒，忙说：这么贵重的东西，我绝不能收。

“艺菲”说：这对钻戒是我未婚夫送给我的，他执行任务时牺牲了，临走前说，要我将这对钻戒，送给最值得我敬重的人。

那你可以留着以后自己用啊。再说，这是你未婚夫给你的，我怎么可以接受呢?

“艺菲”一笑，说：我现在已经不需要了，所以应该将它送给最值得拥有的人。

李家明很好奇，问：你的未婚夫是做什么的?

“艺菲”说：他和你一样，也是一名警察。他家是亿万富豪，可他放弃了一切，发誓要做一名好警察。

李家明听完，露出感动钦佩的神情。

如果你觉得不好意思，就请你的那位绘瓷姑娘，给我和爱人画一幅结婚瓷像吧，对我来说，那将是这个世界上最珍贵的礼物。

李家明说：给你们画结婚瓷像没一点问题，但这么贵重的礼物，我是绝对不能收的。

“艺菲”见李家明十分坚决，知道再说也无用，不由得深深地向李家明鞠了一躬，说了句：祝你们永远幸福!

说完，她转身就走。

就在她转身的一刹那，李家明分明看见“艺菲”的眼角有泪光一闪而过。

李家明紧走几步来到门旁，想追上去把东西还给她。可一想到对方身负特殊使命，不能让她更多暴露在大庭广众面前，更不宜闹出动静，不由得停了下来。也就在自己迟疑间，对方很快消失在夜色之中。

李家明怅然若失。

对方的出现太突然了，真有点儿让人捉摸不透。从对方的言谈来看，她似乎对我和局里的一切了如指掌。显然，她不是一般人。

李家明手捧着锦盒，觉得此事太不可思议了。

从他内心来讲，是绝不想收人家东西的，一定得想办法还给人家。对了，她不是说请我帮忙画瓷像吗？那照片在哪儿？没照片怎么画啊？再说，东西画好后放在哪儿？那地方应该是她可以拿到东西的。

对啊，凭着对方的智慧，她肯定给我留下了拿到照片的线索。目前她给我的，就只有这个锦盒，线索应该就在锦盒里。

李家明立即打开锦盒，盒底真有一张纸条，还有一把小钥匙。

李家明拿起纸条，上面写着一个工商银行保险箱的编号，他立刻明白了：照片应该放在工商银行保险箱内，小钥匙就是用来开那个保险箱的。

突然，外面传来一阵喊声。

快来人啊，有人落水了，快救人啊!

李家明一听不好，立即放下盒子，转身就往门外跑。

他想想店内无人，便转身将瓷茶坊的大门关上，然后朝着喊救人的地方奔去。

转眼之间，李家明就来到昌河岸边。只见离岸不远的河下，一个人头在水面上下沉浮着。

岸边有几个男女青年拼命喊叫着，就是没人下水救人。

李家明想都没想，他一边脱着装有手机证件的衣服，一边奔跑着，来到岸边时，拼尽全力纵身一跳，急速向人头游去。

好不容易游到落水者身边，李家明一把拽住对方手臂，拼命游向岸边。

在几个人的帮助下，总算将落水者拖上了岸。

李家明呛了几口水，气喘吁吁爬上岸，低头向外吐了几下，直到胸中气顺了些，才转头瞧瞧落水者。

这一瞧不要紧，令李家明强烈地呕吐了几下。

原来落水者，竟是余青花。

3

余青花看清了救她的人是李家明，便从地上爬起来，再次要向河里跳去，惊得众人七手八脚将她抱住。

余青花拼命挣扎着，又哭又喊：你们让我去死，让我去死吧！你们干吗救我啊？

李家明赶紧上前，双手抓住余青花，使劲摇晃着，问：为什么，你为什么要跳河啊？你傻不傻，你傻不傻呀？

我，我活着还有什么意思？你，你就让我去死吧！

余青花声嘶力竭发疯似的叫喊挣扎着，全然不顾一切。

李家明尽力将余青花搂紧，不让她挣脱。

余青花哭喊累了，便蹲了下来，双手抱头嘤嘤地哭着。

李家明觉得没必要再隐瞒自己身份，说：小余啊，有什么事你尽管跟我说，我会帮你的。

跟你说，有什么用？

我是警察啊！

余青花一听，猛然抬头看着李家明，眼里闪出希望的光亮。但一瞬间，这光亮又消失了。

你骗人，上次我说你是警察，你说不是。

我真没骗你，上次我是执行任务，不能明说。

那，那你知道我爸爸吗？

你爸爸是“刀疤”吧？

你，你怎么知道的？

我见过你爸爸。

啊！我爸爸是不是你抓的？

李家明点点头，又摇摇头。

余青花双手一把抓住李家明的衣服，用力摇着，边摇边问：到底是不是啊？是不是啊？

小余你冷静点好不好？你爸爸犯了罪，谁抓他都一样。我没抓他，是我同事抓的。

余青花又哭了起来，边哭边说：那我怎么办呀，我怎么办呀？

李家明见余青花楚楚可怜的样子，不知如何安慰她。自己又不能说假话，说实话吧，又担心对方受不了。

余青花边流泪，边找到地上的坤包，从里面拿出一封信，递给李家明。

李家明拿过信，用手机电筒照着看完。

原来是“刀疤”写给余青花的信。他在信中说对不起女儿，自己犯了罪，恐怕没个二十年出不来，自己再也不能照顾女儿了。信里还告诉余青花，说她不是他亲生的，是二十四年前从市妇幼保健院偷抱出来的。当时他妻子产下一个死的女婴，得知隔壁床生下双胞胎，便偷偷用死婴换了一个回来。原本打算要好好培养的，想不到自己出事，再也无法照料女儿了。希望女儿想办法找到亲生父母。

李家明抬头看看悲痛欲绝的余青花，原来对方不仅因“刀疤”身陷囹圄而痛苦，更因明白自己不是“刀疤”亲生的而难受。

李家明上前握住余青花的手，诚恳地说：请你相信我，你爸犯罪服刑，我帮不了他，但你的身世，我一定会帮你查出来，帮你找到亲生父母。

余青花听了，抬起满是愁苦的脸，一下扑在李家明的身上，紧紧抱着他，撕心裂肺般哭了起来。

4

一轮红日高悬天空，规模宏大的瓷都国际陶瓷博览会隆重举行。二十八国国际陶瓷经济高峰论坛也顺利进行。更令人振奋的是，瓷城的双申遗评审活动也获得一致通过。

李家明与曹丽丽约好，后天再去拍结婚照，眼下自己有些急事需要处理。

上午八点，李家明就来到妇幼保健院，找到保卫科长，请他帮忙查找二十四年前，五月十日那天出生的双胞胎女婴底册，很快就查到了。

那天出生的双胞胎女婴只有一对，母亲一栏，写着：江翠姣。

当李家明看到这个姓名时，心头骤然一震，这不是自己的岳母吗？

难道说，余青花是曹丽丽的双胞胎姐妹？怪不得余青花长得那么像曹丽丽，原来她们是双胞胎姐妹啊。

这一发现，让李家明震惊不已。

他立刻打电话给曹丽丽，问她知不知道当年出生之事。

曹丽丽说，当然知道，母亲生下两个女儿后，因为小女儿不明不白突然死亡而悲痛欲绝。前不久母亲还唠叨，说要是妹妹在就好了，也该到结婚的年龄了。

李家明抑制不住激动的心情，立即将自己的发现告诉了曹丽丽。

曹丽丽听了，不敢相信，说：怎么会有这么巧的事？这要是妈妈知道了，不晓得有多高兴啊。

李家明接着又打电话给余青花，说：已经找到了你的家人。

他把曹丽丽家里的情况告诉了对方，只是没说自己与曹丽丽的关系。

余青花听了，当时就哭了，一个劲儿地喊着：我要见我妈妈，我要见我姐姐。

李家明把曹丽丽的手机号发给余青花，然后如释重负地长叹口气，心想：还有一件重要的事，要自己去完成。

5

当李家明打开工商银行保险柜，看到里面的照片时，其震惊不亚于发现余青花的真实身份。

与“艺菲”合影结婚照的那位男士，竟是分到自己重案大队不久的吴爱军。

吴爱军不是去参加省厅的培训了吗？他怎么又会在执行任务时牺牲了？

李家明晃晃头，想让自己将照片上的人看清楚些。

他怎么也想不到，吴爱军也是身负特殊使命者。这事不但自己不晓得，可能连王支、贺局都不清楚吧。

为什么吴爱军牺牲了，我们还不知道呢？这是不是又属于绝对保密的范畴？也许过段时间，上级会有个合理的说法吧。

原来吴爱军竟出身于亿万富豪之家，但他在大队的一个月里，根本就看不出来。

不管吴爱军家里多有钱，但他送给“艺菲”结婚用的大钻戒，必须要还给她。于是李家明将锦盒放进保险柜里，将结婚照拿出来，放进贴身衣袋，然后出来。

李家明问保险柜女管理员：东西是什么时间放进来的？

女管理员查了一下登记册，说：昨天上午九点过五分。

李家明笑着问：是不是个女的？

女管理员说：是的，很漂亮。

李家明将“艺菲”与吴爱军的结婚照给女管理员看，对方摇摇头，说：不是，但有些像。

这下又令李家明感到意外了。

凡事喜欢刨根问底的性格，促使他亮出了警官证，要求管理员让他查看一下录像。

女管理员很懂行地笑笑，抱歉地说：对不起啊，我们有规定，对保险柜的客户信息是要保密的。

李家明说：你知道，其实我就是客户。有人送了东西给我，我可不能平白无故受人的恩惠，我总要知道好人是谁吧？要不然，我以后怎么报答人家？做人要知恩图报，你说是不是啊，美女？

谁都喜欢当美女，女管理员笑了。

你说得也对，我是第一次看见有人交一百年的保管费。这个好人，真不是一般人能做到的。

说着，女管理员还真的就在电脑上调出录像，让李家明看。

李家明一瞅录像里的人，简直震惊了。

前来办理保险手续的，竟是师妹梁筱蕾。

这世上之事，真是太令人不可思议了！

李家明当即打通梁筱蕾的电话，问她与“艺菲”到底是什么关系。

梁筱蕾笑笑，说：“艺菲”是我表妹，至于其他的，就无可奉告了。

李家明低下头，满意地笑笑，说：我懂了，怪不得总是觉得在哪儿见过，原来是表姐妹。

6

月亮慢慢爬上山头，圆圆地挂在天空。真有“月澄万里远，气爽千山近”的意味。

一场别开生面的婚礼正在举行。在风火瓷厂高大的太平窑前，摆了十张圆桌，坐满了前来贺喜的客人。

童刚显得格外开心，他忙前跑后，一边和梁筱蕾、张晓娜说笑着，一边摆放碗筷碟杯、瓜果烟糖，以招待来客。

吉时已到，主持人王春华走到太平窑右侧，朗声宣布：李家明先生与曹丽丽女士结婚典礼，现在正式开始。

两旁号角骤然响起，号声激昂绵长，响彻云霄。

李家明一身窑工装束，曹丽丽身着碎青花瓷业女工衣裳，两个人笑吟吟地往太平窑里填送木柴，然后两个人站于窑的左前方。

龙老爷子一身对襟粗麻灰布衫，远远望去，银须飘飘仙风道骨。他先自己点燃一支火把，然后用自己手中的火把，点燃左边李建国、右边江翠姣手中的火把。

李建国与江翠姣，分别把火把递给李家明与曹丽丽。

李家明与曹丽丽手举火把，站在龙老爷子身后，龙老爷子高声唱道：盘古开天地，风火有仙师。福泽佑万民，延绵到如今。子孙康宁寿，盛世开太平！

龙老爷子说完，三个人来到太平窑前，同时将火把伸进太平窑里，嘭的一声，火光冲天而起。

主持人朗声道：一拜风火仙师，二拜父母高堂，三拜夫妻对礼。

李家明与曹丽丽依口令跪地三拜。

烈焰像火龙般腾起，映红了窑前围着的人群，也映得李家明心里热烘烘、暖洋洋的。

火越烧越大。

在李家明的视野里，这窑火慢慢放大，渐渐升高，似乎天地之间，变成了一片红彤彤的世界……

附录

“中国法治文学网络作品征文”获奖名单

一等奖：

长篇小说《警察生死情》（原名《警官生死情》），作者：关玺华

二等奖：

报告文学《中国反商业贿赂第一案》（原名《国家行动——葛兰素史克商业贿赂案侦破纪实》），作者：易卓奇

长篇小说《惊天御瓷案》，作者：刘庆玉

长篇小说《警察与小偷》，作者：葛辉

三等奖：

长篇小说《刑事检察官》，作者：徐苏林

长篇小说《天道》，作者：许丽晴

长篇小说《咒怨》，作者：李双其、陈怡静

中篇小说《断链之谜》，作者：张国庆

中篇小说《疑路归途》，作者：沈雪

报告文学《黄海行动》，作者：殷毅

报告文学《无欲的坚守》，作者：夏晓露

报告文学《老马识途》，作者：艾璞

报告文学《松绑的土地》，作者：李错

散文《往事并不如烟》，作者：肖范科

优秀奖：

短篇小说《抢岗》，作者：张玲玲

短篇小说《法院实习生》，作者：郭雅菲

短篇小说《笔架山的镇山虎和守护神》，作者：黄玉华

中篇小说《调解风云》，作者：骆丁光

中篇小说《无声世界的守护》，作者：杨逵锋

长篇小说《滨江利剑》，作者：苏晓慧、李大志

长篇小说《誓言嘹亮》，作者：楸立

报告文学《寻找一种温暖——医患纠纷人民调解之昆山纪实》，作者：蓝鸿

散文《巡回人的巡回事》，作者：王毓莹

散文《寻找》，作者：范桂荣

散文《让学法伴随我们的人生》，作者：赵建华

诗歌《山涧那一泓清泉》，作者：童国梁

诗歌《儿歌声声唱法治》，作者：林蓝

诗歌《念奴娇·昆仑利剑——和田地区扫黑除恶有感》，作者：杨前勇

诗歌《插上法治的翅膀》，作者：苗云辉

诗歌《法治的力量》，作者：张莎莎、康忠慧、张霞